LES MESSAGERS DE GAÏA

TOME 4 : LES BRUMES DE SHANDARÉE

LES MESSAGERS DE GAÏA

PREMIÈRE ÉPOQUE

LES MESSAGERS DE GAÏA

TOME 4 : LES BRUMES DE SHANDARÉE

FREDRICK D'ANTERNY

ÉDITIONS
MICHEL
QUINTIN

Catalogage avant publication de Bibliothèque et Archives
nationales du Québec et Bibliothèque et Archives Canada

D'Anterny, Fredrick

Les messagers de Gaïa

Sommaire: t. 4. Les brumes de Shandarée.

ISBN 978-2-89435-406-3 (v. 4)

I. Titre. II. Titre: Les brumes de Shandarée.

PS8557.A576M47 2008   C843'.54   C2008-941262-1
PS9557.A576M47 2008

Révision linguistique : Guy Permingeat
Infographie : Marie-Ève Boisvert, Éd. Michel Quintin
Illustration de la couverture : Boris Stoilov
Illustration des cartes : William Hamiau

Le Conseil des Arts du Canada
The Canada Council for the Arts

SODEC
Québec

Patrimoine canadien
Canadian Heritage

La publication de cet ouvrage a été réalisée grâce au soutien
financier du Conseil des Arts du Canada et de la SODEC.

De plus, les Éditions Michel Quintin bénéficient de l'aide
financière du gouvernement du Canada par l'entremise du
Programme d'aide au développement de l'industrie de
l'édition (PADIÉ) pour leurs activités d'édition.

Gouvernement du Québec – Programme de crédit d'impôt
pour l'édition de livres – Gestion SODEC

ISBN 978-2-89435-406-3

Dépôt légal – Bibliothèque et Archives nationales du Québec, 2009
Dépôt légal – Bibliothèque et Archives Canada, 2009

© Copyright 2009

Éditions Michel Quintin
C.P. 340, Waterloo (Québec)
Canada J0E 2N0
Tél.:   450 539-3774
Téléc.: 450 539-4905
www.editionsmichelquintin.ca

09 - G A - 1

Imprimé au Canada

Note de l'éditeur : En fin de volume un index de tous les
personnages, ainsi qu'un tableau indiquant le cheminement
de leurs âmes au fil des siècles peut être consulté.

Cryptorum

« Les Brumes de Shandarée, qui effraient tant les vivants, se dressent partout autour d'eux après leur mort. Chacun doit les traverser, évaluer ses actes et ses pensées, et se racheter. Le temps importe peu. Un siècle ou bien dix. Les retours sur la Terre de Gaïa, loin d'être des punitions, sont des occasions de retrouver le chemin de sa propre lumière.

Que ceux qui se croient à l'abri des Brumes et installés dans leur vie pour des siècles et des siècles les craignent ! Car un jour, à force de vivre éternellement, on apprend à attendre la mort avec autant d'acharnement qu'on en a mis à la craindre et à la repousser... »

Extrait des écrits d'Orgénus de Nivène à propos de la nécessité de mourir pour renaître, et de l'orgueil démesuré des douze empereurs de la lignée des Sarcolem.

Sphère de Gaïa

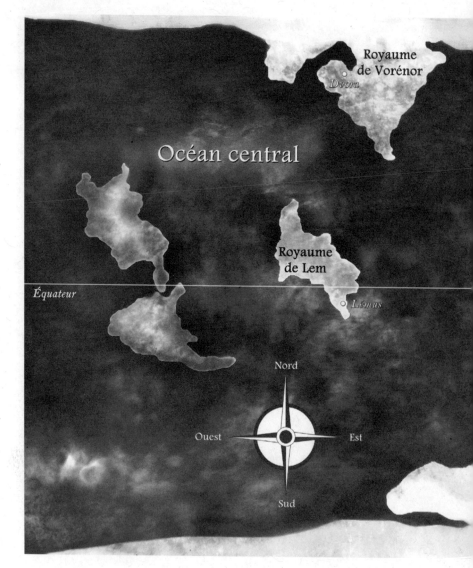

Royaume
de Vorénor

Divora

Océan central

Royaume
de Lem

Lémus

Équateur

Nord

Ouest

Est

Sud

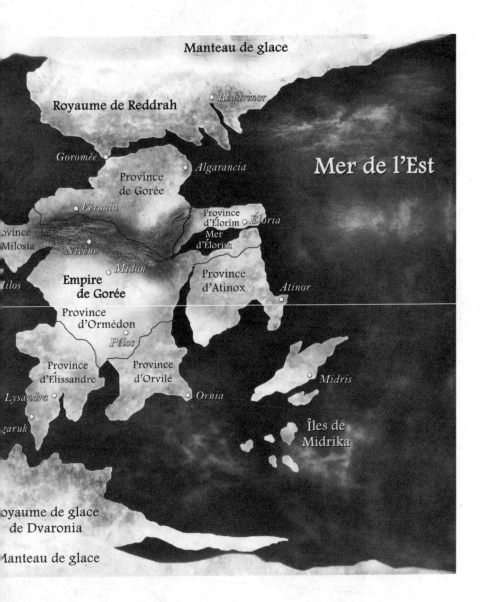

Manteau de glace

Royaume de Reddrah

Reddrinor

Mer de l'Est

Goromée

Province
de Gorée

Algarancia

Véronia

Province
d'Élorim

Éloria

ovince
Milosia

Nivène

Mer
d'Élorim

Midon

lilos

Empire
de Gorée

Province
d'Atinox

Atinor

Province
d'Ormédon

Pélos

Province
d'Élissandre

Province
d'Orvilé

Midris

Lysandra

Ornia

Îles de
Midrika

garuk

oyaume de glace
de Dvaronia

Manteau de glace

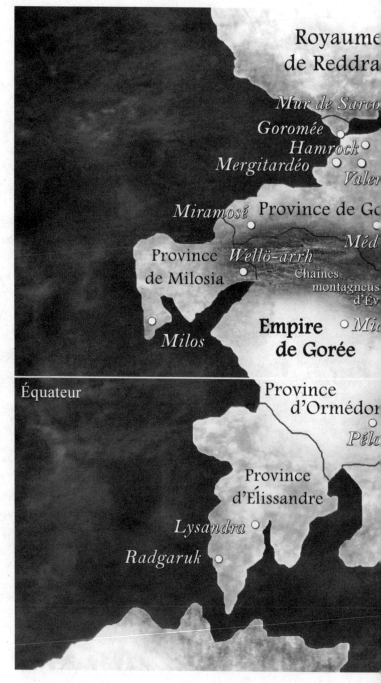

Royaume
de Reddra

Mur de Sarco

Goromée

Hamrock

Mergitardéo

Valer

Miramosé   Province de Go

Méd

Province   Wellö-arrh
de Milosia   Chaînes
              montagneus
                    d'Év

Empire   Mi
de Gorée

Milos

Équateur   Province
              d'Ormédor

              Péla

         Province
         d'Élissandre

   Lysandra

Radgaruk

Résumé des
tomes précédents

En renaissant dans des pays différents, les deux futurs messagers de la déesse ont tout oublié de la mission qu'ils avaient accepté de mener à bien aux côtés du Mage errant d'*Évernia*. Lorsque celui-ci leur apparaît, Torance et Shanandra ont seize ans et mènent une existence misérable. « Pour que tout commence, leur prédit le Mage, il faudra que Torance devienne le maître des *serpents de lumière* et que Shanandra délivre la pierre du destin. »

Ainsi débute la quête.

Mais les monarques, et surtout Sarcolem, le plus puissant et le mieux informé de tous, craignent que les deux messagers incitent les peuples à la révolte. Les meilleurs limiers sont envoyés à la poursuite des deux adolescents. Leur mission : empêcher Torance et Shanandra de subir les initiations qui doivent éveiller leurs pouvoirs et les capturer avant qu'ils ne rescussitent les consciences endormies.

Pourchassés par Astarée, la grande *cristalomancienne* royale, Torance, Shanandra et leurs compagnons rallient tour à tour les cités et les sanctuaires de *Nivène*, d'*Éloria*, d'*Atinox*, d'*Orma-Doria*, de *Midon*, de *Wellö-arrh* et de *Goromée* où ils subissent les sept initiations indispensables à la réalisation du Grand Œuvre.

Guidé spirituellement par le Mage errant, chacun découvre sa mission de vie, mais aussi ses désirs de simple être humain. Comment Torance et Shanandra peuvent-ils s'avouer leur amour quand des centaines de pèlerins les entourent et que, portés par la lumière de la déesse, ils délivrent aux peuples les mystérieux *Préceptes de vie* ?

Arrivés clandestinement à Goromée après avoir allumé la ferveur et la révolte dans tout le royaume de Gorée, Torance et Shanandra font face à leur véritable adversaire. Le roi Sarcolem les attend en effet de pied ferme depuis des années pour leur arracher le *Secret d'Éternité* qu'ils détiennent sans même le savoir.

Au lendemain de la fête de la déesse-mère, Sarcolem peut enfin crier victoire. Trahis, traqués, capturés, puis honteusement exécutés, les deux messagers ont échoué dans leur tentative de changer le monde.

Alors que s'apaisent les monarques, Sarcolem, plus puissant que jamais, croit pouvoir atteindre deux nouveaux objectifs : reléguer dans l'oubli jusqu'aux noms de Torance et de Shanandra, et, grâce au Secret d'Éternité, asseoir son pouvoir pour les siècles à venir…

Prologue

Goromée, capitale du royaume de Gorée, an 586 de l'ancienne chronologie.

Les esclaves, torses nus et les cheveux au vent, rabattaient les tentures de cuir qui claquaient sur les colonnes de la salle du trône. Des serviteurs calfeutraient chaque ouverture, chaque interstice. Au-dessus de la cité, le ciel était à l'orage. Les vagues de l'océan balayaient les quais déserts et faisaient trembler les hautes murailles.

Supervisés par leur officier, une vingtaine d'hommes sans âmes se postèrent de loin en loin sur les degrés de marbre pour former un cordon de sécurité impénétrable. Pourtant, l'homme qui montait le grand escalier franchit le portique principal sans être inquiété…

Vêtu d'une *quiba* aux reflets moirés, Mérinock, aussi appelé le Mage errant d'Évernia, n'était pas invité. Ce qui ne l'empêchait pas d'assister, invisible aux yeux des simples mortels, à cette réunion nocturne durant laquelle le sort militaire, politique et économique du continent central devait être secrètement scellé.

Il régnait dans l'hémicycle ce que le roi Sarcolem appelait avec un plaisir sournois « une saine menace ». Aujourd'hui, enfin, le moment qu'il attendait depuis des lustres était venu. Ses émissaires avaient tous répondu présents à sa convocation. Ils se tenaient, fiers et droits devant son trône, même s'ils gardaient leur visage voilé.

Le roi des rois aussi était tendu. Assis sur son impressionnant siège recouvert de feuilles d'or, ses pieds chaussés de mules en cuir d'*évrok* reposaient sur un coussin de soie pourpre. Son lourd pectoral de bronze marqué de son sceau personnel – le lion couronné par un serpent ouvrant tout grand sa gueule – se joignait aux reflets des torchères accrochées aux murs et accroissait encore l'atmosphère de mystère qui baignait la grande salle.

Soudain, le monarque ouvrit ses bras comme s'il voulait étreindre chacun des trente-trois notables rassemblés autour de lui. Eût-il pris la peine de les compter, qu'il aurait compris qu'un trente-quatrième homme, silencieux et recueilli, avait trompé la vigilance de ses sentinelles et même celle des sept *cristalomanciens* dont la tâche était de veiller sur le bon fonctionnement du filet énergétique impalpable installé autour de la salle du trône.

— Le temps est arrivé, clama le roi, de passer à la troisième phase de notre plan.

Bon prince, il rappela quelles avaient été les deux premières : Trouver dans chacun des six autres royaumes du continent central des personnages hauts placés et les convaincre de trahir leur souverain légitime. Organiser en sous-main des désordres qui avaient abouti à la guerre civile dans le royaume d'*Élissandre*, à l'assassinat de la reine Calliope en Élorîm, à la hausse des prix en Terre de *Milos*, à la rareté du blé et de l'orge dans les royaumes d'*Ormédon*, à la révolution de palais des souverains d'Atinox; et, pour finir, à la crise de succession du vieux roi Orvil.

Ceux qui écoutaient Sarcolem pouvaient en être convaincus, ces résultats, obtenus dans chacun des royaumes, donnaient à leur projet suprême toutes les garanties voulues de réussite.

Le roi des rois pouvait être satisfait.

Sans compter, se disait Sarcolem, que les royaumes barbares de *Reddrah* au nord et de *Dvaronia* au sud, en s'agitant et en nous menaçant, m'aident à accroître encore la pression sur les six autres rois du continent central…

— Futurs gouverneurs, je vous salue ! fit-il en inclinant légèrement le buste.

Sa barbe poivre et sel, ses yeux noirs charbonneux, sa tiare dorée, le col de son riche manteau de cérémonie étaient impressionnants. La flamme rousse des torchères léchait les piliers torsadés. Mais cette lueur tremblotante n'était pas la seule à vibrer en ce lieu par ailleurs froid et ténébreux. Les hommes rassemblés se doutaient-ils que des forces occultes rôdaient aux alentours ?

Sarcolem coula un regard vers ses sept fidèles cristalomanciens. Puis, il évoqua la venue des deux messagers et de leurs compagnons, et des troubles qui avaient éclaté un peu partout.

— Les peuples ont écouté les paroles de Torance d'Élorîm. Certaines populations se sont rebellées. De violentes exactions ont été commises. Fort heureusement, le beau temps revient toujours après la plus terrible des tempêtes et l'ordre, peu à peu, se rétablit.

Le moment était donc venu de réaliser la troisième phase de leur plan.

— Les peuples n'en ont pas conscience. Je sais pourtant qu'ils aspirent à un changement majeur. Ils l'espèrent dans leur cœur. Comment expliquer autrement l'engouement extraordinaire suscité chez eux par le passage des deux messagers ?

Sarcolem narra par le menu que la victoire qu'auraient pu remporter Torance et Shanandra était le signe tangible que les peuples étaient prêts à accepter ce changement. Et que lui, Sarcolem Premier, il allait le leur offrir. Pas de la manière escomptée par les fourbes mages d'Évernia, mais à leur façon.

— Nous sommes assez forts, désormais, pour agir au grand jour !

Les acclamations furent brusquement interrompues par un homme qui découvrit son visage…

Mérinock se dressa face au roi. Aussitôt, les sept cristalomanciens formèrent un demi-cercle devant le monarque et brandirent chacun leur cristal de pouvoir.

Le Mage errant les considérait avec ironie. Nul ne pouvait l'atteindre : ni les gardes en faction derrière les colonnes ni les hommes de silex postés à l'extérieur. Encore moins ces futurs « gouverneurs » effrayés sous leurs cagoules ! Le seul danger venait en fait de ce groupe de sept mystiques spécialement entraînés pour créer des formes-pensées de combat et constituer des boucliers de protections énergétiques.

Mérinock tendit sa main droite. Le pectoral qui décorait la poitrine du roi se mit aussitôt à grincer. Sarcolem sentit que la pierre qu'il portait au cou sous sa tunique palpitait, se réchauffait, s'alourdissait.

Pour contrecarrer l'offensive du Mage, les cristalomanciens entonnèrent une mélopée aux accents gutturaux. Des volutes rouge foncé envahirent l'espace éthérique. Les hommes en cagoules, s'ils ressentirent dans l'air le changement de fréquence vibratoire, ne virent rien de la chrysalide de protection qui prenait forme entre les colonnes.

La pression qui s'exerçait sur Sarcolem s'atténua. La *pierre du destin* se calma sur sa gorge.

Conscient qu'un contre-pouvoir venait d'être installé, Mérinock grimaça.

— Les Mages d'Évernia croient-ils vraiment être les seuls à manipuler les consciences et les énergies ? Railla le roi.

Sarcolem saisit la pierre du destin et l'exhiba, par-delà son mur d'énergie, sous le nez du *Vénérable*.

— Est-ce ceci que vous êtes venu chercher, vieil arrogant ?

Si aux yeux des notables en cagoule il avait l'air d'un vagabond négligemment drapé dans un manteau de laine blanche, Mérinock apparaissait sous un tout autre jour au regard entraîné des cristalomanciens. Ceux-ci voyaient un géant enveloppé d'éclairs, armé d'un *kaïbo*.

— Tu crois avoir dompté la nature et le temps, roi Sarcolem ! tonna Mérinock. Sache que tu t'enfermes dans une prison plus lugubre et glaciale encore que celle dans laquelle tu as osé emprisonner les messagers de la déesse !

Sa voix roulait aux quatre coins de la salle. La lueur des torchères dansait. La coquille de protection générée par les cristalomanciens vibrait.

Un des mystiques murmura à l'oreille du roi que Mérinock était impuissant à lui enlever la pierre du destin. Le Saint Collège des Mages d'Évernia ne pouvait rien faire d'autre, désormais, que de respecter le libre arbitre des hommes.

Rasséréné par ces paroles, Sarcolem rétorqua qu'il avait triomphé des deux messagers et que de ses désirs naîtraient les lois.

Mérinock n'était pas dupe. Ce roi fourbe avait peur. Et, pour cacher cette peur, il pérorait.

— Tu oses te dresser entre la déesse et les hommes ! Tu mets en péril l'évolution des âmes ! Prends garde, roi Sarcolem ! Tu n'es qu'une âme parmi tant d'autres.

Ce qu'il annonça ensuite chaque personne présente l'interprétera plus tard comme une malédiction des plus fantaisistes.

— Sache que la loi d'évolution universelle te mettra un jour à genoux. Peu importe les années ou les siècles. Humbles ou rois, nous sommes tous des pèlerins sur le Chemin de la lumière. Savoure bien ce que tu appelles ta victoire, car tu es en fait la plus misérable des âmes. Je vais te suivre, malheureux souverain, et lorsque le jour sera venu, je te tendrai la main.

Puis il lança des tourbillons qui sifflèrent entre les colonnes. Les « gouverneurs », épouvantés, se protégèrent la tête de leurs bras. Des dalles de marbre volèrent en éclats. Des volutes de poussière blanchirent leurs vêtements. Sarcolem entendit ses sept cristalomanciens tousser et gémir. Il les vit se tenir la gorge, cracher du sang. Certains d'entre eux avaient perdu le ridicule postiche de cheveux blancs qui les différenciaient des *lamanes*.

Enfin, le Mage errant disparut.

Il s'écoula quelques minutes avant que les cristalomanciens réussissent à remettre de l'ordre dans les énergies subtiles du bâtiment. Dehors, les vents faiblirent. Les vagues cessèrent de marteler les fondations de la cité. La nuit redevint chaude, parfumée et paisible. L'été était bel et bien arrivé sur le pays. Et, malgré les manipulations occultes du Mage errant, les événements donnaient raison au roi : la Gorée et tout le continent central se remettaient de la venue des deux messagers. L'ordre et la sécurité revenaient. Et lui, Sarcolem Premier, le roi des rois, il était sur la bonne voie.

J'ai vaincu les deux messagers, se dit-il en essuyant la sueur qui coulait sur son front. Leurs compagnons sont soit morts, soit terrifiés car pourchassés par mes agents. J'ai acquis le Secret d'Éternité, la gemme qui donne sa force aux sangs mêlés pend autour de mon cou et la formule qui active son pouvoir est également en ma possession.

L'air était moite. Le torse humide, le roi prit dans sa main la pierre du destin qui avait appartenu à Torance et à Shanandra et observa ses sombres reflets bleutés. Un à un, ses complices cagoulés le saluèrent, puis ils se dépêchèrent de regagner leur ambassade respective.

Lorsque la grande salle fut vide, Sarcolem s'adressa à ses sept cristalomanciens.

— Cette intervention d'Évernia dans nos affaires, dit-il, dénote le trouble et l'angoisse qu'éprouvent ces supposés Vénérables. Ils ont vu notre force et notre détermination. À l'avenir, ils nous laisseront tranquilles.

Mais en était-il vraiment convaincu ?

Une chose demeurait claire à ses yeux : les pitoyables menaces du Mage errant prouvaient qu'il avait eu raison de penser que, désormais, la troisième phase de son plan pouvait et devait être mise en place.

Et, cela, le plus rapidement possible !

Au même instant, Mérinock se matérialisait dans le sanctuaire des Vénérables d'Évernia érigé au cœur de la cité céleste de *Shandarée*. Assis en demi-cercle dans la pénombre, ses douze frères et sœurs l'attendaient pour débattre des événements passés, et surtout, à venir…

Première partie

Un empire à construire
An 0 à 27 Après Torance

L'homme peut courir des vies entières après de vaines obsessions et croire malgré tout accomplir une tâche noble et édifiante. Heureusement, nous pouvons utiliser à loisir ces ego d'hommes pour faire avancer l'âme humaine sur le chemin de sa lumière intérieure.

Mérinock d'Évernia

UNE ODEUR DE CHARNIER

L e jeune écrivain public était assis en tailleur. Une poignée de clients l'entourait et lui dictait des missives que des estafettes à cheval emportaient à la fin de chaque journée. Deux voyageurs à l'allure suspecte le surveillaient. Ils avaient posé une pièce de tissu sur leur nez, car des essaims de mouches tourbillonnaient au-dessus des esplanades. Le ciel en était appesanti. Partout où l'on posait les yeux, on ne voyait que des nuées d'insectes rendus agressifs par les empilements de cadavres.

Amenés la veille par chariots, les corps avaient été posés les uns sur les autres. Ils servaient d'exemple à ceux qui pouvaient être tentés de parler en bien des messagers de la déesse, mais aussi à terroriser ceux qui prétendaient n'être que d'honnêtes citoyens.

Ceux-là se promenaient entre les sinistres monticules, s'arrêtaient devant les gardiens et crachaient sur les morts en les traitant de renégats et d'hérétiques. Les gardes, dont le premier devoir était d'empêcher les corbeaux affamés de défaire les montagnes de corps, laissaient faire. La chaleur rendait les miasmes encore plus insupportables. Les autorités savaient que pour éviter des épidémies, il fallait brûler les cadavres au plus vite. Mais le gouverneur de la cité avait reçu des ordres du palais royal.

Un des deux voyageurs montra du menton un père de famille et ses deux fils. Chacun leur tour, les trois *goroméens* insultèrent les cadavres.

— L'humain sait d'instinct d'où souffle le vent !

Bien que grand et costaud, le voyageur qui venait de parler se tenait volontairement voûté. On devinait sous le tissu de sa capuche un flot de mèches blondes. Il tenait son bâton de pèlerin tel un guerrier son kaïbo et contenait mal le mépris que lui inspiraient la cruauté et la crédulité de ces gens.

— Il faut les comprendre, lui répondit l'autre. De leur réaction dépend la vie ou bien la mort. Crois-moi, ils ne sont guère différents des habitants des autres royaumes.

Les crieurs publics expliquaient à la population que les cadavres étaient ceux de mercenaires engagés par les deux messagers pour constituer une armée devant affamer leurs enfants et les réduire tous en esclavage.

« Fort heureusement, clamaient-ils, notre bon roi Sarcolem les a vaincus ! L'ordre a été rétabli. La sécurité et le libre passage des marchandises aussi ! »

— Mensonge ! laissa tomber le premier voyageur entre ses dents.

— Tu as raison. Tout cela est une opération de manipulation des consciences, fit le plus vieux. Réjouissons-nous plutôt que le roi ait renoncé à son projet de promener dans les rues le cadavre d'un adolescent qu'il aurait fait passer pour Torance !

Il sourit à son disciple et ajouta sans quitter le jeune scribe des yeux :

— Pose tes questions !

— Les Vénérables du Saint Collège vous ont convoqué, maître…

— La chose t'intrigue-t-elle ?

Le voyageur ne répondit pas.

— Sache, dit Mérinock, que certains Vénérables s'interrogent sur les résultats obtenus.

Urmen, le chef des *Servants*, ouvrit la bouche. Ses traits se crispèrent.

— Comment osent-ils douter de moi, te demandes-tu ? C'est fort simple, poursuivit Mérinock. À force de vivre dans les sphères célestes, ils ont perdu le contact avec ce monde. Ils ne comprennent plus les hommes.

— Voilà pourquoi ils ont tant besoin de vous.

— De nous, corrigea le Mage.

Il poursuivit son récit de la rencontre qu'il avait eu plus tôt avec ses frères du Saint Collège.

— Ils m'ont reproché de n'avoir pas su arracher au roi la pierre du destin.

— Comment les autres Vénérables ne peuvent-ils voir ce que vous avez accompli ? demanda Urmen.

Le Mage errant songea, effectivement, que les Préceptes de vie avaient bel et bien été livrés aux peuples. Que les centres de pouvoir que comptaient les différents royaumes avaient été nettoyés et réalignés grâce aux initiations subies par les deux messagers. Et que, tel que prévu, la *toile de Maestreiya*, cet immense dôme énergétique mis en place aux dimensions de la planète, était à l'œuvre.

Mérinock plissa les yeux. L'air ambiant était, malgré l'odeur du charnier, moins pesant pour les âmes, moins sombre, plus pur.

Il évoqua ce miracle à voix basse.

— La toile de Maestreiya a été réactivée pour aider les *Shrifus* à purifier l'espace subtil de notre planète. Déjà, les *égrégores* de haine se dissolvent et les énergies d'amour qui imbibent le cosmos peuvent de nouveau nous atteindre.

Il désigna du menton les citadins qui continuaient à vaquer à leurs tâches domestiques et à envoyer dans le ciel leurs angoisses et leurs frustrations quotidiennes.

— Tu veux savoir ce qui a changé chez eux ?

Bien des choses, en vérité. Seulement, les gens ordinaires n'en avaient pas conscience. Ceux qui étaient proches de l'éveil sentaient cependant toute la différence. La toile de Maestreiya permettait à tous – s'ils le voulaient et s'ils étaient prêts – de faire de grands progrès en eux et autour d'eux.

— Les personnes qui le souhaitent pourront, grâce à cette lumière qui imbibe maintenant les ciels subtils, être plus tolérantes les uns envers les autres. Ils se montreront plus généreux, plus patients, moins calculateurs, plus…

Des ordres brefs hurlés par des soldats l'interrompirent.

Le Mage et son disciple virent quatre militaires encercler le scribe. Ces soldats avaient-ils reconnu l'écrivain public ?

Urmen se tenait prêt à intervenir. Mais dans quelle mesure le Vénérable désirait-il agir ? Le chef des Servants serrait son bâton entre ses mains. Les clients du scribe avaient détalé.

Tout à coup, le jeune scribe fut empoigné et emmené. Le regard bleu d'Urmen n'était plus qu'un fin rayon scrutateur entre ses sourcils.

— Suivons-les, conseilla le Mage.

Qu'attend-il pour le sauver ? se demandait le guerrier en ne pouvant s'empêcher, toutefois, d'admirer la force tranquille de son maître qui reprenait ses explications au point même où il les avait laissés.

— De plus, mes frères Vénérables me reprochent d'avoir laissé Sarcolem s'emparer du Secret d'Éternité. Il est vrai qu'avec la pierre du destin et la formule que lui a révélée

Astarée, le roi détient à présent le moyen de vivre presque éternellement.

Lorsqu'il avait expliqué à ses frères que l'ambition et l'orgueil démesuré de Sarcolem pouvaient peut-être servir leurs propres desseins, les Vénérables avaient émis des doutes.

— Mes chers et vieux amis du Saint Collège sont décidément très déconnectés de la réalité de cette sphère, et…

Les deux voyageurs parvinrent à un carrefour, se retrouvèrent dans une ruelle moins fréquentée.

— Ne risquons-nous pas d'être repérés, maître ? s'enquit Urmen.

Mérinock avisa des prostituées et des voleurs à la tire qui ne semblaient pas craindre les soldats.

— Ces militaires en voulaient vraiment à notre jeune ami, en déduisit le Mage.

— Vous ne m'avez toujours pas expliqué pourquoi nous sommes venus à Goromée, ni ce que vous comptez faire avec ce scribe, maître !

Mérinock n'avait rien dit, en effet. Cela faisait partie de son mystère.

— Vois tous ces gens, se contenta-t-il de répondre. Pour aider les populations à retrouver la lumière qui existe en eux, il faut vivre un peu de leur quotidien, respirer l'air qu'ils respirent.

Il fallait à son avis assister au marchandage entre une domestique et un poissonnier. Comprendre les contrariétés d'un peseur public de marchandises et les terreurs secrètes du collecteur d'impôts. Saisir l'émerveillement de la fleuriste. Sentir l'amour du travail bien fait du sabotier ou bien le désir malin du marchand d'étoffes qui espère vendre son produit au-dessus de sa valeur réelle. Comprendre, aussi, le dégoût de la prostituée pour son travail.

Oui, accomplir le *Grand Œuvre* signifiait goûter à toutes ses subtilités. Et comment accomplir cette tâche sans se mêler aux populations ? Sans tenir dans sa main une orange fraîchement cueillie ? Trancher un pain et en sentir tout l'arôme ? Deviser avec un paysan sur le temps qu'il fait, sur celui qu'il va faire ?

— Mes frères Vénérables ont tout oublié, Urmen. Ils vivent dans des sphères de pure lumière et ce monde leur est devenu une énigme et une source d'anxiété.

— Maître, ils nous échappent !

Les soldats s'engouffraient dans une enfilade de ruelles plus sombres.

— Je crains pour le scribe, ajouta Urmen en pressant le pas.

Il n'ose pas me demander qui est ce jeune écrivain public, se dit Mérinock en souriant.

Même lorsque six brigands les entourèrent, le Mage ne perdit pas sa bonne humeur. Urmen les débarrassa de cette menace sans répandre une seule goutte de sang, et Mérinock le félicita pour son adresse au bâton.

Ils rattrapèrent les soldats avant qu'ils n'entrent dans un bâtiment par une porte dérobée. D'un geste, le Mage fit trembler l'air autour des gardes. Leurs armures tintèrent sur leur torse. Éberlués, les hommes en perdirent leur glaive. L'un d'eux crut à quelque tour de magie *morphique*, car il leva son poing au-dessus de la tête du jeune scribe. Son bras cessa aussitôt de lui obéir. À quinze pas de distance, Mérinock manipulait les rubans d'énergies invisibles que Torance appelait jadis ses « serpents de lumière ».

Les soldats abandonnèrent leur prisonnier et se réfugièrent dans le bâtiment sans demander leur reste.

Derrière Mérinock et Urmen surgirent alors d'autres coupe-jarrets. Ne voulant pas les blesser, le Mage plongea son poing dans une des sacoches qui pendaient à sa ceinture. Il leva sa main fermée au-dessus de sa tête et de celle de son disciple, et laissa la poudre dorée les effacer de la réalité.

★

Urmen et le Mage errant réapparurent au cœur de la Géode sacrée, à plusieurs milliers de verstes de Goromée. Autour d'eux palpitait le doux scintillement des cristaux de *bromiur*. Partis le matin même, ils revenaient quelques heures plus tard, et qu'avaient-ils accompli ?

Urmen s'arrêta devant les sarcophages à l'intérieur desquels reposaient Torance et Shanandra.

— Devaient-ils accomplir leur mission, puis mourir aussitôt, maître ? demanda-t-il.

— Ce ne sont pas des êtres ordinaires, Urmen. Ce sont mes meilleurs amis. Nous avons œuvré ensemble par le passé, souviens-t-en ! Sache aussi qu'avant de revenir dans cette vie, ils savaient quelles seraient les grandes lignes de leur destinée. Seulement…

Il contempla les visages sereins de Torance et de Shanandra, leurs corps endormis pour les siècles à venir.

— … seulement, reprit-il, si Shanandra a su rester fidèle à notre engagement, Torance s'est laissé corrompre par son ego.

Urmen n'osa pas demander ce qu'il advenait des âmes des deux messagers tandis qu'ici, Mérinock, lui-même et bien d'autres poursuivaient le travail.

Voyant que son disciple était abattu, le Mage frappa dans ses mains. Le son ample et rond se répercuta sous les voûtes. Le scintillement des cristaux s'irisa, illuminant l'espace autour d'eux.

— N'aie aucune crainte, mon disciple. Malgré les apparences, nous avons beaucoup accompli, aujourd'hui !

Urmen redressa la tête. Les paroles de son maître recelaient toujours une part de mystère et plusieurs niveaux d'interprétation.

Curieux tout de même de savoir qui était ce scribe ainsi que la raison pour laquelle ils lui avaient sauvé la vie, il restait sur sa faim. Sachant qu'il ne pouvait interroger encore le Mage à ce sujet, il sortit de la caverne et alla retrouver les siens.

Les colombes messagères

D ans la sombre ruelle de Goromée, les brigands, hébétés, laissaient filtrer entre leurs doigts une sorte de poudre jaunâtre.

Le jeune scribe grimaça de douleur. Il chercha dans sa chevelure blonde une éventuelle blessure. Que s'était-il passé ? Un étourdissement le gagna. La chaleur, l'émotion sans doute. Et, par-dessus tout, la peur d'être emmené par les soldats du roi. Craignant que les soldats ne ressortent du bâtiment pour l'arrêter, il rabattit sa capuche sur son visage et quitta la ruelle.

Lorsqu'il atteignit l'écurie devant laquelle paradaient des cavaliers, il était aussi épuisé qu'un vieillard. Il contourna la bâtisse, se glissa entre deux planches mal ajustées. L'intérieur était sombre et haut de plafond. L'air sentait la paille mouillée, le crottin de cheval.

À cette heure tardive, les maréchaux-ferrants étaient encore à l'ouvrage : signe que les autorités armaient leurs troupes. Des coups de massue résonnaient sous les poutres. Quelques vieux chevaux inaptes au combat piaffaient de frustration dans leur box. Les torses luisants de sueur, les artisans avaient le visage barbouillé et les cheveux parsemés d'éclats de paille. Des cuves remplies d'eau froide sifflaient lorsqu'un maréchal-ferrant y plongeait son fer brûlant. Des étincelles mordorées jaillissaient des enclumes.

Située sous les remparts à proximité d'une des portes principales de la cité, cette écurie abritait d'ordinaire les coursiers des messagers du gouvernement. Pourquoi, alors, voyait-on défiler sur l'esplanade tant de soldats et de lourds destriers ?

Épuisé par ses mésaventures, le jeune écrivain public se le demanda sans avoir la force d'y réfléchir. Une crampe d'estomac le plia en deux. Il se laissa tomber derrière un empilement de bottes de paille. Un cheval rua, un autre renâcla. Un roucoulement de colombes répondit aux cris des esclaves que l'on fouettait. Soudain, une frimousse ronde surmontée de cheveux crépus se dressa au-dessus du monticule de paille.

— C'est toi ? fit l'enfant esclave d'un air déluré.

Le blond lui adressa un signe las de la main. Tout lui était un martyre. Ancien soldat du roi, il avait à présent peur du moindre uniforme. Lui qui avait chevauché aux côtés d'Astarée et vécu au milieu des farouches hommes sans âmes, il tremblait comme une feuille.

La gravité de ce que j'ai appris aujourd'hui me fait défaillir…

L'enfant esclave revint avec une cruche d'eau et une miche de pain rassis. Un géant roux l'accompagnait.

Erminophène s'accroupit, palpa le front et les côtes du jeune blond, déclara qu'il n'était ni blessé ni fiévreux.

Le grand *Vorénorien* empestait la sueur, la bière tiède sucrée à *l'hémaflore* et l'huile de *barbousier* utilisée pour cicatriser les coupures légères.

— Va et fait le guet ! ordonna-t-il à l'enfant.

Puis, il servit lui-même une pleine louche d'eau fraîche au jeune fugueur.

— Eh bien, Pirius ! Quelles nouvelles pour nos compagnons ? demanda-t-il quand l'ancien soldat eut bu tout son saoul.

Le blond sourit. Quel plaisir c'était de se retrouver, ne serait-ce que quelques minutes, à proximité de ce géant qui avait autrefois été esclave, mais qui avait également bénéficié du respect et de l'amitié des deux messagers !

Deux mois plus tôt, lors de la mise à mort de Torance et du décès de Shanandra, Erminophène, Lolène, Gorth, la jeune Ylotte, quelques enfants, Alimas le marchand et lui-même s'étaient retrouvés pour une veillée funèbre dans une maison prêtée par un de leurs amis. Peu après, ils avaient dû se séparer pour réduire les risques d'arrestation, mais aussi pour se cacher de Cibrimus, le chef de la police secrète, tout en restant à Goromée.

Gorth et Erminophène étaient tombés d'accord pour scinder les compagnons restants en plusieurs groupes; chacun indépendant l'un de l'autre et pourtant soudé par un même système de communication.

Dans la précipitation des tragiques événements qui avaient conduit au procès, puis à l'exécution de Torance et des brigands de Marcusar, le roi avait pris des mesures exceptionnelles.

— Les places sont jonchées de cadavres en décomposition, déclara Pirius.

Il tremblait rien que d'y penser.

— Dire que Sarcolem fait croire aux citadins que ces pauvres gens, assassinés par ses hommes de silex, s'étaient regroupés en une armée de mercenaires et d'illuminés prête à fondre sur la cité !

Pirius expliqua que nombre de ces supposés soldats n'étaient en fait que des paysans habitant des hameaux reculés de la région, ou bien des mendiants ou des *Romanchers*, ces musiciens un peu voleurs qui n'appartenaient à aucune ethnie en particulier, mais voyageaient librement dans tous les royaumes.

Erminophène hocha la tête. C'était triste, oui, mais ce n'était pas ce genre de nouvelles qu'il s'attendait à recevoir...

— Les autorités s'agitent, dit le Vorénorien. Mais qu'as-tu appris d'autre ?

Les nouvelles étaient si alarmantes que Pirius osait à peine les formuler. Il sortit de sa besace les missives qu'il avait rédigées.

Erminophène ne sachant pas lire le goroméen, il ne jugea pas nécessaire de les examiner. Ses yeux très bleus brillaient cependant de cette lueur sauvage qui trahissait chez lui l'angoisse et l'impatience.

— Il y a eu des fuites, déclara Pirius. J'ignore comment, mais le roi a appris où se cachaient plusieurs de nos compagnons.

— Lolène et Alimas ? hasarda le géant roux.

Erminophène était inquiet, car ses deux fils se trouvaient en ce moment même auprès de la jeune guérisseuse.

Il siffla entre ses dents. Plusieurs colombes dressées par ses soins se laissèrent tomber des poutrelles et se juchèrent sur son avant-bras.

— Il faut les prévenir.

Pirius lui remit trois petits rouleaux d'*ogrove*. Le géant les fixa entre les pattes des volatiles avec une cordelette trempée dans de l'huile parfumée au miel.

Au moment de lâcher ses courriers ailés, Erminophène se retourna. Ses yeux n'étaient plus que deux fentes lumineuses.

— Y a-t-il autre chose ?

Pirius opina. En écoutant parler deux officiers, il avait appris la raison de tous ces mouvements de troupes.

Lorsque le jeune blond eut terminé de lui révéler ce secret bien gardé, Erminophène soupira longuement.

— Le plus urgent, dit-il, est de prévenir nos amis pour qu'ils se mettent à l'abri.

Pirius lui tendit un quatrième rouleau. Le géant roux appréciait la précision et l'intelligence de l'ancien soldat royal.

— Notre grand *légide* doit être prévenu.

Tous deux sourirent à l'évocation de ce mystérieux « grand chef » qu'ils s'étaient choisi au lendemain de la disparition de Torance et de Shanandra.

Le géant attacha le dernier rouleau à la patte d'une quatrième colombe.

Peu après, une voix rude le rappela au travail.

— Il va falloir que tu files, murmura-t-il. Sois prudent !

Le jeune blond éprouvait du respect et de la tendresse pour cet ancien esclave qui trouvait le courage de lui souhaiter bonne chance alors que les agents de Cibrimus ratissaient la cité et que ses enfants étaient maintenant en danger de mort.

★

La servante peignait les cheveux de sa maîtresse, mais Lolène se sentait aussi raide qu'un morceau de bois. Un court instant, les deux filles se contemplèrent. Habituée à faire confiance en ses intuitions, Lolène nota le mélange de crainte et d'agacement qui brillait dans les yeux de l'esclave, et lui prit les mains pour la rassurer. Puis, devinant qu'elle ne pourrait se dérober plus longtemps sans se montrer vexante, elle tendit sa nuque et se laissa faire.

Tant d'événements s'étaient produits en si peu de temps, qu'elle ne savait pas encore quelle conduite adopter !

Le peigne en os attaqua sa chevelure à la racine. Lentement, avec beaucoup de douceur, l'esclave démêla ses mèches blondes fraîchement lavées.

Les fenêtres de la grande chambre étaient ouvertes. Des rires d'enfants montaient du jardin. Un paravent tissé d'écorces de *kénoab* rouge divisait la pièce en deux. D'un côté se trouvait l'antichambre meublée de canapés en roseaux tressés, de l'autre la baignoire en étain, la coiffeuse surmontée d'une plaque de bronze et la couche proprement dite, dont les pieds étaient en cuivre et sculptée en forme de pattes de lion. Des parfums légèrement sucrés flottaient dans la pièce : souvenir des huiles aromatiques utilisées par l'esclave pour baigner et masser sa maîtresse.

Ce mot sonnait encore bizarrement aux oreilles de Lolène. Qui était-elle pour posséder une maison, des jardiniers, des vergers, une terre, des domestiques et tout ce que pouvait désirer une femme riche !

Le bouquet de roses déposé chaque matin sur sa table de chevet par le propriétaire du domaine était une ébauche de réponse. Le frémissement que Lolène ressentait dans tout son corps lorsqu'elle le voyait en était une autre.

Trois mois avaient passé depuis la mort de Torance et de Shanandra, et elle vivait aujourd'hui à l'abri de tout danger dans la cité champêtre de *Valeroy*.

Les rires de Cornaline, de Ramid, de Tabina et de Vérimus, les enfants du roi Elk Sifoun, se mêlaient à ceux de Kimobé et de Dorimor – les fils d'Erminophène. Lolène repassait dans sa tête les étapes successives de leur installation dans ce vaste domaine agricole.

Alimas avait servi d'intermédiaire. La jeune guérisseuse se retint de penser qu'en fait, le marchand avait veillé à tout avec son savoir-faire habituel et cette touche de distinction qu'il mettait à toute chose.

Les pleurs intermittents d'Abriel, le bambin qu'elle avait aidé à mettre au monde lors du siège de la cité de *Midon*, l'arrachèrent brièvement à ses pensées. Elle voulut se lever, mais se retint en entendant la nourrice se précipiter au chevet du bébé.

Lolène s'abandonna de nouveau aux mains expertes de l'esclave. Un instant, elle eut la pensée saugrenue qu'après s'être fait coiffer, elle devrait à son tour donner un massage à la fille. Mais cette manière de penser, ainsi que le lui disait gentiment Alimas, ne devait plus la perturber. Désormais, elle était la maîtresse des lieux. Et tout ce qu'elle avait à faire était de se laisser servir, masser, nourrir, éventer, choyer.

L'esclave termina son ouvrage. Sacrifiant à la coutume en vigueur dans cette région de la Gorée, elle planta des peignes nacrés sur sa nuque. Une autre servante lui amena son *pello* de matrone – une longue pièce de tissu orange pêche aussi douce qu'une caresse.

Lolène contempla son reflet dans la plaque de bronze et resta bouche bée. Avait-elle encore quelque chose à voir avec l'ancienne pensionnaire d'une *lamanerie* qui avait passé trois années à voyager de royaume en royaume aux côtés de Torance et de Shanandra ?

Deux plis amers creusèrent son front altier.

Que restait-il, aujourd'hui, du périple et de l'œuvre des deux messagers ? Partis pour conquérir le trône de Gorée – n'était-ce pas ce que Torance avait eu en tête ? –, ils étaient morts tous les deux brutalement, victime du génie politique du roi Sarcolem.

Ses lèvres tremblèrent. Dehors, elle crut entendre le rire grave de Gorth qui veillait sur les enfants.

— Maîtresse ! osa la jeune esclave en lui touchant le bras.

Lolène sursauta.

Le parfum des fleurs fraîches embaumait l'air. Lolène imagina Gorth à quatre pattes au milieu des enfants.

La jeune guérisseuse entendait battre son cœur à grands coups dans sa poitrine. L'esclave lui ajouta un collier de perles autour du cou, un ruban parfumé dans les cheveux. Un effluve épicé à base de *romarinier,* cette plante aromatique aux feuilles palmées cultivée en vergers – une spécialité de la région – lui chatouilla les narines.

C'était doux, sucré, discret. La servante lui assura qu'ainsi parée, elle plairait sûrement au maître.

Ce mot faisait toujours un drôle d'effet à Lolène.

Oui, sa poitrine et son corps étaient en effervescence. Mais était-ce bien à cause du « maître » qui allait venir la retrouver ?

La jeune fille ne pouvait s'empêcher de songer à Torance et à Shanandra. Le prince et la princesse manquaient à tout le monde, mais personne n'en parlait jamais.

Les douleurs profondes ne se partagent pas facilement, se dit-elle en résistant à l'envie d'aller prendre Abriel dans ses bras.

Ayant enfin déclaré être satisfaite des soins et des attentions qu'elle venait de recevoir, Lolène remercia l'esclave, puis se pencha à une des fenêtres.

La maison était vaste, construite sur un même étage et faite à la mesure de la fortune du « maître ». Ses murs de chaux vive, beiges et orange, ses encorbellements et ses balcons extérieurs, ses vérandas, sa salle d'apparat, sa longue pièce d'eau intérieure et ses sols de mosaïques bleues étaient d'un tel luxe que Lolène se réveillait souvent essoufflée et angoissée.

Elle tendit l'oreille, essaya de percevoir, par-delà les rires et les éclats de voix, la source de l'angoisse qui l'étreignait.

Depuis quelques nuits, elle faisait le même rêve. Nue sous son pello, Lolène volait dans le ciel. Elle sentait à ses côtés la présence invisible de Shanandra. Celle-ci lui murmurait des mises en garde. Ensuite, Lolène retombait lourdement et s'éveillait en sursaut.

Shanandra veut me prévenir, mais de quoi ?

Des pas retentirent de l'autre côté du paravent.

— Ma mie ?

L'homme se tenait respectueusement derrière la monture de bois tressée. Lolène se passa la langue sur les lèvres, ferma les fenêtres constituées de résine polie et tira les rideaux.

— Vous avez l'air contrarié, lui dit-elle, toujours cachée par les panneaux de kénoab rouge.

— Des officiers royaux sont venus plus tôt pour réquisitionner une charrette pleine de denrées. Fromages, poules, œufs, céréales, farine, deux vaches et même un taureau ! Gorth et moi craignons que ce soit là un signe de…

Ils vivaient côte à côte, se croisaient, se parlaient en baissant les yeux, se frôlaient les doigts à la moindre occasion. Le maître les avait sauvés des griffes de Cibrimus. Il mettait ses domaines et sa fortune à leur disposition. Ensemble, ils parlaient de faire recopier à grande échelle les Préceptes de vie enseignés par Torance et Shanandra, les textes écrits par Cristin, les dessins de Pirius.

Lolène se présenta à Alimas entièrement nue. Ses lèvres de même que la pointe de ses seins étaient fardées de cette poudre de kénoab dorée avec laquelle les vestales maquillaient leurs visages et la paume de leurs mains.

Elle se colla contre la tunique du marchand, dénoua nerveusement sa ceinture, embrassa sa barbe noire toujours taillée et parfumée. Puis, sentant le désir du timide jeune homme s'éveiller, elle glissa sa main entre ses jambes.

Alimas la coucha doucement sur le lit. Raffiné jusqu'au bout des ongles, il voulut la regarder avant de la caresser. Il posa ses lèvres sur ses mamelons dressés et l'entendit gémir. Les trilles d'oiseaux, le rire des enfants s'envolèrent au loin. Alimas descendit, descendit. Ses doigts maladroits exploraient, allaient, venaient, légers, puis plus appuyés.

Enfin, il vint sur elle.

Ils n'entendirent pas au loin tonner les bombardes et prirent le piétinement des chevaux et le hurlement des esclaves pour des bruits irréels venus d'un autre monde.

Il fallut la voix impérieuse de Gorth pour retomber de leur nuage.

— Nous sommes attaqués ! glapit l'ancien capitaine d'Astarée.

Il donna une épée à Alimas et souleva Lolène dans ses bras.

— Il faut fuir…

LA SOURICIÈRE

orth avait réalisé le danger en entendant les sabots d'un cheval marteler les dalles de l'*atreiyum*. La pièce centrale de la maison, rectangulaire, toute en colonnes et à ciel ouvert où se trouvait également les bassins et les fontaines de grès, avait pris un éclat sombre et dur.

— Il faut fuir, répéta-t-il.

Une volée de flèches enflammées vinrent se planter dans le mur extérieur de la chambre. D'autres rebondirent sur le toit et glissèrent sur les tuiles. Une fumée âcre s'immisça sous les portes.

— Les enfants ? geignit Lolène lorsque l'ancien capitaine d'Astarée l'eut reposée au sol.

La jeune femme s'enveloppa la poitrine dans un pello.

— Je les ai fait entrer dans la maison, répondit Gorth.

Des hommes fouillaient les pièces voisines, renversaient des vases, poursuivaient des esclaves.

Le soir venait. Le soleil couchant plaquait ses ombres sur la campagne.

— Y a-t-il une issue dérobée ?

Gorth se tourna instinctivement vers Alimas qui restait sans réaction. Avant que le marchand n'ait pu répondre, deux servantes poussèrent vers eux les six enfants.

Dorimor et Ramid entraient dans une préadolescence nerveuse et enthousiaste. Les cheveux en bataille, les joues rouges, ils semblaient considérer cette attaque comme un jeu. Kimobé, le jeune médium, affichait une mine sombre. Tabina tenait Vérimus et Cornaline par la main.

Le marchand sortit de sa torpeur et les conduisit dans une pièce attenante qui servait de salle d'eau. Une odeur d'urine leur sauta au visage.

Il tâta le mur, fit tomber une pile de pots de chambre et quelques amphores en argile aux cous longs et délicats, trouva enfin le panneau. Il se maudit en songeant que ce bruit de vaisselle risquait d'attirer l'attention des hommes déjà présents dans la maison.

— Là !

Derrière une poterne se trouvait une seconde pièce. Alimas alluma une mèche trempée dans de l'huile.

— Dépêchez-vous de refermer le panneau !

Le cri des esclaves égorgés s'élevait à quelques mètres.

— Ils se rapprochent, les avertit Kimobé, les yeux mi-clos. Ils nous cherchent.

L'enfant vivait une nouvelle transe. Il ajouta d'un ton grave :

— Ils vont trouver l'entrée et nous poursuivre…

L'ancien capitaine avisa les armes – glaives, boucliers, lances – accrochées au mur. Alimas expliqua que ses ancêtres avaient eu mailles à partir avec des voleurs qui écumaient jadis la région.

— Mais depuis l'arrivée sur le trône de Sarcolem, ces bandes organisées ont été…

Gorth repéra le passage, obstrué par une pièce de tissu, qui s'enfonçait sous terre. Un hurlement déchira l'air enfumé. L'ex-homme de silex les poussa dans la trouée.

— Courez sans vous retourner !

Il donna deux rouleaux d'ogrove au marchand en précisant qu'il s'agissait de mises en garde arrivées de Goromée.

— Erminophène et ses colombes, lâcha-t-il en guise d'explication.

Gorth décrocha du mur un glaive à la lame recourbée. Avec sa fidèle *cerbola* dans son autre main, il était prêt au combat. Lolène s'en aperçut et cria encore :

— Non !

— Partez ! gronda l'ancien capitaine.

Il murmura quelques mots à Alimas.

— Non ! répéta Lolène en résistant à la poigne du marchand.

Sa voix fut couverte par le fracas d'un destrier qui abattait la porte de la chambre.

— Courez ! ordonna Gorth en refermant le passage.

— Il va se faire tuer ! gémit Lolène.

Des larmes perlaient à ses yeux.

Une des servantes tenait le creuset contenant la mèche imbibée d'huile. Alimas le lui prit des mains et les pressa.

Le tunnel courait sous l'esplanade et les premières cultures de *quimo*. Le jeune marchand lui-même ignorait où menait ce passage autrefois utilisé en cas de danger.

Lolène trébucha. Un froid insidieux pénétrait ses chairs.

Au bout d'une dizaine de minutes, ils atteignirent un puits abandonné. Alimas s'escrima contre les branchages qui obstruaient le goulot, mais il réussit à dégager un espace suffisamment large pour leur permettre de regagner la surface.

La première goulée d'air qu'avala Lolène, âcre et brûlante, n'augurait rien de bon. Un à un, ils prirent appui sur le rebord de pierre et restèrent pétrifiés d'horreur.

Bâti sur une butte, le puits offrait une vue saisissante sur la maison et ses dépendances. Le ciel était empli de cendres. La campagne brûlait sur plusieurs hectares à la ronde.

— Ils ont mis le feu aux cultures, balbutia une des servantes.

Son visage était encore plus affaissé que celui d'Alimas qui perdait, en même temps que sa précieuse récolte de quimo, la maison qui l'avait vu naître.

— Gorth ! se lamenta Lolène en entendant encore des cris s'élever du bâtiment principal.

— Il avait perdu le goût de vivre, intervint Alimas.

— Maudit soit ces brigands ! s'emporta la servante.

Alimas haussa les épaules.

— Ce n'étaient pas des brigands.

Lolène redressa la tête.

— Que dis-tu ?

— Gorth a été catégorique. À la manière dont montaient les cavaliers, il s'agissait de soldats royaux aguerris.

Il déplia les messages que leur avaient adressés Pirius et Erminophène.

— Le roi rassemble à Goromée d'importants visiteurs, poursuivit le marchand. Les faubourgs fourmillent de soldats. Tous les ambassadeurs étrangers sont en alerte.

Alimas se rappela la teneur des messages reçus précédemment.

— Sarcolem a rassemblé des milliers d'ouvriers non loin de Valeroy.

Lolène restait muette. Kimobé, par contre, laissa tomber de sa voix altérée par sa transe qu'il voyait six couronnes vaciller au-dessus de bâtiments en flammes.

Un martèlement de sabots retentit non loin du puits.

— Ce sont des renforts, fit Alimas.

Lolène frissonnait malgré la chaleur étouffante générée par les incendies.

— Tu crois vraiment qu'ils nous recherchent ?

— Le roi a juré d'éliminer tous les compagnons des deux messagers.

— Le vent se lève…

Cette réflexion de Kimobé sembla à Lolène un nouveau présage.

— Je connais un endroit, dit Alimas. Ma famille possède des comptoirs de vente d'huiles et de parfums à *Mergitardéo*. C'est une cité, à environ trente verstes d'ici. Nous y serons à l'abri.

Lolène réfléchissait à haute voix.

— Allons plutôt à Goromée.

Alimas sourcilla.

— Ces messages me sont adressés, n'est-ce pas ? insista-t-elle.

Elle est notre grand légide, songea le marchand en se rappelant qu'il avait effectivement été convenu, à la suite d'un vote collectif, que Lolène succèderait à Torance et à Shanandra.

— C'est à Goromée, poursuivit-elle, que nous trouverons les meilleurs scribes pour recopier nos documents.

Sous cette frêle apparence se cachait plus de force et de solidité qu'Alimas ne l'aurait cru. Sans doute Gorth et Erminophène avaient-ils senti cette force en appuyant la candidature de la guérisseuse ! Il se rappela la fougue amoureuse de celle qui était devenue son amante, et il rougit.

Le visage plaqué de cendre et de suie, Lolène ajouta :

— C'est aussi à Goromée que nous découvrirons ce que prépare le roi.

★

Le voile de brume qui enveloppait le roi et son cristalomancien était invisible, mais très puissant. Il permettait aux deux hommes de marcher au milieu des dormeurs sans que ceux-ci ne soupçonnent leur présence.

Le mystique portait le long postiche blanc des cristalomanciens de l'Ordre et semblait mal à l'aise. Son visage était pâle. Ces pièces souterraines à l'odeur confinée étaient angoissantes. Le souffle rauque de certains dormeurs trahissait leur fragile état de santé. Certains d'entre eux toussaient. D'autres brûlaient de fièvre. Les plus mal en point reposaient dans une enfilade de chambres encore plus petites. Des torchères dispensaient partout une lueur grasse et tremblotante.

Le cristalomancien entonnait sa formule magique du bout des lèvres. Sans doute pensait-il que cet endroit était maudit !

Le roi arborait quant à lui une sereine lucidité. Il percevait la réticence de son compagnon. S'il la comprenait peut-être, il ne tolèrerait par contre aucun commentaire, aucun jugement. Le mystique s'en doutait, car lorsqu'ils croisaient un jeune homme plus malade que les autres, il peinait à conserver cet air rusé et entendu qui plaisait tant au monarque.

Périodiquement, le roi des rois inspectait ce qu'il appelait *le corral des princes*.

Il avait eu l'idée de cet endroit une quinzaine d'années plus tôt, lorsqu'il avait étudié les étranges lois de succession régentant la passation de pouvoir dans le royaume d'Élorîm. Fugitivement, cette pensée lui revint et ramena à sa mémoire le souvenir de Torance.

Le Messager ne venait-il pas lui-même de ce lointain royaume dans lequel Sarcolem était intervenu dernièrement pour placer un de ses protégés sur le trône ?

Le roi fit le tour des salles et compta en tout douze dormeurs, âgés de trois à dix-huit ans.

Il approcha sa torche du visage cireux du cristalomancien et lui expliqua :

— En Terre d'Élorîm, le futur roi est choisi au mérite. Vingt-deux princes prétendants, sélectionnés parmi les plus nobles et les plus riches familles, sont emprisonnés dans ce qu'ils appellent le *pérismet*. Là, ces princes étudient, s'entraînent et vivent en vase clos.

« Lorsque le roi d'Élorîm meurt, sa reine assure la régence en attendant que le traditionnel combat des princes ne révèle le nouveau souverain.

« Ces jeunes gens vivent ensemble, mais sont forcés de se battre jusqu'à la mort. Le survivant sort de l'arène et reçoit les insignes de son pouvoir. Les lamanes d'Élorîm le portent en triomphe sur une litière incrustée d'or et de joyaux jusqu'à la grande salle du trône où il prononce la traditionnelle formule par laquelle il exile la veuve de son prédécesseur. »

Le monarque termina en martelant ses mots d'une voix étouffée, mais emplie d'une sorte de colère retenue :

— Ainsi, le roi est toujours choisi parmi les meilleurs éléments. La force brutale ne suffit pas pour remporter le combat des princes. La ruse, la volonté de survivre et l'intelligence y sont pour beaucoup. Cette façon de se transmettre le pouvoir peut vous sembler étrange, mais elle reste encore, malgré ses apparences cruelles, la seule garante pour le peuple d'être gouverné par un roi fort.

Le mystique jetait de brèves œillades à son maître. Où Sarcolem voulait-il en venir ? Chaque fois qu'il descendait dans ce corral souterrain peuplé de jeunes morts-vivants, le roi emmenait avec lui un nouveau cristalomancien.

Était-ce pour l'initier à un grand secret ? Tester les limites de son humanité ?

Ne voulant prendre aucun risque, le manieur de cristaux sourit finement.

— C'est en effet, du point de vue de la logique, la meilleure solution, Votre Majesté !

— Du point de vue de la logique uniquement ? rétorqua le roi avec sévérité.

Le cristalomancien balbutia des paroles incompréhensibles. Sarcolem lui tapota aimablement l'épaule.

Le roi se pencha sur la couche du plus vieux des prisonniers. Sarcolem se rappelait-il la manière dont lui-même avait été traité lorsqu'il était enfant ? Enfermé très jeune dans une geôle plus insalubre que celles-ci, il avait souffert de la faim, du manque de lumière et d'amour. Jusqu'à ce que, enfin, il sorte et se batte pour conquérir son trône !

En grimpant l'unique volée de marches qui menait à la liberté, le roi eut l'amabilité de laisser passer son cristalomancien.

Ils atteignirent un palier que fermaient d'épaisses portes en bois matelassées de plaques de métal. Sarcolem frappa trois coups secs. Aussitôt, des hommes de silex ouvrirent.

Alors qu'il se dirigeait impatiemment vers une meurtrière pour respirer une goulée d'air pur, le cristalomancien fut rattrapé par un des mercenaires et égorgé.

Le roi, qui d'un geste avait ordonné son exécution, enjamba le cadavre.

Il ne méritait pas mon estime, se consola le monarque.

Les réactions de ce « manieur de cristaux » n'avaient pas, en effet, été à la hauteur de ses attentes. Ses sept cristalomanciens étaient chargés de le défendre contre les assassins éventuels, mais aussi et surtout contre les tentatives morphiques du Mage errant. Comment Sarcolem pouvait-il confier sa sécurité à un mystique qui avait montré tant de dégoût dans les souterrains où étaient enfermés ceux qui n'étaient autres que... ses propres enfants !

Deux hommes de silex soulevèrent la dépouille et la jetèrent dans les eaux noires de l'isthme.

Un officier tendit au monarque un rouleau d'ogrove. Sarcolem le lut et sourit.

— Bien. Tout est bien.

L'officier approuva :

— Les rénovations sont fin prêtes, Majesté. Les rois seront logés à bonne enseigne et entourés de tous les égards.

— Parfait ! répéta Sarcolem.

Il congédia le militaire et regagna ses appartements. À cette heure matinale, Élypsée, sa troisième épouse, devait encore dormir. La jeune femme attendait un enfant. Si elle accouchait d'une fille, la princesse serait envoyée en exil, puis enfermée dans un temple en qualité de future vestale. S'il s'agissait d'un fils...

Mais le roi avait bien d'autres soucis. L'arrivée des monarques des six autres royaumes du continent central monopolisait son attention. D'un autre côté, les rumeurs qui prétendaient que sa jeune reine avait un amant le préoccupaient tout autant...

hamrock

Le jeune roi d'Élorîm rêvait qu'il marchait dans d'épaisses volutes de brouillard. Ses longs cheveux roux ruisselaient d'une humidité poisseuse. Son pello aux délicates frisures plaqué sur son corps maigre, il enfonçait ses *galvas* dans un sol boueux duquel s'élevaient des bulles qui explosaient en répandant une odeur nauséabonde.

Des lamentations montaient autour de lui. Des silhouettes informes le frôlaient.

Était-il mort ou bien en visite dans les mondes glauques de la déesse ?

Soudain, il aperçut un jeune homme qui se battait contre ses démons intérieurs. Son kaïbo découpait les nappes de brume, tournoyait autour de ses épaules. Le combattant ahanait, soufflait. Parfois, il s'écriait qu'il se moquait de sa prétendue « mission ». Que tout ce qu'il croyait avoir accompli de noble et de bon était mort avec lui.

Dans quel cauchemar se débat cet homme ? se demanda Clébos.

Une des lames du kaïbo siffla soudain tout près de son oreille droite.

— Toi ! s'écria le jeune guerrier. C'est à cause de toi !

Clébos leva les yeux et reconnut Torance.

Le jeune messager cligna des yeux. Se trouvait-il réellement face à son ancien condisciple du *corral des princes* d'Élorîm ? Celui qui était responsable de l'assassinat de la reine Calliope !

Le regard du prince était indéchiffrable.

Clébos déglutit avec peine. Que se passerait-il s'il mourait pendant ce rêve ? Il voulut s'enfuir, mais ses pieds étaient englués dans le sol.

Torance, maintenant, semblait hésiter. Un vent invisible déplaçait les masses de brume autour d'eux. Parfois, des éclaircies jetaient des reflets métalliques sur leur peau. Une d'elle s'ouvrit à proximité et leur montra un monde qui existait au-delà de leur propre univers.

Un ressac doux et musical léchait une grève ensoleillée. Le sable était d'un blanc immaculé.

N'y avait-il pas des gens sur cette plage ? Ne s'agissait-il pas de disciples entourant leur maître ?

Déjà, la trouée se refermait. Clébos tendit la main. Peut-être pourrait-il passer d'un monde à l'autre, et ainsi échapper à Torance ?

Une poigne vigoureuse se referma brusquement sur sa cheville droite. Il fixa le sol et vit se dessiner dans la boue le visage du roi Sarcolem. Un rire sardonique s'échappait de ses lèvres.

Clébos hurla de terreur et se réveilla dans son lit.

Une main reposait sur son torse nu.

— Ton cœur bat la chamade. Est-ce que tu veux un peu de vin ?

Un filet de bave coulait entre les lèvres blêmes du roi.

— Tu as encore fait un cauchemar, reprit la voix.

La couche frémit. Il y eut un bruit de pas. Une draperie fut soulevée. Un rayon de soleil illumina la chambre.

Clébos se tenait la tête à deux mains. La lumière jouait dans ses mèches rousses, allumait la pâleur de sa peau. Il inspira et sourit pauvrement en découvrant le jeune homme debout devant lui.

Son amant le serra dans ses bras.

— Tu es angoissé. Ce séjour en Gorée ne t'enchante guère. Rassure-toi. Il ne plait à aucun d'entre nous. Seulement, il est indispensable pour assurer notre avenir et affermir ta couronne.

Il donna au roi ses mules et le guida par la main jusqu'à la fenêtre.

— Majesté, dit-il avec un brin de tendre ironie, contemple les flèches de la citadelle d'*Hamrock* !

★

Ancienne forteresse royale datant des premiers rois de Gorée, Hamrock avait depuis longtemps perdu ses ors et son éclat. Mais son nom et sa légende en faisaient toujours un haut lieu de pouvoir et d'intrigues. Son bâtiment central était massif et rectangulaire. Pointant ses tours et ses flèches vers le ciel infiniment bleu, la forteresse était construite au centre d'une plaine entourée de collines sinueuses. Trois routes y menaient, chacune gardée par un fort en pierre où logeaient autrefois les garnisons chargées de sa protection.

Était-ce à cause de sa situation géographique moins bien défendable en cas d'attaque, que le sommet d'une montagne par exemple, mais Hamrock avait été abandonné quelques décennies après son érection. Pour quelle raison Sarcolem avait-il choisi cet endroit pour y réunir les six autres monarques du continent central ? Aucun des souverains concernés n'aurait pu le dire. Ce qui n'empêchait pas leurs diplomates, leurs lamanes et leurs généraux de s'interroger sur ce choix mystérieux.

Avant d'être envahi pas les rois et leurs luxueux équipages, Hamrock avait subi d'importants travaux de réfection. Des milliers d'ouvriers avaient pris la citadelle d'assaut pour la restaurer, la repeindre et la décorer de nouveau de fond en comble. Les toits avaient été refaits. Certains murs, replâtrés et solidifiés. La grande salle d'apparat à elle seule avait nécessité les soins de trois cents maîtres artisans.

Il demeurait cependant, de-ci de-là, des traces de plâtres mal lissées, des frises mal redessinées, des planchers et des murs délabrés simplement recouverts de riches tapisseries.

Après le bruit des marteaux et les cris des contremaîtres, les vieilles pierres retentissaient maintenant du brouhaha incessant des domestiques.

Chaque monarque disposait d'une aile et d'une cour privée pour loger ses gens. Des centaines de serviteurs et d'esclaves allaient et venaient, transportant des boîtes, des étoffes, des plats, des meubles. Des courriers transmettaient des ordres. Des intendants s'ingéniaient à rendre habitables des pièces plâtrées de neuf, certes, mais dont l'apparence demeurait lugubre. Une foule d'esclaves était assignée à l'allumage et à l'entretien des cheminées. Les nuits étaient fraîches entre les vieux murs, et les matins, glacés malgré l'éclatante lumière du soleil goréen.

Les rois étaient venus avec armes et bagages, chevaux, litières, chariots et escortes armées. Des six cours de la citadelle montaient le claquement sec des sabots sur les dalles, le piaffement des destriers et les éclats de voix des palefreniers qui réclamaient à cor et à cri de quoi nourrir les chevaux, mais aussi les vaches, les porcs, les poules, les cochons, les *barnanes* et autres mammifères réquisitionnés dans les fermes avoisinantes pour approvisionner les cuisines des rois.

Des estafettes couraient dans les couloirs, montaient et descendaient les escaliers, traversaient les galeries pour porter les nombreux messages de bienvenues et de félicitations que s'adressaient les rois et leurs états-majors respectifs. Un semblant de cour tentait de s'installer. Poètes, musiciens, danseurs, jongleurs et dresseurs d'animaux entouraient les courtisans et les militaires de haut rang accompagnés de leurs épouses, esclaves et clients. Au milieu de cette foule se tenaient des gardes armés de pics et des marchands goréens venus en grand nombre pour vendre leurs denrées aux nouveaux venus.

Ainsi, un jeune barbu au sourire éclatant proposait ses fameux beignets de quimo, cuits et fourrés de champignons et de sauce à base d'arachides. Un négociant en parfumerie étalait ses fioles de couleurs aux cols délicatement ciselés. Des tanneurs exhibaient leurs peaux les plus rares. Des cordonniers faisaient claquer des ceinturons sur leurs cuisses pour attirer l'attention. Les maquereaux faisaient de même pour louer les services de leurs filles de rue ou de leurs jeunes éphèbes.

Un géant roux vêtu du pello blanc liseré de pourpre appartenant à la garde ormédonienne surveillait les allées et venues de son regard clair et coupant. À proximité, des officiels discutaient de l'importante session qui allait incessamment réunir Sarcolem et les six autres rois. Des missives passaient de cour en cour. Les partisans de chacun des monarques pariaient en coulisse sur les résultats qui sortiraient de ces échanges durant lesquels, murmurait-on, les rois allaient créer un continent unifié où toute guerre, toute concurrence déloyale et toute insécurité seraient bannies à jamais.

Tout à coup, un grand chambellan annonça l'arrivée du roi Balcusor et de ses conseillers. Un silence de plomb tomba sur la galerie. Les marchands et les esclaves goréens baissèrent la tête. Ceux qui faisaient partie de la suite du roi ormédonien s'accroupirent et posèrent leur front sur le sol, le temps que passe le monarque, ses lamanes et ses généraux.

Le roi d'Ormédon n'aimait pas cette citadelle d'aspect vétuste. Depuis qu'il y logeait, il dormait mal et son cristalomancien personnel n'arrivait même plus à tisser autour de sa couche le voile énergétique de paix et de lumière qui permettait d'ordinaire au souverain de dormir comme un bébé.

— Je persiste à dire que cette réunion générale des rois est une idée folle, souffla-t-il tout en humant le bouquet des beignets de quimo que lui tendait un marchand barbu.

L'officier de sa garde personnelle partageait ses sentiments. Cet endroit sentait le vieux. Et, qui plus est, il était très mal situé. Quel était le sinistre imbécile qui avait jadis conçu le projet d'ériger une forteresse en rase campagne !

Emporté par sa gourmandise légendaire, le roi commanda une douzaine de beignets. Un de ses esclaves de bouche se rinça la gorge avec de l'eau coupée de lime, et en goûta un.

Balcusor se pencha à l'oreille de son plus proche conseiller.

— J'ai encore fait un cauchemar, cette nuit...

Le lamane hocha la tête.

— Était-ce le même que les fois précédentes, Sire ?

Balcusor frissonna malgré la chaleur dégagée par les centaines de courtisans et de serviteurs.

— Non. Je me tenais devant Elk Sifoun. Mon épée dégoulinait de son sang. Les statues de singes riaient de moi.

Sifoun, pourtant, ne semblait pas m'en vouloir de l'avoir assassiné.

Le lamane essuya son crâne ruisselant de sueur. Où le roi voulait-il en venir ?

— Soudain, un visage monstrueux est apparu derrière celui de Sifoun.

Les lèvres épaisses de Balcusor tremblèrent.

— C'était celui de Sarcolem qui riait encore plus fort que les singes.

Tandis que le monarque atteignait l'extrémité de la galerie, l'officier commandant ses troupes s'était arrêté. Intrigué par un reflet de lumière sur le mur, il y apposa son pouce et le retira imbibé de peinture. Cette découverte, qu'un autre aurait jugé pittoresque, le glaça d'horreur sans qu'il sache pourquoi...

★

Au même instant, dans la tour surplombant un bâtiment voisin, un courtisan cognait à la porte de la chambre du jeune roi Atinoë.

— Votre Majesté ! disait-il. C'est moi, Aténor ! Il est l'heure !

Cela faisait une heure déjà que la femme inconnue était entrée dans la chambre royale et que, sur ordre d'Atinoë, les portes restaient closes.

Le chef de sa diplomatie, un lamane au visage bourru et aux yeux enfoncés dans leur orbite, insista auprès de celui qui passait pour le favori du roi.

— Il faut entrer. Qui est cette femme ?

Aténor était en fait davantage un ami qu'un véritable courtisan. Malgré tout, il hésitait encore à désobéir à Atinoë.

Le roi avait fait quérir une masseuse et il ne souhaitait être dérangé sous aucun prétexte.

— Ses ordres seront respectés à la lettre, décida Aténor en croisant les bras sur son plastron doré.

Peu importe si le soleil s'était maintenant levé et si les cuisiniers voyaient leurs plats refroidir.

De l'autre côté de la porte, la pièce était vaste, sombre et meublée d'une couche recouverte de peaux de bêtes. De nombreuses caisses et boîtes encore fermées s'empilaient contre les murs. Sur une table basse avaient été posés quelques chandeliers. Des boucliers décoraient les parois de chaux vive et des tapisseries représentant des paysages du royaume d'Atinox jetaient quelques éclats de couleurs. Mais l'ensemble évoquait plus un salon de bourgeois appauvri que la chambre d'un roi.

Le jeune homme reposait sur la couche, bras et jambes écartés. À l'exception de la serviette qui ceignait sa taille, il était nu. Derrière lui une lourde tenture placée devant l'unique fenêtre empêchait toujours le soleil d'entrer.

La lueur tremblotante des chandeliers faisait rosir sa peau, d'un blanc translucide. Mince et musclé malgré son apparente fragilité, le jeune roi soupirait doucement. Habitué à se faire masser, il n'avait pu résister à l'envie de commander les services d'une professionnelle goréenne.

La jeune femme qui caressait ses pieds paraissait aussi blonde et ingénue que lui. Sous son ample pello, il était difficile de dire si elle était bien faite ou empâtée. Le roi, qui gardait les paupières mi-closes, ne semblait d'ailleurs y attacher aucune importance.

Seules comptaient pour lui les mains de cette fille : douces et expertes dans l'art de dénouer les tensions, de chasser la fatigue, d'atténuer les angoisses.

Avec ses pouces, elle pressait certains points situés sur les orteils, sur les côtés des pieds, sur leur plante. Chaque fois, elle prétendait stimuler un organe spécifique. Ici, l'estomac. Là, les intestins, la colonne vertébrale, les bras ou bien les jambes.

Le jeune monarque était à présent complètement détendu ou presque. Alors qu'il n'avait pas prononcé un seul mot depuis l'arrivée de la jeune masseuse, il chuchota soudain :

— Cette forteresse sent la mort. Je sais que les autres rois espèrent que de grandes choses ressortent de cette rencontre avec Sarcolem.

— Et vous, Majesté ? lui demanda la masseuse en enveloppant ses mollets avec ses mains chaudes.

— Ils se trompent s'ils croient que Sarcolem veut la paix.

— Vous pensez autrement ?

Atinoë soupira d'aise.

— Sarcolem a fomenté des troubles dans mon pays, l'année dernière. Mon palais a été saccagé, mes eunuques assassinés. Il a fallu des mois à mes généraux pour rétablir l'ordre.

Silence.

Les mains de la jeune femme s'arrêtèrent à la hauteur des genoux du roi.

— Pourquoi, alors, prendre le risque de venir en Gorée ?

Atinoë éclata de rire. Devait-il révéler à cette fille qu'il avait fait des rêves dans lesquels il avait vu son avenir. Des larmes, du sang, de la trahison, mais aussi la promesse d'une affection sincère et d'une occasion pour son âme torturée d'expier certaines fautes commises dans le passé. Pour ce faire, il devrait se soumettre à un rude apprentissage spirituel et, aussi, apprendre à respecter et à aimer un ennemi. Oui, il s'agissait d'un avenir lointain, très lointain. En récompense il obtiendrait, grâce à cet amour, une vie belle et fastueuse.

Ses lèvres s'entrouvrirent. Il cligna des yeux.

— Les gens pensent que je n'aime pas les femmes, susurra-t-il. Ce n'est pas vrai...

D'un geste empreint de timidité, il ôta sa serviette.

Ce que vit la jeune blonde la fit sourire. Atinoë attendait. Si le roi était jeune et empoté, son corps était celui d'un homme fait.

— Êtes-vous uniquement masseuse ? demanda-t-il avec malice.

Le sourire de la jeune femme s'accentua. Sans perdre sa bonne humeur, elle pressa un endroit précis du pied du roi. Quelques secondes suffirent pour que son désir s'apaise. Peu après, l'adolescent couronné tomba dans un profond sommeil.

Lorsqu'elle sortit de la chambre royale, la masseuse recommanda à Atinor de laisser son royal ami se reposer.

En se retrouvant seule dans les profonds corridors, Lolène repensa au jeune roi. Nourrissait-elle quelques regrets ? Elle songea à Alimas. À Erminophène qui était chargé de récolter lui aussi de précieux renseignement sur la présence des six rois en Gorée. Tous deux l'attendaient sans doute impatiemment.

Un étourdissement la gagna. Elle posa sa main sur la pierre froide et se raidit aussitôt.

Atinoë a raison de penser que cet endroit sent la mort, se dit-elle en descendant une volée de marches ébréchées par les siècles.

LA CÉRÉMONIE DES ROIS

S artran et Rouviff Dogmo, respectivement grand lamane de *Gorum* et maître de l'Ordre des cristalomanciens de Gorée, se lançaient des œillades assassines de part et d'autre du fauteuil royal encore vide. Autour de la table en marbre doré réunissant les six rois et leurs conseillers, l'humeur était maussade. Dans la salle d'apparat fraîchement repeinte planait une espèce de langueur glacée qui raidissait les membres et écrasait les épaules.

Les monarques rongeaient leur frein. Vêtus de leurs plus beaux costumes de cérémonie et des couronnes de leur charge, ils portaient chacun au défaut de l'épaule gauche ou bien sur le cœur l'emblème du géant ou de la géante qu'ils représentaient.

Ainsi, Clébos exhibait la feuille de kénoab noire de l'aventurière Élorîm. Le tout jeune et blondasse Atinoë, le rayon de soleil stylisé d'Atinox le lumineux; le nouveau roi d'Orvilé, Orvil VIII, suffisant et pompeux, portait sur le bras la palme d'ogrove de l'intellectuel Orvilé; le roi Phrisus, le plexus de bronze de l'orgueilleuse Élissandre, et Balcusor, l'éphron d'or à tête d'homme du puissant Ormédon. La vieille reine Welmaë de Milos, à moitié sourde et le corps perclus de rhumatismes, arborait quant à elle la fleur de *milandre,* blanche et pure, symbole de la géante Milosis.

La tenue des rois et celle de leurs proches conseillers étaient irréprochables. Il en allait tout autrement de leurs attitudes ampoulées, de leurs regards nerveux et de leurs sourires hypocrites.

Ils fixaient tour à tour les épaisses poutres de kénoab blanc qui brillaient au faîte des toits en cathédrales et l'immense carte représentant leur « nouveau » continent central, gravée sur le marbre clair de la table. Leurs yeux de fauves croisaient souvent ceux des deux envoyés spéciaux du roi Sarcolem dont le retard commençait à devenir exaspérant, sinon insultant.

Sartran de Goromée comprenait parfaitement leur malaise. Lui-même n'arrivait pas encore à évaluer les raisons de sa présence à Hamrock en cette heure pourtant si glorieuse.

Sarcolem l'avait cependant renseigné à ce sujet. Il le nommerait grand ordinateur de la cérémonie et l'assiérait à sa droite à la table des rois. Et il avait tenu parole !

Sartran devinait que son rôle lors des ultimes négociations serait des plus importants non seulement pour son prestige personnel, mais aussi pour l'affermissement de son pouvoir au sein même du cercle des lamanes de Gorum.

Pour toutes ces raisons, se disait-il, il était aujourd'hui au bon endroit et au bon moment pour servir sa destinée et celle de tous ses confrères lamanes. Un moment, il sourit en remarquant que le roitelet d'Élorîm, qu'il appelait « Clébos le fourbe », tenait la main de son jeune amant; un garçon exécrable tout pénétré de sa propre importance.

Sartran avait pour sa part tiré un trait sur sa vie sentimentale. Il avait bien de temps à autre des aventures avec quelques vestales qu'il exilait après avoir abusé d'elles. Mais rien de sérieux ou de profond n'avait jamais effleuré son cœur, excepté sa quête obsessionnelle du pouvoir.

Tout en attendant le roi dont l'absence commençait à jeter de l'ombre sur leur grand projet d'unification pacifique, Sartran se demanda si sa poursuite effrénée du pouvoir ne tirait pas son origine de son enfance pauvre et solitaire vécue sans amour. Cette réflexion l'aurait occupée sans doute pendant quelques minutes encore s'il n'avait pas vu les rois Orvil et Phrisus s'agiter sur leur siège.

— Vos Augustes Majestés, déclara-t-il en se levant avec emphase, si nous révisions nos positions et nos accords pour faire passer le temps ?

En remarquant à quel point son collègue et adversaire de toujours était mal à l'aise, Rouviff Dogmo s'empressa de l'imiter et ajouta de sa belle voix assurée :

— Sarcolem, notre roi, est en chemin. Il aura été retardé par quelque affaire urgente…

Mais quelle affaire pouvait être plus prestigieuse que la signature de ce traité d'unification économique et diplomatique des sept royaumes du continent central ?

Ouvrant sans enthousiasme les documents posés devant eux, les rois étaient en droit de se le demander.

Les articles de cette entente sans précédent reposaient sur des principes simples que tous avaient déjà approuvés. Après maints tracas administratifs, il avait été convenu d'unifier le système monétaire et d'utiliser, en lieu et place des sept différentes monnaies qui avaient cours depuis près de mille ans, le *drak* : un nouvel éventail de pièces en étain, en bronze, en argent et en or. L'union des territoires serait surtout d'ordre diplomatique. D'une part pour éviter que les cinq royaumes de la ceinture extérieure, *Lem, Vorénor,* Reddrah, Dvaronia et *Midrika* ne tentent de manipuler les rois pour les dresser les uns contre les autres. D'autre part pour que les sept monarchies, autrefois toujours engagées dans d'incessantes guerres d'influence, puissent dorénavant former un bloc compact qui ferait fi des anciennes alliances.

Un à un, les rois firent mine de relire ces termes qui avaient été soigneusement mis en forme par des bataillons de légistes et de scribes.

Cette union des couronnes laissait évidemment toute latitude aux rois de légiférer chez eux dans des domaines aussi importants que l'éducation, le transport, l'armée et la religion.

Finalement – et c'était là le point essentiel de cet accord – si un des sept royaumes se trouvait menacé par une des puissances de la ceinture extérieure, les « sept » se juraient loyauté et assistance immédiate. Des armées seraient mises au service du monarque en péril. Sarcolem s'engageait même, par la signature de ce pacte historique, à prêter aux rois des contingents de ses invincibles et mystérieux hommes de silex.

Oui ! de ce pacte allait naître une ère nouvelle de paix, de sécurité et de progrès, tant économiques, culturels que sociaux.

Le commerce en bénéficierait. Les marchandises ne seraient plus autant taxées et circuleraient mieux. Une flambée des prix était certes à craindre, de même qu'un exode des travailleurs qualifiés dans les domaines de la construction, par exemple. Mais, en contrepartie, la main-d'œuvre gratuite – autrement dit les esclaves – serait elle aussi plus mobile, moins coûteuse et plus nombreuse à la tâche.

Alors qu'augmentait la frustration des courtisans rassemblés dans les antichambres voisines, les termes de cette alliance hors du commun – ainsi que l'appelait Sartran – s'enracinaient dans l'esprit de chacun. Faisait-elle oublier l'angoisse qui montait d'un cran chaque fois que la clepsydre murale avançait d'une unité ?

Imitant son confrère, Rouviff Dogmo répéta aux rois les termes de cet accord dont leurs propres conseillers leur avaient déjà à de nombreuses occasions rebattu les oreilles.

Le grand maître de l'Ordre des cristalomanciens était le seul représentant de sa confrérie. À croire que les autres rois dédaignaient leurs propres manieurs de cristaux pour donner la préséance à ces lamanes prétentieux.

Lui avait gravi les échelons un à un. Il avait mis trente années avant de parvenir au poste si envié de premier conseiller du roi. Pas si mal pour un jeune loup échappé des bas quartiers de Goromée ! Son parcours de vie l'enchantait. Il avait lutté, souffert et trahi. Mais que faire d'autre lorsque l'on est né orphelin, que l'on a été rejeté et qu'à l'âge de quatre ans on devait disputer sa pitance aux chiens errants et aux rats de la cité !

En échange de sa participation à la grande cérémonie de signature du traité d'alliance, Sarcolem avait promis à Dogmo une part du prestige qui découlerait de la création du continent unifié. Cette faveur permettrait-elle au grand maître de rabattre son caquet à Sartran ? Il rêvait de ce jour prochain où le clergé de Gorum, miné par sa propre corruption, s'effondrerait à la vue de tous. Dogmo demeurerait alors seul conseiller et aurait droit à sa statue sur l'esplanade des rois.

En attendant, l'atmosphère alourdie de poussière de la salle d'apparat lui asséchait la gorge. Il adressa un signe discret à son domestique personnel.

Tous deux pensaient à un verre d'anisade à base de jus d'*égoyier* et de fleurs d'*hémaflore,* le tout coupé d'un trait de jus de citron.

Le serviteur joua des coudes au milieu des conseillers des autres rois, et alla frapper à une des grandes portes closes.

Rouviff Dogmo continuait à rêver de victoires diplomatiques et d'honneurs quand il croisa, par delà les têtes, le regard hébété de son serviteur. Celui-ci communiqua avec lui à distance avec les doigts : un langage complexe mit au point par le grand maître lui-même pour transmettre des concepts simples, mais impérieux.

Tout d'abord, Dogmo n'eut pas l'air de comprendre. Puis, peu à peu, il comprit que les portes devaient rester fermées pour une raison inconnue.

Le grand maître savait, certes, que la sécurité était renforcée à Hamrock. Mais au point d'interdire le passage à l'envoyé du grand maître !

Sartran aussi fronçait ses épais sourcils. Une vibration sourde, puis une seconde fit trembler les chandeliers au-dessus de leurs têtes.

Soudain, les trois portes de la salle volèrent en éclat. Des cris retentirent dans les antichambres voisines.

Une quinzaine de soldats appartenant autant aux rois qu'à l'escorte des deux conseillers goroméens furent jetés au pied de la table – lardés de coups de poignard et égorgés.

Une centaine d'hommes de silex investirent la salle…

★

Jamais, songeait Lolène, la citadelle d'Hamrock n'aura été plus habitée.

Chaque aile, chaque galerie, chaque pièce avait son locataire. Plus d'un millier d'âmes arpentaient ses corridors. Des odeurs d'humanités voyageaient entre ses murs, sous ses voûtes et ses charpentes. Des voix entremêlées, dix langues et cent dialectes se faisaient les joyeux échos d'une population enthousiaste, prompte aux échanges et aux tentatives pour nouer des relations amicales ou même sentimentales.

Engagée comme masseuse et guérisseuse, la jeune femme dispensait son art à ceux qui en avaient besoin. Durant les cinq derniers jours, elle avait soigné plus de trente personnes; des plus humbles servantes aux rois eux-mêmes. Elle savait que, de son côté, Alimas vendait ses beignets aux arachides, mais aussi qu'il questionnait ici et là. Erminophène était entré à l'emploi d'un chevalier orvilois qui était tombé de cheval et se payait les services d'un aide pour le guider dans les méandres de la forteresse. Pirius, mais aussi Ocrénos et Acrémis, les deux anciens serviteurs d'Astarée, étaient venus en renfort de Goromée pour exercer leurs talents. Le jeune blond dessinait; les deux autres cuisinaient. Pirius avait ainsi croqué, au sens artistique du terme, maintes jeunes dames de compagnie de telle ou telle femme de seigneur. Mais également des nobles présomptueux ainsi que le roi Balcusor qui l'avait complimenté sur son style.

Pourtant, aucun d'entre eux n'avait pu apprendre la véritable raison de la présence des six rois en Gorée. Tous savaient, certes, qu'un pacte d'union allait être signé. Mais qu'en était-il des raisons secrètes ?

Voilà pourquoi Lolène faisait antichambre près de la salle d'apparat où étaient en ce moment même réunis les monarques.

Elle se pencha, sourit à Alimas qui attendait en sa compagnie au milieu de la centaine de courtisans impatients.

— Je n'aime pas l'air que l'on respire ici, dit-elle.

— Il est empoussiéré, approuva le marchand.

Lolène grimaça. Alim était un homme formidable sur qui on pouvait compter. Par contre, bien qu'ardent au lit, ils ne se comprenaient pas toujours – comme en ce moment où elle parlait de l'atmosphère subtile des grandes pièces, et lui de la pureté de l'air. Cependant, elle l'aimait.

Des soldats allaient et venaient. On parlait du fabuleux festin qui clôturerait la cérémonie de signature. Des troupes d'artistes esclaves qui les régaleraient de leurs danses sensuelles. Dans les yeux de certains courtisans fortunés brillait l'espoir de retenir les services de ces danseurs et danseuses... pour d'autres prouesses plus intimes.

Tous avaient soif et parlaient haut dans l'espoir de masquer le malaise qu'ils ressentaient, au fond de leur poitrine, à un degré ou à un autre.

Lolène repensait au jeune Atinoë qui n'était que de trois ans son cadet. Elle avait appris qu'il l'avait fait rechercher. Était-ce pour la punir de l'avoir endormi ou bien pour requérir de nouveau ses services ? Elle songeait parfois qu'elle aurait pu accepter son offre tacite, tout du moins en partie. Sans doute aurait-elle pu ainsi le faire parler et ils ne seraient pas, maintenant, toujours plongés dans l'expectative !

Erminophène se fraya un passage jusqu'à eux. Sur son visage imposant perlait la sueur. Même s'il faisait chaud dans les antichambres, ce détail éveilla la méfiance de la jeune femme.

— Que se passe-t-il ?

Le Vorénorien la prit sans douceur par le bras et la tira jusqu'à une meurtrière.

— Toutes les portes de la citadelle viennent d'être refermées. On a entendu des cris et des gémissements.

Les yeux de Lolène s'agrandirent. Un des nobles, qu'elle avait massé la veille, vint s'assurer que le géant roux ne la malmenait pas. Elle le rassura d'un sourire fragile.

Erminophène poursuivit d'une voix âpre :

— Pirius a découvert trois cadavres de soldats ormédonniens.

Les lèvres de Lolène tremblaient. Une détonation, puis une deuxième déchirèrent le ciel.

Quelques secondes s'écoulèrent. Les murs de la citadelle vibrèrent légèrement.

Lolène observa le ciel.

— Ne cherche pas d'orage, lui dit le géant roux. La tempête tonne des collines.

Il poursuivit sur un ton rageur :

— Sarcolem ne viendra pas.

Lolène déglutit.

— Alors, fit-elle sur la même note, il faut partir tout de suite. Réunis le plus de monde possible. Tu connais la citadelle. Guide-nous.

Erminophène hocha tristement la tête.

— Tous ces nobles vont paniquer. De plus, toutes les issues ont été soit fermées, soit condamnées durant les rénovations.

Lolène restait sans voix.

— Sarcolem n'a jamais eu l'intention de mettre les pieds à Hamrock, ajouta le guerrier.

D'autres projectiles tirés par les bombardes s'élevèrent dans le ciel et s'écrasèrent contre les murs. Un fracas épouvantable retentit. Au-dessus de leurs têtes, des haches scintillèrent.

Erminophène poussa Lolène de côté et dégaina son glaive.

6

LA FIN DU MONDE

Lolène étouffait. Autour d'elle, les gens se poussaient, se tiraient, se griffaient, se bousculaient. La brutalité des événements les privait de leur humanité.

Des hommes de silex surgissaient de tous côtés. Leurs yeux étaient glauques. Leurs crânes, rasés sous le casque de fer soudé à leur cuir chevelu, ne ruisselaient d'aucune sueur malgré la chaleur poisseuse. Ils levaient mécaniquement leur glaive et tranchaient sans aucune trace d'émotion. La sensation d'asphyxie se changea en une violente envie de vomir. Lolène porta la main à sa bouche. Une poigne se referma sur sa nuque.

Elle hurla : « Alim ! », se retourna, vit la grosse tête recouverte d'un heaume en fer qui masquait le visage de son agresseur. Elle tenta en vain de s'accrocher à un seigneur sur le point d'être égorgé par un homme de silex.

Remorquée par l'inconnu, la jeune guérisseuse n'eut que le temps d'entrevoir l'étrange conque de bois sculptée qui dépassait de l'axe de ses épaules. Elle songea confusément qu'il était assez inconcevable, pour un mercenaire sans âme, de porter un instrument de musique en bandoulière.

— Par ici ! souffla celui-ci.

Lolène ressemblait à une poupée de chiffon. Le nez plaqué contre le flanc de l'homme, elle respira son odeur et fut étonnée de constater qu'elle ne lui était pas inconnue.

Un dos et une chevelure rousse lui cachèrent soudain la scène de massacre qui progressait en droite ligne vers les portes de la salle d'apparat.

Erminophène se battait dos à dos avec le ravisseur de la jeune femme… contre les hommes de silex !

Une main chaude saisit celle de Lolène.

— Alim ? s'étonna-t-elle.

Ils suivirent un corridor qui longeait la grande salle. Peu à peu, les courtisans épouvantés se firent moins nombreux.

— Il y a une issue par là, fit l'homme casqué.

Il déposa Lolène sur le sol. Avant même qu'il n'ôte son heaume, elle reconnut enfin le *tréborêt* noué sur son épaule gauche.

Gorth lui décocha un de ses rares sourires. Alimas semblait très excité.

— On le croyait mort ! dit-il. Mais il a pu fuir Valeroy, lui aussi. Il est arrivé dans la forteresse avant nous et…

Erminophène essuya la lame de son glaive.

— Et maintenant ? s'enquit-il.

L'écho du massacre se rapprochait dangereusement. D'autres avaient découvert l'enfilade de corridors. Gorth ouvrit la bouche, mais le fracas d'une porte défoncée lui coupa la parole.

Un corps projeté avec violence rebondit contre le mur.

Égorgé, le cadavre glissa sur la pierre en laissant une trainée écarlate.

— N'est-ce pas le jeune roi Atinoë ? commenta Erminophène en décapitant net l'homme de silex qui passait la tête par l'embrasure.

Lolène vomit sans retenue. Gorth la poussa devant et répéta qu'il y avait une issue.

Ils gagnèrent un escalier en colimaçon gardé par Acrémis et Ocrénos.

Pendant une éternité, ils n'entendirent plus que les battements de leur cœur et le martèlement de leurs galvas sur les marches. Enfin, ils foulèrent un sol visqueux. Une odeur nauséabonde leur sauta au visage.

— Où sommes-nous ? Voulut savoir Lolène entre deux hoquets.

— Près de la fosse des latrines, dit Gorth.

Il ajouta que la liberté, pourtant, n'était qu'à quelques pas. Les conduits de plusieurs pièces d'aisance étaient sûrement tout proches, car l'odeur était insupportable.

D'après les explications de l'ex-homme de silex, cet endroit était le royaume des rats et des souris. Alimas fit remarquer que des effluves iodés se mêlaient également aux miasmes putrescents.

— Les douves sont de ce côté, approuva Gorth.

Il les conduisit dans un long boyau. Malgré l'absence de torchères, un demi-jour grisâtre remplaçait peu à peu les ténèbres. Le plafond s'élargit soudain. En débouchant dans une grotte, les compagnons restèrent bouche bée.

Une trentaine de personnes les y attendaient, silencieuses, prostrées, la plupart assises et l'air désemparé.

— Je les ai trouvés et amenés, expliqua Gorth.

— Nous nous trouvons dans une ancienne zone de déchargement, précisa Alimas.

Le marchand reconnaissait les appontements, les bittes d'amarrage, les traverses inclinées caractéristiques d'un petit port souterrain.

Gorth les entraîna jusqu'à une trouée irrégulière pratiquée dans une des parois.

— Les anciennes ouvertures ont été calfeutrées. Toutes les issues menant à cet endroit ont été condamnées. Mais, il y a deux jours, cette paroi s'est affaissée.

Devait-il leur dire que trois réfugiés avaient rêvé que Torance d'Élorîm abattait ce mur exprès pour qu'ils puissent s'échapper ?

Gorth indiqua le dédale de canaux qui serpentaient entre des champs et se perdaient dans la campagne entourant la forteresse.

Alimas, lui, pointa le ciel du doigt.

— C'est bien une attaque.

— Plutôt un pilonnage systématique ! corrigea l'ancien capitaine.

Les collines environnantes étaient hérissées de catapultes. Ces machines monstrueuses crachaient des boulets incandescents à intervalles réguliers. Leur fracas sur les vieilles murailles était assourdissant.

— Avec Acrémis et Ocrénos, nous avons trouvé et réparé six anciennes barges, poursuivit Gorth.

Alimas insista pour qu'ils embarquent immédiatement. Erminophène commençait à faire monter les plus jeunes d'entre eux, quand des pas résonnèrent dans le goulot.

L'ancien officier affermit l'attache de cuir qui maintenait son tréborêt sur son dos, et brandit son glaive.

L'instant d'après, une poignée d'hommes de silex jaillit des ténèbres. L'un d'eux sauta sur Lolène. Violemment repoussée, la jeune femme heurta un gros anneau de fer. Elle vit une lame levée au-dessus de sa tête et le visage étonnement jeune du mercenaire sans âme. Elle reconnut ses yeux bleus, ses joues rondes, ses mèches noires et grasses, et hurla.

Fort heureusement, l'homme de silex fut tiré en derrière. Sans trop savoir comment, le marchand trancha le poignet qui tenait le glaive.

Le jeune mercenaire ne cilla même pas. Un court instant, cependant, ses lèvres s'arrondirent. Était-ce de la surprise ? De la douleur ? Le marchand saisit Lolène à bras le corps. Gorth vit les deux fidèles domestiques d'Astarée tomber sous les coups des hommes sans âmes.

Erminophène embarquait les derniers réfugiés. Des longes passèrent de mains en mains. Enfin, les six barges quittèrent l'appontement.

Lolène tremblait entre les bras d'Alimas. Ses mâchoires s'entrechoquaient.

— Paléas, murmurait-elle d'une voix blanche, Paléas…

À cet instant seulement, Alimas fit le rapprochement avec le jeune homme de silex qu'il venait d'amputer. L'ancien compagnon de Lolène avait disparu le jour de la mort de Torance et de Shanandra. Ils ne l'avaient jamais revu depuis. Se pouvait-il que…

Sans plus chercher à comprendre, il posa une couverture sur les épaules de son amante et la berça comme une enfant.

★

Debout sur un éperon rocheux, Sarcolem se délectait du spectacle. Autour de lui, les membres de son état-major demeuraient silencieux. Nullement déçu par la tournure prise par les événements – ne les avait-il pas planifiés et menés à leur terme naturel ? – le roi comptait le nombre de boulets dans le firmament et imaginait leur impact sur les murs de la citadelle.

Le ahanement des esclaves qui chargeaient les catapultes, les grognements de ceux qui hissaient les pierres et qui alimentaient les feux composaient, avec les hurlements en provenance d'Hamrock, une lugubre symphonie. L'air chaud était de surcroît imprégné de l'âcre odeur de la poix chauffée à blanc.

De temps en temps, le roi voyait sourciller un de ses conseillers, pâlir un de ses généraux. Sans cesser de vivre intensément ce moment de triomphe, il notait mentalement leurs noms.

L'anéantissement d'Hamrock était le point d'orgue d'un plan dont il avait conçu la trame alors qu'il était encore un jeune roi cerné de toute part. En accédant au trône, il avait dû lutter contre cent difficultés et s'affranchir de l'étau à la fois commercial et diplomatique installé autour de la Gorée par les autres rois. Peu à peu, à force de ruse et de volonté, il avait reconquis sa liberté d'action. Le pouvoir, la puissance avaient jailli tout naturellement. Et, avec eux, le désir de vengeance.

Sarcolem se corrigea mentalement. Non pas de vengeance, car la politique n'avait ni odeur ni sentiments réels. Plutôt le désir de laisser à la postérité un héritage plus vaste que ce continent fragmenté, divisé par les luttes et les obsessions des rois. Il avait eu l'idée de réunir les sept royaumes en un seul territoire. Ses ethnies autrefois issues de la même race en un seul grand peuple.

Au fil des ans, cet ambitieux projet avait tour à tour connu des périodes d'exaltation, puis d'oubli. Et puis des circonstances favorables avaient permis au roi d'y rêver à nouveau avec passion.

En premier lieu, les chants prophétiques du Mage errant avaient exacerbé l'angoisse des lamanes de toutes les confessions. Dans chacun des royaumes, ceux-ci avaient poussé leurs souverains à se préparer à de grands bouleversements. Ensuite, les deux messagers étaient venus et un vent de panique avait soufflé dans les royaumes.

Sarcolem s'était vite imposé en arbitre et en champion contre ces messagers qui les menaçaient.

Tout en surveillant ses catapultes du coin de l'œil, Sarcolem passait en revue les différentes étapes de son ambitieux coup d'État.

Alarmés, les lamanes, puis les cristalomanciens de chaque royaume avaient poussé leurs rois à quémander l'aide de Sarcolem. Celui-ci, bon prince, avait pris sur lui de capturer les deux messagers.

Dans le même temps, je fomentais en secret des révoltes de brigands, des attaques de caravanes. J'organisais en sous-main des blocus de marchandises et les incendies des cultures...

Économiquement mis à genoux par ce qu'ils prenaient pour des séditions menées par des rebelles, les rois perdaient prestige et influence.

... j'ai donc envoyé des troupes pour les aider à combattre leurs populations affamées...

Sarcolem songea aux révoltes paysannes d'Élissandre, à la panique des nobles de ce royaume et à la fuite du roi Phrisus.

Oui, alors même que la menace des deux messagers se faisait plus pressante, Sarcolem avait entretenu la révolution de palais d'Atinox, inspiré l'assassinat de la reine Calliope d'Élorîm, affermi sa mainmise sur le royaume-tampon de Milos. Et, bien sûr, aidé Balcusor à triompher du roi félon Elk Sifoun !

... pour accroître la pression sur les rois, j'ai délibérément attisé les visées expansionnistes du roi de Dvaronia et de la reine de Reddrah sur Élissandre et la Gorée. J'ai armé les pirates des îles de Midrika et leur ai fourni des bateaux pour qu'ils puissent attaquer les côtes d'Élorîm, d'Atinox et d'Orvilé...

Craignant d'être détrônés par une révolution intérieure due à l'arrivée des deux messagers d'un côté et par une invasion extérieure de l'autre, les rois avaient finalement accepté la proposition de Sarcolem.

... un continent central uni diplomatiquement et éco-
nomiquement. Une sorte de confédération des royaumes.

À cette idée, il rit dans sa barbe poivre et sel. Ses proches
conseillers détournèrent la tête de la citadelle qui agonisait
sous les bombardements, et l'observèrent.

Un général courageux fit remarquer que les honora-
bles Sartran et Rouviff Dogmo se trouvaient toujours à
Hamrock, de même que plusieurs détachements d'hommes
de silex.

Le roi fixa l'officier avec tant d'intensité que celui-ci
souhaita rentrer sous terre. Puis, d'une voix mielleuse,
il avoua que le but réel de l'opération était de rayer la
citadelle de la carte. De la brûler jusqu'à ses plus anciennes
fondations. Et, bien sûr, d'envoyer toutes les âmes qui s'y
trouvaient dans les légendaires brumes de Shandarée.

Tant d'ignominie était inimaginable. Atterrés, plusieurs
courtisans de haut rang ne pouvaient croire que les six rois
et leur famille se débattaient dans les flammes.

Peut-être pour apaiser leur mauvaise conscience, le roi
ajouta que les deux pontifes avaient toute leur vie servi les
intérêts de la Gorée, et qu'ils la servaient encore aujourd'hui
en se sacrifiant de bonne grâce.

Sarcolem pouvait être fier des résultats. Non content de se
débarrasser de ses deux encombrants pontifes, il éradiquait
aussi la race des rois.

En ce moment même, les principales familles nobles de
chacun des six royaumes prêtent serment de fidélité aux
gouverneurs que j'ai choisis pour administrer ces nouveaux
territoires. Mes fonctionnaires secrets débloquent les greniers
à grain, libèrent les navires de marchandises et s'apprêtent à
distribuer des millions de pièces de bronze aux populations des
principales villes.

Avait-il pensé à tout ?

Mes gouverneurs remplaceront les anciens rois. Des membres des nobles familles composeront le sénat de chacune de ces « provinces ». Les populations seront amusées et nourries. Des corporations d'artisans verront certaines de leurs revendications acceptées.

Le temps que se calment les esprits et que la passation de pouvoir puisse s'effectuer sans trop de heurts.

Sarcolem avait beau réfléchir, il ne pensait pas avoir oublié quoi que ce soit.

Le crissement d'un essieu de chariot l'arracha à ses pensées. L'attelage s'arrêta à sa hauteur. Le roi se pencha à l'intérieur. Une femme enceinte aux grands yeux verts hagards était assise entre deux soldats.

Sarcolem hocha la tête. Astarée s'en allait pour une vie nouvelle. Il la salua, ne s'étonna pas de son hébétude causée par les drogues qu'on lui avait administrées. C'est sans un regret qu'il lui disait adieu à sa façon.

Au loin, Hamrock s'effondrait sous son propre poids.

Les événements s'étaient si bien déroulés qu'une pensée amusante vint au roi. Et si ses propres plans avaient coïncidé avec ceux de la déesse ? Cela expliquerait bien des choses. Entre autres, le fait que les Vénérables d'Évernia, incluant l'agaçant Mérinock, soient restés dans l'ombre tout au long de cette crise.

Qui sait si mes ambitions ne servent pas précisément celles de la déesse ? se demanda sérieusement Sarcolem.

Puis, pleinement satisfait, il mit un terme à cette macabre journée par ces mots qui devaient résonner pour des siècles et des siècles et s'inscrire à jamais au fronton de l'Histoire :

— Nous daterons les annales de notre nouvel empire à partir de ce jour.

Le grand mur

Au nord de Goromée, vingt-sept ans plus tard...

Les six jeunes filles s'occupaient de leurs patients sans tenir compte de l'odeur de mort et de sang qui appesantissait l'air. Passant d'une vieille dame vêtue de loques à un artisan blessé au travail, elles œuvraient auprès des femmes enceintes et s'agenouillaient ensuite devant les jeunes soldats goréens pris de fièvre. De temps en temps, elles jetaient un regard furtif à leur mère, une petite femme ronde au visage lisse et aux yeux bleus remplis de douceur. La septième des filles restait obstinément à l'intérieur du chariot qui les attendait toutes, prêt à repartir à tout moment…

Une des filles rejoignit sa mère qui tenait le pied droit d'un très jeune soldat entre ses mains.

— Le temps presse, fit-elle à mi-voix. Les hommes vont venir et l'orage tonnera bientôt.

La femme régla son souffle sur celui du blessé, stimula un point précis sous le pied du soldat : celui-ci poussa un grognement sourd. Elle se tourna vers le chirurgien qui attendait, abruti de fatigue.

— Tu as soigné ses blessures les plus apparentes, mais celles qui le font le plus souffrir viennent des os et de son sentiment de culpabilité.

Elle approcha sa bouche de l'oreille du soldat et murmura d'une voix belle et grave :

— Tu n'es pas responsable de la mort de tes camarades. C'est le prix de la guerre. Laisse l'empereur en porter la charge.

Elle n'eut pas le temps d'en dire davantage que trois de ses filles l'obligèrent à regagner le chariot. Leurs regards affolés reprochaient tendrement à leur mère de n'avoir pas résisté à l'appel muet de tous ces gens qui avaient été entassés dans l'ancienne carrière de pierres par les autorités en attendant que passent les batailles et les bombardements.

— Vite ! Vite ! les exhorta un vieillard lorsqu'elles réapparurent entre les nappes de fumées.

Il aida la mère à monter dans le chariot. Autour, les soldats chargés de la surveillance étaient trop las et exténués pour noter l'empressement de cet étrange équipage.

Le cocher, bien qu'assez âgé, possédait une vigueur qui étonnait tous ceux qui croisaient son chemin. Sa tête massive et chauve, son regard sombre et lourd, ses mains puissantes impressionnaient. Quand la dernière fille eut regagné l'attelage, il lança ses chevaux au galop.

Après avoir laissé derrière eux les files de gens hagards qui fuyaient les campagnes, Gorth passa sa grosse tête sous la bâche.

— Tu ne te corrigeras donc jamais, jeune fille !

Des rires presque enfantins lui répondirent. Non seulement parce que ce « jeune fille » s'adressait en fait à leur mère, mais aussi parce qu'entre elle et le vieillard existaient une tendresse et une complicité qui allaient bien au-delà des mots.

— C'est folie, par les temps qui courent, de vouloir à tout prix soigner des inconnus quand les espions de Sarcolem sont à nos trousses !

Lolène sourit à Gorth. Puis elle reporta toute son attention sur son mari qui gémissait sur une couche hâtivement installée à même le sol du chariot.

Le malade prit sa main et la serra.

— Le temps est venu, n'est-ce pas ?

Un spasme de douleur tordit son visage.

Alimas n'était plus que l'ombre de lui-même. S'il avait trop travaillé et craint pour la vie de sa femme et de leurs sept filles, il était aussi rongé par le regret de n'avoir pas accompli assez de choses.

Lolène le regardait avec un mélange de douceur et de gravité.

— As-tu été heureuse avec moi ? Voulut savoir le mourant.

Les sept filles détournèrent la tête. Pourquoi se trouvaient-elles dans ce chariot lancé sur les chemins de Gorée à un moment aussi périlleux et intime de la vie de leurs parents ?

Lolène sentit monter des larmes dans ses yeux.

— Oui, Alim. Oui, répondit-elle dans un souffle.

Se reprochait-elle d'avoir soigné tant de gens sans avoir su deviner combien son mari, qui ne se plaignait jamais, était lui-même atteint ?

— J'ai fait un rêve, ajouta-t-elle. Je les ai vus…

Les sept filles dressèrent l'oreille. Lolène les contempla avec amour, puis elle reprit :

— Je me retrouvais sur la plage immaculée du Mage errant. Le Vénérable et Shanandra se tenaient dans la lumière. Ils me disaient que nous avions bien fait avancer la Cause et que, bientôt, nous allions les retrouver.

Le chariot fit une embardée. Gorth poussa un juron de soldat. Inquiète, Lolène souleva la bâche de cuir et se figea de stupeur.

★

La haute muraille construite par l'empereur Sarcolem lui coupait l'horizon. Érigée à une centaine de kilomètres au nord de Goromée, elle ressemblait à une vilaine cicatrice et fermait la frontière nord de l'empire d'un bout à l'autre de l'isthme – soit, sur une distance de près de deux cents kilomètres.

L'érection de ce fabuleux ouvrage de maçonnerie occupait l'attention du monarque depuis les premières années de l'empire, lorsque la reine de Reddrah avait une fois encore tenté une incursion armée sur le continent central.

Un quart de siècle s'était écoulé, et hommes et bêtes peinaient toujours à extraire du sol les matériaux nécessaires à la poursuite de ce projet gigantesque destiné à sécuriser les populations.

Lolène contempla la haute tour et son sommet crénelé que des équipes de maçons étaient en train de terminer. Ce tronçon de muraille à lui seul avait nécessité le travail conjugué de centaines et de centaines d'esclaves. Plus de dix mille d'entre eux avaient péri d'épuisement ou suite à des accidents. Pendant ce temps, alors qu'entre Reddrinor et Goromée l'empereur et la reine barbare raffinaient leur diplomatie, des hordes de mercenaires payées par cette dernière harcelaient les bâtisseurs.

Lolène songeait aux paysans de la région qui voyaient leurs récoltes systématiquement détruites.

L'homme n'a donc jamais fini de souffrir et de faire souffrir, se dit la guérisseuse, lasse de la folie des rois.

Une voix grave brisa le fil de ses pensées :

— As-tu assez vu de misères pour aujourd'hui ? Es-tu prête à présider notre assemblée annuelle ?

Gorth avait toujours fait preuve de cynisme, mais jamais autant que depuis qu'il avait déposé son dernier tréborêt et juré de ne plus inventer de musique. Lolène, qui aimait tant l'entendre jouer, en était peinée. Il lui semblait même que cette décision était un autre signe l'avertissant qu'une page, bientôt, allait être tournée.

Elle tenta une fois encore de lui confier le contenu d'une transe qu'elle avait eue dernièrement et dont le sujet était si étonnant, si dérangeant, qu'elle avait du mal à le garder pour elle seule.

Elle ouvrit la bouche…

— L'orage gronde. Il est temps ! la coupa Gorth en faisant claquer ses fouets.

Ses filles tirèrent Lolène en arrière, car Alimas était au plus mal. Le temps était venu, pour la guérisseuse, de réciter les paroles sacramentelles.

Elles virent tout naturellement à ses lèvres :

« Laisse la chair à la chair, abandonne à la terre le poids de tes regrets, de tes fautes, de tes actes inachevés. »

Alimas geignait. Sa fièvre empirait de minute en minute. Sa fille aînée frottait ses pieds nus entre ses mains pour calmer ses souffrances.

Lolène récitait la prière des morts et abordait la partie qui concernait plus volontiers les survivants :

— Vous qui demeurez ancrés à vos corps de chair, laissez cette âme s'envoler. Ne la pleurez pas outre mesure, car vos pleurs et votre chagrin sont des chaînes qui peuvent entraver son envol.

Lolène se sentait-elle vraiment encore « ancrée » à son corps de chair ?

Pas après ce rêve...

Elle songea aux vingt-cinq dernières années. À son mariage avec Alimas, peu après la destruction de la forteresse d'Hamrock. À l'élaboration de ce qu'ils nommaient entre eux « la Cause ». À leurs efforts communs pour organiser leur mouvement. Il avait fallu faire copier les Préceptes de vie et retranscrire les écrits de Cristin. Pirius avait, quant à lui, recopié ses propres dessins à des dizaines d'exemplaires. Tout ce travail avait été accompli dans des retraites de fortune, autour de feux de camp, dans des cavernes ou des maisons amies pour échapper aux hommes de l'empereur.

« As-tu été heureuse avec moi ? »

Cette phrase, prononcée par Alimas, ne cessait de hanter la guérisseuse. Oui, avait-elle répondu. Leurs sept filles n'en étaient-elles pas la preuve ?

Pourtant, malgré cet amour tranquille tissé d'habitudes, de goûts et de projets communs, qui avait commencé par une véritable explosion de plaisirs sensuels, Lolène ne pouvait se défendre d'une certaine mélancolie teintée de regrets. Qu'aurait-elle accompli de différent si Cristin et elle avaient vécu côte à côte ? Cette question restée toutes ces années sans réponse la marquait encore aujourd'hui au fer rouge.

Le chariot tressaillit. Une fois encore, la voix de Gorth dissipa ses souvenirs.

— Nous sommes arrivés !

La plaine lugubre écrasée par les lourds nuages avait cédé la place à un bois d'épineux et à une clairière au centre de laquelle s'élevait une masure en bois sur le point de s'écrouler. En l'apercevant, Lolène ne put s'empêcher de penser qu'elle ressemblait à cette maison : pleine de souvenirs et prête à tout.

Des compagnons les entourèrent. La guérisseuse vit des hommes taciturnes vêtus d'épais manteaux et de lourds capuchons – les *serpiants*, formés par Gorth, chargés de veiller à leur sécurité. Si elle se rappelait bien du dispositif mis en place par celui qui, au fil des ans, était devenu son « conseiller militaire », des cavaliers parcouraient le périmètre tandis que d'autres étaient en poste sur les routes et les sentiers.

Lolène remarqua que certains nouveaux compagnons, recrutés dans les villes par les légides, souriaient à ses filles. Une bouffée de fierté vint à la guérisseuse, car ses enfants étaient ses sept joyaux et une raison supplémentaire pour Lolène d'aimer Alimas.

On emmena le marchand à l'intérieur du bâtiment dans une pièce fermée par un rideau.

Par des messages échangés au moyen de colombes, Lolène avait communiqué avec tous ses légides, répartis autant en Gorée que dans les royaumes de Vorénor et de Reddrah : en tout, une centaine d'hommes et de femmes qu'elle avait personnellement nommées à ces postes de responsabilité.

Cette année, Abriel, qui était maintenant son bras droit, avait choisi comme lieu de réunion secrète la plaine de *Valeroy* qui rappelait tant de souvenirs à Lolène. Vérimus, un des fils d'Elk Sifoun, s'était occupé de tout : du ravitaillement en passant par l'eau, les couvertures et jusqu'à la moindre feuille d'ogrove.

Entourée d'égards, Lolène fut portée par quatre paires de bras. Une main à la fois douce et ferme saisit la sienne. Elle sourit à Abriel qui passait pour son fils. Cornaline, sa compagne, adressa un signe d'amitié à celle qu'elle aimait telle une grande sœur.

Lolène était pleinement heureuse. Autour d'elle se trouvaient réunis tous ceux qu'elle chérissait.

Gorth restait en retrait pour surveiller les allées et venues. Abriel accueillait chaque nouveau compagnon avec chaleur et amitié. Cornaline réconfortait les uns, prenait des nouvelles des autres. Un léger brouhaha, presque un chuchotement, emplissait la grande salle. Lolène remarqua que pour recevoir tout ce monde, Vérimus avait dû faire abattre d'anciennes cloisons. Une longue table avait été installée au centre. D'autres compagnons, hommes et femmes, distribuaient des bols de soupe chaude et des quignons de pain macérés dans de l'huile de quimo.

Malgré cette ambiance de retrouvailles, la guérisseuse frissonnait. Non que la chaleur des corps ne lui apportât pas un réel sentiment de sécurité. Était-ce à cause de la pluie glacée qui tombait sans arrêt ou bien à cause de tous ces gens qui attendaient la mort dans la carrière avoisinant la grande muraille, mais Lolène se sentait fébrile et nerveuse.

La guérisseuse, qui n'avait pourtant pas plus de quarante-cinq ans, sentait peser sur ses épaules le poids des années accumulées.

Je me fais vieille…

Notion qui ajoutée aux tuiles qui gémissaient et à l'humidité glacée qui suintait des murs lui donnaient encore plus froid dans les os.

Ramid, le fils aîné d'Elk Sifoun, déplia contre un mur une grande carte des douze terres. Il échangea un regard complice avec Abriel, dont il était le principal lieutenant.

Celui-ci commença son exposé.

— Je voudrais tout d'abord souhaiter la bienvenue à tous nos compagnons, aux anciens fidèles et aux nouveaux…

En privé, Abriel possédait de l'aplomb et du courage. Mais quand il devait parler en public, les mots lui faisaient parfois défaut. Cornaline lui coula un regard d'encouragement. Le grand jeune homme brun bredouilla, mais remercia aussi les gens de s'être déplacés malgré les dangers qui planaient en permanence sur leurs assemblées.

Puis il aborda un sujet qui lui tenait à cœur et se sentit plus à l'aise.

— Nous sommes heureux de compter ce soir parmi nous de nouveaux légides qui partiront dès demain œuvrer dans les lointaines îles de Midrika.

Il traça, pour les nouveaux venus dont les longs manteaux dégoulinaient de pluie, un portrait de ce qu'il appelait leur *magistère;* c'est-à-dire leur travail qui consistait à implanter progressivement dans toutes les grandes cités des communautés où l'on enseignait gratuitement à qui le voulait bien les Préceptes de vie énoncés jadis par Torance et Shanandra.

L'œuvre avançait bien malgré l'empereur et le haut clergé des lamanes des douze confessions qui se sentaient menacés par ces règles de vies dont certaines bousculaient leurs propres doctrines.

Abriel parla de leurs amis, dont le géant roux Erminophène qui avait regagné le royaume nordique de Vorénor avec ses fils pour y bâtir des écoles.

— Erminophène est au courant des problèmes que nous cause Sarcolem. Toute organisation ayant besoin de moyens, il nous a fait envoyer deux caisses de pièces d'or.

L'enthousiasme était palpable dans la salle. Cependant, Gorth trouvait imprudent de la part d'Abriel de faire une pareille annonce. L'ancien capitaine connaissait trop la nature humaine pour accorder une confiance totale à ces « compagnons » qui arrivaient maintenant de tous les horizons.

Certains problèmes furent soulevés.

— De nombreux fidèles, reprit Abriel, attisent la colère des lamanes en ne payant plus leur tribu aux temples. Dans plusieurs provinces de l'empire, les gouverneurs ont commencé à organiser des rafles parmi nos amis. Nul ne sait, à l'heure actuelle, ce qu'il advient d'eux.

Ramid et Vérimus échangèrent un regard sombre. Leur sœur Tabina faisait partie de ceux qui avaient dernièrement été capturés dans la cité d'*Ornia*, la capitale de la province d'Orvilé. Ils avaient bien essayé, en tant qu'anciens princes de Midon, d'obtenir de l'aide auprès du gouverneur impérial, mais sans résultat.

À cet instant, Gorth nota un échange de regards entre Vérimus et un des nouveaux compagnons, un jeune homme à l'étrange regard bicolore et au visage pâle et lunaire. Son œil de braise et l'autre, vert émeraude, ainsi que sa manière de se tenir très droit lui rappelèrent la seule femme qu'il avait aimée, autrefois.

Il se frotta les yeux. Il n'avait pas beaucoup dormi, ces derniers jours, et l'épuisement le guettait. Il voyait des fantômes partout. Honnêtement, il avait hâte que cette réunion se termine. Hâte que les nouveaux compagnons repartent. Hâte, aussi, que Lolène et ses filles soient en sécurité avant d'aller lui-même prendre un peu de repos.

Les vents soulevaient les tentures qu'il avait fait placer devant les fenêtres. Avec ces rafales entrait aussi l'humidité. La vieille masure allait-elle résister ? Les deux cheminées, nourries de bûches mouillées, produisaient peu de belles flammes, et une demi-obscurité baignait la pièce malgré les torchères accrochées aux murs.

— Plusieurs de nos légides, poursuivait Abriel, ont été arrêtés et accusés de fomenter des troubles publics.

Il évoqua Pirius et Ylotte qui avaient tous deux fondé, dans les montagnes du royaume de Vorénor, une confrérie appelée *les Fervents du Feu bleu*.

— Ylotte, formée autrefois à *Wellö-arrh* par des Servantes initiées, a été chargée par les âmes de Torance et de Shanandra d'instruire les peuples nordiques sur la véritable histoire des géants et de la déesse.

Abriel évoqua également le temple d'*Éliandros*, la première des écoles fondées par Erminophène en terre de Vorénor.

— Notre ami nous a dit qu'elle comptait déjà une cinquantaine d'élèves !

Oui, songea Lolène, l'œuvre de Torance et de Shanandra a fait du chemin !

Tous ces événements découlaient-ils d'un plan ourdi par le Mage errant ? Les âmes des deux messagers y travaillaient-elles subtilement de concert avec eux ?

Lolène rêvait trop souvent de Shanandra, ces derniers temps, pour en douter.

Arriva enfin le moment où chaque nouveau compagnon évoqua la transe ou le rêve durant lequel il avait été contacté par Shanandra, Torance, ou par le Mage errant lui-même.

Ces témoignages arrivaient à point pour permettre à chacun de se faire une idée de qui avaient été les deux messagers. Lolène fut invitée à parler d'eux. Tandis qu'elle évoquait sa première rencontre avec le prince d'Élorîm et la princesse montagnarde, de jeunes compagnons notaient chacune de ses paroles.

Lolène songeait avec bonheur que bientôt des centaines, voire des milliers de gens pourraient lire ces pages et découvrir eux aussi les extraordinaires personnes qu'avaient été Torance et Shanandra.

La discussion se poursuivait. Des pâtisseries cuites à la hâte passaient de mains en mains; des hanaps de vin coupés d'eau circulaient. Le sommeil gagnait plusieurs des participants quand un frottement métallique attira l'attention de Gorth.

Lolène racontait comment Torance avait, devant les murs de *Médino*, défait l'armée du roi Sarcolem. Les feux mouraient doucement dans les âtres. Les vents n'étaient plus que des murmures dans la nuit. Soudain, ce bruit métallique tinta de nouveau à l'oreille de l'ancien guerrier.

Tout se passa en quelques secondes. Un bol tomba au sol. Un enfant poussa un cri.

Il sembla à Gorth qu'un poing énorme s'abattait sur la grande salle.

Le compagnon au regard bicolore dégaina un sabre et trancha net la tête de Ramid, qui se tenait devant lui.

Cet acte barbare donna le signal. Vérimus fut tiré en arrière tandis que deux, quatre, dix autres nouveaux compagnons se retrouvaient avec des glaives entre les mains.

La fille aînée de Lolène fut éventrée.

Plongé vivant dans un de ses cauchemars, Gorth appela ses hommes postés dehors, sortit sa cerbola et courut vers Lolène, Cornaline et Abriel…

LE SECRET

Un compagnon renversa une pile de bûches. Des étincelles jaillirent de l'âtre et s'accrochèrent au bas de sa tunique. Plusieurs pièces d'étoffes s'enflammèrent.

Gorth se précipita sur le jeune homme qui avait décapité le pauvre Ramid et le bouscula de l'épaule pour l'empêcher d'égorger Cornaline. Sa cerbola en main il retrouvait, malgré son âge, les gestes précis qui donnaient à sa lame ronde et dentelée toute son efficacité. Coupant à gauche, tranchant à droite, il dégagea un espace suffisant pour réfléchir à un plan d'action.

Une seconde lui suffit pour comprendre que plusieurs faux compagnons étaient en réalité des espions. Comment avaient-ils pu se mêler à leur groupe ?

De la fumée commençait à stagner sous les poutres.

Nous allons tous mourir brûlés vifs ! s'effraya l'ancien capitaine d'Astarée.

Heureusement, son instinct de survie n'avait jamais été aussi vivace. Il croisa le regard bicolore du chef des agresseurs. Sa face lunaire était en sang. Pourtant, il le dévisageait avec morgue comme s'il le connaissait ! Un corps se plaça entre

LES MESSAGERS DE GAÏA

eux. L'ancien capitaine saisit au collet un autre agresseur et le projeta contre une porte.

Gorth poussa Abriel et Cornaline, et dut tirer Lolène qui hurlait les noms de son mari et de ses filles. Trois d'entre elles se faufilèrent entre les hommes qui se battaient et les suivirent.

Dehors, l'air était glacial. À moitié aveuglé par la fumée qui sourdait de la bâtisse, Gorth réalisa que ses sentinelles se battaient contre des soldats goréens déguisés.

Si Gorth avait compté sur l'aide de ses mercenaires pour retourner se battre à l'intérieur, son plan s'effondrait. Avisant un groupe de chevaux attachés tout près, il repoussa le soldat qui le menaçait de son glaive, et, sans lâcher Lolène, il ordonna à Abriel de faire monter à cru sa compagne et les trois jeunes guérisseuses.

Lolène portait un sac en bandoulière. Juste avant de la hisser sur un hongre à la robe mouchetée, Gorth l'entendit gémir et s'enquit :

— Tu es blessée ?

Il tâta le côté gauche de la femme et retira sa main couverte de sang. Lolène secouait la tête.

— Mes filles, se lamentait Lolène, Alim… Nos documents secrets !

— Allons ! fit Gorth en libérant les chevaux qu'ils n'utilisaient pas.

Abriel, déjà en selle, hésitait encore.

— Inutile, gronda l'ancien capitaine. Nous ne pouvons pas en sauver un seul de plus !

Un craquement sinistre monta de la baraque. Ce bruit les tira de leur torpeur.

— Allons ! répéta Gorth.

Et il fouetta les flancs de son hongre.

★

Le jeune officier goréen qui avait conduit toute l'affaire tira le rideau qui séparait la grande salle de la pièce où l'on avait transporté le vieux marchand. Malgré l'incendie qui faisait toujours rage, il y poussa Vérimus.

— Je veux que tu voies ça, lui souffla-t-il à l'oreille.

Un homme de silex manchot s'agenouilla près du malade.

Allongé sur une couche de grains, Alimas rêvait qu'il se trouvait, comme autrefois, devant Torance et Shanandra. Les deux messagers venaient de libérer les esclaves appartenant aux marchands. Le prince d'Élorîm, blessé lors de son combat contre le géant Erminophène, avait l'air d'un jeune homme honnête et juste. Ces deux qualificatifs étaient venus spontanément à l'esprit d'Alimas, lorsque, pour la première fois, il lui avait adressé la parole. « En guise de soumission, disait-il, mon chariot est désormais le vôtre. Laissez-moi vous suivre ! »

Alimas était exalté par ce souvenir qu'il revisitait avec sa conscience d'homme mûr.

Je revis une scène importante de ma vie…

La princesse montagnarde s'avança vers lui et… le pris dans ses bras ! Étonné – car, à l'époque, la jeune messagère ne le connaissait pas encore –, Alimas écarquilla les yeux. Une vive douleur à la gorge faillit le faire crier. Le sourire de Shanandra était doux, tendre, chaleureux.

« Bienvenue à toi, mon ami ! » lui dit-elle.

L'homme de silex exhiba, devant Vérimus épouvanté, la tête tranchée du vieux marchand…

★

Lolène n'en pouvait plus. Gorth avait beau la tenir contre lui, elle glissait inexorablement de l'hongre. Sa blessure au flanc gauche – un coup de dague reçu dans la mêlée des combats – ne la faisait pas trop souffrir. Ce qui la brûlait dans tout son corps était surtout d'avoir abandonné son mari et quatre de ses filles adorées.

La nuit était noire. Elle entrevoyait les visages hagards d'Abriel et de Cornaline qui chevauchaient à ses côtés. Se demandaient-ils qui les avaient ainsi trahis ?

Lolène songea à ses dernières transes et aux présences rassurantes du Mage errant et de Shanandra à ses côtés. À celle, à une ou deux reprises, de Torance.

Un cahot plus violent que les autres l'obligea à battre des paupières. Où se trouvaient-ils ? Elle sentait l'odeur musquée de l'ancien capitaine, et cela la rassurait. Il était plus qu'un compagnon. Un parent. Elle avait toujours senti qu'ils étaient amis, même lorsque le capitaine était retourné auprès d'Astarée.

Astarée !

Soudain, elle comprit que si elle ne parlait pas tout de suite à Gorth, elle risquait de ne jamais pouvoir lui révéler ce qu'elle avait appris au cours d'une de ses transes.

Puisque l'ex-homme de silex ne semblait pas prêt à vouloir s'arrêter, elle se débattit entre ses bras.

— Oooh ! Fit Gorth en stoppant son cheval.

Une terre boueuse accueillit la guérisseuse. Abriel et ses trois filles l'entourèrent aussitôt.

— Mère ! fit le jeune homme brun.

Elle tendit sa main, esquissa un sourire.

— Prends le *sécralum* de Cristin, mon fils. Toi seul est digne de devenir le nouveau grand légide.

Ces paroles les glacèrent d'effroi.

— Non ! s'écria Abriel.

— Mère ! s'empressèrent les trois filles.

Gorth avait vu trop de gens mourir pour ignorer ce qui allait se produire. Au loin leur parvenait le martèlement sourd d'un groupe de cavaliers. Gorth évalua leur distance à moins de trois verstes.

Lolène remit à Abriel le sac qui contenait le cylindre de bois peint, les documents originaux des textes écrits par leur ami Cristin, ainsi que les illustrations qu'avait dessinées Pirius.

— Il faut que vous viviez, haletait Lolène. Pour moi, pour la Cause.

Gorth dégaina son glaive et sa cerbola. Il allait annoncer sa décision de rester auprès de Lolène, quand il croisa son regard.

Elle lui ouvrit les bras, embrassa ses deux joues ourlées de vieilles cicatrices, le remercia pour tout.

Puis elle lui dit tranquillement, comme s'ils avaient encore du temps devant eux :

— Tu ne mourras pas ce soir, mon ami. Tu as encore des choses à accomplir avant de venir nous retrouver au-delà des brumes de Shandarée.

Elle lui confia alors son secret. Les traits de Gorth se figèrent aussitôt. Ses yeux s'agrandirent. Le souffle lui manqua.

— Que…

— C'est, hélas, la vérité, Gorth. J'ai voulu te le dire plus tôt, mais…

Les cavaliers approchaient. Cornaline tira Abriel vers leur cheval. Gorth, qui avait encore du mal à assimiler les paroles de Lolène, exhorta les trois filles, qui refusaient d'abandonner leur mère, à se remettre en selle.

L'ancien capitaine avait le visage humide de larmes glacées.

— Pars maintenant ! lui souffla Lolène.

Comme il refusait de lâcher sa main, elle le repoussa.

— Shanandra veut que tu le fasses !

L'ex-homme de silex comprit à ce moment que Lolène franchissait en esprit les limites de leur monde.

Il se releva, et, sans cesser de contempler Lolène qui s'affaissait lentement sur le sol glaiseux, il remonta à cheval. Cornaline avait de son côté forcé Abriel et les trois jeunes guérisseuses à se remettre en chemin.

★

L'officier goréen aux yeux noir et vert atteignit la lisière du champ deux minutes plus tard. Son groupe n'était composé que de quelques soldats. Parmi eux se trouvait un vieil homme de silex manchot.

Un officier blond au visage frais rasé mit pied à terre le premier et appela :

— Astagor ! Nous avons retrouvé la grande légide.

Le dénommé Astagor n'était pas mécontent de ses prises de la nuit. En quelques heures, il avait réussi à démanteler la confrérie des Messagers.

— L'empereur sera content ! s'exclama son ami officier.

Astagor, en effet, avait tendance à le croire.

Il força Vérimus à s'approcher, lui aussi. Le fils d'Elk Sifoun n'en menait pas large. Le teint blême, il semblait sur le point de vomir. On le força à s'agenouiller devant Lolène qui agonisait.

— Et pour ma sœur, seigneur ? demanda humblement Vérimus. Vous m'avez promis que vous la feriez libérer et…

— Bien entendu, répondit Astagor, nous avons un marché. Toi et ta sœur allez être réunis. Mais, avant, regarde ça…

L'homme de silex laissa tomber la tête d'Alimas près de Lolène. La grande légide resta sans réaction. Craignant qu'elle ne soit déjà morte, Astagor la remit de force sur ses pieds. Après une brève absence de conscience, la guérisseuse reprenait ses esprits.

L'étrange regard bicolore du jeune homme suscitait d'ordinaire un mélange de peur et de dégoût. Aussi fut-il étonné par le sourire paisible que lui adressa la mourante.

— Ton... père sera heureux de te trouver, murmura-t-elle simplement.

Astagor la laissa retomber dans la boue. Il adressa ensuite un signe à l'homme sans âme.

Paléas s'approcha de Lolène. La reconnaissait-il ? Une infime partie de lui sembla hésiter. Mais plus de vingt-cinq années de combats et de meurtres avaient annihilé l'ancien compagnon, l'ami fidèle et l'amant passionné d'autrefois.

Il leva son couteau et l'abattit sans aucune trace d'émotion. Puis, sans même essuyer sa lame, il s'occupa aussi de Vérimus.

UNE MISSION INATTENDUE

La salle du grand conseil impérial bourdonnait d'activités. Des scribes allaient et venaient, leurs tablettes de kénoab sous le bras. Des esclaves éventaient les ministres. Des jeunes filles légèrement vêtues proposaient aux nobles des bols d'eau parfumée pour qu'ils puissent y tremper leurs doigts et se rafraîchir le visage. Au centre du naos, entre les colonnes torsadées, se tenaient l'empereur et ses proches collaborateurs.

Astagor se fit annoncer par le chambellan et entra sans attendre la permission. L'arrivée de ce grand jeune homme à la démarche ailée, mais aux manières frustes jeta un voile de silence et de gêne sur l'assemblée. Les musiciens s'interrompirent. Les discussions cessèrent. Une cruche d'eau de lavande tomba des mains d'une esclave.

Encadré par deux amis officiers, Astagor se présenta devant l'empereur.

— Majesté bien-aimée, commença-t-il, j'ai l'honneur de vous annoncer que la *confrérie des Messagers* n'est plus que ruines, sang et cendres.

L'officier blond qui l'accompagnait posa un panier en osier sur la dalle de marbre clair. Le sol se stria aussitôt de fins ruisselets écarlates.

Astagor rentrait de mission. Une mission d'importance. Pourtant, nul ne pouvait dire, en contemplant le visage du souverain ravagé par l'âge, s'il était heureux ou pas de revoir celui que tous considéraient comme son pupille.

— Ruines, sang et cendres, répéta le monarque, songeur.

Astagor mit un genou au sol.

— Oui, mon maître. J'ajouterais que leur mouvement, qui a trop longtemps fait de l'ombre à votre gloire, a été... décapité.

Astagor attendait la réponse du vieil empereur. Puisqu'elle tardait, il raconta à l'assemblée le détail de son éclatante victoire.

La voix du jeune officier était agréable. Et si la finesse de ses traits se mariait mal avec ses gestes brusques, il racontait bien.

Il avait passé ses premières années dans un fort perdu à l'est de la province de Gorée, entre un ciel bleu immense et un plateau aride semé de roches brûlantes. Lorsqu'il avait eu trois ans, des émissaires impériaux étaient venus le chercher. Éduqué par les meilleurs précepteurs, il avait grandi sous l'œil acéré de Sarcolem. Aujourd'hui, pleinement intégré à la cour, il s'était fait des amis parmi les courtisans en vue, les officiers de l'armée, et même chez les lamanes les plus rompus à l'exercice du pouvoir.

Astagor en vint au récit de l'attaque proprement dite. Les ministres et les courtisans écoutaient en oscillant la tête.

Les plus vieux et les plus sages d'entre eux ne pouvaient s'empêcher de frémir devant ce qu'ils prenaient pour de l'effronterie.

La tache de sang s'élargissait sous le panier en osier. La chaleur et les mouches rendaient chacun plus nerveux d'instant en instant.

Astagor termina enfin son récit, puis il s'inclina devant l'empereur.

Sarcolem n'était plus que l'ombre de lui-même. Mais cette ombre faisait encore trembler. Les méplats de sa tiare emprisonnaient son visage maigre et blanc. Sa barbe grisâtre semblait égarée dans le rucher de soie qui enveloppait sa gorge. Seuls ses yeux toujours ardents, toujours scrutateurs aux contours épaissis de khôl, révélaient à celui qui avait l'intelligence déliée que ce vieillard était encore un homme de gloire et de pouvoir.

Malgré le manque de réaction de Sarcolem, Astagor décocha un clin d'œil d'encouragement à ses deux jeunes amis. Son assurance l'aveuglait-elle ? Ne voyait-il pas combien ses comparses, surtout le blond bien rasé, transpiraient et tremblaient ?

Bien décidé à démontrer toute son habileté, Astagor ordonna à deux esclaves d'avancer le panier en osier devant l'empereur. Il ouvrit lui-même le couvercle, saisit la tête de la grande légide par les cheveux et la présenta à Sarcolem.

Un murmure d'horreur s'éleva dans la vaste salle.

Un cristalomancien se pencha à l'oreille du monarque. Hypnotisé par le visage pâle et blond, et l'expression sereine de Lolène, l'empereur sortit enfin de sa torpeur.

— L'empire te remercie, Astagor ! lui dit-il.

Et il l'embrassa.

Il sembla aux ministres et aux courtisans que les oiseaux reprenaient leur vol dans le ciel, que le soleil lui-même poursuivait sa course. Les porteurs d'éventails se remirent au travail.

Astagor allait se retirer quand l'empereur le prit soudain par les épaules.

— Pour te prouver notre confiance et notre tendresse, nous te renvoyons en campagne, ajouta-t-il.

La foule redoubla d'attention.

— Tu nous as rapporté des têtes et de précieux documents. Nous te chargeons d'en quérir d'autres.

Il expliqua à mi-voix à son pupille de quoi il retournait, ajoutant que pour lui il s'agirait autant d'une mission que de retrouvailles.

Lorsqu'Astagor sortit de l'hémicycle, ses deux compagnons lui emboîtèrent le pas.

— Ne vous retournez pas, leur commanda-t-il. L'empereur nous observe…

Ils gagnèrent la première antichambre où des pâtisseries au miel et du vin coupé d'eau étaient servis en permanence sur des tréteaux recouverts de riches étoffes brodées. Une foule plus disparate, composée de marchands, d'artisans, de soldats, de greffiers et de simples citoyens attendaient, debout ou bien assis sur des bancs numérotés.

Un de ses amis officiers, un roux au visage boursouflé et au regard aigu, prit Astagor par le revers de sa tunique.

— Que signifie cette nouvelle mission ? Tu disais qu'après ce coup d'éclat, l'empereur te nommerait officiellement son successeur !

Astagor haussa les épaules. Sarcolem était un être complexe et rusé. Bien que diminué, il demeurait redoutable.

Tous connaissaient le cérémonial que le monarque avait édicté pour codifier sa succession. En près de cinquante années de règne, il avait eu de ses six reines vingt-huit enfants naturels auxquels il fallait ajouter une douzaine d'autres, que lui avaient données ses diverses maîtresses et courtisanes.

Refusant obstinément de nommer un de ses fils légitimes héritier du trône, Sarcolem préférait dire que le prochain monarque sortirait seul survivant du corral des princes. L'originalité de son système tenait en ce que les vingt-deux princes reconnus, tous âgés de huit à trente-deux ans, étaient en ce moment même enfermés dans cette prison sévèrement gardée que seuls quelques hauts fonctionnaires avaient le droit de visiter.

Le bruit courait que Sarcolem avait si peur de se faire assassiner par un de ses fils qu'il avait toujours refusé même de les connaître ! Plusieurs de ses reines lui avaient d'ailleurs vivement reproché ce qui ressemblait fort à de la barbarie. Elles étaient toutes mortes mystérieusement, d'indigestion suspecte, d'accidents divers ou bien en couches. Élypsée, la troisième épouse et la plus fameuse d'entre elles, avait pour sa part était accusée de complot contre l'empereur, jugée et décapitée sur la place publique.

— L'armée, les fonctionnaires, le grand lamane de Gorum, les cristalomanciens, le peuple : tout le monde, pourtant, s'attend à ce que l'empereur choisisse son héritier ! dit le blond rasé de près.

Astagor dévisagea ses deux bouillants amis.

— Croyez-moi, il n'élira aucun de ses fils. Il en a bien trop peur !

— Tu penses vraiment qu'il va t'introniser ? demanda le roux.

— Qui d'autre ? Il m'a presque élevé. Je connais chaque rouage du gouvernement. Il m'a initié à sa politique.

Un général pénétra dans l'antichambre, aperçut Astagor et le salua. Le jeune pupille sourit à ses deux comparses. Cette reconnaissance d'un officier supérieur n'était-il pas le gage que le gouvernement le soutenait dans ses revendications !

— Ce soir, nous festoierons, dit Astagor en leur donnant l'accolade. Il y aura du vin, de la musique, des femmes. Et, demain, ainsi que le souhaite l'empereur, nous prendrons la route du fort de *Gauvreroy*.

★

Le vieil homme descendit de son mulet et prit la mesure du paysage. La forteresse, construite sur un contrefort de granite, se confondait avec la montagne. Érigée au croisement de deux anciennes routes empruntées jadis par les caravanes de marchands, elle ne servait plus à présent qu'à canaliser les populations nomades de la région. Écrasée l'été par un soleil de plomb, elle gelait l'hiver sous les rafales venues des hautes montagnes d'Évernia.

Gorth avait marché des jours entiers pour gagner ce lieu maudit où l'empereur exilait ses prisonniers politiques, mais aussi ses officiers arrogants et ses plus médiocres soldats.

Après la désastreuse nuit pendant laquelle étaient morts tant de ses amis, l'ancien capitaine avait mis Abriel, Cornaline et les trois filles survivantes de Lolène en lieu sûr. Puis, il leur avait fait ses adieux.

Sans cesse, depuis, lui revenaient en mémoire les révélations de la guérisseuse.

« Astarée n'est pas morte autrefois dans le cabinet de l'empereur. »

Comment la chose était-elle possible alors que Gorth avait vu de ses yeux la lame du *sabrier* s'enfoncer dans le cœur de sa bien-aimée ?

Il essuya la sueur qui coulait sur ses joues. En le quittant, Abriel lui avait remis un sac de pièces d'or. Gorth voulait-il qu'il l'accompagne ? Non. Ce chemin, il devait le faire seul. Abriel n'était-il pas désormais le nouveau grand légide ?

N'avait-il pas sur les épaules le poids des Préceptes de vie qu'il devait continuer à répandre parmi les peuples ?

Les murs de la forteresse se dressaient devant lui : assez éloignés pour se trouver hors de portée des archers, et assez proche pour que les guetteurs l'aperçoivent et s'interrogent.

Gorth monta une tente de fortune, sans se presser. C'était la saison sèche. Tout était brûlant, dur, impitoyable. Les pluies ne viendraient que bien plus tard.

Trop tard, songea-t-il.

Depuis les révélations de Lolène, il avait rêvé à plusieurs reprises de son ancienne amante et revécu le détail de leur brutale séparation. Astarée s'était levée en pleine nuit. Elle était partie dans les corridors du palais de Sarcolem. Gorth avait suivi la jeune femme jusqu'au cabinet privé du monarque…

Arrivé à ce stade, Gorth ne pouvait que se prendre la tête entre les mains. Aurait-il pu empêcher Astarée de se faire poignarder ? Aurait-il dû l'enlever avant qu'elle n'entre chez le roi ? Ils auraient pu prendre les enfants avec eux et fuir Goromée, vivre une autre vie !

Un officier se présenta au sommet d'une des tours du fort.

Il ne restait à Gorth qu'une moitié de sac d'or. Il avait remis la première à un mercenaire de sa connaissance : un homme rude qui avait des amis. La seconde partie de l'argent lui serait versée dès qu'il rallierait le fort avec ses troupes.

Oui. Gorth avait rêvé d'Astarée. Astarée, rebelle et entreprenante, mystérieuse et envoutante. L'Astarée qui souffrait dans son âme. L'Astarée torturée par son passé. L'Astarée sensuelle, débauchée, avide d'amour et d'affection. L'Astarée froide, aussi. Celle qui pouvait se montrer tranchante, obstinée, cruelle même.

Gorth attendait le crépuscule. C'est à la fin du jour que les hommes sont le plus vulnérables. On dirait que leur force décroît en même temps que le soleil dans le ciel. Ils s'affaiblissent. Leurs peurs souterraines ressurgissent et ils se terrent.

C'était l'heure, aussi, où le loup guettait sa proie.

L'œuvre inachevée

La femme était tout entière concentrée sur les symboles qu'elle traçait avec sa plume en roseau sur la plaquette de kénoab rouge. Son écriture était vive et nerveuse, saccadée. Son souffle court. Ses cheveux prématurément gris filasse tombaient sur son front et son visage ascétique. Bossue, les membres roidis par sa position, elle n'osait bouger de peur que ne lui échappe les fabuleux concepts de cristalomancie qui tournaient dans son esprit en ébullition.

Autour d'elle, pourtant, se déployaient tant de beauté qu'elle ne voyait pas ! De longs rubans d'énergie la frôlaient, l'enveloppaient. Une brume douce cachait, puis révélait une plage blanche sur laquelle venait mourir un ressac murmurant et ouaté. Non loin se tenait un petit groupe de pèlerins.

Soudain, un vent venu de nulle part éparpilla ses précieuses feuilles d'ogrove. La frayeur l'arracha à sa transe. Elle se déplia avec difficulté et tenta de récupérer ses feuilles. Mais les rafales s'amusaient à les lui arracher des mains.

— Astarée !

Même si la voix lui était vaguement familière, l'ancienne cristalomancienne ne daigna pas relever la tête. Des cauchemars, elle en faisait régulièrement. Ils étaient tissés des visages d'êtres chers et de pénibles souvenirs.

Elle retrouva une de ses feuilles, abandonnée par le vent perfide devant un pied chaussé de galvas. L'homme à qui appartenait cette chausse planta son kaïbo dans le sable et s'accroupit à ses côtés.

— Eh bien, messagère, ne me reconnais-tu pas ?

Le Mage errant, qu'elle avait longtemps combattu, se tenait devant elle.

— Mes pages ! balbutia-t-elle. Rendez-les-moi !

Tout son savoir, tous ses artifices de cristalomancie. Le résultat de trente années de réflexion, de visions, de patiente écriture ! L'histoire exacte de l'Ordre, le récit de ses drames, de ses horreurs, de sa grandeur. L'emploi méticuleux de chacun des cristaux de pouvoir. Leurs plus dangereux secrets pour les corps et pour les âmes.

Tout ce qui lui avait permis, en forçant son cerveau à l'effort, de ne pas totalement sombrer dans la démence.

Les initiés présents autour du maître la contemplaient avec tristesse.

Elle supplia encore :

— Rendez-les-moi !

Lolène demanda si Astarée pouvait les reconnaître. Shanandra répondit qu'elle en doutait. Cristin soupira.

À son avis, même si la cristalomancienne se tenait près d'eux dans son corps subtil, elle ne pourrait rester longtemps dans leur univers, car le rythme vibratoire qui y prévalait ne convenait pas à la densité de son âme.

Gorth, également présent en rêve, posa une main sur l'épaule décharnée de son ancienne amante.

— Elle ne t'entend pas, mon ami, le consola Shanandra.

Le Mage errant fit un commentaire au sujet des voies qu'avait suivies Astarée au cours de sa vie. Il évoqua les sombres pensées et les noirs projets qu'elle avait nourris et qui teintaient encore aujourd'hui son âme de lourds résidus énergétiques. Ces énergies denses, vivants témoignages de ses actes passés, l'empêchaient à présent de se maintenir parmi eux dans la lumière.

— Rendons-lui ses notes, décida Shanandra en se baissant pour ramasser les feuilles.

Lolène et Cristin l'imitèrent. Mérinock appela encore Astarée « sa messagère » et lui assura que l'âme étant immortelle, elle ne devait jamais désespérer. Ils se reverraient.

Aux yeux d'Astarée, l'intensité de la lumière se modifia. Les particules sombres qui vivaient en elle la tirèrent vers le bas. Hurlant de terreur, elle eut la sensation de tomber dans un puits profond. Le visage de Gorth, qu'au dernier instant elle reconnut, s'éloigna, s'éloigna…

Elle lui tendit les bras, cria encore. Ses pages tombaient en poussière, son encrier et sa plaquette de kénoab s'émiettaient.

Elle ne sentit aucune douleur lorsqu'elle atteignit le fond du puits. Elle tâta les parois qui l'entouraient, constata qu'il s'agissait de bonnes briques.

Je vais chercher d'autres feuilles, se dit-elle, me rasseoir à ma table et poursuivre mon œuvre.

Alors seulement elle vit un homme qui l'observait dans le noir.

— Je t'attendais, lui dit-il. Je savais que tu viendrais un jour me rejoindre dans mon enfer.

Le cœur d'Astarée se cabra dans sa poitrine. Une douleur atroce transperça son corps et son âme.

Sévrinus Polok, son ancien maître qu'elle avait autrefois assassiné, lui offrit son bras décharné.

— Viens me retrouver, ma bien-aimée.

★

Le soldat ouvrit la serrure de la lourde porte, ramassa l'écuelle vide et le broc d'eau.

— Elle a mangé et bu, dit-il à Astagor et ses deux amis

La cellule semblait taillée dans la roche brute. Une lucarne ouverte près du plafond dispensait une lumière lugubre qui éclairait parcimonieusement le sol nu, la couche miteuse et le minuscule renfoncement prévu pour les besoins naturels de la prisonnière.

Le jour se levait. Il promettait d'être chaud et lourd, mais, pour l'instant, une fraîcheur bienfaisante montait encore de la terre.

— C'est le meilleur moment de la journée, fit remarquer le soldat en s'approchant de la vieille femme assoupie sur sa table de travail.

— Comment peut-on vivre dans un lieu aussi infect ? laissa tomber l'officier roux qui accompagnait Astagor.

Le pupille de l'empereur s'exclama en apercevant la vieille armoire qui trônait dans un coin :

— Ce doit être là !

Il se retourna et dit :

— Elle écrit, n'est-ce pas ?

— Tout le temps, approuva le garde. Le commandant avait reçu l'ordre de lui fournir de l'encre et des feuilles d'ogrove.

Le jeune blond posa un mouchoir en tissu sur son nez.

— Et vous dites qu'elle vit ici depuis une trentaine d'années ?

— Vingt-six pour être exact, précisa le soldat.

L'officier surmonta son dégoût et s'approcha de la prisonnière qui demeurait immobile, la joue posée sur sa feuille d'ogrove. Il remarqua la coulée d'encre qui imbibait le papier jaunâtre, ramassa la plume taillée dans un bout de roseau.

— Tu n'es pas curieux de la voir, de lui parler ?

Astagor fourrageait dans le meuble et rassemblait les documents qui y étaient empilés. Le jeune roux restait pour sa part appuyé au chambranle de la porte, les bras croisés sur sa vaste poitrine. Ils étaient arrivés à la nuit tombée et avaient été reçus avec méfiance par un commandant malpoli et mal vêtu.

Songeant à cette étrange mission, le roux laissa tomber :

— Si vous voulez mon avis, l'empereur a voulu nous éloigner de Goromée.

Astagor faillit laisser tomber une pile de vieilles feuilles craquantes de moisissure. Le blond, qui prenait à tout hasard le pouls de la vieille femme, suspendit son geste.

Le roux poursuivit de sa voix goguenarde :

— Il nous a éloignés parce qu'il a peur de toi, Astagor. Peur de nous !

Ils se dévisagèrent. Leurs plans avaient-ils été percés à jour ?

Astagor avala sa salive.

— Nous sommes ici pour récupérer des documents de cristalomancie et de magie.

— Tu n'es vraiment pas curieux de voir à quoi ressemblait ta mère ? lui demanda l'officier blond.

Astagor fit volte-face. En un instant, il fut sur son ami et le gifla.

— Ne redis jamais ça, Périmestre ! L'empereur est mon seul parent.

Le roux, qui était moins insouciant qu'il ne le paraissait, avait noté le temps du verbe employé par leur ami.

— Ressemblait, as-tu dit ?

Le soldat vérifia à nouveau le pouls d'Astarée.

— Par les dieux ! Elle est morte…

Astagor haussa les épaules, puis sortit toutes les feuilles de l'armoire. Quelques-unes tombèrent au sol. Périmestre, qui se frottait encore la joue, se baissa pour les ramasser.

— Ce sont des poèmes, dit-il avec une rage contenue. Des vers adressés à un garçonnet. Astagor !

L'officier au regard bicolore ne daigna pas lui répondre.

À cet instant, un deuxième soldat pénétra dans la cellule et fit le salut militaire.

— Capitaine, dit-il en s'adressant à Astagor, un vieil homme se tient seul devant les portes du fort. Notre commandant vous demande aux créneaux…

LES VAINS COMBATS
DE L'EXISTENCE

G orth avait très mal dormi. De plus, les mercenaires qu'il avait engagés n'étaient pas venus. Heureusement, l'aube prophétesse lui avait envoyé un rêve éveillé dont il savourait encore la chaude lumière sur sa peau.

Campé devant la porte du fort, il s'adressa à la vigie. Le soldat bâilla à s'en décrocher la mâchoire. Puis il écarquilla les yeux devant la mise de l'inconnu.

Que faisait cet homme seul devant la forteresse ? Vêtu d'un épais *kaftang* de cuir beige, le voyageur tenait deux étranges roues de métal crénelées dans ses mains. Suspectant quelque malice, le soldat ordonna à l'inconnu de passer son chemin.

— Une femme vit dans vos murs. Je suis venu pour elle, s'écria Gorth.

La porte grinça sur ses gonds. Le laisserait-on voir Astarée ? Fébrile, mais confiant, Gorth se prit à espérer.

Un capitaine au teint olivâtre apparut dans le chambranle entouré de quatre énormes soldats. Un second officier resté dans l'ombre de la tour de guet s'adressa aux soldats d'un ton plein de morgue :

— Voici pour vous l'occasion de faire un peu d'exercice !

Les quatre jeunes guerriers ricanèrent. N'ayant rien de plus distrayant à faire à longueur de journée que de contempler la course du soleil dans le ciel, la perspective d'un combat leur donnait de l'audace.

Gorth, pourtant, n'était pas d'humeur belliqueuse. Cette visite onirique sur la plage immaculée où le Mage errant instruisait ses disciples le mettait même d'excellente humeur.

Les soldats l'aiguillonnèrent de leurs lances tout en le couvrant de quolibets. L'ancien homme de silex feintait d'instinct et sans agressivité aucune – ce qui énervait prodigieusement les jeunes sots. Une douzaine d'hommes s'étaient hissés sur les créneaux. Certains d'entre eux venaient sans doute de se réveiller, car ils n'étaient qu'à moitié vêtus. Plusieurs riaient ou se moquaient. Ce spectacle matinal avait l'air de les mettre en joie.

Alors qu'il évitait les piques maladroites, Gorth, revivait le film de sa vie. Il revoyait les visages de ses parents, leur mort soudaine, ses frères et sœurs affamés qui attendaient son retour chaque soir avec impatience. Et puis, il y avait eu les *matraqueurs* du roi. Sa capture et son intégration dans le rang des hommes sans âme. Il revécut avec beaucoup moins de plaisir les rites de déshumanisation qui avaient fait de lui un mercenaire.

Un des soldats commença à s'énerver. Cherchant la gorge de son adversaire, il glissa et s'éventra lui-même sur une des cerbolas.

Tous les hommes du fort assistaient au combat. Gorth sentit leur humeur s'assombrir.

Il leva ses bras et répéta qu'il n'était pas venu pour se battre, mais pour revoir une amie.

À cet instant, l'officier posté sur le chemin de ronde se montra en pleine lumière. Gorth vit s'avancer un grand jeune homme portant l'uniforme impérial.

L'officier retira son casque. Il avait un visage rond et des cheveux bruns soyeux tirant sur le roux. Bien que sa démarche soit lourde et ses membres solides, il arborait des traits délicats. Cet anachronisme était aggravé par ses yeux. Gorth nota que le gauche était noir et ardent, tandis que le droit était d'un vert éclatant.

Le jeune officier lui dit quelque chose qu'il ne comprit pas.

— Comment ? hasarda Gorth.

— La femme est morte ce matin, répéta Astagor. Tu arrives trop tard.

L'officier fit un geste : les trois soldats restants s'écartèrent aussitôt. Sur les créneaux, les hommes ressassaient leur colère.

— Je m'appelle Astagor, dit l'officier d'un ton grinçant.

Gorth avait les mains moites.

« Toi et Astarée, vous avez eu un fils, lui avait révélé Lolène. Elle était enceinte quand Torance et Shanandra sont morts. »

Astagor vit le changement s'opérer sur le visage de cet inconnu qui était son père.

Deux autres jeunes officiers arrivèrent en poussant une brouette. Le cadavre d'une vieille femme décharnée roula aux pieds de Gorth.

Tétanisé, l'ancien capitaine restait sans réaction. Puis, lentement, il leva la tête.

— Mon… fils, balbutia-t-il.

Mais, déjà, Astagor lui tournait le dos.

Gorth entendit une sorte de grondement.

Quand il comprit que tous les hommes du fort se ruaient sur lui l'arme au poing pour venger la mort de leur camarade, il revécut une dernière séquence de son passé.

Le Mage errant lui demandait de faire un choix.

« Tu peux mourir maintenant, disait-il, disparaître dans les flots de cette mer déchaînée et entamer ton périple dans les brumes de Shandarée. Ou bien tu peux accepter d'être mon messager et accompagner ceux que j'ai choisis pour accomplir un Grand Œuvre… »

Mérinock avait-il présenté les choses exactement de cette façon-là ? Peu importait. Gorth avait choisi la cause de Torance et de Shanandra.

Il sentit à peine les glaives, les poignards et les lances lui transpercer le corps.

✶

Astagor n'était pas mécontent de sa mission au fort de Gauvreroy. Dès son retour à Goromée, il avait offert à l'empereur une nouvelle tête. Pourtant, sa réintégration à la vie quotidienne du palais n'allait pas sans une certaine nervosité.

En effet, Sarcolem avait à présent plus de quatre-vingt-quatre ans : un âge vénérable auquel de nombreux hommes, parvenus au terme d'une existence bien remplie, trouvaient normal de tirer leur révérence.

Depuis une quinzaine d'années, les fonctionnaires, les lamanes, les cristalomanciens, les courtisans, les généraux et le peuple lui-même songeaient avec angoisse à « l'après Sarcolem ». L'empire qu'il avait édifié lui survivrait-il ? Devant l'implacable volonté du vieillard qui persistait à garder ses propres fils enfermés dans le lugubre corral des princes, tous se retenaient.

De nombreux complots avaient déjà été désamorcés : la plupart d'entre eux, par Astagor lui-même qui était de ce fait devenu une sorte de « champion » impérial.

Étrangement, des factions opposées voyaient en lui un espoir pour l'empire. Dirigés par les puissantes corporations de marchands, par des lamanes et des hauts gradés de l'armée, ces groupuscules lui avaient à plusieurs reprises fait des propositions auxquelles Astagor n'avait pas été complètement insensible.

En même temps qu'il défendait l'empereur contre ses opposants, le jeune pupille se voyait déjà, en pensée, promis aux plus grands honneurs.

Deux jours après son retour de Gauvreroy, un maître lamane le croisa dans les couloirs du palais et lui glissa à l'oreille des paroles aussi ridicules qu'effrayantes.

— L'empereur prétend être immortel et il nous le prouvera bientôt. Tous ceux qui se mettront en travers de sa route seront écrasés sans pitié.

Cette bravade était-elle un avertissement ?

Une semaine après son retour de Gauvreroy, Astagor se tournait et se retournait, seul sur sa couche. L'été était humide et brûlant. La fraîcheur de la nuit ne parvenait pas à remuer les draperies qui pendaient entre les colonnes de ses appartements privés.

Il tâtonna ses draps : l'esclave ne dormait plus à ses côtés.

Tant mieux, songea-t-il, car il faisait décidément trop chaud. Avait-il suffisamment pris du plaisir en sa compagnie ? Il se rappela sa maladresse, ses hésitations et les mines étonnées de la fille. Il en venait à se demander s'il aimait vraiment les femmes. Parfois, leur corps et l'idée même de leur sexe humide le révulsaient. Il en avait pourtant essayé de toutes les races, de tous les caractères.

Cette question le troublait, mais pas autant que celle de la prochaine et inévitable succession de l'empereur.

La tête en feu, il voulut tromper son insomnie en se remémorant le détail de ses manigances. L'empereur, avait-il décidé, serait empoisonné. Quelques gouttes d'un mélange savant suffiraient. Sarcolem avait déjà échappé à de nombreuses tentatives d'assassinat. Mais jamais, auparavant, un des sept cristalomanciens qui l'entouraient constamment n'avait accepté de verser lui-même le poison !

Ces cristalomanciens dérangeaient certains des conjurés, car on les disait morphiques. Des lamanes de son organisation prétendaient en effet que ces magiciens se servaient de leurs cristaux pour entourer l'empereur d'une bulle de protection très puissante. Aux dires de plusieurs d'entre eux, ces cristalomanciens possédaient aussi le don de s'introduire dans l'esprit des proches de Sarcolem pour les sonder.

Cette idée terrifiante fit frémir le jeune homme qui sombra dans une suite de cauchemars apocalyptiques.

Tout d'abord, il revit le cadavre affreusement mutilé de ce Gorth qui avait été son géniteur. Dans son cauchemar, cet homme se relevait et lui avouait qu'ils s'étaient connus, autrefois. Qu'Astagor se nommait alors Arménite Lupia, qu'il était un militaire hautain et un traître que Gorth avait été obligé de tuer.

Astagor fut ensuite transporté sous une tente installée en plein désert. Un homme était attaché, assis, à un poteau. Une femme brune se glissait près de lui, l'embrassait, le dévêtait et l'embrassait.

Leurs gémissements de plaisir emplissaient l'espace. Astagor s'approcha du couple et reconnut Gorth ainsi que cette vieille femme qui était morte dans sa cellule.

Une voix retentit dans son dos.

— Vois, pupille, ce sont tes parents !

Astagor se retourna. Un homme portant une quiba moirée sur le visage se tenait en face de lui.

— Sais-tu qui je suis ? lui demanda l'apparition.

Il reprit tandis que Gorth et Astarée atteignaient les sommets du plaisir :

— Sais-tu bien qui tu as été ?

Astagor entendit le bruit sourd d'un corps tombant sur le sol. Attiré dans un des coins de la tente, le jeune officier découvrit le cadavre d'un homme grand et mince vêtu d'une tunique noire.

Sa peau était blême. La profonde cicatrice qui barrait sa gorge était boursouflée et présentait des lèvres violettes cernées de sang séché.

Mais ce qui terrorisait le plus Astagor était le visage de ce cadavre. Il se reconnut lui-même et ce choc le tira de son cauchemar.

Plusieurs hommes se tenaient au-dessus de lui. Il reconnut les faces rébarbatives et sévères de trois des sept cristalomanciens impériaux.

Soudain, Sarcolem lui-même s'assit sur sa couche.

— Majesté, balbutia Astagor en esquissant un sourire de circonstance, que…

Sarcolem posa un de ses doigts cadavériques sur ses lèvres.

— L'heure est au jugement, mon pupille, pas à la conversation.

Un quatrième cristalomancien couvert de chaines et le visage tuméfié se tenait entre les soldats.

— Vois-tu, mon pupille, reprit l'empereur, j'ai su dès ta naissance que tu me servirais un jour à accomplir de grandes choses. Aujourd'hui, tu as rempli ton office.

Il fit un geste de la main et un vieil homme de silex pénétra dans la chambre. Astagor reconnut le mercenaire manchot qui avait, sur son ordre, décapité Alimas et la grande légide.

Il tenta de plaider sa cause, mais l'empereur ajouta sur un ton ironique :

— Les rumeurs sont fondées, Astagor. Sache que je suis bel et bien immortel…

Tandis que deux soldats maîtrisaient ses bras et ses jambes, Paléas fit entrer de force la tête du jeune traître dans une vessie de porc. L'organe se gonfla, puis se dégonfla pendant de longues secondes. L'empereur compta une minute trente, et, déçu du peu de résistance de son pupille, fit une grimace. Il faut dire que l'homme sans âme appuyait très fort sur sa carotide.

Lorsque Astagor fut mort pour de bon, Sarcolem sortit des appartements pour aller s'asseoir sous cet arbre qu'il avait fait planter sur la plus haute terrasse de son palais.

Il devait réfléchir à sa prochaine résurrection...

Deuxième partie

Un Grand Œuvre à ma façon...

An 270-271 Après Torance

Afin de donner à leurs manigances leurs lettres de noblesse,
les puissants déforment les vérités pour qu'elles servent leurs
intérêts. C'est ainsi que s'écrivent les pages de l'Histoire et
que les générations futures les assimilent
pour leur propre malheur.

Orgénus de Nivène

LA CRYPTE DES EMPEREURS

Goromée, capitale de l'Empire de Gorée. An 270 après Torance.

Au mois dit « de Reddrah », des bourrasques d'une extrême violence soufflaient des pôles et amenaient la glace et la neige dans le nord de la province. Les habitants de Goromée se terraient dans leur maison et écoutaient, angoissés, ces vents qui se jetaient avec fureur contre leurs murailles.

Durant ces jours et ces nuits les plus froides de l'année, l'isthme tremblait. Les vieilles légendes prétendaient que Reddrah se vengeait ainsi de son frère Gorum, qui avait été le préféré de Gaïa, leur mère. Les enfants connaissaient ces contes par cœur. Les générations se les répétaient à loisir. Chacune d'elle venait ajouter ici un détail, là un épisode inédit. Le tout se fondant en des histoires de disputes, d'alliances, de batailles, puis de fausses réconciliations entre dieux et déesses.

Mais tous les peuples ont besoin de contes de fées pour canaliser leurs peurs et les exorciser. La longue saison hivernale était celle, aussi, où les Goroméens détestaient le plus les royaumes nordiques de Vorénor et de Reddrah : les deux ennemis traditionnels de l'empire. Trouvant commode d'attiser, par le biais du folklore, des sentiments qui allaient dans le même sens que la politique impériale, les lamanes fermaient les yeux sur ces histoires de vents envoyés par une déesse assoiffée de vengeance.

Alors que les habitants de Goromée se serraient les uns contre les autres, un petit groupe de clandestins s'introduisait dans le palais impérial.

Deux hommes et deux femmes venaient d'apparaître dans une crypte située sous les dalles de marbre du temple des empereurs. Cet édifice, construit par Sarcolem le troisième en l'an 112, était un hommage aux précédents monarques de l'illustre dynastie des Sarcolem.

Conscients de se retrouver en territoire interdit, les hommes conseillèrent aux deux femmes d'avancer en silence, car leur mission était de la plus haute importance. Tandis qu'une des femmes allumait une torchère en bronze, l'autre, une toute jeune fille, frissonnait.

Elle trouvait l'endroit lugubre. Ses compagnons déambulaient entre les sarcophages sur lesquels étaient sculptés les gisants des anciens empereurs. Bien qu'elle essayât d'ignorer que des spectres ou en tout cas des « énergies » vivaient en ce lieu, elle ne pouvait s'empêcher de sentir son sang se glacer dans ses veines.

Un homme s'approcha.

— Vénérable, haleta-t-elle, les traits tendus.

Mérinock frotta ses grandes mains l'une contre l'autre pour se débarrasser des résidus de la poudre luminescente de vélocité.

— Tu ne croyais pas qu'une simple poudre puisse nous mener si loin, n'est-ce-pas ?

— C'est de la pure magie ! s'extasia-t-elle.

Mérinock hocha la tête sous sa traditionnelle quiba.

— En fait, ma chère Amrina, ce mot, quoique fascinant pour une jeune personne, n'est pas le bon. Cette poudre n'est qu'un accessoire. Le véritable pouvoir est...

Il fit le geste de se toucher la tempe avec un doigt et voulut ajouter autre chose, quand l'homme qui les accompagnait s'exclama :

— Nous avons trouvé le bon sarcophage !

La jeune fille était soulagée. Ils allaient prendre ce qu'ils étaient venus chercher. Puis, la poudre de lumière les ramènerait en sécurité dans leur temple-école.

Mérinock rejoignit ses deux compagnons. L'homme s'appelait Mélos. Efficace, prévoyant et ouvert aux Enseignements, même s'il ne parlait pas beaucoup, il possédait d'instinct ce savoir-faire qui était d'ordinaire l'apanage des militaires de carrière. La femme se prénommait Virna.

— Voici Sarcolem V, Vénérable, fit-elle, le souffle court.

— La fiole de sang mêlé est-elle réellement cachée dans ce sarcophage, Vénérable ? s'enquit la jeune Amrina.

Mérinock avait vu lors d'une transe l'empereur Sarcolem VII enfouir sa précieuse fiole dans un sarcophage. Le chiffre cinq lui était spontanément venu à l'esprit.

Mélos sortit ses outils.

Le Mage était satisfait, car leur entreprise visait en réalité plusieurs buts – le plus évident étant, pour les trois disciples, de récupérer la fiole des sangs mêlés qui conférait son immortalité à l'empereur.

— Attends, Mélos ! fit soudain le Vénérable.

Il se plaça devant le sarcophage et leva les bras. Ils entendirent des craquements sinistres dans la pierre. Le sarcophage se fractura en plusieurs endroits, puis il s'éleva.

Amrina songea aux banderoles de lumière, autrefois nommées « serpents » par le Messager Torance. Elle les imagina nouées autour du sarcophage.

Mérinock reposa le couvercle sur le sol de terre brute. Mélos approcha une torchère…

L'ouverture d'un sarcophage était en lui-même un acte sacrilège. Mais Mérinock leur avait expliqué que les six empereurs dont ils voyaient les sarcophages n'avaient été en fait qu'un seul et même homme qui se régénérait au terme de chacune de ses vies. Ce même homme avait aujourd'hui cinquante-trois ans et il régnait encore sous le nom de Sarcolem VII !

Ils furent néanmoins pétrifiés d'effroi en découvrant qu'une dépouille affublée d'un masque mortuaire en or gisait à l'intérieur du réceptacle.

— Mais, je…, commença Virna.

— Il faut bien comprendre, intervint Mérinock, que Sarcolem devait pour donner le change à ses contemporains de chaque époque substituer un corps au sien et le préparer pour le grand voyage de l'âme avec tous les honneurs.

— Vous voulez dire, fit Virna, qu'il mettait en terre un autre que lui ?

— Un homme fraîchement décédé dont l'âge et la physionomie devaient être approximativement les mêmes que le sien, oui.

Mélos chercha la fiole en cristal qu'ils devaient récupérer. Après avoir examiné les bords du sarcophage, sorti, puis fouillé le cadavre aux trois quarts décharné et revêtu de la tunique impériale pourpre, il dut se rendre à l'évidence.

— Il n'y a aucune fiole dans ce cercueil, maugréa-t-il.

Virna fut la première à verbaliser l'inquiétude peinte sur leurs visages.

— Pourquoi nous avoir fait venir ici, cette nuit, Vénérable ?

À ce moment, une porte grinça et la crypte fut envahie par une vingtaine de soldats.

✶

L'empereur Sarcolem s'était réveillé peu avant à la suite d'un rêve prémonitoire.

Il menait ses armées au combat quand le Mage errant apparaissait à ses côtés. Dans l'aube rougeoyante des pays nordiques, la poudre dorée de vélocité jetait un halo d'étincelles autour de ses épaules.

— Tu t'en vas combattre une fois encore en terre de Reddrah ! lui disait le Vénérable. Alors, je suis venu te faire… un cadeau.

Le mot « cadeau » avait été prononcé avec un tel calcul que Sarcolem songea aussitôt aux objets auxquels il tenait le plus : la pierre qu'il portait en pendentif autour du cou, la formule magique d'Éternité inscrite sur une vieille feuille d'ogrove, et la fiole en cristal qui contenait les sangs mêlés de Torance et de Shanandra.

En se réveillant, il avait vérifié qu'il portait toujours l'ancienne pierre du destin à son cou. Il avait ensuite réveillé ses sentinelles. Trois de ses sept cristalomanciens étaient en transe dans l'antichambre voisine de ses appartements, et veillaient à entretenir la bulle d'énergie qui enveloppait le monarque.

Sarcolem les avait tirés de leur méditation.

— Aux armes ! avait-il ordonné à une cohorte de ses soldats, avant de gagner en courant le temple des empereurs.

Composé d'un pronaos volontairement dénué de toute décoration ostentatoire, la nef était très haute de plafond, mais ouverte à la lumière du jour par de vastes vitraux en forme d'ogive.

Afin de glorifier ses prédécesseurs et pour marquer son règne de son empreinte personnelle, l'empereur avait insisté pour ériger des statues d'égales grandeurs à l'effigie de chacun des monarques précédents. Une seule d'entre elles était supérieure en taille à celle des empereurs et représentait le dieu Gorum.

Parvenu devant le géant, Sarcolem avisa une sphère d'or pur d'environ six mètres de diamètre sur laquelle Gorum posait le pied en signe de domination.

Il fit bander les yeux de ses soldats et renvoya tous ses cristalomanciens, sauf un : Prégorus, – un jeune homme mince aux cheveux blond platine et à l'allure sévère – le seul qu'il avait choisi enfant, puis personnellement formé aux secrets et au maniement des cristaux sacrés.

L'empereur débloqua ensuite à l'aide d'un cristal noir le portillon invisible à l'œil nu intégré à ce que les lamanes appelaient « la sphère de Gaïa ».

Le passage dérobé s'ouvrit sur une volée de marches. Lorsqu'il atteignit la crypte, il rendit la vue à ses soldats et fut à peine étonné d'y trouver le Mage errant et trois de ses disciples…

★

— Mon vieil ennemi ! fit Mérinock en gonflant sa poitrine.

— Offenser le sommeil d'anciens monarques est-il digne du glorieux Mage errant ? ironisa l'empereur.

Mérinock lui apparaissait tel qu'il l'avait toujours connu : grand, puissant, habillé d'un kaftang de cuir et de peau, appuyé nonchalamment sur son habituel kaïbo et le visage recouvert de sa quiba.

Armé d'une hache, Mélos était prêt à se battre. Le Vénérable eut un petit rire de gorge, car ce disciple était non seulement un ancien militaire, mais aussi une âme fidèle qui œuvrait de vie en vie pour retrouver sa lumière intérieure. Virna se tenait craintivement dans l'ombre de son compagnon, tandis que la jeune Amrina examinait l'empereur de la tête aux pieds.

Sarcolem soupira :

— Ainsi, vous êtes venus pour me reprendre la fiole ! Me croyez-vous assez stupide pour la cacher ici ?

L'empereur jouait sur les mots, car Mérinock savait pertinemment que le flacon des sangs mêlés se trouvait bel et bien dans la crypte. Sarcolem, simplement, avait dû la changer de cachette, sans doute juste avant que le Mage lui-même ne décide de s'introduire en ce lieu.

Aux côtés de l'empereur se tenait Prégorus. Deux lourds cristaux rouges dans ses paumes ouvertes, celui-ci marmonnait la formule magique censée renforcer la bulle d'énergie invisible qui protégeait Sarcolem.

Mérinock rétorqua que la fiole, finalement, pouvait bien attendre.

— Je suis consterné par les ténèbres qui enveloppent ton âme, répondit-il. Aussi, suis-je venu te faire… un cadeau.

Cette manière de prononcer ce mot fit sourciller le monarque.

— J'ai en effet pensé te laisser un peu de lumière, reprit le Mage errant.

Ce disant, il plongea la main dans une des poches de cuir suspendues à sa ceinture.

Sarcolem sut ce qui allait se produire avant même que Mérinock ne laisse filtrer entre ses doigts sa fameuse « poudre de vélocité ».

— Saisissez-les ! hurla-t-il.

Mélos se plaça devant le Vénérable et tira Virna à lui tout en coulant un regard désolé à la jeune Amrina.

Les silhouettes du Mage errant et de ses deux disciples pâlirent sous le rayonnement de la poudre. Deux secondes suffirent pour qu'ils se dispersent dans le néant.

Lorsqu'il ne subsista plus dans l'air glacé que quelques étincelles en suspension, les soldats se ruèrent sur la jeune fille oubliée.

— Tuez-la ! fit Prégorus.

L'empereur annula cet ordre, écarta les glaives tendus et releva le menton de la jeune fille qui baissait craintivement la tête.

— Tu me rappelles une femme d'autrefois, dit-il. Tu es blonde et menue, tu as un visage rond, des traits réguliers, des yeux d'un bleu profond et le même air ingénu.

Grand connaisseur de la morphologie humaine, Sarcolem se targuait de pouvoir capter « l'énergie » d'un être. La bouche était, de tous les éléments du visage, celui qui à son avis parlait le plus.

Il sourit de ce subtil jeu de mots.

— Votre Majesté ? fit Prégorus en montrant du doigt le symbole cousu sur la tunique de la jeune fille. N'est-il pas dangereux de laisser la vie sauve à un disciple des Fervents du Feu bleu ?

Née aux toutes premières années de la chronologie impériale, cette confrérie prétendait – ainsi, d'ailleurs, que l'Ordre des légides de Torance –, enseigner les Préceptes de vie tels qu'apportés jadis par les Messagers. En opposition avec l'Ordre officiel qui faisait de plus en plus d'adeptes partout dans l'empire, cette confrérie se montrait au contraire secrète, ce qui était à la fois suspect et dangereux.

Sarcolem hésitait. Devait-il faire tuer cette fille ? Sa ressemblance physique avec Lolène, la première grande légide, était-elle une manière qu'avait trouvée le Mage pour chercher à l'émouvoir ?

Prégorus, en tout les cas, semblait le croire.

L'empereur allait se laisser fléchir quand il repensa à son rêve.

— Comment te nommes-tu, mon enfant ?

Amrina le lui dit.

— Et quelle est la signification de ce prénom ?

La fille bredouilla et rougit tout à la fois :

— En vorénien, cela veut dire « Je suis l'amie qui vient », Majesté.

Sarcolem hocha la tête d'un air entendu.

— Qu'elle soit lavée, vêtue de propre et logée au palais, ordonna-t-il à la grande consternation de tous.

Le véritable visage des uns et des autres

Lorsqu'elle étudiait encore au temple d'Éliandros, Amrina se doutait confusément que la vie, un jour, l'appellerait ailleurs. Elle ne s'était toutefois jamais attendue à se retrouver aussi loin de chez elle ! À quelques reprises, Mérinock l'avait fait appeler dans la plus haute tour du temple-école pour lui poser des questions au sujet de la Gorée et de l'empereur Sarcolem. Aujourd'hui, la jeune fille comprenait qu'il avait surtout voulu sonder son cœur et son âme.

À Éliandros, les élèves pensaient que l'empereur était un monstre. Le Vénérable d'Évernia, lui, l'avait plutôt dépeint à la manière d'un homme seul prisonnier d'un lourd fardeau.

Depuis cette nuit fatidique où le Mage l'avait abandonnée dans la crypte, Amrina sentait son cœur sauter dans sa poitrine chaque fois qu'elle entendait des pas se rapprocher de la chambre qu'on lui avait attribuée. Des sueurs froides coulaient sur son front dès qu'elle sentait une présence dans son dos. Elle vivait des heures de terreur suivies de moments où elle se disait que ce palais, ses règles, ses dorures, sa douceur de vivre ainsi que l'hypocrisie de ses courtisans étaient un univers qui ne lui était pas si étranger que cela.

Après réflexion elle se traitait de folle, car étant fille de paysans, elle n'avait jamais connu autre chose dans sa vie qu'un dur labeur, l'insécurité du lendemain, et dans sa tendre enfance la faim et la peur des soldats.

Dans le corral des esclaves, sa venue avait suscité beaucoup de curiosité. Qui était-elle ? Pourquoi, si elle n'était qu'une servante de plus, l'intendant impérial lui avait-il attribué non pas un lit dans un dortoir, mais une chambre meublée où elle disposait d'un buffet, d'une coiffeuse et d'une plaque de bronze sur pied pour se maquiller ? Ses vêtements, aussi, étaient différents de ceux portés par les autres serviteurs. Au lieu de l'ample pello blanc et du traditionnel collier de cuir noir, on lui avait donné des tuniques beiges ou rouges à nombreux plis, des bracelets d'argent fin, des voiles de soie bleus et des galvas fourrées tandis que les autres esclaves déambulaient pieds nus sur les dalles glacées !

Un matin, alors qu'elle n'avait fait qu'entrevoir l'empereur à deux ou trois reprises, Amrina fut conduite dans la grande salle du conseil par le cristalomancien Prégorus en personne.

Le manieur de cristaux était rongé de curiosité à l'égard de la jeune fille et atterré par l'attitude de Sarcolem. Pourquoi l'empereur accueillait-il avec autant de bonne grâce une espionne à la solde du Mage errant ?

Dans les corridors, ils cédèrent la place à une litière d'apparat escortée par des gardes et de jeunes esclaves mâles à peine vêtus.

— Place à l'impératrice ! s'exclama le Hérault en frappant le sol de son bâton de bronze.

Amrina et Prégorus imitèrent les courtisans qui faisaient leur révérence à la souveraine. Lorsque la litière passa devant elle, la jeune fille vit une main blanche soulever la fine étoffe dentelée, et elle retint son souffle. Un visage tendu et des yeux vifs apparurent dans l'interstice.

Ylonée, la souveraine, n'avait pas encore trente ans. Enceinte pour la troisième fois, elle traversait chaque matin le palais pour se rendre chez son masseur personnel.

Quand l'équipage fut passé, Prégorus tira Amrina par une manche. Dans le regard qu'ils échangèrent, la jeune fille eut l'intuition que le cristalomancien ne la portait pas dans son cœur. À dire vrai, personne ne semblait ni l'aimer ni comprendre pourquoi Sarcolem tenait à la garder en vie…

✶

L'empereur était debout au milieu des cartes que ses conseillers dépliaient sur les dalles de marbre. Son ministre de la guerre lui résumait la situation tandis qu'un esclave le suivait en tenant dans ses mains un bol de céramique rempli d'eau de rose. De temps en temps, Sarcolem laissait tomber un commentaire, puis il trempait ses doigts dans le plat.

L'empereur avait de la prestance. Aussi droit qu'à vingt ans, s'il ne se ruait plus dans la mêlée des combats avec ses soldats, il prenait encore toutes les décisions et se tenait au courant de tout.

Il savait par exemple que son impératrice avait souffert des côtes, cette nuit, car l'enfant à naître s'accrochait à sa mère de toutes ses forces. Il savait aussi que l'on racontait qu'il avait laissé vivre une espionne de Vorénor.

— Majesté, fit un général, les gouvernements de Reddrah et de Vorénor se sont alliés secrètement. Nos informateurs rapportent que des troupes se massent dans les forêts qui jouxtent la grande muraille.

Cette déclaration suscita des commentaires parmi les autres membres du conseil. Le grand lamane de Gorum ainsi que le maître de l'Ordre des cristalomanciens donnèrent chacun leur avis.

Mais Sarcolem était parfaitement au courant de la situation. La reine de Reddrah et le roi de Vorénor, pourtant traditionnellement ennemis, voulaient créer au nord un bloc qui pourrait contrebalancer l'influence de la Gorée. En même temps, certaines provinces telles Élorîm ou Élissandre, toujours plus ou moins en rébellion contre l'autorité centrale, recevaient de l'aide de ces deux souverains.

Sarcolem se lava les mains pour la troisième fois sous l'œil étonné de ses ministres.

Dès que j'ai créé cet empire, se dit-il avec humeur, j'ai lutté contre toutes les forces de l'univers. Il semble que toute action entraîne inéluctablement des résistances. Les peuples ne comprennent pas que seule l'unité peut apporter une paix durable et de réels progrès sociaux. Ils veulent la prospérité, mais, en même temps, ils aspirent à toujours plus de liberté.

Pour aggraver la situation, les détenteurs officiels des Préceptes de vie – l'Ordre des Messagers – continuaient malgré ses édits d'interdiction à parcourir les chemins et à instruire les peuples. Se réunissant de nuit dans des cavernes, d'anciennes carrières, mais aussi au cœur des forêts, ils formaient ce qu'ils appelaient des « Toranciens » ou des « fidèles de Torance ».

Au même instant, Vimérol, le grand lamane de Gorum, distilla son amertume :

— Dans toutes les provinces, Majesté, des gens refusent ouvertement de payer leur tribut aux temples de Gorum. Certains vont même jusqu'à traiter nos lamanes de menteurs. Des édits clandestins sont placardés aux portes de nos temples. Ils proclament que le seul salut des âmes réside non pas dans le respect de nos dogmes, mais dans les préceptes de Torance !

Le grand lamane se plaignait du manque de réaction apparent de l'empereur. Sarcolem, à son avis, ne prenait pas suffisamment garde à ces nouveaux prêcheurs. À moyen terme, assurait Vimérol, ces « Toranciens » pourraient bien constituer un État dans l'État. Qui sait s'ils n'avaient pas déjà prévu de s'unir avec les royaumes de Vorénor et de Reddrah pour abattre l'empire !

Sarcolem repensa à l'époque où il avait failli utiliser le cadavre d'un faux messager pour convaincre les Goroméens que le corps de Torance n'avait pas été « enlevé dans les cieux » par la déesse. Pourquoi, au juste, avait-il abandonné cette idée ? À cause d'un cauchemar ? D'une sombre prémonition ? Il ne savait plus, mais il regrettait aujourd'hui de ne pas l'avoir fait.

D'autres conseillers réagirent vivement.

L'empereur les écouta en marchant entre les cartes et en se lavant les mains, mais il se garda bien de répondre sur le coup de l'émotion. S'il avait appris une chose en près de trois cents ans de règne secret et ininterrompu, c'était de se montrer prudent avec ses ennemis, mais aussi avec ses alliés et ses serviteurs.

Les portes s'ouvrirent. Un vent âpre fit frémir les draperies suspendues au-dessus des têtes entre les colonnes. L'espionne entra, accompagnée par un des sept cristalomanciens personnels de l'empereur.

Lorsqu'il vit arriver Prégorus, et surtout la jeune Amrina, il crut qu'un rayon de soleil pénétrait enfin dans la grande salle.

Amrina se tenait dans l'ombre du jeune cristalomancien. Sarcolem n'arrivait toujours pas à comprendre pourquoi il lui avait laissé la vie sauve alors que tout le monde – y compris son impératrice – insistait pour qu'il la mette à mort.

La fille lui sourit timidement. Sarcolem songea que c'était peut-être à cause de ce visage si pur, de ce sourire si dénué de désir de plaire ou de calcul qui le ravissait autant chez cette enfant d'à peine seize ans.

« Je te laisse un peu de lumière », lui avait dit le Mage errant.

Avait-il vraiment voulu, ce soir-là, lui reprendre la fiole des sangs mêlés ?

Soudain, un autre de ses cristalomanciens personnel fit irruption dans la salle. Sa longue perruque blanche de cérémonie posée de travers sur son front et la démarche aussi chaloupée que s'il avait bu, il vint murmurer à son oreille.

— Comment ! s'exclama le monarque en pâlissant.

L'empereur fixa son regard noir et brûlant sur ses cristalomanciens. Leur tâche, outre celle de maintenir la bulle qui le protégeait du Mage errant, consistait à rechercher toute information ou prémices de danger, quels qu'ils soient.

Renversant le bol d'eau de rose, il apostropha l'infortuné manieur de cristaux.

— Vous avez failli ! s'écria-t-il.

Le cristalomancien reprit en s'agenouillant, le visage tourné vers le sol :

— Nous soupçonnons les magiciens de l'Ordre de Vorénor, Majesté !

Puisque ses autres conseillers demeuraient muets, Sarcolem oublia son principe de prudence et laissa éclater sa colère.

— Il semble qu'un *matraqueur* se soit enfui de Goromée avec en sa possession le secret de la drogue qui nous assure l'obéissance totale des hommes de silex !

Un silence de mort accueillit ces paroles.

Si la reine de Reddrah ou le roi de Vorénor s'emparaient de cette drogue, alors l'empire pourrait être entraîné dans une guerre où les forces en présence seraient égales ou presque.

Sarcolem alla s'asseoir sur son trône.

Les visages de ses proches le fascinaient et l'angoissaient. Il fixa un vieux général, deux courtisans, un noble, son grand lamane de Gorum, son maître de l'Ordre des cristalomanciens. Ses yeux se posèrent ensuite sur Amrina.

Qui étaient tous ces gens ? Qui étaient-ils vraiment ? Qui avaient-ils incarnés autrefois lorsqu'il était encore Sarcolem le Magnifique et qu'il terrassait Torance et Shanandra ?

— Sortez ! rugit-il. Sortez tous !

Puis, tandis que Sarcolem tambourinait les accoudoirs de son trône et hurlait de plus belle, les soldats eux-mêmes quittèrent la salle et refermèrent les portes derrière eux.

★

Le soir même, une jeune esclave guérisseuse massait ses pieds tandis qu'une autre soulageait, de ses doigts, la pression qui vrillait ses tempes. L'esprit encore perturbé par la ronde des noms et des visages de ses anciens ennemis, l'empereur sentait monter dans sa chambre les effluves d'un parfum à base de cœur de *myrmille;* cette fleur rarissime à la fois tendre et sucrée, utilisée pour composer des mets aphrodisiaques.

La fatigue le disputait à un état lascif d'excitation. Sans qu'il s'en rendit compte, les esclaves se retirèrent. Allongé sur sa couche en bois de kénoab blanc, il s'emplit littéralement le corps et l'âme de cette senteur exotique. Le bruit des chutes d'eau, si distinct de l'agitation de la cité, était accompagné, en cette heure tardive, par le cri des singes cornus qui animaient ses jardins.

Des mains douces aussi légères que des ailes de papillons effleuraient ses cuisses nues, les caressant avec tant de subtilité que ses sens s'éveillèrent.

D'autres visages surgissaient du passé : entre autres, celui de la grande légide Lolène qu'il n'avait pourtant vue qu'une seule fois, et celui, plus sensuel encore, de Shanandra dont il se rappela la bouche et les lèvres. Refusant d'ouvrir les yeux, il se laissa submerger par la sensation folle et merveilleuse qui montait en lui.

Des lèvres satinées frôlèrent les siennes; une main inconnue glissa sous le tissu qui recouvrait son bas-ventre.

Craignant tout à coup il ne savait quelle atteinte à sa personne, il se redressa et resta bouche bée devant l'apparition qui se tenait agenouillée devant sa couche.

— Ylonée ? Mais que signifie ?

— Mon Seigneur, je… rétorqua son impératrice en baissant humblement les yeux.

Sarcolem se leva et quitta la pièce sur-le-champ.

Il ne vit pas le visage défait ni la tristesse de son épouse. Aurait-il été le témoin du désarroi de la jeune femme que la suite de son règne eût sans doute été plus sereine…

L'OMBRE DE LA MORT

Personne ne pouvait dire avec exactitude pourquoi l'empereur, si prompt d'habitude à déambuler dans les jardins en compagnie de toute sa cour, ne parlait ce matin qu'avec l'étrangère venue du royaume de Vorénor.

Tandis que ses conseillers et ses courtisans avançaient à distance respectable du monarque, celui-ci faisait visiter à la jeune blonde ses parterres de kénoabs, d'égoyiers, de barbousiers, de *palétuniers*, de *papayiers, d'amangoyiers* et ses élégants massifs d'hémaflores. La tenant délicatement par le bras, l'homme mûr et la presque enfant composaient le plus étrange des couples que la population du palais ait jamais vu.

Sarcolem portait pour l'occasion une ample tunique blanche liserée d'or fermée à l'épaule par une agrafe en améthyste, et malgré la froideur de l'air des galvas en cuivre ouvertes à tous les vents. Amrina était gênée de marcher au bras de l'empereur. Pourtant, une fois encore, par bribes et par bouffées lui revenaient des sensations et des impressions de déjà vu. Ses transes matinales n'étaient-elles pas remplies d'images fugaces dans lesquelles elle se voyait évoluant dans les salles grandioses de palais mystérieux !

Sarcolem se pencha pour lui faire admirer les corolles éclatantes des hémaflores dites de Gorée – à son avis, celles qui possédaient les pétales les plus doux et étaient du plus éclatant des jaunes.

Derrière eux se pressaient les architectes. Les bras surchargés de longs rouleaux d'ogrove, ils peinaient à les suivre.

— Mes cuisiniers savent apprêter les pétales d'hémaflore, lui dit Sarcolem. Ils les intègrent à des jus ou bien les mélangent, l'été, à de délicieux sorbets.

Amrina évitait les yeux noirs un peu globuleux du monarque. Sa bouche, qui avait perdu quelques dents, béait comme celle d'un vautour, et son haleine fétide s'harmonisait mal aux fragrances florales dont il aimait s'entourer. Pourtant, l'homme n'était ni hideux ni repoussant. Parfois, le vent ébouriffait sa chevelure blanche. Sa figure s'ornait alors d'un sourire. Dans ces moments-là, Amrina voyait le jeune prince qu'il avait sans doute dû être jadis.

Ils arrivèrent à la hauteur des suivantes de l'impératrice. Portant sur le visage le traditionnel *bourmouq*, un voile de gaze retenu sur le front par un fin diadème en or pur, Ylonée serrait contre elle ses deux enfants : un charmant garçon de sept ans nommé Odalic et une fillette de quatre.

Rompant avec le cérémonial qui régissait la vie du monarque, l'impératrice avança vers son mari en tirant les deux bambins par la main.

Autour, les courtisans retinrent leur souffle, car une brouille au sujet de l'enfant à naître avait dernièrement refroidi l'ardeur des deux époux.

À la surprise d'Amrina, l'empereur fit un brusque écart pour éviter sa femme et ses enfants.

Humiliée, la souveraine fut rejointe par trois de ses esclaves. Autour d'eux murmuraient les courtisans. Sarcolem ne s'en rendit pas compte, mais le jeune prince Odalic pleurait en silence.

Sentant le trouble de sa compagne, l'empereur reprit leur conversation là où ils l'avaient laissée :

— Vous me racontiez combien la vie était dure pour vous au temple d'Éliandros…, fit-il avec un regain d'enthousiasme.

Amrina se garda, malgré son envie, de détourner la tête pour adresser un sourire d'excuse à l'impératrice.

— Oui, Majesté, répondit-elle, gênée. Les cours commençaient dès l'aube. Nous devions marcher pieds nus sur les dalles. Les différents bâtiments du temple-école sont construits au sommet de trois monts. Souvent, nous ne voyions même pas la terre, tant nous avions l'impression de vivre en plein ciel.

— Ici, ma chère enfant, vous n'aurez plus ce genre de désagrément, lui promit Sarcolem.

La jeune élève des Fervents du Feu bleu n'était pas certaine de bien agir en répondant avec autant de cordialité aux questions de l'empereur. Le Mage errant serait-il d'accord ?

Ils s'arrêtèrent devant un nouveau bosquet. L'empereur salua le jardinier en chef et reprit :

— Les Préceptes de vie enseignés par l'Ordre des messagers ne sont-ils pas également enseignés par vos maîtres, à Éliandros ?

L'empereur sortit un vieux rouleau d'ogrove de sa manche et le lui tendit.

— Vous tenez là le rouleau antique que les légides appellent l'*Ogrove Premium*…

Amrina écarquilla les paupières.

— Le rouleau que Cristin d'Algarancia a jadis écrit de sa main et que Shanandra a remis à Sarcolem Premier ?

L'empereur hocha la tête.

— Lisez-le et dites-moi si vos maîtres vous enseignent ces préceptes à la lettre ?

La jeune fille parcourut religieusement les caractères craquelés par les siècles.

— Oui, murmura-t-elle en craignant de révéler un grand secret.

Sarcolem poursuivit comme si de rien n'était :

— Et qu'enseigne le Mage errant au sujet du retour des âmes dans des corps de chair ?

Amrina se rappelait ses leçons. Mérinock affirmait en effet que les âmes passaient de corps en corps et vivaient ainsi sur Terre de siècle en siècle. Il parlait plus précisément d'une parcelle de cette âme, qu'il appelait le « maillon voyageur ». La théorie de l'Âme supérieure, sorte de diamant brut qui renfermait en lui tous les maillons d'une même âme, lui revint confusément à l'esprit.

À quelques pas de distance, l'impératrice murmurait à l'oreille d'un soldat au garde-à-vous. Les courtisans se tenaient toujours en retrait, la mine renfrognée.

Soudain, l'empereur caressa les cheveux blonds de la jeune fille. Sa voix se fit lointaine :

— Vous me rappelez étrangement une femme d'autrefois.

Amrina se racla la gorge.

— Majesté, dit-elle, le Mage errant, lorsqu'il parle du voyage des âmes, prétend que le moment le plus important d'une vie est toujours l'instant que l'on vit. C'est de lui que peuvent venir le bonheur ou le malheur. Le passé doit être laissé à la poussière des ans et l'avenir ne doit pas, non plus, trop occuper nos pensées.

L'empereur sourit. Ne sachant pas comment interpréter ce sourire, Amrina lui montra un oiseau bariolé posé sur une palme verte.

Elle sentait que malgré son étrange amabilité, Sarcolem était en quête d'informations. Pourquoi l'interrogeait-il si souvent sur les matières qu'elle étudiait à Éliandros ? Sur les différences existant entre les croyances des Fervents, issues des enseignements des sages Ylotte et Pirius, et celles des légides de l'Ordre des Messagers ?

Ils repassèrent devant l'impératrice et ses suivantes, ce qui eut pour effet de rabaisser la souveraine devant toute la cour.

— Le Mage errant vous est-il apparu dernièrement lors de vos méditations matinales ? lui demanda encore Sarcolem.

Personne n'entendit les mots que l'impératrice glissa à l'oreille du jeune officier. Mais son visage était si tendu, ses yeux si flamboyants sous le *bourmouq*, qu'Amrina tressaillit de plus belle…

✳

Les minutes qui précédaient le lever du soleil étaient précieuses pour Amrina. Alors que s'agitaient les domestiques, elle se glissait sans bruit hors de sa chambre, longeait le corridor froid donnant sur les dortoirs, et gravissait un escalier conduisant sur les toits en terrasses.

À travers les embruns créés par l'incessant mouvement des eaux au pied des murailles, elle discernait la tête chauve et rouge de l'astre du jour. Derrière l'enceinte du vaste réseau de palais se déployaient les bâtiments administratifs et les demeures blanches des nobles. Plus bas encore vivait la cité proprement dite.

Amrina s'accroupit et contempla le soleil à travers les palmes irisées des grands palétuniers. En inspirant profondément, elle tenta de faire le vide dans son cœur et songea que, de toutes ses habitudes passées, seul subsistait son rituel au soleil.

Elle plissa les paupières, ânonna la prière et tomba rapidement dans cet état de demi-conscience qu'elle avait appris à atteindre au temple-école d'Éliandros. Même si sa vie avait radicalement changé, elle ne pouvait s'empêcher de penser à ses condisciples, garçons et filles, qui saluaient eux aussi chaque matin le retour du soleil.

Les enseignements des Fervents du Feu bleu provenaient du village légendaire de Wellö-arrh : le pays situé au-delà du monde réel où vivaient autrefois les servants du Mage errant. Certains professeurs d'Éliandros prétendaient que leurs descendants y vivaient encore et qu'il existait, en un endroit secret du temple, un souterrain magique qui y menait directement. Amenée autrefois en Terre de Vorénor par Ylotte et par Pirius, son époux, la croyance des Servants s'était propagée dans tout le royaume. Neuf communautés s'étaient formées depuis, chacune dirigée par un des descendants du couple.

Amrina priait, selon la formule consacrée, pour que ce jour nouveau lui apporte les événements dont elle aurait besoin pour travailler sur son âme. Chaque matin, au temple, l'oracle tombait en transe et transmettait à l'oreille des élèves le « travail » du jour : autrement dit, l'aspect de sa personnalité qui serait mise à l'épreuve. Qu'il s'agisse de la patience, de la tolérance, de la confiance en soi ou de la compassion envers les autres et soi-même, il s'avérait que la tentation survenait durant le jour. Il n'y avait pas de punition en cas d'échec. Ce travail leur étant personnel, les élèves suivaient leur propre rythme.

La jeune fille se concentra sur la couronne de lumière du soleil. Elle devait se fondre à son scintillement. Pour s'aider, elle entonna un chant à une seule note : un *hou* à la fois doux et puissant qui résonna dans tout son être.

Cet état de paix intérieure permit aux intrus de s'approcher d'elle sans qu'elle s'en aperçoive...

Ils rampèrent en silence. Puis, alors qu'ils se trouvaient tout près de la jeune fille agenouillée, ils éclatèrent de rire. En découvrant les deux enfants, Amrina prit le parti de les imiter.

Le garçonnet avait environ sept ans. Sa sœur paraissait encore plus jeune. Le visage rond, les yeux noirs lumineux, ils étaient vêtus de toges pourpres liserées d'or.

— Vous m'avez fait peur, commença la jeune fille. Je ne vous connais pas. D'où sortez-vous et...

Amrina se figea en réalisant qu'elle les avaient déjà vus. Ou, plus justement, entr'aperçus.

Elle tendit un bras, mais ils reculèrent. Des pas légers effleurèrent le sol derrière elle. Une femme enveloppée dans un long manteau se tenait, fantomatique, entre la nuit mourante, le murmure des embruns et l'aurore immaculée.

— Vous ? s'étonna Amrina.

L'impératrice Ylonée hocha doucement la tête. Son ventre distendu, son souffle ample et les gouttelettes de sueur qui maculaient son front trahissaient une tension certaine.

— Voici mon fils Odalic et ma fille, Philomine.

La souveraine tourna lentement autour de cette jeune inconnue introduite brusquement dans l'univers de son mari.

Amrina remarqua ses yeux étirés sur ses tempes, ses pupilles au regard perçant, ses longs cils sensuels. Son visage possédait cet ovale parfait qui faisait la gloire des

Goroméennes dans tout l'empire. Sa bouche aux lèvres un rien boudeuses était déjà fardée. Disparaissant sous les pans de soie du bourmouq relevé, ses cheveux restaient cachés, ce qui accroissait encore l'intensité de son regard.

— J'ai un certain talent pour deviner les gens, lui dit l'impératrice de sa voix la plus neutre tandis que ses deux enfants se tenaient craintivement dans son ombre.

Elle termina un second tour qui avait toutes les allures d'une ronde rituelle ou initiatique et poursuivit :

— Et vous n'êtes pas du tout celle que l'on m'a dépeinte.

Amrina restait perplexe. Dans le quartier des serviteurs où elle était logée, les esclaves racontaient que l'impératrice était une femme dure et ambitieuse, voire cruelle sous ses dehors polis et tranquilles.

— Je ne comprends pas, balbutia la jeune Vorénienne.

Ylonée fit claquer sa langue d'impatience, mais sourit aussitôt.

— Je veux dire que vous n'êtes pas l'intrigante ni l'espionne que l'on m'a décrite ni…

Amrina craignait d'en entendre davantage.

— … ni la nouvelle maîtresse de mon époux.

La jeune fille ravala sa salive.

— Vous êtes… son amie, n'est-ce pas ?

Les deux enfants s'esclaffèrent nerveusement. Soudain, l'impératrice gémit en se tenant le ventre. La jeune fille la soutint.

— Vous vous sentez bien, Majesté ?

Ylonée se laissa aller contre l'épaule de l'étrangère. Puis, sans prévenir, elle s'accrocha carrément à elle.

— Si vous êtes vraiment l'amie de mon époux, il faut m'aider.

— Vous aider ?

Ylonée se mit à sangloter. Elle poussa ses enfants vers Amrina qui les recueillit d'instinct dans ses bras.

— L'empereur n'est peut-être pas le monstre que certains veulent bien voir, mais c'est un homme qui a des peurs et des principes sévères hérités de ses prédécesseurs.

Amrina hochait la tête de droite à gauche.

— Vous êtes bonne, je le sens, poursuivit l'impératrice.

— Mais…, protesta la Vorénienne.

Ylonée posa un doigt sur les lèvres de la jeune fille.

— Mon fils va bientôt avoir huit ans. C'est l'âge où les héritiers mâles de l'empereur sont enfermés dans le corral des princes.

Ylonée lui décrivit en quelques mots le processus de sélection naturelle des futurs souverains.

La bouche de la jeune fille s'arrondit de surprise, puis d'horreur.

L'impératrice, maintenant, ne pouvait s'empêcher de trembler. Elle serra son fils contre sa poitrine.

— Si vous avez quelque influence sur mon époux, intervenez en faveur d'Odalic ! Faites que l'empereur le nomme son héritier. Mettez fin à cette coutume barbare !

— Mais, protesta sourdement la jeune fille, je…

Ylonée montra Philomine.

— Les princesses ne sont pas enfermées, mais envoyées dans des temples reculés. Les prêtres leur font boire ce qu'ils nomment la liqueur d'oubli. Les princesses deviennent ensuite prêtresses. Une fois adultes, si elles ont de la chance, elles épousent des nobles ou des militaires.

— Majesté, je crains fort de…

Ylonée montra son ventre.

— Si ce bébé est un autre fils, il sera lui aussi enfermé jusqu'à la mort de mon époux. Et, alors, son sort ne sera guère plus enviable. Il y aura un combat entre les princes les plus vigoureux. Le vainqueur deviendra empereur à son tour. Qu'adviendra-t-il des autres pensionnaires du corral des princes, à votre avis ?

Amrina allait protester de nouveau, quand des bruits leur parvinrent.

Resserrant les pans de son manteau sur ses épaules, Ylonée prit peur.

— Si vous avez quelque influence, répéta-t-elle, agissez avant qu'il ne soit trop tard.

Elle disparut, effacée par les derniers lambeaux de brume.

★

Plusieurs semaines s'écoulèrent sans qu'Amrina n'ait l'occasion de revoir ni Ylonée ni ses deux enfants. L'empereur lui-même, emporté par une succession de projets, d'assemblées et de visites d'ambassadeurs, ne lui avait pas redonné signe de vie.

Quand un matin, le cristalomancien Prégorus la tira du lit et l'emmena sans douceur jusqu'à un porche situé à l'extrémité du domaine impérial.

En apercevant l'empereur déguisé en simple marchand, affublé d'une toge grise rapiécée, d'une ceinture en corde et de galvas miteuses, la jeune fille fut fort surprise. Sarcolem portait sur sa tête une perruque aux longues mèches noires bouclées. Ses yeux brillaient de malice et il faisait mine de s'appuyer sur un bâton de pèlerin.

— Majesté, bredouilla Amrina.

Le monarque lui tendit la main.

— Tu ne connais pas encore Goromée, m'a-t-on dit !

Le tutoiement, nouveau, la prit au dépourvu. Prégorus semblait également dans tous ses états.

— Mon Seigneur, sortir ainsi accoutré et sans gardes du corps, vous n'y songez pas ! s'exclama-t-il pris de panique.

L'empereur lui tapota l'épaule gentiment. N'était-il pas en tout temps protégé par la bulle énergétique !

Surgirent trois hommes de silex accompagnés par un officier à la peau noire et aux traits bien dessinés.

— Minomen ! fit l'empereur. Mon brave capitaine, je n'aurai pas non plus besoin de tes services, aujourd'hui.

Ignorant l'officier – un ancien esclave – et son air consterné, Prégorus revint à la charge :

— Majesté, je ne peux me résoudre à vous laisser sortir sans...

— Sornettes ! répliqua Sarcolem.

Il adressa un signe d'apaisement à son capitaine et entraîna la jeune fille vers un portillon dont il poussa la grille. Prégorus n'eut pas le temps d'ajouter quoi que ce soit que l'étrange couple disparaissait sous une pergola au bout de laquelle bruissait la cité...

★

Ils déambulèrent sans but précis dans des ruelles en pente, croisèrent des journaliers qui sortaient de maisons closes et des maris qui bâillaient et s'étiraient sur les perrons. Des amis se saluaient, plaisantaient sur le temps à venir et les difficultés du gouverneur de la cité qui peinait à maintenir la cité propre.

Pour illustrer les paroles des gais lurons, une esclave vida directement dans la rue les pots de chambre de ses maîtres !

Parvenu sur une place où des serviteurs montaient les tréteaux des boutiquiers, Sarcolem inspira profondément les remugles de poissons mêlés de crustacés fraîchement pêchés dans l'isthme. Des chapelets de rire éclataient, accompagnés par des plaisanteries salaces. Lorsqu'un marchand se plaignit de la nouvelle taxe imposée par le gouvernement sur le sel et sur les épices rares, Sarcolem tendit l'oreille.

Amrina l'observait. L'empereur marchait incognito à grands pas dans sa cité. Il riait des blagues des domestiques, se laissait bousculer par quelques artisans pressés de gagner leur chantier. Il baissait la tête devant une patrouille de soldats et se défendait vivement quand une mégère lui ordonnait de libérer le passage.

Ils s'arrêtèrent devant l'échoppe d'un *galvassier*. L'artisan tordait avec des pincettes des lanières de cuivre et les entrelaçait adroitement en chantant.

L'empereur se tourna vers Amrina :

— Voici la vraie vie des hommes, jeune fille !

Il fit parler l'artisan de cette passion qui l'amenait à fabriquer des galvas pour que d'autres hommes puissent fouler le sol.

En observant Sarcolem, Amrina découvrait une personne bien différente du dieu vivant dont on voyait le visage gravé sur les pièces de monnaie.

En entendant une bande de galopins semer la pagaille entre les tréteaux, Amrina se rappela sa rencontre irréelle, entre brume et lever de soleil, avec l'impératrice.

« Intervenez auprès de mon époux ! », l'avait-elle supplié.

Avait-elle vraiment ajouté : « Avant qu'il ne soit trop tard ? » ou bien cet avertissement était-il une interprétation subjective de sa part ? La souveraine avait paru à la fois si désespérée, si froide et en même temps si calculatrice !

La place était peu à peu envahie par une foule de citadins en quête de nourriture, de mauvais coups ou de débauche. De la neige était tombée durant la nuit. Le crissement des galvas fourrés sur le sol se mêlait aux conversations. L'espace, de plus en plus restreint autour d'eux, était empli de respirations, de chuchotements, d'odeurs, de présences.

Sarcolem aimait visiblement se mêler à son peuple. En voyant sa jeune compagne trembler, il s'inquiéta :

— Je voulais te montrer ma cité, mais peut-être est-ce trop pour toi ? Tu as vécu retranchée du monde. La foule t'effrait peut-être ?

Ils s'adossèrent contre un mur pour laisser passer une charrette lourdement chargée de quartiers de viande sanguinolents.

— Qu'est-ce que le corral des princes ? demanda brusquement Amrina.

Sarcolem se raidit, une lueur de méfiance au fond des yeux.

— Je vois que mon impératrice est venue te trouver.

Il reprit son souffle avant de se lancer dans une réponse plus élaborée quand un homme jaillit d'un coin sombre et, armé d'un long sabrier, fondit sur l'empereur...

LE REVENANT

Amrina se pendit au cou de l'empereur à l'instant où l'assassin plantait sa lame. Son poids leur fit perdre l'équilibre. Tous deux renversèrent une pile de cageots contenant des volailles.

L'incident venait à peine de se produire que plusieurs soldats, guidés par Prégorus, jaillissaient entre les tréteaux. Le cristalomancien ordonna aux soldats d'encercler le régicide. La bouche de l'assassin s'arrondit quand il vit le mystique brandir un cristal rouge. Prégorus fronça les sourcils. Pourquoi ce criminel n'était-il pas pétrifié à l'idée d'affronter un manieur de cristaux ? Son courage vacilla quand il vit que l'assassin tenait lui aussi un cristal dans ses mains. Les deux rayons écarlates s'entrechoquèrent et répandirent un inquiétant halo rougeâtre autour des échoppes. Conscients d'assister à un duel entre cristalomanciens, les soldats reculèrent. Sarcolem tenait entre ses bras Amrina évanouie.

— Un apothicaire ! s'écria l'empereur. Vite !

Fort heureusement, d'autres cristalomanciens surgirent. Prenant position autour de l'assassin, ils créèrent autour de lui une cage énergétique qui l'emprisonna.

Le criminel ouvrit la bouche comme s'il manquait d'oxygène et tituba. Quelques secondes plus tard, il s'effondra.

★

Le cristalomancien qui avait attenté à la vie de l'empereur se nommait Mikalon. Une enquête révéla qu'il était originaire de la province d'Élorîm – un foyer naturel de sédition –, qu'il était le fils d'un tailleur de pierre et apprenti. Puis, ayant été vendu par son propre père pour éponger une dette de jeu, il était devenu esclave avant d'entrer au service d'un vieux cristalomancien. Après trois années passées près de lui, il avait assassiné son maître. Mikalon avait ensuite erré de cité en cité, mendié ou volé sa nourriture et dormi dans des greniers sur des paillasses de fortune.

Marchant de long en large devant la table de pierre sur laquelle le dénommé Mikalon était attaché, Sarcolem réfléchissait. De temps en temps, le bourreau assénait des coups de barre de fer sur le régicide, lui frappant violemment les cuisses, les avant-bras ou les côtes.

L'empereur étouffait dans cette salle de torture souterraine. Il sentait venir une nouvelle crise d'asthme. De plus, les humeurs du corps du condamné lui donnaient la nausée et ses cris lui perçaient les oreilles. Il tenait cependant à contempler l'homme qui avait tenté de l'assassiner.

Maigre et osseux, Mikalon d'Élorîm avait des yeux noirs fiévreux, des traits grossiers, une peau tavelée de taches de rousseur et une Pomme d'Adam proéminente. À chaque coup, il hurlait comme un goret à l'abattoir.

Prégorus et deux de ses condisciples cristalomanciens se tenaient près de l'empereur. Le fidèle manieur de cristaux avait senti le danger qui menaçait le souverain durant la transe qu'il avait eue la nuit précédente. Hélas, il semblait que son don de divination ait été entravé par ce qu'il appelait « une force supérieure ».

Sarcolem le dévisagea froidement.

— Si je suis ton raisonnement, tu insinues que c'est Mérinock qui m'aurait envoyé ce tueur ? Et que, pour parvenir à ses fins, il aurait exercé une force contre toi !

L'empereur se tint devant une étroite meurtrière, avala une goulée d'air frais.

Ridicule !

La marche des affaires de l'État le contrariait au moins autant que cette tentative de meurtre. L'idée l'effleura que, peut-être, les deux étaient intimement liées.

Il considéra le régicide enchaîné sur la table. Le bourreau s'employait à présent à briser ses chevilles, ses genoux et ses coudes avec méthode et précision, sans haine aucune, mais avec le savoir-faire et le perfectionnisme qui seyait à tout artisan de sa profession.

— Qui t'a chargé de cette sordide besogne ? Qui t'a indiqué quel serait mon déguisement ? demanda l'empereur pour qui un acte isolé et gratuit était fort peu probable, vu les circonstances.

Les royaumes de Reddrah et de Vorénor s'arment. Leurs ambassadeurs se font évasifs et trop prévenants pour ne pas cacher de secrètes manœuvres...

La situation à l'intérieur de l'empire n'était guère plus reluisante. Outre les perpétuelles tentatives de révoltes, il fallait considérer la tension religieuse. Les cristalomanciens de l'Ordre et les lamanes de Gorum étaient en constante opposition. À cela s'ajoutait la menace grandissante des adeptes de Torance et de Cerbio Staphen, leur grand légide.

Un troisième danger était constamment suspendu au-dessus de la tête de l'empereur. Il venait de son âge et du corral des princes dans lequel vivaient ses enfants issus de ses unions officielles : des garçons et des jeunes hommes qui avaient entre neuf et vingt-huit ans. Certains étaient de robustes gaillards qui ignoraient tout du monde extérieur, mais qui ne constituaient pas moins, pour les généraux frustrés et les nobles trop ambitieux, des successeurs potentiels qu'ils pourraient tenter de manipuler à leur guise.

— Majesté ! Nous sommes prêts, fit Prégorus.

Le bourreau n'ayant pu extirper de confession à l'assassin, il devait céder la place aux cristalomanciens.

Le plus vieux d'entre eux plaça au-dessus du front du malheureux une chaine au bout de laquelle était suspendu un cristal vert émeraude.

Sarcolem connaissait parfaitement les propriétés de cette pierre magique dont se servait autrefois Astarée. L'empereur avait, à quelques reprises déjà, parcouru les rouleaux d'ogrove que lui avaient ramenés Astagor et qui constituaient une sorte de recoupement de toutes les techniques connues de cristalomancie : le seul manuscrit jamais écrit sur cette science qui ne se transmettait d'ordinaire que de bouche de maître à oreille de maître.

Un cri atroce brisa net le fil de ses pensées. Mikalon était soumis à la question.

Qui avait armé son bras ?

Sarcolem sentait un étau se refermer sur sa poitrine. Pourquoi était-il impossible, pour le bien même des peuples, de construire un empire, de travailler à sa grandeur et à sa cohésion sans que se dressent de toutes parts des ennemis et des oppositions ?

L'homme ne se nourrit pas d'harmonie, de paix ni d'amour. Son âme contrariée a constamment besoin d'agitation, de guerres, de malice, d'orgueil et de désir de puissance.

Le cristal oscillait à une vitesse folle au-dessus de l'homme épouvanté. Son teint était cadavérique, sa respiration haletante, sa peau trempée de sueur. Ses mâchoires s'entrechoquaient. Il bavait et sanglotait tout à la fois.

Sarcolem constatait que malgré ses souffrances, les yeux de Mikalon demeuraient ardents et fiévreux.

— Cet homme a-t-il été drogué ? s'enquit-il, méfiant.

Prégorus lui assura que non.

— Vous ne tirerez rien de lui de cette manière non plus ! assura l'empereur.

Les cristalomanciens lui répétèrent qu'à leur avis, le Mage errant était le véritable cerveau de l'affaire.

Un dernier hurlement s'éleva et le dénommé Mikalon rendit l'âme. Consternés, les cristalomanciens laissèrent la place à l'empereur.

Le crâne du tueur de rois avait explosé telle une courge trop cuite. Le vieux manieur de cristaux baissa la tête en guise d'excuse. Sarcolem sentit, à cet instant, qu'il allait passer une très mauvaise nuit.

Avant de remonter l'étroit escalier, il toisa de nouveau ses cristalomanciens.

— Qui était ce tueur ? Qui était-il réellement ?

Prégorus allait répondre qu'il s'appelait Mikalon, lorsqu'il réalisa que l'empereur parlait de bien autre chose...

★

Avant de se préparer pour la nuit, Sarcolem rendit visite à Amrina, blessée à l'épaule gauche, mais heureusement jeune et désireuse de vivre. Il avait fait venir à son chevet les meilleurs apothicaires, au grand dam de son impératrice qui pouvait accoucher d'un instant à l'autre et dont les soins nécessitaient la présence des plus habiles chirurgiens.

Sarcolem songeait, en regardant la jeune Vorénienne, qu'elle était la seule, en plus de deux cent quatre-vingt-dix années de règne ininterrompu, à avoir eu pour lui un geste d'une pareille délicatesse. Malgré tout, son esprit incisif ne cessait de se questionner. Avait-elle véritablement agi de manière désintéressée ou bien son instinct avait-il été le seul sollicité ?

Il lui sourit, arrangea ses oreillers, se traita d'imbécile. L'instinct de survie poussait d'ordinaire les gens à se protéger eux-mêmes en cas de danger, non à sauver la vie d'un autre !

— Tu vas guérir, je te l'assure, lui dit-il en tapotant la main blanche de la jeune fille.

L'empereur songeait à la signification du prénom d'Amrina : « je suis l'amie qui vient ». Et au fait qu'elle avait peut-être été, lors d'une incarnation précédente, Lolène, la première grande légide. Une guérisseuse de grand talent s'il fallait en croire les écrits des « Toranciens ».

Voilà qui était un étrange clin d'œil du destin. Et avec, en plus, la bénédiction du Mage errant !

Encore une incongruité ! se dit Sarcolem en se couchant.

Son esclave personnel souffla la flamme de sa lampe à huile. Deux autres éventèrent l'air à l'aide de larges palmes de palétuniers. À l'extérieur de la chambre, quatre cristalomanciens étaient déjà en transe, employés à tisser mentalement ce filet de protection énergétique qui entourait l'empereur en permanence.

Les premières images de son rêve dessinèrent sous ses yeux les lignes sombres d'une salle qui ressemblait à s'y méprendre à celle où il recevait son conseil. Un homme appuyé sur un long kaïbo était assis sur son trône.

— Vous ! S'exclama Sarcolem.

Mérinock leva sa main en signe d'apaisement.

— N'es-tu pas quelquefois fatigué de vivre ? Lui demanda-t-il.

L'empereur se sentit immédiatement sur la défensive.

— Les peuples ont besoin d'un empire fort. Rappelez-vous la misère des Goréens avant moi et voyez-les à présent !

Le Mage se racla la gorge.

— J'avoue que tu gouvernes mieux que je ne l'aurais cru. Mais à quel prix !

Le Vénérable fit mine de s'approcher du monarque. Aussitôt, les maillons énergétiques mis en place par les cristalomanciens apparurent, rougeoyants. Leur éclat sombre rassura l'empereur.

— Vous ne pouvez rien contre moi, et vous le savez !

Le Mage sourit sous sa quiba.

— Qui te dit que je veux encore m'emparer de la pierre, de la fiole et de la formule que tu détiens illégitimement !

Sarcolem se souvint d'Amrina. Il voulut expliquer à Mérinock qu'il avait accueilli la jeune fille comme une amie. Qu'elle venait de lui sauver la vie et que, d'une certaine manière, il le remerciait.

Le Mage hocha la tête, car il n'avait pas besoin d'entendre l'empereur pour lire dans sa pensée.

— Tu te poses cependant une question ! fit Mérinock.

— Oui. Pourquoi m'avoir confié Amrina ?

— Je te répondrai par une énigme.

Un ballot de linge roula sur le sol…

— Tu vis dans la suspicion, la menace et une odeur de meurtre qui empuantit les sphères de la déesse, reprit le Mage. Prends garde ! La mort est le terme naturel des hommes d'ici-bas. Je connais tes peurs et ton obstination à vivre.

… l'empereur arrêta du pied l'étrange ballot.

— Voici l'homme qui a cherché à attenter à ta vie. Médite bien.

Sur ce, le Vénérable disparut.

Sarcolem déballa son « cadeau ». Puis, atterré, il laissa retomber la tête ensanglantée sur la dalle de marbre. Quelques instants plus tard, dévoré par la curiosité, il s'accroupit de nouveau.

Le visage de l'homme n'était pas celui de Mikalon, mais celui, plus ancien et presque oublié, de Clébos d'Élorîm, un prince prétendant cupide qu'il avait aidé à s'emparer du trône avant de le faire périr dans la forteresse d'Hamrock.

Cette découverte macabre le tira de son sommeil.

Un visage était penché sur le sien.

— Majesté, lui murmura Prégorus, c'est l'impératrice !

— Elle a accouché ?

— D'une petite fille, Monseigneur.

Sarcolem était soulagé, car cela ferait toujours un prince de moins à enfermer dans le corral. Puisque son cristalomancien demeurait immobile, l'empereur fronça les sourcils.

— Y a-t-il autre chose ?

Prégorus lui fit part des résultats de l'enquête secrète que Sarcolem avait commandée en rapport direct avec la tentative d'assassinat dont il avait été victime.

— L'impératrice…, répéta le jeune cristalomancien d'une voix sourde.

LA MATINÉE DES DUPES

Au petit matin, une demi-douzaine d'hommes de silex envahit les appartements d'Ylonée. Menaçant esclaves et serviteurs de la pointe de leurs glaives, ils égorgèrent les soldats de sa garde personnelle et défoncèrent la porte de sa chambre. La souveraine, qui se remettait d'un pénible accouchement, vécut la scène à la manière d'un cauchemar.

Le chirurgien et les sages-femmes qui l'avaient accompagnée furent chassés. L'officier de ses gardes du corps personnel, un jeune homme brun aux yeux verts étincelants qui se tenait agenouillé devant la couche impériale, fut traîné par les cheveux sur les dalles et sauvagement poignardé.

Seuls les cris de son nouveau-né et de ses deux enfants, emmenés de force, semblèrent avoir de l'effet sur la femme épuisée. Elle se dressa dans ses couvertures, puis, une main sur son bas-ventre, elle se traîna dans la pièce en hurlant.

— Pas mes enfants !

Les hommes de silex disparurent aussi vite qu'ils étaient entrés en laissant dans les hautes pièces des tentures déchirées, un plancher couvert de sang, une impression de chaos et d'effroi.

Au même instant, Amrina tentait de trouver la paix de l'âme. Sa méditation, ce matin, venait mal.

Trois visages émergeaient tour à tour du paisible cocon qu'elle tentait de tisser autour d'elle. Le premier était celui d'un jeune garde timide aux joues couvertes de boutons, mais aux yeux limpides. Ce militaire faisait partie de ceux qui avaient encerclé l'agresseur de Sarcolem sur la place du marché. Amrina se rappelait son retour au palais et le sourire confiant du jeune garde qui, pas un instant, ne l'avait quittée. Durant ses longues journées de convalescence, elle l'avait revu. Pas tous les jours, mais presque; au détour d'un couloir, dans les jardins ou dans les cuisines, dissimulé entre deux marmitons.

Le second visage était, bien sûr, celui de l'empereur.

Si Sarcolem lui avait longtemps paru brutal et cérémonieux, elle ne pouvait pas dire qu'il avait fait preuve de sévérité à son égard ! Elle se rappelait l'expression de ses yeux lorsque, pour la première fois, elle lui avait expliqué la signification de son prénom : « L'amie qui vient. »

Se pouvait-il qu'il ait pris ces mots-là au sérieux pour l'avoir traité telle une... Amrina chercha le terme juste. Elle songea aux mots « invitée » ou « visiteuse ». Mais n'étaient-ils pas des synonymes ? Force était donc d'admettre que Sarcolem l'avait accueillie comme une amie. Une amie inconnue et étrangère que le Mage errant lui avait en quelque sorte... offerte !

Elle trouva cette idée déplacée en la circonstance, mais décida finalement qu'il n'y en avait pas de plus appropriée.

Ce qui rendait son dilemme intérieur encore plus difficile à résoudre.

Et ce matin-là, au marché...

En se jetant à son cou, elle avait sauvé la vie de l'empereur. La lame du couteau avait pénétré la chair de son épaule. L'os avait été atteint, des ligaments tranchés. La convalescence était longue. Aujourd'hui encore, Amrina portait une écharpe au bras droit. Le lamane personnel du souverain lui faisait boire moult breuvages à base de plantes tandis que Prégorus, qui pourtant ne l'aimait guère, avait été chargé de poser des cristaux sur sa chair et de réciter des formules censées hâter sa guérison.

Oui, le visage de Sarcolem et celui du jeune garde se disputaient une place de choix dans sa tête, mais aussi dans son cœur. À tel point qu'elle en était troublée.

Lorsque le troisième visage surgit, Amrina était sur le point de conclure que s'il avait été plus jeune et nullement empereur, Sarcolem aurait vraiment eu des chances de lui plaire.

Comment, désormais, pouvait-elle le considérer ?

Mérinock apparut devant ses yeux aussi clairement que s'il avait été présent sur les toits du palais. Au même instant, un cri de femme retentit dans son esprit.

Le Mage errant frappa le sol de son kaïbo pour réclamer son attention.

Se passait-il un événement grave ?

Mérinock inclina la tête.

Un événement en rapport avec l'impératrice et ses enfants ?

Le kaïbo produisit un son grave qui ressemblait à celui d'un gong.

Amrina bondit sur ses pieds. Elle guettait une indication, une recommandation. Puisque plus rien ne venait, elle résolut de se rendre chez l'empereur.

Sarcolem lui avait vaguement parlé d'une alliance qui menaçait l'empire. À son avis, une guerre était imminente.

Les forces, dans les deux camps, seraient presque égales et il y aurait fatalement de nombreuses victimes.

Tout en courant, elle songea au garde boutonneux et regretta qu'ils fussent l'un et l'autre trop timides pour s'être adressé autre chose que des regards furtifs.

Elle descendit l'escalier en colimaçon, s'égratigna les coudes sur la pierre rugueuse, bouscula des esclaves encore ensommeillés, s'excusa maladroitement et atteignit une galerie déserte.

Une image terrible prenait forme devant ses yeux : le Mage errant cherchait à atteindre Sarcolem. Voulait-il lui faire du mal ou bien le prévenir d'un danger ? Au dernier moment, l'empereur se retrouvait prisonnier à l'intérieur d'une cage faite d'énergie couleur sang.

Lorsque Amrina arriva devant les portes de la grande salle du conseil, des hommes de silex en chassaient les esclaves et refermaient les battants.

✶

Après son rêve de la nuit, Sarcolem n'avait pu fermer l'œil. Les paroles de Prégorus l'avaient tant électrisé qu'il avait arpenté sa chambre tout en réfléchissant à haute voix. À en croire les résultats de l'enquête qu'il avait demandée, la situation était alarmante. S'il voulait contrôler et non subir les événements, il devait agir sans délai.

Depuis quelques mois, il sentait qu'un changement de politique s'imposait. Il avait jusqu'alors hésité, tergiversé, louvoyé. Mais trop d'éléments concordaient pour qu'il demeure plus longtemps sur sa réserve.

Aussi avait-il donné des ordres.

Aujourd'hui et les jours qui allaient suivre, même si ses généraux et ses conseillers piaffaient devant la menace des armées de Reddrah et celles de Vorénor réunies, Sarcolem et ses scribes allaient réécrire l'histoire. La réécrire pour que survive l'empire.

Le temps est venu d'accomplir un Grand Œuvre à ma façon... décida l'empereur.

✶

Une heure plus tard, une chaleur torride autant qu'imprévisible pesait sur l'Isthme de Goromée. Dans la salle du conseil se pressaient les principaux lamanes et leur grand maître, mais aussi tous les cristalomanciens de l'Ordre en poste dans la capitale.

Véritable statue de bronze, Sarcolem était assis sur son trône.

En pénétrant par les colonnes dénudées pour l'occasion de leurs épaisses tentures, les rayons du soleil illuminaient les murs ornés de frises et faisaient étinceler les marbres et les mosaïques compliquées qui décoraient le sol.

Une foule d'esclaves s'était pressée, sur les ordres de l'intendant, pour éventer tous les dignitaires rassemblés. Mais, au dernier moment, les soldats de la garde personnelle de l'empereur les avaient tous chassés.

Les responsables du protocole avaient installé les nobles, les ministres, les courtisans et les hauts gradés de l'armée sur des gradins montés à la hâte dans la partie arrière de la salle. Les membres des deux ordres, cristalomanciens et lamanes réunis, avaient été placés au centre : soit, au pied des degrés menant au trône proprement dit.

De mémoire d'hommes, il n'y avait jamais eu autant de monde dans cette salle majestueuse.

Un œil acéré – et il y en avait beaucoup dans l'assistance ! – n'aurait pas manqué de remarquer que les portes étaient closes tandis qu'un ruban de soldats surveillait l'espace situé entre les colonnes donnant sur les terrasses.

Aucune information n'avait filtré sur les intentions de l'empereur. Si l'on se référait aux annales du gouvernement fidèlement transcrites par une armée de scribes au fil des ans, Sarcolem, septième du nom, ne s'était jamais distingué par des hauts faits ni par des décisions prises sur le vif. Préférant la diplomatie à l'action directe, il résolvait d'ordinaire les tensions dans un climat de parfaite cordialité.

Ce furent donc les annales qui aidèrent l'empereur, ce jour-là, à endormir la méfiance des plus rusés.

Après le salut traditionnel et la prière à Gorum que personne ne songea vraiment à écouter, le grand chambellan s'avança sur le large degré de marbre.

À cause de l'absence des esclaves et de leurs éventails, les mouches, les guêpes, les fameux taons de Gorée et les moustiques, tirés de leur léthargie par le temps chaud, mettaient les nerfs de chacun à rude épreuve.

Cette source inespérée de distraction joua également en faveur de l'empereur. En effet, l'attention tout entière concentrée sur leurs piqûres, les lamanes et les cristalomanciens ne prêtèrent aucune attention aux soldats qui entraient un à un dans la salle...

L'empereur se délectait de ces manœuvres subtiles nées de son génie politique. Il est des choses se répétait-il souvent, qu'un homme, si grand et si fort soit-il, ne peut obtenir l'épée à la main sur un champ de bataille. Le véritable triomphe n'était pas, pour lui, de vaincre par le nombre ou grâce à une supériorité des armes, mais de terrasser l'adversaire en trompant son esprit. Stratège dans l'âme, Sarcolem ne savourait totalement que des victoires remportées sur l'intelligence de l'ennemi !

Il avait déjà agi de la sorte en de nombreuses occasions. N'avait-il pas autrefois abusé la confiance de Shanandra en lui faisant croire qu'il pourrait peut-être accepter d'inclure les textes des Préceptes de vie dans ses lois ? N'avait-il pas réussi à faire croire au peuple de Goromée que les deux messagers avaient levé une armée pour envahir leur cité ? N'avait-il pas fait disparaître tous les rois et leur famille dans les flammes du brasier d'Hamrock ?

Sous les masques successifs de Sarcolem II, III, IV, V et VI, il avait ainsi marqué de son empreinte l'histoire du continent central. Parfois sur des champs de bataille. Mais, le plus souvent, dans des endroits aussi clos que la salle de son conseil.

Sarcolem toisait la foule rassemblée.

Il y avait là les principales têtes de ces deux ordres sur lesquels reposait son pouvoir. Des têtes comme celles qu'Astagor, jadis, lui avait amenées dans un panier d'osier.

Les premières déclarations du grand chambellan déferlèrent avec la force d'un ouragan. Elles faisaient état d'un vaste complot ourdi dans le but d'abattre l'empire.

En apprenant que leur grand prêtre avait conclu une alliance secrète avec le roi de Vorénor et la reine de Reddrah pour leur offrir Goromée et la tête de Sarcolem, les lamanes écarquillèrent les yeux.

Pour preuve de cette infamante trahison, des gardes poussèrent des lamanes dépenaillés qui avouèrent spontanément avoir porté des messages aux deux souverains étrangers.

Invoquant l'instabilité intérieure de l'empire, la menace grandissante des légides de Torance et l'incertitude quant à la succession de Sarcolem VII, le haut clergé de Gorum avait donc choisi de s'allier avec l'ennemi !

Vimérol, le grand prêtre des lamane de Gorum, voulut protester, mais un tollé s'éleva de la foule.

À la consternation succédait la honte, l'effroi et la colère.

Les cristalomanciens n'en croyaient pas leurs oreilles. L'empereur se décidait enfin à démanteler le clergé de Gorum ! Ils allaient se réjouir quand le grand chambellan poursuivit.

— L'enquête menée secrètement par notre empereur au sujet de la dernière tentative d'assassinat sur sa personne nous révèle d'autre part l'étroite implication des hauts dirigeants de l'Ordre des cristalomanciens !

Ce furent aux manieurs de cristaux d'essayer de clamer leur innocence.

Des gardes exhibèrent alors le cadavre sans tête de l'agresseur. N'était-il pas lui-même un cristalomancien ?

Le fonctionnaire impérial lut ensuite le détail de la confession « post-mortem » de Mikalon.

En apprenant que les lamanes avaient pactisé avec l'ennemi et que les cristalomanciens avaient comploté pour faire assassiner l'empereur, les courtisans et des nobles huèrent les accusés. Bientôt, la rage prit le dessus et lamanes et cristalomanciens reçurent à la figure des bagues, des colliers, des colifichets et des bracelets.

Cette vaste fumisterie prendrait pour la postérité le nom de « *Cabala Suprime* » ou, plus poétiquement, la « matinée des dupes ».

L'agitation, dans la salle, atteignait son comble.

Pour éviter un bain de sang, Sarcolem ordonna à ses sergents de procéder à une arrestation massive. Des hommes de silex ayant été dépêchés en renfort, l'algarade dégénéra hélas en une véritable boucherie.

L'empereur fut aussitôt encadré par le capitaine Minomen et sa garde rapprochée. Il eut cependant l'intelligence de ne pas fuir. Contournant le centre de la salle, il alla au-devant de ses nobles et de ses courtisans effrayés, et leur indiqua un passage secret.

Le tumulte et la confusion prirent ensuite de telles proportions que personne ne prêta attention aux événements survenus à l'aube dans les appartements de l'impératrice.

L'ÉVANGILE PREMIUS

L e petit groupe avançait derrière Prégorus, heureusement épargné par Sarcolem avec ses six condisciples, qui les guidait à la lueur de sa torche. Chacun de ces hommes avait été secrètement invité par l'empereur et logé avec sa famille dans le palais des invités de marque. Il y avait là douze personnes vêtues simplement de toges de laine écrue et de galvas en corde. La plupart avaient plus de quarante ans. Deux d'entre eux étaient de solides vieillards. Ils se demandaient tous pourquoi ils avaient été tirés du lit à l'aube, mais arboraient ce regard clair de ceux qui accomplissent une mission sacrée.

L'homme qui semblait être leur chef s'appelait Cerbio Staphen. Il arborait une épaisse barbe blanche et un embonpoint de bon vivant. Le visage rond, l'œil pétillant, il ne partageait ni la méfiance ni les appréhensions de ses compagnons. Ce jour, il en était certain, marquerait un tournant décisif dans l'histoire de leur mouvement spirituel.

Le jeune cristalomancien avait des manières sèches et une politesse glacée et cérémonieuse, mais il remplissait bien son office.

— Nous sommes presque arrivés, murmura-t-il.

Avalant péniblement leur salive, les douze pèlerins étaient venus, chacun, de lointaines provinces de l'empire et même d'autres royaumes. Ils avaient voyagé incognito en compagnie de leur femme, et pour certains, de leurs enfants. Aidés dans leur périple jusqu'à Goromée par de simples citoyens qui les avaient nourris et hébergés, ils étaient arrivés dans la capitale l'avant-veille et n'avaient eu que quelques heures pour se concerter avant d'être conduits au palais.

Ils empruntèrent une galerie ouverte. Sur les chemins de ronde déambulaient les sentinelles. Le soleil se levait majestueusement sur l'isthme et la mer de l'Est.

Prégorus se sentit obligé de justifier cette convocation presque indécente.

— Sa Majesté vous attendait avec impatience. L'empereur est conscient de l'importance de cet événement. Il voulait vous rencontrer en personne avant que ne se déroulent les cérémonies officielles et grandioses qui suivront...

Le cristalomancien se mordit la langue pour ne pas en révéler davantage, car il désapprouvait la stratégie de son souverain. Quelque chose, au fond de lui, se révulsait à l'idée de ce qui allait se produire. Sarcolem lui avait expliqué son raisonnement qui, quoique logique, vu les circonstances, n'en était pas moins, quant à lui, une véritable hérésie.

On ne s'emploie pas des siècles durant à combattre un ennemi pour finalement se jeter dans ses bras !

Prégorus n'en fit pas moins entrer avec révérence les légides de Torance dans la nef des anciens empereurs.

Ils traversèrent le naos, sorte de vestibule dégagé, mais aux murs volontairement sobres. Puis, ils débouchèrent dans le temple proprement dit. Les impressionnants vitraux en forme d'ogive filtraient la lumière du soleil. Les fresques dessinées mettaient en scène les empereurs Sarcolem I à VI et narraient les événements marquants de chacun de leur règne.

Cerbio Staphen était perplexe. D'un geste qui lui était familier, il caressa sa barbe de patriarche. Le fait que Sarcolem les rencontre en ce lieu hautement symbolique faisait, il en était certain, partie d'une stratégie.

Mais laquelle ?

Les statues des anciens empereurs émergeaient une à une sous la lumière paisible empoussiérée par des milliards de particules en suspension.

Cerbio Staphen songea que si le but de l'empereur était de les impressionner, sa tentative était vaine, car les légides de Torance croyaient fermement que « l'esprit Divin », présent en tous lieux et dans le cœur des hommes, n'avait nul besoin de temple pour se manifester.

Parvenus devant la plus haute des statues : celle d'un farouche guerrier dont un des pieds était posé sur une remarquable sphère d'environ six mètres de diamètre entièrement recouverte d'or, ils s'arrêtèrent. Une lourde table de marbre avait été installée devant le géant Gorum. Cerbio compta treize chaises.

Avant que les légides aient eu le loisir de se concerter, Prégorus prenait congé, aussitôt remplacé par un homme d'une soixantaine d'années. Habillé lui aussi d'une toge volontairement simple, nouée à la taille par une ceinture de corde, il invita ses visiteurs à prendre chacun un siège.

Cerbio Staphen toisa le nouveau venu : visage fort, peau parcheminée, lacis de rides emprisonnant des yeux noirs charbonneux, chevelure blanche aux mèches rebelles.

L'empereur sourit au grand légide et s'excusa pour l'heure matinale ainsi que pour cet endroit qu'il avait choisi pour sa tranquillité et la sobriété de son décorum.

Ils se présentèrent à tour de rôle. Même s'il les connaissait déjà de nom et de réputation, Sarcolem hochait la tête. Il avait réuni en un seul lieu toutes les têtes pensantes du Torancisme naissant : cette philosophie ou « art de vivre » issu des Préceptes de vie révélés autrefois par Torance et Shanandra.

Contre toute attente, ces hommes qui étaient pourtant traqués par le gouvernement de leur province respective avaient accepté son invitation.

Cerbio Staphen semblait lire dans la pensée de l'empereur. Sarcolem s'en aperçut et s'en irrita. Puis, beau joueur, il se réjouit finalement de trouver en ces hommes des interlocuteurs à sa hauteur.

— Légides de Torance, déclara-t-il enfin, soyez les bienvenus à Goromée !

Chacun s'assit. Le grand légide et l'empereur prirent place en bout de table, l'un en face de l'autre. C'est à ce moment que les pèlerins aperçurent les manuscrits à reliure de cuir posés au centre de la table. Ils en comptèrent douze, s'entreregardèrent, puis choisirent d'un commun accord de les ignorer.

Par un jeu savant de vitraux et de miroirs de bronze soigneusement disposés, la lumière du soleil tombait crument sur la sphère d'or, la table de marbre et les sept colonnes qui délimitaient le cœur du temple.

— Légides de Torance, reprit l'empereur, un rêve m'a guidé jusqu'à vous.

Cette introduction mystique prit les pèlerins par surprise, car il s'avérait qu'eux aussi avaient rêvé.

— J'ai eu la vision de Torance, poursuivit Sarcolem. Il me prévenait d'un danger imminent. Un homme viendrait à moi et tenterait de m'assassiner. Puis, mes proches essaieraient de me trahir. Enfin, ma propre épouse serait mêlée de près à leur cabale.

Cerbio hocha la tête. Lui et ses compagnons étaient parfaitement au courant de la situation qui prévalait dans l'empire. Pour leur permettre d'assimiler ces informations, Sarcolem se tut pendant quelques instants.

Ce bref répit permit aux légides de se remémorer leurs propres rêves ou ce qu'ils préféraient, eux, appeler des « commandements » directement inspirés par le Messager Torance.

L'empereur se leva.

— Mes amis, Torance m'est apparu pour me dépeindre avec exactitude les événements qui ont cours depuis quelques semaines...

Cerbio Staphen songea aux armées de Reddrah, massés à la frontière nord de l'empire. Pour la première fois, le grand mur de Sarcolem Premier ne garantissait plus la sécurité de la capitale. À cette heure même, une seconde armée, venue par mer du royaume de Vorénor, faisait voile vers l'est et pourrait bien, d'ici peu, déferler sur l'Isthme de Goromée. Pour compliquer le tout, les finances de l'État étaient au plus bas.

À l'intérieur de l'empire, la situation n'était guère plus reluisante. Menacé de toute part, Sarcolem avait dissous le collège des lamanes de Gorum, fait arrêter les religieux dans toutes les grandes cités de l'empire, et réservé le même sort aux cristalomanciens.

— Dans mon rêve, poursuivit le monarque, Torance me proposait de jeter les bases d'un nouvel empire. Un empire uni dans une seule et même croyance.

Les douze légides se raidirent : non de peur, mais pour réfréner leur enthousiasme. À eux aussi, Torance était apparu en rêve. À eux aussi, le Messager leur avait annoncé un changement majeur. Cerbio se remémora les paroles du prince.

« Mes peuples ont peur. Mes peuples sont divisés. L'heure est trop grave pour entretenir encore les vaines illusions du passé. Il faut faire table rase des ordres anciens et mettre en place un ordre nouveau. »

Peu après avoir fait ce rêve, chaque légide avait reçu une invitation de l'empereur. Aujourd'hui, ils étaient là et Sarcolem lui-même leur avouait avoir été touché par la grâce du Messager.

Un messager, songea Cerbio avec humour, que son grand ancêtre Sarcolem Premier avait fait supplicier sur la place publique parce qu'il voyait en lui un ennemi !

L'empereur prit une grande inspiration.

— Je vous propose, annonça-t-il, de constituer la nouvelle autorité spirituelle de l'empire. Aujourd'hui, l'empereur (il baissa la tête) accepte avec humilité d'en suivre les Préceptes de vie. Aujourd'hui, le peuple suivra son souverain et pourra dorénavant, et au grand jour, prier le Messager et pratiquer ses enseignements en toute liberté et en toute sécurité.

Ces paroles vibrantes d'émotion étaient l'aboutissement de tant d'attentes et d'espoirs que les douze légides n'en croyaient pas leurs oreilles. De parias, d'ennemis publics, ils devenaient par la volonté d'un seul homme les représentants officiels d'une nouvelle autorité morale.

Cerbio, cependant, était loin de perdre la tête. Ce revirement était si soudain qu'il cachait peut-être un piège.

Mais le grand légide se reprocha aussitôt sa méfiance. Tout homme, même l'empereur, avait le droit de reconnaître ses torts et ceux de ses prédécesseurs, et de changer de cap.

Ses compagnons se levaient, s'embrassaient, laissaient éclater leur bonheur. Certains pleuraient de joie, ou de soulagement. Cerbio, lui, contemplait les douze manuscrits empilés sur le plateau de marbre.

Sarcolem surprit son regard et sourit finement. Ils se dévisagèrent au milieu de l'allégresse générale.

— Si j'ai tenu à vous réunir dans la sépulture de mes ancêtres pour vous annoncer la bonne nouvelle, continua l'empereur, c'est pour que ceux-là mêmes qui ont de leur vivant persécuté vos fidèles soient aujourd'hui les témoins de ma décision.

Cerbio hocha la tête.

Il n'en comprenait pas moins que les véritables mobiles de l'empereur étaient ailleurs. Acculé à la guerre, encerclé par des alliances d'envergure et menacé dans sa vie par ses proches, Sarcolem avait fait le seul choix possible : renverser ses alliances et transformer ses anciens ennemis en amis. S'appuyer sur eux et sur la foi en Torance, et s'en servir comme d'un levier pour réunir ses peuples.

Depuis longtemps, déjà, la croyance en Gorum et dans les anciens dieux était tombée en désuétude. Les vies et les aventures des anciens fils et filles de la déesse Gaïa ne subsistaient plus que sous la forme de contes, de mythes ou de légendes. De son côté, l'Ordre des cristalomanciens était perçu dans les populations comme une vivante incarnation des forces du mal. En abrogeant ces deux ordres et en donnant enfin aux légides la place qui leur revenait de droit, Sarcolem ne faisait qu'officialiser un pouvoir qui serait tôt ou tard parvenu à se faire reconnaître de lui-même; par la force si nécessaire !

Cerbio arriva à la conclusion qu'en agissant de la sorte, l'empereur s'évitait les frais d'une guerre civile tout en conservant les rênes du pouvoir.

Ce qui n'expliquait toujours pas la présence, sur cette table de marbre, de ces manuscrits qui l'intriguaient au plus haut point…

Sarcolem attendit que les légides s'apaisent avant de poser sa main sur cette pile de mystérieux manuscrits.

— Légides, déclara l'empereur, j'ai pris sur moi le soin de faire réunir, dans un seul volume, la somme de tous vos enseignements.

Les douze pèlerins de Torance se raidirent – cette fois de crainte et de suspicion.

— Si je ne m'abuse, continua Sarcolem, rien de précis n'a jusqu'à présent été consigné par écrit. Les paroles, hélas, s'envolent ou se transforment au gré de ceux qui les prononcent. Les écrits, par contre, sont les seuls garants de la vérité.

Cerbio Staphen se méfiait de ce mot. Chacun n'avait-il pas droit à sa vérité ? La foi en Torance n'était-elle pas, au-delà des « préceptes » eux-mêmes, personnelle à chacun ? Enfermer les récits de vie de Torance et de ses compagnons dans un livre n'était-il pas une façon, aussi, de transformer les faits et de les offrir tels de nouveaux dogmes à la postérité et aux générations futures ?

— Considérez ce glorifiant travail qu'ont accompli mes scribes comme un cadeau et un gage de bonne volonté de ma part.

Il adressa un sourire aux légides.

— En apposant vos signatures à côté de la mienne à la dernière page de chacun de ces documents, vous entrerez dans l'Histoire ! En signant, répéta-t-il en martelant ses mots un peu plus durement qu'il n'aurait souhaité, vous authentifiez l'acte de naissance du Saint Collège des légides de Torance.

Ces dernières paroles douchèrent l'enthousiasme des légides. Si l'empereur avait réellement rêvé de Torance, il avait également soigneusement préparé son affaire.

Lentement, presque atterrés, les pèlerins prirent leur copie et commencèrent leur lecture.

L'empereur ne s'était pas attendu à ce que ces hommes signent sans avoir pris connaissance du contenu de ce qu'il appelait avec emphase *l'Évangile Premius*. Il ajouta qu'il leur laissait, bien entendu, le temps de la réflexion.

Un dernier point resterait cependant à clarifier.

L'autorisation impériale de constituer officiellement la nouvelle autorité spirituelle des peuples ne se ferait pas sans une importante contrepartie financière. Les caisses de l'État étaient vides et une guerre menaçait. D'un autre côté, les légides étaient riches des dons de centaines de milliers de fidèles.

Cerbio, qui s'attendait à cette manœuvre, se prit la tête entre les mains.

Nous avons été piégés, se désola-t-il.

Pourquoi le Messager Torance les avait-il enclins à accepter l'invitation de l'empereur ? Voulait-il que ses « préceptes » deviennent à ce prix paroles d'État ? Cherchait-il, par ce moyen, à éviter des guerres civiles qui se révéleraient fratricides ?

L'image de frères se battant contre leurs frères à cause de divergences d'opinions ou de philosophies rebutait le grand légide. Pourtant, en constatant combien les scribes de l'empereur avaient modifié les récits de vie du Messager et de ses compagnons, il sombra dans un profond désespoir.

Plusieurs de ses condisciples en arrivaient à la même conclusion. Un exemple lui vint spontanément aux lèvres.

— Shanandra n'est plus, dans ces lignes, ni la compagne ni l'égérie de Torance, mais une simple fille des montagnes et presque une prostituée ! laissa-t-il tomber.

Un autre ajouta que Torance d'Élorîm n'était plus un jeune Messager porteur des Préceptes de vie, mais le Fils de Gaïos, le Seigneur du ciel, autrefois divin époux de Gaïa, la mère. Que dans cet évangile, ce seigneur du ciel devenait le dieu de toute chose. Le nom de la Mère, Gaïa, n'était plus que très peu cité. Et chacun des compagnons du Messager avait maintenant un rôle de prédicateur.

Un troisième légide s'offusqua du fait que plusieurs épîtres de Cristin d'Algarancia avaient été réécrites. Et que sa croyance stipulant que les pouvoirs de Torance et de Shanandra pouvaient être développés par tout un chacun avait été carrément effacée. Il était dit par ailleurs que les voix qu'entendait le Messager le hissaient presque au rang de divinité.

Tandis que les légides poursuivaient l'étude des documents, l'empereur prit congé d'eux. Entre les pilastres et les colonnes, à l'ombre des statues et autour de la table se profilèrent plusieurs hommes de silex, ainsi que la silhouette lugubre du capitaine Minomen.

Cerbio échangea un regard terrifié avec ses compagnons. Tous comprirent aussitôt qu'ils ne sortiraient vivants de ce temple qu'au prix de leur adhésion à ces nouveaux évangiles…

Du sang sur la plaine

Les forces ennemies se présentaient en larges bandes sombres. Ainsi que l'avait prévu l'empereur, la reine de Reddrah plaçait en premier l'armée d'hommes de silex qu'elle avait créée grâce à la formule de la drogue dérobée par le matraqueur félon.

Peu avant l'aube, Sarcolem avait quant à lui envoyé le capitaine Minomen et plusieurs commandos de ses propres mercenaires sans âmes. Leur mission était d'assassiner les ingénieurs affectés au maniement des tours d'assaut, des lance-poix et des lance-pierres géants.

De son cheval qui piaffait d'impatience, l'empereur ordonna à ses porte-fanions de lever leurs drapeaux.

Dès que la ligne des hommes de silex ennemi fut enfoncée par les catapultes, d'autres projectiles lancés derrière la piétaille reddrinienne embrasèrent la forêt où se terrait le gros des forces adverses.

La panique désorganisa l'état-major. À cause de la fumée et des vents qui soufflaient du nord, les généraux ne voyaient plus le champ de bataille. Les régiments du génie tentèrent bien d'évacuer leurs machines de guerre, mais cela gêna l'infanterie et rendit les chevaux nerveux.

L'incendie sema également le désordre dans le rang des *évroks*, ces mastodontes à deux trompes entraînés à défoncer les cavaleries et à forcer les enceintes. Les redoutables pachydermes décimaient à présent leurs propres troupes. Lorsque les généraux reddriniens purent enfin rassembler leurs cavaliers et les lancer sur la plaine, il était trop tard pour espérer contenir le flot de la cavalerie goréenne.

Sarcolem abattit son glaive. Le casque de son adversaire le plus proche se fendit en deux. Les cuisses bien arrimées au flanc de son destrier, l'empereur donna un dernier coup d'épaule. Le choc désarçonna le soldat.

Des cris montaient de la plaine. Une poussière âcre avivée par les vents engloutissait sous une brume fantomatique les remparts de la grande muraille de pierre. Faisant volte-face, Sarcolem bloqua une attaque à la lance grâce à l'encoche aménagée exprès dans la partie supérieure de son bouclier. Il fit pivoter ce dernier vers la gauche, brisa la pointe de l'arme et plongea son glaive au défaut de l'aine de cet autre adversaire.

Aujourd'hui, il ressentait encore l'ivresse du combat. Il était fier, malgré son léger embonpoint, de se découvrir en aussi bonne forme physique que lorsqu'il était jeune empereur et pratiquait autant la lutte goréenne, la course, le lancer du javelot, le glaive et l'art ancestral du kaïbo.

Il avait le visage luisant de sueur et maculé de sable, les mains, les bras et les cuisses rouges du sang de ses adversaires.

Voilà, se disait-il, ce qui manque aux troupes de Reddrah ! Un homme et un chef qui souffre autant que ses troupes. Un roi dont l'ardeur et le courage galvanisent ses soldats et terrorisent l'ennemi.

Il fit faire un écart à son destrier. Son étalon comprit aussitôt les intentions de son maître et se dressa sur ses pattes postérieures. Sarcolem leva son glaive. Au soleil, son armure étincelait et le serpent à tête de lion gravé dans le métal de son plastron – son symbole personnel – semblait rugir.

Un éclair de métal faillit soudain le déséquilibrer. Au plus fort de la bataille, alors que des centaines de chevaux et de cavaliers agonisaient autour de lui, quatre fantassins reddriniens tentaient d'aiguillonner son destrier. Sarcolem réalisa que ces hommes souhaitaient le faire reculer. Il aperçut par-dessus son épaule deux autres cavaliers ennemis qui l'attendaient de pied ferme.

Où étaient ses propres hommes ? Minomen était-il revenu ? Avait-il été abattu ?

Au loin, les cornes sonnaient le repli des troupes reddriniennes. Mais il semblait que ces guerriers-là n'entendaient pas obéir. S'ils prenaient l'empereur de Gorée vivant, ils toucheraient très certainement leur poids en or !

Dans la poussière tourbillonnante, il se produisit alors une chose que personne, sur le coup, ne put comprendre. Un homme portant une quiba et brandissant un long kaïbo doré apparut. Manœuvrant sa double lame avec force et adresse, il fit reculer les fantassins. Sarcolem en profita pour bousculer un cavalier avec son bouclier et l'égorger d'un coup de lame. Puis il fit passer son cheval sur les dépouilles de dix soldats, et, couvert de sang, il regagna la butte où se dressait la grande muraille.

Sarcolem était recru de fatigue. Tout son corps lui faisait mal. Le Mage errant était-il réellement apparu pour lui sauver la vie ?

Mais cela ne comptait pas réellement. Seules importaient la liesse de ses soldats, celle de son peuple, et la déroute de l'armée ennemie.

★

Le soir venu, toutes les grandes villes de l'empire étaient déjà au courant de l'éclatante victoire. La cité de Goromée était délivrée de ses peurs et se préparait à la fête. Elle demeurerait dans cet esprit des jours durant. L'empereur entendait bien profiter de ces festivités pour raffermir son pouvoir et finir d'éliminer tous ceux qui, dans son propre palais, souhaitaient encore sa mort.

L'occasion était également idéale pour présenter à son peuple le collège de nouveaux pontifes qu'il lui avait choisis.

En regagnant son palais, Sarcolem saluait les citadins et recevait les poignées de pétales de fleurs que lui lançaient les jeunes filles. Il échangeait, comme jadis lorsqu'il était jeune et vaillant, des regards complices avec ses officiers. Les hommes de silex eux-mêmes étaient fêtés. Leurs visages ne se départaient pas de ce masque d'indifférence qui faisait leur sinistre réputation. Cependant, cet engouement des citadins montrait à quel point ils avaient eu peur et combien ils étaient prêts, désormais, à se soumettre encore davantage au joug de leur sauveur.

Sarcolem se fit laver, masser, épiler et vêtir. Puis il gagna la plus haute terrasse de ses jardins suspendus. Drapé de frais dans une longue tunique pourpre liserée d'or, il portait son diadème impérial sur le front et deux bracelets de bronze torsadé au creux du coude. Ses yeux étaient soulignés par une épaisse ligne de khôl noir.

L'arbre vénérable des Sarcolem dressait ses branches nacrées vers le firmament. Ses rameaux, dépouillés par l'hiver, commençaient déjà à bourgeonner. L'empereur posa sa paume sur le tronc rugueux du kénoab et inspira profondément. Aujourd'hui, la victoire l'avait paré d'une auréole de gloire impérissable. Refusant de songer à ce qu'il se serait produit s'il avait été vaincu, il claqua des mains.

Prégorus apparut aussitôt. Ce jeune homme docile et obéissant en apparence cachait en fait une ambition de forcené. Sarcolem se méfiait des loupiots de son espèce. Les siècles avaient beau passer, ses règnes successifs s'enchaîner sans que quiconque ne se doute que l'homme qui montait sur le trône était toujours le même, les jeunes carnivores, spécialement ceux aussi compétents et essentiels que Prégorus, se ressemblaient tous.

Lorsque Sarcolem vieillissait, il les voyait ramper vers son trône et attendre l'heure de la curée. Plusieurs d'entre eux avaient même tenté, par le passé, de hâter son trépas. Astagor avait été un de ceux-là. D'autres avaient suivi. Prégorus, que Sarcolem avait lui-même formé au maniement des cristaux, était-il un de ces traîtres en puissance ?

L'empereur sourit malgré tout à son cristalomancien préféré; le seul, se rappela-t-il, avec ses six autres compagnons, qui avait échappé à l'anéantissement des autres membres de l'Ordre.

— Votre Majesté ? s'enquit poliment le jeune mystique.

— Va me chercher Amrina. Il me tarde de la revoir.

Sarcolem nota la ride qui barra le front de son serviteur, mais il refusa de s'y attarder. Il était le maître, et Amrina, son égérie et sa bonne étoile.

Lui qui n'avait jamais vraiment cru aux dieux du passé et qui croyait encore moins à la divinité de Torance malgré les textes de l'Évangile Premius qu'il avait lui-même dicté à ses scribes, il n'était pas loin de penser que la bonté du Mage errant à son égard était due à la présence de cette enfant blonde à ses côtés.

Amrina se présenta sur la terrasse quelques minutes plus tard, alors que les préparatifs de la fête enveloppaient le palais d'une incomparable aura de gaité et de légèreté.

Sarcolem s'avança vers son siège habituel, tira vers lui la table ronde en marbre et indiqua à la jeune fille la chaise installée en face.

— Ma chère, tu as ce soir un air étrange presque suspect ! déclara-t-il d'un ton amusé.

Amrina rougit jusqu'aux oreilles. L'empereur lui prit les mains et les trouva glacées.

— Je suis désolé de t'avoir négligée, ces derniers temps. Les affaires…

À quelques pas se tenaient un rang de serviteurs vêtus de drap blanc qui attendaient le bon vouloir du souverain. Sarcolem commanda un pichet de *Mifrosyr* bien frais. Il était resté fidèle à cet apéritif goréen qui ne devait son succès actuel qu'à la préférence impériale. Amrina ne buvait jamais d'alcool, mais demanda poliment qu'on lui serve une flûte de jus d'hémaflore coupé d'un trait de miel et de citron.

Un serviteur amena l'échiquier de *Maï-Taï*, ce jeu hautement stratégique dont raffolait l'empereur. Il y jouait depuis plus de deux cent soixante-quinze ans ! À chaque règne, il avait eu des partenaires attitrés. Grands prêtres de Gorum, généraux, grands chambellans, maîtres cristalomanciens. Et, même, une fois, une de ses impératrices qui s'était révélée presque à sa hauteur.

Amrina s'assit en silence. Deux esclaves commencèrent à les éventer malgré la fraîcheur de cette douce soirée d'hiver.

— Ma chère, tu me caches quelque chose ! déclara l'empereur.

Amrina dodelina de la tête. Alors qu'elle installait le damier sur le plateau de marbre et qu'elle ouvrait le coffret de bois précieux contenant les pièces, Sarcolem surprit une jolie ride d'expression au bord de ses lèvres pulpeuses adoucies d'un fard à base de cire d'abeille.

— Oui, tu me caches des choses…

Amrina installa ses pièces. Le damier en bois de kénoab du Maï-Taï était rectangulaire et constitué de cases rouge et or. Il comportait onze rangées de onze cases chacune pour un total de cent vingt et une positions. Chaque adversaire disposait de vingt-deux pièces en bois sculpté. De forme sphérique, ces pièces avaient un pied carré. Le but du jeu consistait non pas à détruire l'adversaire, mais à le gagner à sa cause.

Sarcolem avait donné à Amrina le choix des bataillons. Contrairement à son habitude, la jeune fille opta pour les bleus – c'est-à-dire, l'armée commandée par la pièce sur-montée de la multiple couronne symbolisant l'empereur. Sarcolem ronchonna pour la forme et se contenta des noirs – autrement dit, de l'armée commandée par la pièce portant le casque étoilé du roi.

— Je trouve que tu as changé en quelques semaines, lui dit-il en installant ses propres pièces.

Il posa soigneusement ses sphères de bois noir sur les deux premières rangées de son côté du damier.

— Oh ! Je vois, fit-il soudain. Tu t'es changée pour par-ticiper à la fête !

Il détailla son magnifique pello de soie beige, sa longue traîne resplendissant de joyaux, sa robe en plume d'*orgenoie*, ce rarissime volatile originaire des plaines de la province d'Orvilé qui donnait ses parures soyeuses aux fourreurs; le double rang de perles noires qui rehaussait l'éclat de sa peau blanchie à la poudre.

Mais le plus troublant restait l'eau claire de ses yeux. Sar-colem remarqua aussi les doigts de la jeune fille, leurs mou-vements brusques, et se rappela alors qu'ils étaient glacés.

Gêné, il toussota. Après avoir mis au point le plan de bataille qui lui avait valu une éclatante victoire, il croyait qu'une partie de Maï-Taï avec Amrina serait en mesure de le délasser. Il savait pourtant que, de tous ses partenaires, Amrina était la plus douée. Et, il devait se l'avouer, la plus adroite pour compter ses points.

À l'intérieur de chaque sphère noire se cachait une sphère plus petite de couleur bleue. Le jeu adverse comportait aussi une boule noire à l'intérieur des pièces bleues. Lorsque l'une des pièces était entourée sur trois de ses côtés, le joueur gagnant ôtait la première sphère de la pièce prise, ce qui la transformait en une pièce amie. Le but ultime du jeu était d'encercler le roi ou l'empereur qui, une fois pris, ne se transformait pas, mais était simplement retourné en signe de défaite. Le règlement stipulait cependant que s'il ne restait au roi ou à l'empereur que trois pièces, la partie était perdue pour lui.

Une énigme posée par un tiers déterminait lequel des joueurs déplacerait sa pièce en premier. Celui-ci pouvait dès lors emprunter le sentier doré, dit de « Gorum le brave », ou bien s'engager sur les cases noires attribuées à « *Morph, le malin* ». Le joueur devait par la suite, pour cette pièce en particulier, rester sur le même sentier durant un minimum de trois progressions. Les pièces ne pouvaient pas sauter les unes par-dessus les autres et ne se mouvaient que d'une case à la fois.

Sarcolem connaissait les règles de ce jeu par cœur. Et, s'il était contrarié, c'était surtout à cause de l'expression pincée de sa jeune amie.

N'y tenant plus et même étonné de se sentir aussi concerné par l'humeur de sa partenaire, il se pencha vers elle.

— Tu veux me dire quelque chose, peut-être, et tu n'oses pas ?

Amrina se leva brusquement, et, accoudée à la balustrade de marbre, elle contempla la cité d'où montaient les échos de la population en liesse.

— Tous ces morts... laissa-t-elle tomber avec lassitude. La victoire est-elle toujours à ce prix ?

L'empereur chassa les esclaves qui les éventaient et la rejoignit. Le regard de la jeune fille était étrangement vide et elle frissonnait sous le coup d'une émotion profonde qui éclipsait, ce soir, sa gaieté naturelle.

— Il faut malheureusement bien des morts pour que les peuples puissent vivre et connaître la paix, la prospérité et la sécurité. À toutes les époques, il en a été ainsi.

Des mots se bousculaient aux lèvres d'Amrina, qu'elle se forçait de contenir.

— Dis-moi, mon amie ! Dis-moi, l'encouragea l'empereur.

— Vos fidèles cristalomanciens, Majesté ! Vos fidèles lamanes ! sanglota-t-elle.

Les traits de Sarcolem se durcirent.

— Mes fidèles cristalomanciens, ainsi que tu les appelles, constituaient une puissance au sein de mes États. Et mes lamanes, apeurés par le spectre des troubles pouvant surgir après ma mort, qu'ils souhaitaient prochaine, m'ont lâchement trahi en s'unissant à la reine de Reddrah.

Chaque mot claquait tel un coup de fouet.

Encouragée à se vider le cœur, Amrina poursuivit néanmoins sur sa lancée :

— Vos cristalomanciens n'ont jamais comploté pour vous assassiner, n'est-ce pas ?

Ces paroles giflèrent l'empereur. Cette fine mouche d'Amrina avait raison. Les accusations de l'empereur vis-à-vis de ses lamanes et de ses cristalomanciens n'étaient pas fondées. Mikalon n'avait rien révélé de compromettant pour l'Ordre.

— Et votre épouse, la douce Ylonée ! persifla Amrina.

Sarcolem éclata d'un rire terrible.

— Douce Ylonée, en effet ! se moqua-t-il à son tour. Mais c'est elle qui a organisé l'attentat manqué !

Amrina le fixa dans les yeux comme aucun homme n'avait jamais osé le faire en sept règnes successifs.

— Si elle a agi ainsi, c'est à cause de vos enfants que vous lui avez retirés ! À cause de votre dernière fille, morte peu après sa naissance !

— Une fille qui n'était pas de moi ! se défendit l'empereur. Ylonée avait un jeune amant et...

Il s'interrompit. Pourquoi se sentait-il obligé de se justifier devant cette jeune étrangère ?

Amrina prit ses mains et les porta à son visage brûlant de larmes.

— Oh ! Majesté ! Pourquoi mettre vos enfants en cage ? Ils sont votre sang et votre âme !

Sarcolem retira ses mains.

Pouvait-il lui avouer qu'il était immortel ? Qu'en quelque sorte, il renaissait après chacune de ses morts !

— Et que dire des « Préceptes » et des récits de vie des Messagers que vous avez dénaturés et pervertis ! D'une philosophie lumineuse pour les peuples, vous avez fait une religion d'État !

Un long silence suivit cette dernière accusation.

Les bruits de la fête montaient toujours sur la terrasse. Un vent frais remuait les tentures. Sarcolem jeta un regard trouble sur le damier et eut l'intuition que, plus jamais, ils ne joueraient ensemble.

— Majesté, lui demanda encore Amrina, cette fois d'une toute petite voix, je vous demande la permission de me retirer...

— Certes, balbutia l'empereur, réellement secoué.

— ... et de quitter le palais, Majesté.

Elle lui avoua être tombée amoureuse, ici même, d'un jeune et timide soldat aux yeux clairs.

Sarcolem vit une silhouette se dessiner dans l'embrasure de la haute porte menant à la terrasse.

— C'est lui ? s'enquit-il.

Amrina hocha la tête, tristement, mais fermement.

Las, il lui prit la main une dernière fois.

— Alors, va, mon enfant…

Lorsqu'elle eut rejoint son amant, l'empereur se rassit à la table de jeu et songea à renverser la pièce du roi. Puis, se ravisant, il retourna plutôt celle de l'empereur.

Le glas de la vengeance

La centaine de convives festoyait autour de l'empereur dans la grande salle des banquets. Une célébration aussi discrète de la flamboyante victoire remportée l'après-midi indisposait certains nobles et généraux, même si le grand chambellan avait expliqué que l'ennemi, tout en étant en déroute, n'était pas complètement vaincu. Il convenait donc de se montrer prudent.

Pourtant, la fête allait bon train. La salle avait été décorée de tentures de soie de couleurs chatoyantes, de chandeliers aux bougies parfumées et de pétales de roses par une armée d'esclaves. Les musiciens, les jongleurs, les montreurs d'animaux, les meilleurs magiciens et les plus talentueuses danseuses de l'empire étaient à l'œuvre. Une bonne chère, aux appétissants effluves, préparée par les cuisiniers impériaux, régalaient les convives, la bière tiède et les vins épicés coulaient à flot.

Des esclaves de bouche étaient affectés à chaque carré de divans. Ils se glissaient, impassibles et presque austères entre les rangées, se baissaient sur les fêtards, plaçaient des cônes de résine de musc ou d'aigue-marine près de leurs plats, leur présentaient des bols d'eau de lavande et des linges propres pour qu'ils s'essuient le visage et les doigts.

Sur la scène centrale se produisaient les troupes d'artistes. Pour ce festin organisé à la dernière minute, le responsable des jeux impériaux s'était surpassé.

Et, cependant, malgré le flot des conversations animées, les yeux qui brillaient et le son des sistres, des tambourins, des lyres et des tréborêts, seuls l'alcool et la vue des belles danseuses à moitié nues créaient un semblant d'esprit festif.

Encore sous le coup des violents combats de la journée et de cette lassitude qui l'avait envahi après avoir vu Amrina, Sarcolem non plus n'était pas dupe. Il se leva soudain. La plupart des convives, incluant ceux qui étaient déjà ivres, lui firent une ovation.

L'empereur repéra néanmoins les dissidents. Ici, un général mécontent de n'avoir pas pourchassé l'armée reddrinienne en déroute. Là, un courtisan qui méditait devant son hanap de vin au lieu de le boire. Un peu plus loin, assis tous ensemble, le groupe de légides et Cerbio Staphen qui toisaient les courtisans de leurs regards froids.

Un trémolo de sistres annonça le prochain numéro : un trio de danseuses affublées de leurs boas constrictors vivants. Des serviteurs tamisèrent la lumière en soufflant quelques lampes à huile. Les grandes flammes qui caracolaient au ras des bacs en grés se firent plus sombres, plus rousses, noires et bleues.

Une chaleur poisseuse s'écoulait des colonnes de marbre. La sueur luisait sur les tempes des courtisans et sur les ventres et les poitrines peintes des danseuses.

En tendant l'oreille, l'empereur pouvait entendre les murmures échangés autour de lui. On lui reprochait l'absence de l'impératrice Ylonée. La guerre contre l'alliance reddrinienne avait retardé l'ouverture de son procès, mais tout le monde savait que la souveraine était confinée dans ses appartements contre son gré, que sa dernière fille était mort-née, son aînée donnée en adoption à des nobles de province et que son fils avait été conduit dans le lugubre corral des princes. Les mauvaises langues supputaient que la souveraine risquait fort de connaître un sort tragique.

Sarcolem avait l'habitude de vivre dans la duplicité et la haine. Mais, ce soir, l'épreuve semblait au-dessus de ses forces. Lorsque les reptiles et leurs maîtresses eurent terminé leur danse et avant qu'un nouveau groupe d'artistes ne se présente sur scène, l'empereur prétexta une indisposition et prit congé.

— Mes seigneurs, clama-t-il en levant les bras, je vous en prie, continuez de festoyer.

Cette attitude étant très inhabituelle de la part d'un souverain qui avait toujours possédé à la perfection l'art de recevoir, un souffle d'appréhension passa entre les divans. À demi allongés, négligemment accoudés ou bien carrément couchés sur le dos, les invités s'entreregardèrent tandis que les musiciens poursuivaient sur le même rythme endiablé.

Prégorus suivit son maître des yeux. En sortant dis-crètement accompagné par son fidèle capitaine des gardes, l'empereur fut rejoint par les deux jeunes esclaves qu'il avait choisies avec soin plus tôt dans la soirée.

★

Avant de gagner ses appartements, Sarcolem monta sur la terrasse où se trouvaient ses jardins suspendus ainsi que le kénoab plusieurs fois centenaire, symbole de sa puissance. Les deux jeunes filles le soutenaient chacune par le bras.

L'une était blonde et arborait un visage aristocratique en pointe, un corps souple, blanc et élancé. L'autre, brune et plutôt grassette, avait le teint foncé, un nez épaté et une bouche large et sensuelle. Nouvellement venue au palais, la première était d'origine vorénienne; l'autre avait été capturée sur les côtes *baïbannes* par des pirates avant de tomber entre les griffes d'un marchand goroméen.

Sarcolem inspira l'air salin du grand large. À cette heure de la nuit, la lune était pleine et le bruit des cataractes lui semblait moins envahissant que d'ordinaire. En songeant que ces masses d'eau qui s'écoulaient sans discontinuer faisaient partie de son quotidien depuis près de trois siècles, il éprouva une sorte de vertige.

— Rentrons, commanda-t-il en s'appuyant sur les deux filles.

Elles le couchèrent. Puis, elles entreprirent de le déshabiller. Elles voulurent lui ôter la pierre aux reflets sombres qu'il portait autour cou, mais Sarcolem se raidit.

L'empereur songeait aux femmes de sa vie. Se corrigeant aussitôt, il considéra plutôt ses différents règnes tels des périodes temporelles successives vécues sans jamais mourir. Les deux esclaves osaient maintenant des caresses de courtisanes.

Les visages de ses anciennes impératrices se présentèrent à la porte de la mémoire de Sarcolem. Élypsée, sa femme du temps des deux messagers, puis la fougueuse Arounda, la tendre Éphénie, la pulpeuse et hypocrite Ophélina, la sensuelle Mirmilla.

L'esclave brune lui massa la nuque. La blonde s'assit sur lui.

D'autres femmes, d'autres épouses le visitèrent. Des têtes vides, mais aussi des femmes intelligentes comme la flamboyante Limnée qui avait, elle aussi, tenté de le faire assassiner. Toujours pour les mêmes raisons ou peu s'en fallait.

Tour à tour, la brune, puis la blonde s'empalèrent sur lui. À son âge, Sarcolem appréciait tout particulièrement cette position.

À un moment, entre les gémissements des deux esclaves et leurs souffles entremêlés dont il n'aurait su dire s'ils étaient feints ou réels, il crut percevoir la présence toute proche de plusieurs hommes. Prégorus, il est vrai, prenait toujours à cette heure, avec deux de ses condisciples, son tour de garde dans l'antichambre pour veiller sur son sommeil.

Mais, ce soir, le moment de dormir n'était pas encore venu. Après deux séances de sain épuisement, l'empereur eut un nouveau regain de vigueur qui le réconforta. Il vivait certes une période de profonde lassitude. Mais, malgré l'âge apparent de son corps, il était heureux de constater (même s'il était trop intelligent pour y croire vraiment) qu'il pouvait encore donner du plaisir à deux jeunes esclaves en même temps.

Lorsque, épuisé, il s'endormit tout à fait, Prégorus vint chercher les deux filles. Il les tira hors de la couche et les dévisagea, le sourcil froncé. Avait-elle bien œuvré ? L'empereur était-il pleinement satisfait ?

Le cristalomancien donna à chacune d'elle un collier d'ambre rare, puis il les fit reconduire dans le corral des courtisanes. En les voyant sortir de l'antichambre main dans la main, Prégorus devina que, pour elles, la nuit n'était pas encore terminée. L'empereur n'était sans doute pas l'amant exceptionnel qu'il pensait être !

Prégorus adressa un signe à ses condisciples. Le premier prit place à sa droite, le second à sa gauche.

— Les courtisans flairent un vent de changement, fit l'un d'eux.

— Le départ de l'empereur, ce soir, a fait jaser les courtisans.

Les condisciples attendirent que Prégorus ajoute son commentaire aux leurs, mais ils furent déçus par son air trop cérémonieux. Pour qui ce jeune mystique se prenait-il ? Ils grimacèrent, mais n'en poursuivirent pas moins tandis que Sarcolem ronflait dans la pièce à côté.

— Les généraux sont anxieux. La crise extérieure est jugulée. Pourtant, des troubles subsisteront dans les provinces pendant encore quelques semaines.

— Les courtisans fidèles à l'impératrice chercheront sûrement à empêcher l'empereur de la faire condamner.

— Et que penser de ce Cerbio Staphen et de ses légides ?

Le cristalomancien de gauche dévisagea soudain Prégorus.

— Nous devons également prendre une décision concernant la jeune Amrina et son fiancé.

— Mes frères, les sermonna Prégorus entre ses dents pour ne pas réveiller l'empereur, prions !

Ils saisirent leurs cristaux rouges et entonnèrent à voix basse la mélopée qui permettait de tisser, dans l'air subtil, la pyramide d'énergies qui protégeait l'empereur.

★

Sarcolem ne sentait plus les chevelures caressantes des deux esclaves sur sa poitrine. Cette sensation de froideur le réveilla. Écarquillant les yeux, il vit avec effroi que sa chambre baignait dans une sorte de brume épaisse qui embuait la ligne pure de ses colonnes, enveloppait ses coffres et masquait les fresques de ses murs.

Il se dressa sur un coude et considéra les brûleurs d'encens qui continuaient d'exhaler dans la pièce leurs senteurs de musc, de santal et de jasmin. Il revêtit une tunique de soie blanche et détailla avec étonnement les fumerolles qui évoluaient autour de lui.

Se doutant que Prégorus avait sans doute dû faire raccompagner ses maîtresses, il l'appela. Ne recevant aucune réponse, il gronda que ce manquement à l'étiquette était inacceptable.

Dans l'antichambre, il vit alors que trois de ses sept cristalomanciens, dont Prégorus lui-même, étaient bel et bien en transe, agenouillés en cercle et fidèles à leur poste. Perplexe, il toucha le jeune mystique à l'épaule et... faillit perdre l'équilibre lorsque ses doigts passèrent au travers de son corps !

Un rire s'éleva alors derrière lui.

— Qui va là ? s'exclama l'empereur.

Il songea à Mérinock.

— Montre-toi, Mage !

Malgré sa fatigue de la veille, il se surprenait à se sentir aussi alerte que dans son corps de vingt ans.

Un bref instant, cette constatation le terrifia, car la tradition lamanique affirmait que l'on ne recouvrait sa jeunesse qu'après la mort.

Mort ?

La chose lui paraissant impossible, il rit à gorge déployée.

La silhouette d'un jeune homme se dessina soudain dans la brume. Il portait un court pello fermé sur son torse par des cordelettes en cuir. Sarcolem chassa de sa main les fumerolles diaphanes qui brouillaient sa vision. Lorsque apparurent le kaïbo que tenait l'apparition, son visage aux traits mâles, ses yeux de bronze et sa chevelure noire striée de mèches bleues, l'empereur recula de trois pas.

— Toi ? balbutia-t-il.

— Moi ! répliqua le prince Torance en montrant du doigt un second kaïbo qui tenait en équilibre, seul au milieu des lambeaux de brume.

Sarcolem comprit enfin qu'il était en train de rêver. Acceptant le défi que lui lançait son adversaire, il saisit le kaïbo et contempla d'un regard de connaisseur les arabesques qui décoraient le manche en bois de kénoab noir.

— Que me vaut cet honneur, après tout ce temps ? demanda l'empereur en prenant position face au prince.

— Le temps ne s'écoule pas de la même manière pour toi et pour moi, répondit froidement Torance.

Leurs deux kaïbos s'entrechoquèrent violemment.

Ils esquissèrent quelques techniques simples afin de prendre la mesure de leurs forces respectives. Le bas-ventre de Sarcolem le tiraillait. Sans doute les deux esclaves avaient-elles trop abusé de lui ! Cet inconfort le ralentit lorsqu'il bloqua la première attaque du prince – une « pique du tigre blanc » particulièrement bien ajustée.

— Es-tu fâché que tes Préceptes de vie aient été édulcorés ? hasarda l'empereur en songeant au concile qu'il avait réuni quelque temps auparavant.

Torance n'eut pas même un cillement de paupières.

— Ainsi, tu reviens me hanter ! Shanandra est-elle à tes côtés ?

Le jeune prince ne paraissait pas enclin à alimenter la discussion. À tel point, d'ailleurs, que Sarcolem se demanda si cette apparition était véritablement due à la présence de l'âme du prince, ou bien s'il n'était qu'un spectre que lui envoyait le Mage errant pour tester la résistance de son filet de protection.

Une pointe fulgurante faillit l'égorger. L'empereur appuya une de ses lames contre celle du jeune homme et se rendit à l'évidence : ce combat, quoique onirique, n'en était pas moins réel.

Sarcolem battit en retraite, perdit son kaïbo, le rattrapa *in extremis*.

— Que veux-tu de moi ? s'enquit-il en grinçant des dents, car une des lames venait de lui entailler le flanc gauche.

Il posa sa main sur la plaie : ses doigts étaient poisseux de sang.

— Tu as fait de moi un fantôme ! l'accusa le prince.

Ainsi, se dit Sarcolem, après tout ce temps Torance n'a toujours pas gagné ces sphères de lumière auxquelles croyaient les lamanes. Il est resté prisonnier dans ses « brumes de Shandarée ».

L'empereur se demandait quelle était la cause de cet enfermement *post-mortem* lorsqu'une seconde présence se substitua à celle du prince. Torance recula alors, le salua de son kaïbo, puis disparut dans la brume.

Le monarque, alors, se retrouva face à une créature de cauchemar mi-femme, mi-monstre, qui brandissait un sabrier aussi aiguisé qu'une dent de requin géant.

Sarcolem n'eut pas le temps d'identifier ce nouvel ennemi que la pointe chercha son cœur.

Il tenta d'attraper les poignets du monstre femelle et hurla quand il sentit la lame du sabrier pénétrer la chair de son bas-ventre.

Le choc fut si violent qu'il s'éveilla de son cauchemar et roula sur le côté de sa couche ensanglantée. Devant lui, la créature relevait son bras armé du sabrier. Conscient cette fois d'être éveillé, Sarcolem appela à l'aide. La lame visa cette fois son visage. Il la saisit à pleine main, repoussa son assassin…

Des pas résonnèrent sur les dalles de marbre. Des langues de feu léchèrent les parois. Des soldats tenaient des torches à bout de bras.

Haletant de douleur, Sarcolem fut rattrapé par deux de ses hommes sans âme. Les traits crispés par la douleur, il entendit son majordome crier qu'il venait d'être assassiné.

Il fit quelques pas. Considéra les corps de trois de ses cristalomanciens qui gisaient, la gorge tranchée, sur le dallage.

La tête lui tournait. Un filet de bile coulait de ses lèvres. On lui présenta son assassin. Une femme. Ylonée. *Sa* femme ! Échevelée. Hirsute. Transfigurée par la haine et la rage.

Lorsque Prégorus apparut, il se laissa tomber dans ses bras.

Le cérémonial mortuaire

Mourir, se disait philosophiquement Sarcolem, est une étape stressante et angoissante dans la vie d'un homme.

Allongé sur sa couche, il rit, toussa et serra les dents. En fait de mort, celle-ci arrivait fort mal à propos et il s'en voulait d'avoir, ne serait-ce que durant quelques mois, relâché son attention légendaire.

Tandis que ses médecins lavaient ses plaies et mesuraient ses chances de survie, il regrettait amèrement de n'avoir pas su deviner qu'Ylonée, si elle avait été jadis douce et soumise, avait également l'étoffe d'une tigresse.

Il songeait à Amrina. Se pouvait-il que la présence de la jeune fille à ses côtés ait endormi sa méfiance ? Entre ses paupières plissées par les spasmes de douleur, il voyait son impératrice maîtrisée par les gardes.

— Assassin ! hurlait-elle, pleine de hargne.

Une vague profonde roula dans son bas-ventre et remonta vers son cœur. Était-ce les prémices de l'agonie ? À l'écoute de son propre corps, il tenta de se souvenir de ses « morts » précédentes.

À l'époque des deux messagers, alors qu'il était Sarcolem Premier, il s'était étouffé avec un noyau de prune. Un de ses fidèles cristalomancien avait réagi d'instinct et fait couler quelques gouttes du sang mêlé de Torance et de Shanandra entre ses lèvres juste avant son dernier soupir, ce qui lui avait permis d'entamer sa « seconde » vie. Pour Sarcolem II, il avait eu l'intelligence de préparer son départ. Ayant choisi une période assez calme au point de vue social, politique et économique, il avait attendu sa soixante-dixième année pour ingurgiter un poison lent et indolore de sa composition qui avait simulé une indigestion mortelle. Sarcolem III était « mort » à la guerre d'une flèche en pleine poitrine qui avait mis quelques minutes avant d'accomplir son œuvre. Dans la peau de Sarcolem IV et V, il avait également pu choisir son heure et mourir assez sereinement, dans son lit, des suites du même empoisonnement prémédité que les historiens avaient habilement maquillé en assassinat suite à des cabales domestiques ou à des vengeances politiques. Des boucs-émissaires avaient d'ailleurs été choisis et punis pour ces crimes. Lors de son dernier règne, en qualité de Sarcolem sixième du nom, l'empereur avait expérimenté malgré lui son premier « accident ». Il s'était en effet malencontreusement cogné le front contre un linteau de pierre.

Oui, ne cessait-il pas de songer, mourir était décidément pour un immortel une période de transition semée d'embûches. Fort heureusement, il avait toujours autour de lui des cristalomanciens fidèles.

Attirés par la rumeur d'assassinat, les courtisans se massaient dans l'antichambre. Sarcolem sentait leur présence comme autant de hyènes prêtes à rire ou à s'entredéchirer.

Les hommes du commun sont ainsi faits, songeait l'empereur tout en cherchant des yeux les quatre cristalomanciens qu'il lui restait. Il en compta trois, songea à ceux qu'Ylonée avait égorgés. Lorsque Prégorus se faufila jusqu'à sa couche, il esquissa un sourire.

De ses sept mystiques, celui-là était son favori même s'il avait des raisons de penser que le jeune Prégorus était avant tout motivé par l'ambition.

— Faites place ! gronda le cristalomancien. Sa Majesté a besoin d'air pur.

Il ordonna aux hommes de silex de renvoyer les courtisans et les médecins qui s'avéraient plus gênants qu'autre chose. Et, ce qui était encore plus suspect, les soldats impériaux eux-mêmes !

Le capitaine Minomen s'approcha. Prégorus et les trois autres cristalomanciens virent l'officier coller son oreille contre la bouche du souverain. Que se disaient-ils ? Puis, aussi vite qu'il était venu, Minomen sortit par une porte dérobée. Cerbio Staphen se présenta à son tour devant la couche impériale. Trois de ses légides l'accompagnaient, de même qu'une frêle et blonde jeune fille.

Dans l'antichambre, le grand chambellan installait un groupe de pleureuses. Courtisans, officiers de l'armée et diplomates murmuraient et tremblaient dans l'antichambre. Qu'adviendrait-il si l'empereur venait à mourir durant la nuit ?

Sarcolem était conscient que son assassinat survenait à un terrible moment. Le grand légide, à genoux devant lui, le somma de se convertir officiellement au Torancisme. Staphen fit tournoyer au-dessus de son front un pendentif représentant une pierre de sacrifice sur laquelle un habile artisan avait sculpté un corps supplicié.

— Que l'esprit du messager pénètre en toi, récita Cerbio Staphen d'une voix forte afin que tous puissent être les témoins de cette première conversion d'un empereur.

« Que les préceptes de vérité guident ton âme dans sa quête du paradis promis à ceux qui ont été révélés à eux-mêmes par le Message de vie ! »

Sarcolem, haletant, répéta fiévreusement ces paroles tout en guettant du coin de l'œil le retour de son capitaine des gardes. Autour de la couche veillaient les impitoyables hommes de silex. Leurs figures sans expression, leurs crânes recouverts du casque de métal froid ainsi que leurs glaives tendus tissaient un climat de terreur indéfinissable qui imprégnait les murs et imbibait les statues.

Cerbio Staphen déclara l'empereur fidèle aux enseignements de Torance, secoua une ampoule d'encens sur son visage, puis se releva. Une clameur enthousiaste fit vibrer les parois de la chambre. Enfin, le grand légide donna à l'empereur sa « bénédiction » pour son long voyage et se retira, satisfait de son coup d'éclat.

Amrina reçut enfin la permission de s'approcher. Sarcolem la fixa à la lueur trouble des lampes à huile. Son visage jeune et frais était mouillé de larmes. La fille pleurait doucement, avec une certaine retenue – mais elle pleurait véritablement !

— Majesté, bredouilla-t-elle.

Dans ce seul mot, Sarcolem ne pouvait pas ignorer le flot contenu et brûlant de l'émotion qui secouait son innocente amie.

Malgré sa peur de mourir avant le retour de Minomen et les accès de douleur qui le pliaient en deux – car il avait refusé d'ingurgiter les jus, tisanes et autres décoctions préparées par ses médecins –, il tenta de la rassurer.

— Ne crois pas te débarrasser de moi aussi facilement, murmura-t-il à son oreille.

Prégorus se pencha pour entendre et étouffa un cri de dépit en constatant une fois encore combien Sarcolem appréciait la compagnie de cette esclave sortie de nulle part.

— Majesté, fit-il à son tour, le cérémonial de l'étoffe peut-il commencer ?

L'empereur posa sa main ensanglantée sur l'épaule du mystique.

— Le cérémonial, bredouilla-t-il. Oui, oui…

Amrina était révoltée. N'y avait vraiment plus aucun espoir ?

— Ne sois pas inquiète, ne juge pas trop vite, continua Sarcolem entre deux spasmes.

Sur ce, Minomen réapparut. Puis, tel que prescrit par le cérémonial instauré jadis par Sarcolem deuxième du nom, des rideaux furent installés autour de la couche.

Autre détail révoltant pour Prégorus : Amrina n'en continua pas moins de tenir la main de l'empereur !

Ce cérémonial, utilisé une seule fois par règne à la mort d'un empereur, était un mystère total pour ceux qui y assistaient. Officiellement, les cristalomanciens l'expliquaient en invoquant un rite devant aider l'âme du défunt à se détacher de sa dépouille; une sorte de répit dont il avait impérieusement besoin pour affronter sa mort.

Et, en effet, la tenture ne voilait la face de l'empereur aux courtisans que durant une minute au plus : le temps, pour le cristalomancien en chef, d'entonner quelques mots d'une formule tout en posant la pierre du destin de l'empereur contre la fiole de cristal contenant le sang mêlé que le capitaine Minomen était allé quérir de toute urgence.

Pour compléter ce rite, Sarcolem buvait ensuite quelques gouttes du sang magique.

Amrina, que l'on était allé quérir alors qu'elle soupait avec son fiancé, sentait les mains de l'empereur se refroidir dans les siennes sans cesser, pourtant, d'être agitées et frémissantes : signe que la vie se raccrochait encore au corps de Sarcolem.

Malgré la soudaineté de l'événement, elle ne pouvait s'empêcher de garder la foi. Le Mage errant n'enseignait-il pas, au temple d'Éliandros, que la vie était avant tout une question de volonté et que l'esprit avait tout pouvoir sur l'enveloppe de chair !

À travers la tenture, elle crut entendre l'empereur lui murmurer quelques mots qu'elle ne fut pas certaine de comprendre. Puis, sa main s'immobilisa et devint aussi froide que de la pierre.

Les cristalomanciens rouvrirent les rideaux. Au regard torve que lui lança Prégorus, Amrina comprit que sa présence était devenue indésirable. Le jeune mystique annonça ensuite d'une voix rauque la mort de l'empereur.

Le passage

Le palais était plongé dans l'angoisse et l'effervescence. « L'empereur est mort. »

Inconcevable quelques minutes auparavant, cette réalité frappait d'effroi les domestiques et les esclaves, mais aussi les courtisans et les fonctionnaires qui craignaient de perdre leur situation.

Amrina regagna sa chambre et y trouva Rusoé, son fiancé. Le jeune soldat avait abandonné son pello gris de militaire et arborait un manteau et une capuche de marchand.

— Alors ? interrogea-t-il.

— L'empereur…, commença la jeune fille.

Le visage du garçon était tendu.

Amrina voulut se pelotonner dans ses bras. Elle avisa soudain le paquetage posé sur les carreaux sombres et s'étonna :

— Tu pars ?

— Nous partons.

Elle le dévisagea sans comprendre.

— Ta présence n'était que tolérée au palais. Ton amitié avec l'empereur faisait peur. Que crois-tu qu'il va t'arriver si tu restes ?

Elle demeura quelques secondes sans réagir, puis balbutia :

— Es-tu prêt à tout abandonner, toi aussi ?

Rusoé entendit des bruits de galvas résonner sur les dalles.

— La vie militaire n'est pas faite pour moi, avoua-t-il. Fuyons avant que la panique ne gagne toute la cité.

— Mais où aller ?

Les pas se rapprochaient dangereusement.

— Peux-tu contacter ton ami le Mage errant ?

Amrina haussa les épaules. Mérinock n'apparaissait même plus dans ses transes matinales. Après l'avoir abandonnée en Gorée, il semblait s'être complètement désintéressé de son sort.

Rusoé considéra la fenêtre qui donnait, six mètres plus bas, sur une terrasse plantée d'arbustes.

— Te sens-tu prête à sauter ?

— Comment ?

Il la jucha sur le rebord et prit appui sur le toit incliné à ses côtés.

Les soldats entrèrent à ce moment précis…

★

Quatre hommes descendaient une volée de marches sur lesquelles brillait une épaisse couche de poussière. Ils progressaient en silence. Pourtant, Prégorus se doutait que chacun d'eux aurait préféré parler plutôt que ruminer ses pensées en solitaire. Les degrés conduisaient à un palier fermé par une impressionnante porte en argent massif. Comment croire que dans moins de vingt-quatre heures, ils allaient inaugurer une ère nouvelle !

Quatre clés débloquaient les serrures. L'empereur en possédait une – celle que tenait Prégorus dans sa main. Simiur

Soled, le premier chambellan, en avait une autre. Le général Arbaros, chef suprême des armées, possédait la troisième. Enfin, Cerbio Staphen s'était vu remettre celle qui appartenait autrefois au grand maître des lamane de Gorum.

Lorsqu'ils atteignirent le dernier degré, la bulle de silence qui les emprisonnait éclata et chacun, un peu gêné, y alla de son commentaire.

— Le cérémonial sera suivi à la lettre, déclara le grand chambellan.

Cet homme grand, mais extrêmement maigre était le seul, parmi eux, à avoir assisté dans son enfance au dernier combat des princes. Le général fit une moue à cette annonce. Le haut fonctionnaire sous-entendait-il que l'armée pourrait vouloir agir autrement ?

Prégorus souriait en lui-même. Au moyen de sa torche, il avait allumé au fur et à mesure de leur descente les antiques creusets remplis d'huile fixés aux parois. Il examina le visage de ses compagnons.

Nous sommes les plus hauts dignitaires de l'empire et nous ressemblons davantage à des conspirateurs de l'ombre ! se dit-il, à la fois anxieux et surexcité.

Vivre une passation de pouvoir n'était pas donné à nombre de fonctionnaires impériaux, car chacun des sept Sarcolem avait eu une vie longue et prospère.

La lourde porte se dressait devant eux. Ils considérèrent les bas-reliefs sculptés à même le noble métal. Prégorus repéra un scorpion, symbole du secret. Le général Arbaros découvrit la face monstrueuse d'un lion en train de rugir. Cerbio Staphen, lui, crut reconnaître la silhouette tordue d'un jeune homme supplicié. Mais sans doute était-ce son imagination !

L'empereur étant mort, nul ne savait ce qu'il pourrait advenir du Torancisme naissant. Les trois autres l'avaient peut-être entraîné dans ces souterrains pour lui trancher la gorge !

— Où sommes-nous ? voulut-il savoir.

Simiur Soled déroula une feuille d'ogrove.

— Voici les princes en âge de se battre, répliqua-t-il du bout des lèvres.

Il prononça sept noms à mi-voix.

Voyant que ses compagnons étaient mal à l'aise, Soled reprit un ton plus haut :

— Le cérémonial réglant la succession impériale est inspiré de celui en vigueur jadis dans le royaume d'Élorîm. Chacun des fils de l'empereur défunt ayant été, dès l'âge de trois ans, enfermé dans le corral des princes, ceux qui ont atteint la vingtième année à la mort de leur père ont la chance de faire valoir leur droit à la couronne. Un combat à l'arme blanche les opposera jusqu'à la mort devant une foule composée des hauts dignitaires, des nobles et des représentants de tous les corps de métiers de l'empire. Le survivant deviendra notre nouvel empereur.

Cet énoncé, bref et sec, claqua dans l'air tel une mèche de cuir.

— N'est-ce pas une tradition barbare ? hasarda Cerbio Staphen.

— Maître légide, rétorqua le grand chambellan, cette « tradition » nous a, au fil des siècles, épargné bien des guerres de successions, des cabales familiales, des assassinats parricides et nombre d'hécatombes en termes de guerres civiles, de bouleversements politiques et de crise économique. De plus, chacun des princes vainqueurs s'est révélé un empereur de qualité, aussi bon soldat que fin politicien.

Ce qui était en soi tout un exploit, sinon un miracle.

— Mais, si j'ai bien compris, renchérit Staphen, ces princes demeurés incultes sont presque des orphelins de naissance !

Le général se carra devant lui.

— Jusqu'à l'âge de sept ans, les jeunes princes sont entourés de l'amour et de l'affection de leurs nourrices respectives. Ensuite, ils sont confiés à des précepteurs qui leur enseignent la philosophie, l'histoire, les sciences ainsi que plusieurs autres matières. Les princes bénéficient également d'installations sportives qui les préparent à ce grand combat qui n'a lieu qu'au terme de la vie d'un empereur.

Le fait que le prochain monarque soit nommé à l'issu d'un combat fratricide mortel semblait plaire au général. Prégorus se demanda tout de même si ce militaire bourru aurait aimé agir de même avec ses propres enfants.

— Je persiste à dire que ce mode de sélection est... (Staphen hésita sur le terme à employer) barbare !

Prégorus tiqua. Ce pontife suffisant avait beau n'être à ses yeux qu'un opportuniste, il faisait néanmoins preuve de courage.

Chacun des hommes présents avait ses raisons pour demeurer aussi fidèle que possible aux volontés de l'empereur défunt.

— En tous les cas, reprit Staphen, cette nuit, une nouvelle tradition a été inaugurée. Sarcolem VII s'est converti. Son successeur régnera également sur les peuples de Gorée en qualité de pontife du Prince Messager Torance.

Prégorus sourit. Voici donc ce qu'espérait Staphen ! Faire perdurer cette religion qui venait de remplacer la philosophie issue des Préceptes de vie. Tandis qu'ils se plaçaient chacun devant leur serrure respective, le jeune mystique se demanda quel avantage pouvaient bien espérer le général Arbaros et le grand chambellan Soled. Pour sa part, lui et ses trois condisciples survivants devaient recevoir du nouvel empereur des terres ainsi que des esclaves et une grosse somme en or : prix de leur indéfectible fidélité.

Puisque Sarcolem VII ne pouvait pas savoir lequel de ses fils majeurs allait remporter le combat des princes, cette promesse aurait pu lui sembler faite sur du sable. Pourtant, si l'on se référait aux annales officielles ainsi qu'à la mémoire des plus vieux, jamais le nouvel empereur n'avait dérogé à la promesse faite par son prédécesseur. Et ce prodige était, pour Prégorus, un mystère encore plus impénétrable que toutes les formules de cristalomancie réunies.

Les clés firent grincer les vieux mécanismes.

Le souterrain s'ouvrit dans un grondement épouvantable. Au-delà des vestibules obscurs s'ouvrait un lieu secret situé à l'écart des bâtiments royaux où seuls les domestiques privés des princes et les hommes de silex choisis par l'empereur avaient droit de cité. Ces serviteurs possédaient dans le corral leurs propres quartiers, ce qui en faisait des prisonniers à l'égal de ceux qu'ils gardaient. Des trappes aménagées dans un mur permettaient l'acheminement de la nourriture et d'autres articles indispensables.

— Barbare, répéta Cerbio Staphen en foulant le corral d'un pas tremblant.

L'ouverture de la *porte d'argent* constituait une étape essentielle dans le cérémonial de succession.

Simiur Soled reprit de plus belle :

— Il y a actuellement quinze princes dans le corral, dont sept majeurs. Au fil des ans, cinq sont morts de maladie. Mais, rassurez-vous, maître légide, les plus jeunes survivront. Le prince vainqueur a toujours gracié ses cadets.

Staphen renifla. Quel pouvait bien être le sort de ces princes orphelins ?

Comme s'il avait entendu la question muette, le grand chambellan répondit que ces garçons buvaient la drogue de l'oubli avant d'être donnés en adoption à des parents aimants.

Il insista sur ces derniers mots, car le nouvel empereur, quoique novice dans le véritable art de gouverner, s'occupait toujours personnellement et progressivement, pour le cas où une mort subite le laissait sans « héritier », de régler le départ de ses frères.

Le général clama à ce propos que former un nouvel empereur était un honneur et que, s'ils se mettaient tous les quatre à la tâche, ils accompliraient là une œuvre utile pour le bien de tous les peuples de l'empire.

Prégorus n'avait pas prononcé un mot. Il était trop exalté à l'idée des événements à venir…

La lourde porte donnant accès à l'« arène des princes » enfin ouverte, ils se hâtèrent de regagner chacun leurs quartiers.

✳

Après son dernier soupir, Sarcolem VII fut enveloppé selon l'usage dans un long carré de chanvre. Ce geste symbolique avait pour but de montrer au commun des mortels que l'empereur était un homme à l'égal des autres. Et qu'en homme simple il devait, avant d'être lavé, préparé et exposé en public, bien sentir sa condition de mortel.

L'aube pointait dans le ciel rosé de la capitale.

Ses trois cristalomanciens déposèrent sa dépouille dans une pièce austère sans fenêtres et aux murs nus à laquelle on accédait en suivant un lacis d'étroits corridors. Ils ignoraient les raisons de cette étape dans le cérémonial, mais ils s'y conformaient aveuglément. En sortant, ils firent basculer une lourde pierre devant l'ouverture, puis ils remontèrent les degrés de pierre et laissèrent trois chambres vides entre eux et l'endroit où s'enfonçait le souterrain. Enfin, ils s'agenouillèrent et tombèrent en transe.

Durant trois jours, ils se relaieraient pour officier une dernière fois en l'honneur de leur maître et tisser cette pyramide d'énergie qui était censée protéger le monarque durant sa vie, mais aussi en ces périlleuses heures de transition entre sa mort et son entrée dans les sphères célestes de la déesse.

Les cristalomanciens pensaient vraiment que ce voile énergétique était utile à l'âme de l'empereur. Dressés à cette tâche, ils l'accomplissaient par habitude, mais aussi par appât du gain. La tradition voulait en effet que le nouveau maître utilise leurs services durant une année entière avant qu'ils ne bénéficient d'une retraite dorée : le temps pour lui de former sa propre phalange de cristalomanciens qui le servirait à leur tour fidèlement.

Ils priaient si loin de l'endroit où reposait la dépouille qu'ils n'entendirent rien des événements effrayants et mystérieux qui se déroulèrent par la suite...

✶

Sarcolem revint à lui aussi brutalement qu'un plongeur maintenu sous l'eau contre son gré.

La douleur, atroce, était toujours la même, règne après règne, résurrection après résurrection, et ressemblait à une crampe gigantesque. Le sang bouillonnait dans ses veines. Ses organes étaient compressés de tous côtés; son cœur, broyé par des mains invisibles. Son cerveau renâclait tel un bœuf poussé à la limite de ses forces.

Heureusement, Sarcolem avait, au long des siècles, développé des techniques pour mettre du baume sur ses souffrances.

Voilà, se disait-il, quelles sont les conséquences directes de l'absorption des sangs mêlés. Toutes les apparences de la mort. Puis, le vieux corps se réveille pour être entièrement et violemment remodelé. Les rides se résorbent, les plis disparaissent, la peau se retend. Dessous, les tissus se régénèrent, les muscles retrouvent leur souplesse, les nerfs leur élasticité et les articulations leur vigueur.

Le processus prendrait une vingtaine d'heures en tout. Là résidait la véritable résistance à la mort. Si son cœur ne lâchait pas en cours de régénération, si sa cervelle ne se disloquait pas, il pourrait progressivement cesser de souffrir, hurler de moins en moins fort, gémir plus doucement, pour, finalement, se relever et se déclarer vivant à nouveau.

Après avoir absorbé le sang mêlé, l'empereur avait dû une fois encore lutter contre un phénomène hélas naturel : l'irrépressible tendance qu'avait son âme à vouloir échapper aux limites physiques de son corps.

Pour empêcher ce drame, il existait un entraînement rigoureux. Car, s'il s'abandonnait à cette séparation de l'âme et du corps, Sarcolem se retrouverait « à l'extérieur » : scindé pour toujours de son enveloppe et évacué de force dans une dimension étrange où, il s'en doutait, le Mage errant et tous ses ennemis décédés le guetteraient.

Ce cap était difficile. S'il échouait à demeurer coûte que coûte dans son corps, il serait irrémédiablement entraîné dans ces mondes de l'imaginaire de l'âme que les lamanes appelaient autrefois « les brumes de Shandarée ».

À cette errance forcée et effrayante, Sarcolem avait toujours préféré la résurrection de son corps qui, même jeune et beau n'était certes pas parfait, mais qui demeurait la seule représentation physique connue de l'homme qu'il avait toujours été.

Ainsi qu'il l'avait prédit, ses souffrances durèrent presque un jour entier. La clepsydre posée sur une table de bois lui indiquait les heures. Un mince filet de jour, produit par la réverbération de quelques plaques de bronze polies placées dans des endroits stratégiques, lui permettait de voir ses vieilles mains se transformer, ses membres retrouver leur fermeté et leur élasticité.

Dans une niche creusée à même la pierre, il trouva, tel que convenu, trois cruches d'eau ainsi que des linges propres. L'opération, il l'avait appris à ses dépends au long de ses précédentes résurrections, nécessitait beaucoup d'eau. Un puits creusé à même le sol lui permettait de satisfaire ses besoins naturels qui étaient, durant ces heures douloureuses, plus abondants que d'ordinaire à cause des transformations internes subies par son organisme.

Pour s'occuper l'esprit, il fit l'inventaire des mesures que devaient prendre les quatre personnes qu'il avait nommées pour régler sa succession.

Soled devait veiller à ce que les fonctionnaires du palais continuent à travailler sans se dresser les uns contre les autres. Il devait également envoyer dans les provinces des ambassadeurs extraordinaires pour apaiser les gouverneurs. Arbaros jouerait de son influence pour maintenir l'armée sur un pied d'alerte au cas où Reddriniens et Voréniens souhaiteraient profiter des circonstances pour les attaquer de nouveau. Cerbio Staphen haranguerait les foules pour les rassurer sur le sort de l'empire. Prégorus, de son côté, persuaderait les autres cristalomanciens de suivre ses ordres à la lettre.

Quant à son capitaine des hommes de silex, il s'assurerait que ces quatre-là obéissent ou bien périssent. Minomen devait en outre s'acquitter d'autres tâches essentielles au bon déroulement de cette délicate période de transition.

L'empereur sentait ses douleurs décroître au fil des heures. Il détestait de plus en plus le mécanisme de ces perpétuelles résurrections. Tant de choses pouvaient aller de travers ! Il ne s'était pourtant jamais imaginé mourir comme tous les autres hommes. Et, à franchement parlé, il préférait souffrir pour renaître que périr définitivement.

Sans qu'il la cherche vraiment, l'image d'Amrina vint égailler sa solitude. Cette jeune fille, son sourire, la simplicité de sa personne, son aura tranquille lui manquait. D'étranges idées lui venaient. Une sensation de bien-être l'envahissait à l'évocation de certains projets…

Après dix-huit heures de souffrances, de cris, de gémissements et de douleurs infernales, il sentit que venaient enfin les premiers signes de ce qu'il nommait « son apaisement ». Une femme ayant enfanté dans la misère aurait pu, seule, l'entendre en confession et le comprendre.

Mal assuré dans son nouveau corps, maladroit dans ses gestes, le cerveau encore embrumé et les jambes molles, il se présenta devant la plaque de bronze. L'image de l'éternel jeune homme qu'il était depuis plus de trois cents ans lui fut renvoyée. Épuisé, mais serein malgré l'angoisse qui le tenaillait, il poussa une porte dérobée et entra dans une pièce voisine.

Sur une couche de brique recouverte d'un simple drap l'attendait le cadavre d'un homme d'environ cinquante-trois ans. Sarcolem vérifia que les blessures que portait son double étaient bien les mêmes que celles que lui avait infligées Ylonée.

Il posa ses doigts sur les lèvres boursouflées laissées par les coups de dague. Minomen et ses hommes avaient dû écumer les bas-quartiers de Goromée pour trouver un vagabond ou bien un condamné. Celui-ci n'était pas la meilleure copie qu'il ait jamais vue de lui-même, mais le capitaine avait somme toute fait de la belle ouvrage.

Cet illustre inconnu portera le masque mortuaire impérial, décida-t-il. Son corps sera revêtu des plus beaux vêtements de cérémonie. On l'exposera à la face du peuple.

Puis on l'ensevelira dans le tombeau que j'ai préparé pour lui, dans la crypte des empereurs.

Son nouveau corps, jeune et impétueux, lui imposait déjà les besoins habituels de la soif et de la faim. Sur un plateau l'attendaient un bol de gruau, des dattes, du pain au miel et trois *amangoyes* rouges, mûres à point. Une boisson faite d'eau de source, de pulpe de kénoab blanc et de vinaigre constituait d'autre part le plus naturel des remontants. Encore ankylosé, il dégusta le premier repas de sa huitième existence.

Le duel des princes

S arcolem fit pivoter le panneau de bois et pénétra dans un réseau de passages secrets connu de lui seul.

Le corral des princes était érigé à l'écart des autres bâtiments et enchâssé à l'intérieur d'un périmètre protégé par des miradors et par de hautes murailles crénelées. Les appartements des princes étaient situés au rez-de-chaussée. D'agréables cours permettaient à chaque pensionnaire de profiter de la lumière du jour.

Divisés en quatre secteurs distincts, possédant chacun ses règles strictes, ces « mondes » abritaient les princes en fonction de leur âge. Les plus jeunes vivaient ensemble et bénéficiaient de petites pièces agrémentées de communs. Les garçons étaient placés deux par chambre et possédaient leur aire de jeux, leur salle de prière et d'étude. Les adolescents avaient leur appartement, leur serviteur attitré, et disposaient d'une bibliothèque bien fournie. Les princes dits « majeurs » étaient entourés de plus d'égards, incluant une phalange d'hommes de silex qui les tenaient à l'œil en permanence.

À chacune de ses résurrections, Sarcolem faisait un tour minutieux de l'ensemble de son réseau de corridors secrets. Les plaques de bronze espion, savamment disposées de loin en loin, lui permettaient de prendre la mesure exacte de la situation. Il recevait, certes, des rapports mensuels détaillés sur l'apprentissage des princes, leurs progrès, leur personnalité, leurs talents et leurs faiblesses respectives. Il jugeait cet exercice essentiel au cas où une mort accidentelle le cueillerait dans la fleur de l'âge. Mais il refusait par contre toute ingérence personnelle, de peur sans doute de s'attacher aux enfants et de les considérer non plus comme des adversaires potentiels, mais comme de véritables fils.

Il passa rapidement en revue les pièces où les nourrices s'affairaient déjà à la préparation des repas, et les servantes, au nettoyage des langes.

Le malaise que Sarcolem ressentait en ces occasions était toujours le même : mélange de remords et de rage, d'apitoiements étouffés et de raisonnements intellectuels. Face à ses propres enfants qu'il emmurait vivants, il invoquait principalement la « raison d'État ».

Des pleurs s'élevèrent soudain. Deux princes se disputaient. La nature humaine étant ce qu'elle est, vers l'âge de sept ans venait une période d'ajustement pendant laquelle les précepteurs devaient expliquer aux enfants pourquoi ils ne pouvaient pas sortir pour explorer le monde.

Sarcolem refusa d'assister à cette querelle. Son enfance à lui était si loin ! Des images furtives lui rappelèrent néanmoins comment il avait lui-même été enfermé par son propre père, et battu par ses frères plus âgés. Comment, après le remariage du roi, il avait été peu à peu relégué dans des cellules plus petites, plus miteuses, pour finalement être l'objet d'une vile tentative d'empoisonnement.

Il arriva dans le deuxième « monde » et vit des pré-adolescents ensommeillés qui bâillaient. Des serviteurs leur préparaient des vêtements. La *marâtre*, fonctionnaire clé de chacun des quatre « mondes », rappelait à chacun que le repas allait bientôt être servi.

Un prince demanda pourquoi le gong des temples avait sonné toute la nuit. À regret, la marâtre leur annonça la mort de leur « père ».

À ce mot prononcé sans aucune trace d'émotion, Sarcolem se rappela avec une vivacité surprenante comment il avait lui-même appris le décès de son père.

On venait de me faire boire la ciguë. Le domestique qui tenait le hanap prétendait être mon ami, alors qu'en vérité il était au service de mes frères aînés...

Sarcolem eut au moins la satisfaction de voir que ces princes-là n'étaient ni mal vêtus ni mal nourris. On les traitait avec des égards, ils avaient toute latitude pour s'amuser et étudier, rêver et se parler. La légende voulant que l'empereur de Gorée fût un monstre qui enfermait ses propres enfants perdait de sa substance. Le corral, si critiqué dans les ambassades étrangères, se révélait simplement un moyen efficace pour permettre à un homme devenu immortel de se transmettre le pouvoir à lui-même.

L'empereur passa dans le réseau de passages dérobés du quatrième « monde » : celui dans lequel vivaient les princes devenus majeurs.

Ce bâtiment était constitué d'une vingtaine d'appartements distincts qui s'ouvraient chacun sur une cour privée. Dans une des chambres, un prince sommeillait. Dans une autre, l'occupant se réchauffait le corps et l'esprit en vue d'un entrainement au sabre.

Il sait, se dit l'empereur, *et il se prépare au combat.*

À cet instant, Sarcolem put enfin venir à bout du nœud qui lui serrait l'estomac. Il était cruel, mais, à sa façon, il était aussi juste et aussi humain que le lui permettaient les circonstances. Débattre du bien-fondé ou de la nécessité de son cérémonial ne servait à rien, car il était à la fois juge et partie.

Plusieurs princes se trouvaient dans la cour centrale du quatrième monde. L'épée à la main, ils s'entreregardaient en silence.

Quelles étaient leurs pensées secrètes ? Sarcolem, qui n'avait jamais connu de véritable vie de famille, était obsédé par cette intimité que partageaient ses fils en ce moment crucial de leur existence.

Bien qu'ils ne fussent pas tous issus de la même mère, ils vivaient en vase clos et devaient faire face aux mêmes peurs, aux mêmes espérances.

Trop éloigné pour entendre ce qu'ils se disaient, Sarcolem en était une fois de plus réduit aux suppositions. Soudain, n'y tenant plus, il se recroquevilla dans l'alcôve et vomit. La certitude d'être véritablement un monstre le disputait à son envie toujours aussi obsessionnelle de vivre, de remonter sur le trône, de poursuivre son œuvre de transformation des consciences.

Il examina de nouveau le groupe de jeunes hommes et en compta six. Alors même qu'il se détestait, il ne pouvait s'empêcher de réfléchir à ce moment imminent où il se mêlerait à eux sur le sable de l'arène.

Je serai le septième, se promit l'empereur.

★

L'arène dite « des princes » était une vaste fosse entourée de gradins. Une foule compacte avait envahi l'édifice depuis plus d'une heure, et le sable brillait autant qu'une plaque de métal chauffée à blanc. Aucun des combattants n'avait encore franchi le portique de pierre.

Abrités de la chaleur sous des pergolas de toiles, les nobles et les diplomates étrangers ainsi que les représentants des gouverneurs de provinces buvaient des liqueurs sucrées et mangeaient des pâtisseries. Des esclaves les éventaient tandis que d'autres transmettaient des messages et des cadeaux de bienvenue. Les hauts gradés de l'armée, rassemblés dans une des loges d'honneur, gardaient la mine sévère et l'œil aiguisé. Les riches commerçants bénéficiaient de fragiles auvents alors que la populace, les artisans et les journaliers qui avaient été admis les derniers, supportait avec courage le poids de ce soleil hivernal qui faisait pourtant suinter l'humidité des vieux murs.

L'excitation, mais aussi la frustration étaient à leur comble. Ces combats, s'ils avaient l'apparence de joutes entre gladiateurs, étaient en fait très différents. D'abord, puisqu'aucun des jeunes princes n'était réellement connu, personne ne pouvait prendre sur eux le moindre pari. Ensuite, le survivant de ces combats à mort deviendrait le maître incontesté de l'empire.

Respectant le cérémonial à la lettre, la marâtre du quatrième monde avait été conduite dans un endroit à part, car interdiction lui était faite d'assister aux joutes. Les domestiques attachés aux princes étaient eux-mêmes enfermés dans le corral. Un bataillon d'hommes de silex, sous la supervision du capitaine Minomen, veillait à la sécurité de l'arène. Et il revenait au grand chambellan la tâche, ô combien honorifique, de s'adresser à la foule avant que n'entrent les combattants !

Ils franchirent le portique à tour de rôle et furent accueillis par des acclamations enthousiastes. Portant casques, armures et jambières de métal, affublé chacun soit d'un glaive et d'un bouclier, soit d'un long kaïbo, il était impossible, même pour eux, de se reconnaître les uns les autres.

Sarcolem s'était habillé sans l'aide de personne. Puis, aussi furtivement qu'un félin en chasse, il était entré dans l'arène à la suite de ses six fils.

Saisis de surprise, impressionnés ou intimidés par la réaction de la foule, les princes se considéraient, incertains de la conduite à tenir.

Certains d'entre eux s'étonnèrent-ils de compter un septième combattant parmi eux ?

Un gong donna le signal du début des combats.

Chacun des princes avait été la veille informé des règles strictes encadrant les duels : ils s'affronteraient à un contre un seulement et jusqu'à ce que mort s'ensuive.

Sarcolem se ressentait encore de sa pénible résurrection. Sa peur était sans doute égale à celle des princes. Peur de faillir. Peur de succomber à la suite d'un coup malheureux.

Ces éternels retours dans l'arène, qu'il s'imposait au nom d'un principe auquel il croyait fermement, verraient triompher le meilleur d'entre eux. En cela, il restait fidèle à son précepte selon lequel le plus vaillant obtiendrait la couronne. Pourtant, c'est les mains moites qu'il se positionna face à son adversaire.

D'autres paires de combattants se formaient également.

Si sa mémoire était exacte, les six princes avaient respectivement vingt, vingt-trois, vingt-quatre, vingt-sept, vingt-neuf et trente-et-un ans. Les trois premiers étaient de véritables frères qu'il avait eus avec la même femme. Pour les autres, il n'était sûr de rien.

À considérer l'étincelle qui brillait dans les yeux de son adversaire, le jeune homme se posait de sérieuses questions. Et, peut-être, d'où ce septième combattant pouvait-il bien sortir ?

La foule commençait à réagir. Timidement, d'abord – les gens n'assistaient qu'à un seul combat de ce genre dans toute leur existence ! Puis, avec de plus en plus de vigueur et d'allant : critiquant l'un ou l'autre des princes dont ils jugeaient le style mou ou trop brutal; commentant un audacieux coup d'épée ou une savante esquive.

Sarcolem lui-même avait affaire à forte partie. Le prince en face de lui se battait avec adresse. Ses parades et ses attaques, toutes plus rapides les unes que les autres, le forçaient à se surpasser.

L'empereur avait préféré utiliser le kaïbo, léger et maniable, plutôt que l'épée. C'était, hélas, se priver du bouclier qui venait avec !

Autour de lui, une deuxième paire de princes s'affrontait avec rage, tandis qu'une troisième croisait mollement le fer.

Déjà, la sueur coulait dans les yeux de Sarcolem. Ses douleurs étaient-elles plus vives que lors de sa précédente résurrection ? De folles questions fusaient dans son esprit.

Et si la puissance des sangs mêlés décroissait avec les années ? Et si la période de résurrection s'allongeait subrepticement à chaque fois ? Un choc, sur son poignet droit, faillit lui arracher le kaïbo des mains.

Le septième prince guettait le moment où, un de ses frères ayant été vaincu, il serait forcé de combattre à son tour.

Soudain, un des princes rompit le combat et s'élança vers le mur de l'arène. Un noble installé au premier rang se moqua en insinuant qu'il cherchait à s'échapper. Un homme de silex planta aussitôt sa lance dans les reins du fuyard. Les règles, inflexibles, ne permettaient aucune échappatoire.

Il ne restait maintenant que six prétendants. Celui qui était resté à l'écart fut poussé en avant. Les combats reprirent de plus belle.

À la manière dont les princes se cherchaient des yeux, Sarcolem comprit qu'ils tenaient surtout à se reconnaître.

L'un d'eux y parvint sans doute, car il tomba aux genoux de son adversaire, lâcha son glaive et lui offrit sa gorge.

L'empereur était toujours impressionné par ces sacrifices spontanés. Certes, le fait de vivre ensemble devait avoir créé des liens forts entre les princes. Les plus faibles, condamnés d'avance, devaient s'entendre avec les plus forts pour mourir rapidement et, ainsi, leur laisser toutes les chances.

Ces alliances hors nature suscitaient des réactions diverses dans la foule. Certains voyaient dans ces sacrifices des actes d'amour inconditionnels. D'autres au contraire ne comprenaient pas qu'un homme puisse dépasser sa peur de mourir et abandonner toute velléité de vivre.

Vint un moment où il ne resta plus que quatre combattants…

Sarcolem ne savait pas si son adversaire était aussi proche que lui de l'épuisement.

Tenir, se répéta-t-il. Tenir une seconde de plus que lui !

Une vive douleur lui transperça la poitrine. Un flot de sang jaillit entre ses doigts.

Prêt à bondir, son adversaire venait de l'atteindre au côté.

Sachant bien que, s'il tombait, il n'aurait pas cette fois la possibilité de boire l'élixir de sang mêlé, Sarcolem sentit monter en lui un regain de force et de courage.

Soudain, il glissa sur le sable mouillé de sang, tomba et perdit son kaïbo.

Son adversaire bondit, glaive tendu.

Sarcolem tâtonna pour trouver le manche de son kaïbo… et trouva le bouclier abandonné par son rival. Il le saisit et le tint non pas à plat, mais l'arrête présentée devant lui, au niveau de son visage. Le prince hoqueta, puis tomba face contre terre : la pomme d'Adam écrasée par le bord acéré du bouclier !

Battant le sol des estrades avec les pieds, la foule semblait en transe. Le visage brûlé par sa propre sueur, Sarcolem réussit à se hisser sur les genoux.

Où en était l'autre paire de combattants ?

Il tourna la tête. Chaque mouvement lui arrachait un gémissement. Il repéra les deux adversaires immobiles. S'étaient-ils empoignés dans un même élan ?

L'un d'eux repoussa son frère mort et se releva. Sarcolem fit à son tour un effort surhumain pour se redresser.

Suspendus au moindre de leurs gestes, les spectateurs étaient véritablement hypnotisés. Blessé, semblait-il, autant que Sarcolem lui-même, le prince leva son kaïbo. Un pas, un second. Un mètre de distance, un demi-mètre. La lame étincelante se rapprochait dangereusement de la gorge de l'empereur.

Sarcolem voulait ôter son casque pour happer une goulée d'air. Mais nul prince ne pouvait, sous peine de mort, se dévoiler la face avant la fin des combats.

Le souvenir fugace d'un de ses derniers rêves lui revint en mémoire. N'avait-il pas combattu Torance en personne, juste avant de succomber au sabrier vengeur de son impératrice ?

L'idée cocasse que le messager de la déesse s'était réincarné dans ce fils qui rampait vers lui le fit sourire.

Il souhaita perdre connaissance avant que la lame du kaïbo ne lui tranche la gorge. C'était la première fois qu'il se retrouvait en aussi mauvaise posture lors d'un combat. Était-ce un signe du destin ? Le Mage errant ne se trouvait-il pas assis dans les gradins ? Ne riait-il pas, lui aussi ?

Une autre idée lui vint. Ne s'était-il pas écoulé plus d'une minute depuis que l'autre prince s'était relevé ?

La foule hurlait. À bien écouter, il s'agissait davantage d'une clameur de liesse que d'un cri de dépit.

Lorsqu'il comprit enfin la situation, Sarcolem trouva la force de se remettre debout. Sa vue était trouble, mais il finit par voir que le dernier prince, s'il s'était relevé, gisait à présent inanimé sur le sol de l'arène.

SARCOLEM VIII

La salle du trône avait été parée de neuf pour l'occasion. Entre les colonnes flottaient les plus belles et les plus chatoyantes draperies de soie. Des bouquets de roses égayaient les murs. Leurs pétales jonchaient les dallages. Des notes légères de lyre et de tréborêt s'envolaient au milieu des fumerolles d'encens éparpillées à bout de bras par des jeunes vestales.

Selon la tradition, le prince vainqueur devait marcher seul au milieu de sa nouvelle cour jusqu'au trône recouvert d'un drap frappé du lion et du serpent – les deux animaux figurant sur les armoiries impériales.

Parvenu sur le troisième des sept degrés menant au fauteuil sacré, Sarcolem se retourna et ôta enfin son casque. Au moment où tous contemplaient son visage, il eut véritablement l'impression de renaître.

Le grand chambellan se présenta alors devant lui et procéda à l'examen de son épaule droite. Il vérifia que la *marque des Sarcolem* – un cercle dans lequel était figuré le profil d'un lion – était bien incrustée dans sa chair. Chaque prince né de l'empereur précédant étant marqué au fer rouge dès sa naissance, la présence du *sceau léonique* garantissait que le vainqueur était bel et bien un prince et non un imposteur.

Il lui demanda son nom.

Bien que ses blessures les plus apparentes aient été hâtivement lavées et recousues, Sarcolem frôlait l'épuisement. Il se plia néanmoins de bonne grâce à ces vérifications d'usage et se rappela *in extremis* le prénom qu'il avait lui-même fait ajouter à la liste officielle des princes majeurs – Éaron. On s'enquit pour la forme s'il voulait être intronisé empereur sous ce nom-là. Mais, ayant été mis au courant d'un certain nombre de choses durant son transport triomphal vers le palais, il répondit qu'il consentait à endosser le patronyme de Sarcolem, huitième du nom.

Il avait conscience que les grands de l'empire, courtisans et les hauts gradés de l'armée réunis, le toisaient à la recherche d'une ressemblance physique avec l'empereur défunt.

Sarcolem rit tout bas, car s'il avait retrouvé ses vingt ans, l'ossature de son visage, son front bombé, son regard noir charbonneux, son nez et ses lèvres fortement marquées ne pouvaient que rappeler les traits de celui qui désormais, au regard de l'historien, serait considéré comme son « père ».

Il s'assit sur son trône. Le général Arbaros posa sur sa tête la triple couronne de bronze, d'argent et d'or aussi appelée « couronne-mosaïque » ou « multicouronne », car en recevant l'intronisation suprême, le nouvel empereur acceptait de devenir le seigneur d'une multitude de peuples qui étaient autrefois farouchement indépendants et opposés les uns aux autres.

Un esclave lui couvrit les épaules du lourd manteau pourpre de cérémonie en lui murmurant à l'oreille les paroles sacramentelles : « N'oublie pas que tu n'es qu'un homme. » Mots qui en l'occurrence faillirent faire éclater de rire Sarcolem.

Soudain, la foule se scinda en deux et six hommes de silex, devancés par le capitaine Minomen, lui amenèrent la dépouille du précédent monarque. Couché sur une somptueuse litière, sa doublure embaumée, parfumée et revêtue de son masque funéraire avait fière allure !

Le nouveau souverain s'approcha du cadavre. L'instant était précieux et constituait une sorte de paroxysme dans la cérémonie dite des « deux empereurs ». Le jeune monarque joignit ses mains ouvertes sur son front et prononça une courte prière. Puis, dans un geste hautement symbolique, il s'empara du collier et de la gemme que portait encore le défunt.

Lorsque Sarcolem passa la sangle de la pierre du destin à son cou, une ovation fit vibrer les colonnes de la grande salle. Un chœur composé des voix angéliques d'une vingtaine de jeunes novices s'éleva, fluide et solennel.

Il ne restait plus à présent qu'un seul détail à régler. Celui, tout nouveau dans l'agenda du cérémonial, qui voulait que le nouvel empereur soit bénit par le « Premius » de la toute nouvelle religion en vigueur dans l'empire.

Cerbio Staphen s'approcha à son tour, suivi en procession par onze de ses principaux légides. Autrefois, l'empereur était intronisé par chacun des grands prêtres des anciens géants et géantes. Sarcolem accepta de baisser la tête et de recevoir la sainte onction des mains du Premius en se disant qu'une bénédiction en valait une autre et qu'un dieu élu – Torance – remplaçait simplement les douze anciennes figures mythiques.

Le poids conjugué de son manteau et de sa couronne aggravait son mal de tête. Il avait hâte, maintenant, d'être conduit dans ses appartements et de prendre enfin un peu de repos.

Demain ou après-demain commencerait le véritable travail.

★

Frais lavé, rasé de près, vêtu d'un pello de soie blanche et l'esprit beaucoup plus clair que la veille, Sarcolem attendait de pied ferme ceux qui prétendaient être ses principaux collaborateurs. Entrèrent, introduits par un maître chambellan, Simiur Soled, le général Arbaros, le Premius Cerbio Staphen ainsi que Prégorus qui était désormais le chef de ses anciens cristalomanciens.

Le jeune mystique gardait la mine basse. Sarcolem, désormais surnommé – pour un temps du moins – « Le jeune », s'approcha de lui.

— As-tu fait ce que je t'ai commandé hier ? s'enquit-il.

Pour toute réponse, des esclaves amenèrent une litière en bois sur laquelle reposait un corps recouvert d'un vulgaire drap de toile.

Prégorus tomba à genoux.

— Majesté, les troubles engendrés par la mort brutale de votre père ont semé la violence et la mort dans les rues de Goromée, et...

Pris d'un affreux soupçon, Sarcolem souleva le drap.

Amrina, aussi belle et sereine qu'il l'avait connue, semblait dormir paisiblement. Sa blondeur et sa pâleur étaient presque luminescentes.

L'empereur réprima un tremblement de tout son corps. Durant les étapes de sa « résurrection », une idée avait fait son chemin dans sa tête et dans son cœur. Amrina lui semblait une réponse à ses attentes secrètes, à son envie de connaître enfin un amour partagé.

Il caressa le visage de porcelaine et trouva la peau si tendre et si tiède qu'il se fit violence pour ne pas la prendre dans ses bras.

— Nous l'avons retrouvée au milieu d'autres innocentes victimes, Majesté…, poursuivit Prégorus d'une voix rauque.

Les autres dignitaires étaient ébahis. Comment ce prince élevé dans le corral était-il au courant de l'existence de cette fille qui avait été l'amie du précédent empereur ?

Sarcolem se releva brusquement. En cet instant plus qu'en tout autre, le nouvel empereur ressemblait à son défunt père.

Il planta son regard dans celui de Prégorus. Amrina était-elle vraiment morte par accident ? Alors que tous l'observaient avec étonnement, Sarcolem sut qu'il ne pourrait jamais, sans susciter de vifs soupçons, savoir ce qui s'était réellement passé.

Recouvrant le visage de celle qui aurait pu devenir son premier amour véritable, il ordonna qu'on le laisse seul.

Les dignitaires se retirèrent pompeusement. Sarcolem se moquait des pensées qui devaient les agiter. Il savait seulement qu'à nouveau il était seul. Et que, seul, il allait entamer un nouveau règne.

★

Mérinock n'eut pas besoin de s'annoncer avant de pénétrer dans le grand sanctuaire de Shandarée où l'attendaient ses frères, les onze Vénérables d'Évernia. Venu des nombreuses sphères lumineuses de la déesse pour cette importante rencontre, chaque Mage savait exactement où en était le Grand Œuvre.

Ils frappèrent à tour de rôle les dalles de bromiur de la pointe de leur kaïbo. Les douze notes ainsi créées façonnèrent une quiba d'énergie à l'intérieur de laquelle les Vénérables seraient certains de ne point parler avec leur tête, mais seulement avec leur cœur.

Mérinock courba la nuque, ce qui était le signal du début de la période de questions. Les Vénérables formaient un cercle autour de lui, tandis qu'il restait debout, les paumes ouvertes dirigées vers le haut. Il savait d'avance que plusieurs de ses frères partageaient ses idées et sa vision, alors que d'autres s'interrogeaient sur ses méthodes.

— Le Grand Œuvre prend une tournure qui échappe à votre contrôle, frère, fit un de ceux-là.

Il n'était nullement ici question de conflit d'intérêt, d'accusation, de jugement ou de critiques – Mérinock le savait bien. Les Vénérables formaient un ensemble d'Êtres harmonieux, et chacun avait la charge d'un des aspects réglant la vie dans les sphères célestes. Ils avaient simplement conscience que l'équilibre des mondes était fragile et que les efforts des uns pouvaient avoir des répercussions sur la tâche des autres.

— Mes frères, le Grand Œuvre se poursuit tel que prévu, répondit Mérinock.

Il rappela qu'il n'avait jamais été question de ne livrer aux peuples que des préceptes de vie. Que la toile de Maestreiya, mise en place grâce aux initiations de Torance et de Shanandra, avait purifié les espaces subtils de la planète.

Un des Vénérables approuva. Un autre fit remarquer que les hommes avaient tôt fait, cependant, de détourner les « préceptes » afin de créer une nouvelle religion.

— C'est le propre des hommes que de vouloir tout structurer, plaida Mérinock.

Car structurer, c'était créer un système qui permettait de contrôler et de dominer les masses : un réflexe inné, surtout chez les êtres qui cherchaient à se distinguer en régentant leurs semblables.

— Nous savons que cette mystification est l'œuvre d'un homme en particulier, frère ! dit un autre Vénérable.

Mérinock attendait cette remarque.

— Certes, j'ai laissé Sarcolem s'emparer du pouvoir des sangs mêlés. C'était un risque à courir que j'assume pleinement.

Mérinock reprit d'une voix à la fois calme et ample :

— De tous les messagers que j'ai choisis pour accomplir notre Grand Œuvre, Sarcolem est, je l'avoue, le plus fascinant. Si plusieurs de mes protégés ont opté d'emblée pour le Sentier lumineux, d'autres ont plongé dans la matière dense. L'empereur est très vite devenu l'esclave de son ego démesuré. Nous savons tous, heureusement, que la lumière revient à l'homme grâce, aussi, à l'action de cette part d'ombre qui vit en lui.

— Sarcolem porte la responsabilité d'immenses souffrances.

— Il a par sa folie, je vous l'accorde, forcé des milliers d'âmes incarnées à choisir entre la voix de leur Âme supérieure ou bien celle de leur ego. Mais n'est-ce pas ainsi que les peuples, souvent, progressent ?

Il ajouta que Torance aussi avait, au terme de sa vie, choisi de céder aux obsessions de son ego. Qu'il était mort la rage au cœur et qu'il s'était de lui-même exilé dans des « brumes de Shandarée » dont il n'était, jusqu'à présent, pas encore ressorti.

— Chacun de mes messagers est faillible, c'est vrai ! ajouta-t-il. Si Shanandra, Lolène et Cristin se sont révélés à eux-mêmes. De vie en vie, la plupart des autres sèment autour d'eux plus d'ombre que de lumière. Mais, j'en reste convaincu, les événements qu'ils suscitent amènent des bouleversements positifs.

— Ainsi, vous pensez que cette nouvelle religion, mise en place par Sarcolem, sera favorable à long terme au progrès des âmes ?

— Toute société humaine a besoin de concepts spirituels et d'un cadre moral pour avancer. Il sera de mon devoir de veiller à ce que la vérité des préceptes ne se perde jamais sous les dogmes.

Mérinock s'interrompit, car il prenait là un engagement des plus solennels.

— Vous tenez donc à ce que le cours des événements se poursuive tel quel ?

— Les règnes successifs d'un même homme sont contre nature. Mais, Sarcolem l'a prouvé, l'empire est, jusqu'à présent, un cadre de vie des plus stables si on le compare aux autres royaumes. Les âmes qui descendent vivre dans la nouvelle Gorée évoluent plus vite que par le passé. Je ne désespère ni de Sarcolem ni de mes autres protégés.

Il songeait à cet instant à quel point l'empereur avait commencé à changer depuis qu'il avait entrevu sa propre lumière grâce à Amrina. La perte de son « amie » pouvait bien avoir ranimé sa tristesse, sa solitude et son désespoir. Mais il avait goûté pendant quelques mois à une sorte de promesse de bonheur. Et, comme à un fruit savoureux dans lequel on n'a croqué qu'une seule fois, le souvenir de ce bonheur possible allait mûrir, lentement, mais sûrement.

Un jour prochain, Sarcolem serait prêt, enfin, à vivre une véritable réconciliation avec lui-même.

— Oui, répéta encore Mérinock avant de quitter le sanctuaire de Shandarée, je crois en chacun de mes messagers.

Troisième partie

Le temps des Saints
An 381-401 Après Torance

Seuls les bienheureux savent que la vie et la mort sont justes en toute chose et pour chacun. Tous les autres, aveuglés par leur ego, pensent qu'il faut être vil, cruel et calculateur pour gagner son paradis.

Orgénus de Nivène

UNE FLEUR DANS LA NUIT

Goromée, capitale de l'Empire de Gorée, an 381 après Torance.

L a nuit était profonde et la lune, blafarde et éthérée, encore dans son dernier quartier. Les précepteurs alignèrent les jeunes princes en file indienne. Certains enfants paraissaient encore endormis. Mais un œil avisé aurait compris que la plupart d'entre eux vivaient une torpeur sans nom.

Sarcolem, douzième du nom, observait la scène, caché dans les passages secrets dont le tracé lui était familier depuis près de quatre cents ans. La mine tendue, le jeune souverain avait soigneusement préparé le départ de ces huit bambins âgés de quatre à neuf ans.

Tandis que les précepteurs remettaient à chaque enfant un paquetage contenant des vêtements propres et un nécessaire de toilette, Sarcolem se remémorait les derniers événements.

Une fois encore, il était mort – cette fois-ci, des suites d'un mal qui lui avait rongé le ventre durant des mois. Une fois encore, ses proches avaient procédé aux différentes étapes du cérémonial de succession au trône. Le combat des princes avait eu lieu deux mois plus tôt.

L'empereur, âgé de vingt ans de nouveau, grimaça sous la douleur aiguë qui transperça sa cheville droite : souvenir d'une blessure reçue dans l'arène et dont la guérison prenait plus de temps que prévu.

La file des princes s'ébranla. Le visage de Sarcolem, d'ordinaire sévère, était cette fois presque tendre car, s'il avait encore dû tuer un de ses fils pour récupérer sa couronne, il savait qu'aucun prince mineur n'était mort dans le corral par sa faute en près de deux siècles.

L'empereur s'arrangeait toujours pour qu'ils boivent l'élixir de l'oubli et qu'ils soient donnés en adoption dans des familles honnêtes qu'il dotait généreusement afin que les enfants soient bien traités, restent dans l'ignorance de leur véritable origine et reçoivent une éducation de qualité.

Au fil des ans, plusieurs d'entre eux, devenus des hommes, étaient d'ailleurs revenus à Goromée. Certains, même, au palais impérial pour quémander un emploi !

Les princes furent rejoints par une unité d'hommes de silex. Parvenus devant l'impressionnante grille du corral, on les fit monter dans un chariot couvert tiré par quatre chevaux. Il y eut de brèves embrassades. Les enfants croyaient partir en vacances et ne comprenaient pas pourquoi certains de leurs précepteurs pleuraient.

À l'évocation de tous ces souvenirs, Sarcolem frémit. Ces éternels retours au pouvoir étaient stressants et fatigants. Une période d'instabilité et d'incertitude était inévitable; autant dans l'empire que dans la cité, au palais, et, surtout, dans son propre cœur !

Sarcolem écouta le bruit des sabots des chevaux décroître sur le chemin qui conduisait les princes vers une vie nouvelle.

Après s'être assuré que cette partie du corral, appelé le « deuxième monde », était désert, il sortit du passage secret et déambula dans les appartements vides. Demain, les précepteurs reviendraient pour nettoyer les chambres, vider les armoires et remiser les jouets. Le bâtiment serait fermé jusqu'à ce que le nouveau souverain commence à son tour à avoir des enfants.

L'empereur tressaillit. Avait-il, en même temps que cette blessure à la cheville, hérité d'une fièvre maligne ?

Il franchit une porte cochère, ouvrit une vieille serrure avec une clé qui pendait à son trousseau, passa dans le troisième monde – aussi désert que le précédent –, puis dans le quatrième qui avait jusqu'à dernièrement hébergé les princes majeurs. Ces derniers étaient les moins bien lotis, puisque Sarcolem sortait toujours seul survivant des affrontements.

Au-delà des jardins réservés à ces princes condamnés était située la crypte qui contenait leurs ossements.

Sarcolem descendit les degrés de pierre. C'était la première fois qu'il se rendait dans la crypte. Seul au milieu des catafalques soigneusement rangés dans des niches de pierre, le jeune homme crut qu'il perdait la raison.

N'avait-il pas, à la fin de son dernier règne, traversé une longue période de lassitude, voire de dépression ? Et n'avait-il pas songé, à une ou deux reprises, à mettre fin définitivement à ses jours ?

Heureusement, cette partie de lui qui jusqu'à présent aspirait toujours à vivre pour construire et modeler l'avenir avait su retenir sa main.

« Tu es las et tu le sais… »

Ces quelques mots retentirent dans sa tête alors qu'il posait la main sur le cercueil où reposait le prince majeur qu'il avait dû vaincre pour reconquérir son trône.

Sarcolem fronça les sourcils. Son rythme cardiaque s'accéléra. Il se retourna, vérifia qu'il était bien seul dans la crypte.

Rasséréné, il revint à ses pensées.

Ce prince aurait pu, avec plus de chance, d'adresse ou d'emprise sur lui-même devenir le premier empereur réellement « nouveau ».

Sarcolem frissonna encore.

« Ces princes sont tes fils. Tu en as sauvé pas mal. Mais crois-tu que le rachat de la majorité excuse la mort des autres ? »

Cette fois-ci, l'empereur crut réellement que la voix ne résonnait pas seulement dans son crâne, mais aussi dans la crypte.

Les armes des princes vaincus étaient plantées dans un rocher placé au centre de la crypte. Toutes sauf une, probablement oubliée. Un kaïbo. Celui-là même qui avait failli le tuer dans l'arène.

Sarcolem s'en empara et interrogea les ténèbres.

— Qui va là ?

Sa voix se répercuta en échos. Il crut, dans ce vrombissement de sons, reconnaître les rires des princes morts.

Encore incertain des raisons qui l'avaient poussé à sortir de ses appartements pour visiter le corral, il se hâta de ressortir. Un moment, il crut que la lourde porte s'était refermée et voulait le garder prisonnier. Il paniqua en cherchant la bonne clé.

Peinant à cause de sa douleur à la cheville droite, il se rendit jusqu'à une poterne à moitié cachée par la végétation. Dérangea un hibou. Fit gémir un barnane qui avait trouvé refuge dans une anfractuosité du mur.

Lorsqu'il s'extirpa enfin du corral, Sarcolem boitilla jusqu'à une seconde enceinte. Là, il se plaqua au sol, car deux sentinelles patrouillaient le secteur. Il rit tout bas en songeant aux explications qu'il devrait fournir si jamais il était arrêté !

Il gagna ensuite le chemin de ronde de l'enceinte principale du palais, s'engouffra dans une des guérites de surveillance, dévala les degrés de pierre. Une de ses clés lui ouvrit une poterne.

En se retrouvant dans la cité, il eut l'étrange impression de s'être évadé de prison. La sensation de fièvre et d'oppression s'évanouit aussitôt.

Il ne vit pas l'homme qui l'observait du haut des remparts. Portant sa quiba sur le visage, le Mage errant plaça son poing fermé au-dessus de sa tête et laissa une fine poudre dorée s'échapper de sa main.

Lui qui n'avait pas reparu dans la vie de Sarcolem depuis cent ans était aujourd'hui de retour. Avant de disparaître, il prononça d'autres mots que l'empereur fut le seul à entendre :

« Aujourd'hui, tu es enfin prêt... »

★

La vie nocturne, à Goromée, n'était jamais aussi animée que durant les mois d'été. Cela faisait bien longtemps que Sarcolem n'était pas sorti de son palais pour se promener seul dans sa cité.

Chaque fois que l'envie lui en prenait – deux ou trois fois par règne environ –, il repensait à ces jours féériques durant lesquels il avait eu la chance de côtoyer la jeune et fraîche Amrina. Il se rappelait leurs ballades dans les rues, les questions ingénues de son amie. Il avait autrefois tenté de lui faire partager sa passion pour l'homme. L'homme simple et travaillant, l'artisan, le faiseur d'objets. Autant dire le magicien. Car, du tanneur de cuir au potier et au galvassier, du tisserand au vitrier, de l'artiste avec ses craies ou son ciseau de sculpteur au marchand d'épices et de vins, l'homme, malgré tous ses défauts, était un créateur.

Les rues de ce quartier de la haute-ville n'étant pas assez vivantes à son gré, Sarcolem franchit la seconde enceinte, puis la troisième où vivait la plèbe et où grouillait à son avis la vraie vie.

Il connaissait fort heureusement les portes les moins surveillées et ne fut guère surpris de pouvoir se faufiler entre les postes de garde; notamment parce qu'à cette heure-là les officiers dormaient et que soldats et prostituées faisaient bon ménage.

Afin de ne pas être gêné dans sa progression par le kaïbo du prince vaincu qu'il avait machinalement emporté avec lui, Sarcolem déboîta les deux parties de l'arme et les glissa sous les pans de sa tunique.

De temps à autre, quelques passants le dévisageaient. De quoi pouvait-il avoir l'air à leurs yeux? D'un jeune homme hagard au visage taillé à la serpe, aux traits fortement marqués et au front déjà plissé de rides? (L'empereur avait toujours eu le front soucieux). Remarquaient-ils sa claudication ou bien portaient-ils davantage attention à son air frondeur?

Une chose était certaine : s'il portait la toge d'un noble, son allure était celle d'un jeune loup. Et il devait peut-être à son air bravache naturel – cette assurance qu'il avait d'être immortel ! – de faire baisser le regard aux plus endurcis.

Car à cette heure de la nuit, même si durant son dernier règne il avait imposé des flambeaux à chaque maison et réduit ainsi la criminalité de moitié, seuls les malandrins, les ivrognes et les coupe-jarrets sortaient des entrailles de la cité.

Il atteignit le plus proche canal sans encombre et loua une *barque canuléenne* pour quelques pièces de bronze.

Manier la rame lui avait toujours fait le plus grand bien. Ses courtisans lui faisaient d'ailleurs remarquer, de règne en règne, qu'il ramait comme seul un *pagayier* de la cité en était capable. Ces pagayiers étant les *maîtres mariniers* des canaux, le commentaire était un réel compliment.

Lorsqu'il était songeur ou contrarié, Sarcolem aimait ramer sur les canaux de la ville, la nuit. Il passait devant les grandes réalisations architecturales dont il avait doté Goromée au fil des siècles, et se rassurait sur son utilité en contemplant les ponts, les théâtres, les halles, le nouveau port, les bâtiments, le dispensaire des enfants trouvés et la nouvelle *Aménourah* qu'il avait, en tant que Sarcolem, dixième du nom, offert aux artistes, cinquante ans auparavant.

Toutes ces œuvres avaient modernisé la cité et façonné l'âme de ses habitants. Cette réussite à elle seule vint mettre un baume dans son cœur. Au fil des siècles, chaque province ou presque de l'empire avait ainsi bénéficié de ses largesses.

Sarcolem songeait que les légides du Torancisme, la religion d'État, avaient dans chaque province obtenus de l'empereur d'imposantes basiliques de pierres blanches qui s'élevaient à l'endroit même où l'on célébrait jadis le culte des anciens géants et géantes. Oui, s'il avait autrefois fait tuer le Prince Messager Torance et pourchassé ses compagnons, il s'était racheté en instituant le Torancisme qui servait aujourd'hui de guide spirituel à tous les peuples de l'empire, et même d'ailleurs !

Soudain, des pleurs attirèrent son attention.

Il prit une des torches placées dans le fond de sa barque en promena la flamme sur l'eau noire du canal presque désert. De chaque côté s'élevaient les édifices, leurs portes closes, leurs fenêtres aveugles. Certaines étaient fermées par de lourds panneaux de bois peint; la plupart, juste voilées par d'épaisses tentures huilées.

L'origine des pleurs se précisant, Sarcolem se pencha. Sa main heurta une conque en bois d'amangoye. Les pleurs provenaient de l'intérieur.

Intrigué, il dénoua la corde négligemment passée à travers des anneaux sculptés dans la conque, et l'ouvrit.

Enveloppé dans des langes sales, un bébé pleurait ! Son visage encore plissé était mouillé de bave. De minuscules yeux bruns et humides le contemplaient. Une bouche réduite à un bouton de rose, un nez délicat et froncé, des mèches noires jaillissant d'un bonnet en laine terminait cet étonnant portrait.

Quand le jeune empereur réalisa enfin que le poupon s'était arrêté de pleurer, d'autres cris s'élevèrent de la berge. Il y eut un bruit de fuite. Des bacs à ordures furent renversés.

Sarcolem ramena sa barque près du bord et chercha un endroit pour y enrouler son cordage. Dans sa tête, ces deux événements – la découverte du poupon et les cris – étaient intimement liés. De quelle manière ? Il n'aurait su le dire, mais ce mystère l'obsédait.

Il prit le bébé dans ses bras et le serra contre lui durant quelques secondes.

— Je ne t'abandonne pas, lui dit-il. Je te remets dans ta conque, mais je vais revenir.

Il emboîta les deux moitiés de son kaïbo et sauta sur la rive.

« Tu es prêt ! », répéta encore la voix du Mage errant entre ses tempes humides de transpiration.

★

Il n'eut pas à courir longtemps pour rattraper les quatre hommes et la jeune fille qu'ils étaient en train de molester. L'un d'eux avait déjà arraché son pello de toile et tâtait sa poitrine. Un autre promenait ses mains le long de ses cuisses. Un troisième, tenant la fille par les cheveux, approchait son visage du sien.

— Alors, tu croyais nous échapper !

— Tu connais la loi !

La fille cracha au visage de son tortionnaire.

Elle était brune et sauvage. Son corps, bien qu'écartelé par les brutes, paraissait aussi nerveux que celui d'une jeune pouliche. Elle cria quand l'un des hommes tenta de l'embrasser.

Sarcolem jaillit de l'ombre.

La vue d'un kaïbo, l'arme noble des riches et des mystiques, avait de quoi impressionner un brigand.

Celui qui tenait la fille par la taille approcha la flamme de sa torche de la hanche nue, et lança en ricanant au nouveau venu :

— Si tu la veux, il faudra payer !

Sarcolem comprit que cette fille était une prostituée, et ces hommes ses protecteurs. Voulait-elle mettre fin à leur entente ? Ces situations étaient courantes dans la cité, et l'on ne comptait guère de semaines sans que l'on retrouve des cadavres de filles dans des tas d'ordures ou bien flottant au gré des canaux.

Le jeune empereur égorgea un premier brigand.

— D'autres volontaires ?

L'homme qui tenait la fille par les cheveux dégaina un glaive. Bien mal lui en prit, car il se retrouva les tripes à l'air. Celui qui tâtait les seins de la prostituée eut le poignet droit sectionné et s'enfuit en hurlant. Le dernier souteneur disparut sans demander son reste.

Dans un mouvement de pudeur presque enfantin, la prostituée ramena les pans de son pello sur son ventre.

— Seigneur, je… commença-t-elle.

Sarcolem posa un doigt devant sa bouche. Le brigand survivant, il le savait, allait revenir accompagné. Ces gens-là constituaient une organisation occulte dans la cité, une autorité avec ses règles, ses us et ses coutumes. Sarcolem avait eu beau leur livrer un combat sans merci au fil des siècles, cette vermine renaissait sans cesse de ses cendres.

Les traits tirés, les yeux immenses, la fille claquait des dents. Ses longues mèches noires cachaient la moitié de son visage et sa peau si claire qu'on l'aurait crue en porcelaine.

— Vous avez un endroit où aller ? lui demanda Sarcolem.

— Le canal, bredouilla-t-elle. Il faut que j'y retourne…

Sarcolem se souvint alors du bébé.

— Moi aussi.

Il la soutint par le bras en boitillant sans cesser de scruter les ténèbres.

Qu'est-ce qui lui avait pris de s'impliquer dans une vulgaire bagarre de ruelle ?

Ils regagnèrent la rive et retrouvèrent la barque.

— Embarquez ! s'écria-t-il en regrettant de n'être pas, cette fois-ci, entouré de ses fidèles hommes de silex.

Une rumeur s'enflait dans les rues avoisinantes.

— Ils arrivent…

Un babillement s'éleva de la conque.

— Je…, fit Sarcolem.

La prostituée ouvrit le berceau improvisé et prit le bébé dans ses bras.

— Ma fille, bredouilla-t-elle, les larmes aux yeux.

Les dernières pièces du puzzle se mirent en place dans l'esprit de Sarcolem. Avoir un enfant était pour une prostituée un acte proscrit par le code des brigands.

— Ils ont tenté de la noyer ? s'enquit l'empereur.

La jeune fille couvrait de baisers les joues du poupon.

— Comment s'appelle-t-elle ?

Elle le dévisagea sans comprendre. Elle était si sûre de ne jamais revoir son enfant qu'elle n'avait pas pris la peine de lui donner un prénom.

Un ange passa.

— Ma mère s'appelait… Belina, se rappela l'empereur.

Les brigands se massaient au bord du quai. Sarcolem s'en éloigna encore plus et dit gaiment :

— Vous, vous avez vraiment besoin d'un endroit sûr !

La porte de Wellöart

Montagnes d'Évernia, province de Milosia, dix-huit ans plus tard.

L e soleil allait bientôt se lever derrière la clairière enneigée et le flanc escarpé de la montagne sacrée.

Chaque année, aux alentours du solstice d'hiver, les premiers rayons de l'astre traversaient un vieil arceau de pierre élevé juste en son centre, illuminant les fresques sculptées dans ses piliers et activant, au-delà de la compréhension des hommes, de mystérieux mécanismes cosmiques.

À cette altitude, l'air était glacial, mais sec. Certains ermites ou voyageurs égarés avaient, au fil des ans, rapporté d'étranges histoires au sujet de cette clairière. Une d'entre elles faisait sourire. On racontait en effet que certains matins d'hiver, les pierres de l'arceau exhalaient une tiédeur venue d'un autre monde. Une autre légende laissait entendre que la nuit, on avait vu planer au-dessus de cette clairière des essaims d'oiseaux carnivores dont les ailes, aussi brillantes que le soleil lui-même, mesuraient au moins quatre mètres d'envergure. Quant aux élucubrations de ceux qui prétendaient qu'un peuple hautement civilisé vivait sur le plateau suspendu de *Wellö*, personne n'y croyait vraiment.

En cette heure proche du petit jour, un groupe de pèlerins cheminait en direction du fier arceau de pierre. Seul le bruit de leurs pas dans la neige et leurs respirations haletantes troublaient l'aube fluorescente.

— Encore un effort et nous serons hors de portée…, fit joyeusement l'un d'eux.

Même s'il approchait de la soixantaine, l'homme était vaillant. Sa barbe blanche constellée de givre encadrait un visage à la peau aussi rose que celle d'un nouveau-né. Mais son regard bleu azur, posé avec espoir sur le portique de pierre, était celui d'un sage. Le froid ne semblait pas avoir d'effet sur lui, même si, à l'instar de ses compagnons, il n'était vêtu que d'une toge rapiécée recouverte d'un kaftang ouvert à tous les vents.

Il échangea un sourire complice avec un homme au visage grave non moins fortement bâti que lui, et encouragea les deux jeunes gens qui peinaient à les suivre.

— Vous oublierez vos douleurs lorsque nous toucherons la pierre de la porte sacrée ! leur promit-il. Allez ! Allez !

Les deux apprentis raffermirent la bandoulière de leurs sacs sur leurs épaules et ronchonnèrent pour la forme. Ils avaient parcouru ensemble des centaines de verstes : une de plus ne les tuerait pas !

Soudain, le vieillard à la mine grave s'immobilisa.

— Que se passe-t-il ? interrogea un des deux jeunes.

— Rien. Continuez d'avancer !

Ils n'étaient plus qu'à une vingtaine de pas de l'arche quand les sapins alentour tressaillirent. Le jeune apprenti donna un coup de coude à son ami.

— Mais que fait-il ? s'enquit craintivement celui-ci en parlant du vieillard grave qui venait de s'arrêter.

Un ordre trancha net le silence de la montagne. Plusieurs destriers jaillirent des sapins alentour.

— Courez ! cria le vieillard.

L'homme à la barbe blanche tira à lui les deux apprentis. Tandis que les deux jeunes se hâtaient vers l'arche, le vieux sage fit volte-face.

Il voulut hurler : « Drapon ! Ils nous ont retrouvés ! » mais il s'enfonça dans une congère. Derrière lui, son compagnon de toujours se préparait à affronter les cavaliers. Une seconde plus tard, il était coupé en deux par le tranchant d'une lame monstrueuse.

Le vieillard comprit que leur long périple s'achèverait à l'endroit même où il avait cru, pourtant, trouver refuge. Il avisa ses deux apprentis, dont Pavis, qui était le plus doué. Allaient-ils avoir le temps d'atteindre l'arche, et ainsi être sauvés ?

Les cavaliers se ruaient dans sa direction. Lorsqu'ils furent sur lui, il entonna à voix haute une dernière prière pour recommander son âme à la bénédiction des sphères célestes, puis il ferma ses yeux à jamais.

Sa tête, décollée nette de son tronc, alla rebondir au pied du portique.

Quelques minutes plus tard, un officier accompagné par un jeune homme enveloppé dans un épais kaftang de cuir pourpre s'approcha des quatre cadavres alignés l'un près de l'autre sur le sol rougi de sang.

Doucement, l'officier dégagea les visages. Ceux des deux jeunes n'intéressaient pas l'homme en mauve.

— Alors ? s'impatienta celui-ci en frissonnant de froid.

— Prince Miklos, je crois que cette fois-ci nous avons suivi les bonnes personnes.

Le perfide sous-entendu déplut au fils de l'empereur Sarcolem XII. Heureusement, après des mois de chasse à l'homme et quelques tentatives infructueuses, leur mission était accomplie.

Un soldat lui tendit la tête du vieillard à barbe blanche.

— C'est bien Orgénus de Nivène, confirma le prince.

L'officier montra du doigt le corps coupé en deux du second vieillard.

— Et voici son frère Drapon.

Miklos considéra l'officier de sa garde et, se rappelant un détail essentiel, ordonna :

— Fouillez-les, tous ! Ils transportent avec eux de précieux documents.

— Votre père sera fier de vous, Altesse ! le félicita l'officier.

Miklos ne savait comment prendre ce compliment. Était-il sincère ou bien aussi venimeux que la réflexion de tout à l'heure ?

Il arracha des mains d'un guerrier la poche de cuir qu'on lui tendait et en vérifia soigneusement le contenu.

— Tout va bien ? s'enquit l'officier.

— Chargez les corps sur les mulets et rentrons à Goromée, répliqua le prince impérial.

Le soleil dépassait à présent l'arceau de pierre et ses rayons illuminaient entièrement la clairière.

Le prince se plaça entre les piliers sculptés. Il ne ressentait rien de spécial, en cet endroit, qu'il n'ait déjà ressenti ailleurs. Aucune chaleur, aucune vision ne le subjuguèrent. Il n'y avait ici que de la neige, de la glace, la silhouette sombre des conifères et ce froid mordant qui lui transperçait le corps.

— Cet endroit n'est rien de plus qu'un rêve mort, laissa-t-il tomber, vaguement déçu.

★

Le grand chambellan du palais avait annoncé qu'une fête serait donnée dans la soirée pour célébrer le retour du prince.

Mais, en attendant ces festivités, il restait à Miklos un dernier devoir à accomplir.

Casqué, rasé de près et vêtu de propre, il se rendit dans la salle où l'attendait son père. À son approche, les sentinelles firent le salut impérial et s'écartèrent. Miklos, qui était très grand pour ses dix-sept ans, dut se baisser pour ne pas heurter le fronton de pierre.

La pièce était sombre et ronde; son sol dallé et son plafond bas avaient exactement ce qu'il fallait de mystère pour exalter l'imagination d'un jeune homme. Mais Miklos, s'il était volontiers goguenard et d'humeur festive en public, craignait par-dessus tout les lieux confinés – une peur qu'il tenait, par fierté, à cacher à son noble père.

En apercevant les trois cristalomanciens de l'empereur qui se tenaient devant les cadavres rapportés des montagnes de Milosia, le prince s'assombrit.

— Mon fils, lui dit Sarcolem, ce sont bien eux... cette fois !

Le souverain, heureusement pour la susceptibilité de son fils, accompagna ces deux derniers mots d'un sourire bon enfant. Miklos n'avait jamais compris l'humour un peu noir de son père. Pour masquer son amertume, il se força à rire et trouva même une répartie qui, il le savait, plairait à l'empereur.

Sarcolem examina les dépouilles. On avait posé la tête d'Orgénus de Nivène sur son tronc, et replacé ensemble les deux moitiés du corps de son frère Drapon.

Sur un geste de l'empereur, un des cristalomanciens sortit un gros cristal vert des plis de sa tunique.

— Procédons.

Le mystique déposa sa gemme dite « de lecture des morts » sur le front blême du dénommé Orgénus.

Le contact fut presque aussitôt établi et le cristalomancien commença à parler à voix basse.

Sarcolem avait sommairement expliqué à son fils que le cristal de lecture des morts permettait de puiser, dans la mémoire de la personne décédée, des images et des scènes de son passé récent.

Il ressortit de ce monologue inspiré qu'Orgénus de Nivène, pourchassé par Miklos, avait réellement pensé trouver refuge à *Wellöart*.

— Mais Wellöart est une légende, père ! s'exclama le prince impérial.

Sarcolem sourit.

— Les légendes sont des histoires qui nourrissent l'imaginaire des peuples, mon fils. Mais nous, qui les dirigeons, ne devons jamais oublier que sous ces légendes se cachent souvent d'importantes vérités.

— Wellöart existe-t-il vraiment ?

L'ingénuité de Miklos ne cessait d'étonner le souverain. Comment un jeune homme par ailleurs si doué pour les armes et la politique pouvait en même temps faire preuve d'autant de scepticisme face à tout ce qui n'était pas clair, prouvé, évident ?

— Wellöart existe, oui. Les descendants des Servants du Mage errant y vivent encore de nos jours à l'abri de tout.

Ces mots, qui auraient autrefois suscité son courroux, sonnaient différemment aujourd'hui aux oreilles de l'empereur. Il observa le visage de son fils et comprit que bien des choses avaient changé dans sa vie.

— Majesté ? demanda poliment le cristalomancien. Dois-je poursuivre ?

— Faites.

Le mystique passa au second cadavre.

Drapon, le frère cadet d'Orgénus, était autant le conseiller du vieux sage que son garde du corps personnel.

Ses derniers moments, revisités par le cristalomancien, prouva à l'empereur combien Drapon avait été fidèle à son frère jusqu'à son dernier souffle.

— Cet Orgénus, père, était votre ennemi, n'est-ce pas ? interrogea Miklos.

Son fils, il le comprenait parfaitement, s'imaginait déjà en train de festoyer avec ses amis. À son âge, le devoir passait après le plaisir. Sarcolem n'avait jamais fonctionné ainsi et se surprenait à penser que cette philosophie propre à la jeunesse n'était pas forcément mauvaise.

— Orgénus était le chef de ces Fervents du Feu bleu qui prétendent être les dépositaires des véritables Préceptes de vie apportés jadis par Torance, dit-il.

Tous, dans la pièce, savaient à quel point la situation religieuse était tendue dans l'empire. Orgénus et ses semblables, que les peuples prenaient pour des saints hommes, prêchaient des théories qui allaient à l'encontre des dogmes officiels du Torancisme. Il était donc important et même vital de les faire taire, et aussi de récupérer leurs écrits afin de les détruire.

L'empereur poursuivit :

— Notre pouvoir repose sur l'Église et la foi que les peuples ont en elle. Pour traverser cette crise, nous devons soutenir le grand légide dans sa croisade contre les hommes tels Orgénus.

Le cristalomancien s'approcha des deux jeunes apprentis. Était-il nécessaire de les sonder également ?

Sarcolem fit signe que oui, car rien ne devait être négligé. Il avait certes récupéré les écrits d'Orgénus de Nivène : entre autres ceux qui parlaient directement de lui et l'accusaient d'être presque immortel – ce qui était la stricte vérité. Mais d'autres documents manquaient à l'appel.

L'air, dans la salle basse, commençait à être irrespirable. L'encens mélangé à la tourbe qui alimentait les torchères ne suffisait plus à couvrir l'odeur de renfermé.

Le cristalomancien avait posé son cristal sur le front du premier jeune – un blond aux traits efféminés – quand il lâcha soudain un cri d'effroi.

Ses condisciples vinrent le soutenir. L'empereur s'agenouilla près de lui.

— Eh bien ?

Le manieur de cristaux bredouilla :

— Ce jeune apprenti avait les documents manquants en sa possession, Majesté. Mais il…

Les mots venaient difficilement au manieur de cristaux. Il haletait et transpirait.

— Une blanche lueur lui est apparue et l'a enveloppé de la tête aux pieds. À l'intérieur de cette lumière, il faisait doux. Une voix parlait à l'apprenti. Et soudain…

Le cristalomancien sourit, ses yeux brillèrent de larmes.

— … soudain, une belle jeune fille s'est matérialisée. Elle avait les cheveux sombres, un regard de bronze, des joues pâles, une bouche…

Une bouche, se répéta Sarcolem, aussi tendu que s'il était lui-même le témoin de cette apparition mystique.

— Shanandra, laissa-t-il tomber.

Ce nom évoquait dans les dogmes du Torancisme officiel celui d'une des compagnes du Prince messager : une fille de second ordre qui avait tenté de le séduire.

Le cristalomancien affirma que, quelques instants avant sa mort, cette Shanandra avait repris des mains du jeune blond les documents que l'empereur tenait à tout prix à récupérer.

Le souverain se releva. À son air grave, Miklos sentit qu'ils ne resteraient plus très longtemps dans cette pièce confinée, et il s'en félicita.

Ainsi, se dit Sarcolem, le Mage errant et Évernia sont de nouveau en possession des textes écrits jadis par Cristin sur chacun des compagnons de Torance et Shanandra et sur les deux messagers eux-mêmes ! Le grand légide ne sera pas content d'apprendre que ces documents ont échappés à Miklos.

Il demanda ensuite à tout le monde de se retirer.

Par principe et par respect pour son père, Miklos sortit le dernier. Mais, dès qu'il fut dehors, il se hâta entre les colonnes d'aller respirer les sucres et les arômes subtils qu'exhalaient les jardins suspendus.

✶

Sarcolem demeura seul auprès des cadavres. Le processus de décomposition avait été retardé par l'emploi d'huiles et d'aromates. Mais, malgré ces précautions, une odeur désagréable commençait à poindre sous les voûtes.

L'empereur décrocha de son cou la fameuse pierre du destin dont il ne se séparait jamais.

À force d'étudier les notes laissées par Astarée Polok, sa première cristalomancienne, il avait acquis ces dernières décennies des connaissances qui pouvaient lui être désormais très utiles.

Il s'approcha d'Orgénus de Nivène et posa la pierre sur son front. Puis, il prononça la formule magique adéquate – mélange de vieux goréen et d'un dialecte que l'empereur soupçonnait d'origine *wellönne*.

Il approcha son œil de la pierre. Une image était censée apparaître. Il attendit, haletant et concentré, mais sans concevoir ni impatience ni nervosité.

Peu à peu, des filaments de lumière se détachèrent du corps sombre et bleu de la pierre. Le processus dit de

« réverbération » tel que décrit par Astarée était enclenché. Était-ce son imagination ou bien un visage se superposait-il maintenant à celui du vieil Orgénus ?

Sarcolem était dans un état second. Un tremblement de terre aurait pu secouer les fondations de sa cité qu'il n'aurait pu s'arracher à la vision qui émanait de cet univers de lumière contenu dans la pierre.

Tout à coup, il sursauta.

Un autre visage prenait bel et bien forme ! Celui d'un jeune homme chauve d'environ dix-sept ans, aux traits bien définis et aux yeux bruns et doux.

L'empereur chercha dans sa mémoire…

— Cristin d'Algarancia ! s'exclama-t-il.

Éberlué, il passa au second vieillard. Le dénommé Drapon lui apparut sous les traits d'un homme blond aux yeux bleus autrefois appelé Pirius.

Les identités passées des deux apprentis l'étonnèrent encore davantage, puisqu'il s'agissait d'Astarée Polok et de Gorth, son ancien capitaine !

Tremblant de tous ses membres, Sarcolem sortit à son tour de la salle en soupesant sa pierre encore chaude et vibrante dans sa main.

Quel merveilleux et effrayant secret avait-il découvert ! Il songea aux possibilités qui s'offraient à lui et éprouva aussitôt un malaise qui mit quelques minutes à passer.

Dans les couloirs du palais allaient et venaient des domestiques, les bras chargés de victuailles, de cruches d'huiles, de vins ou de bière fraîche. Les affaires de l'État devraient attendre à demain. Et, avec elles, les demandes toujours plus pressantes du grand légide !

Sarcolem devait se changer et rejoindre sa femme et sa fille.

Sa femme, sa fille, son fils... Autant de mots étranges qui, à la lumière du miracle troublant qu'il venait de vivre, prenaient un sens nouveau, et même lugubre...

LE CONSEIL D'ÉTAT

L e grand chambellan frappa la dalle de marbre de son
bâton de cérémonie et annonça d'une voix forte :
— Sa Majesté, l'empereur ! Son Altesse Impériale, le
prince Miklos !

Massée aux pieds des degrés menant à la salle du trône
proprement dite, la foule des courtisans mit un genou au
sol et baissa la nuque. Par-delà la nuée d'échines brunes et
blanches et la féérie des étoffes, Sarcolem aperçut sa femme,
la splendide Zaphia, ainsi que ses suivantes. Leurs tenues
étaient simples, mais élégantes, et leurs coiffures savamment
rehaussées par un subtil jeu de plumes. Dans un coin il repéra
la princesse Belina, vêtue d'une toge de soie rose, au centre
d'un groupe de jeunes gens chahuteurs.

Sarcolem ne put s'empêcher de songer combien la
présence de son fils et celle de sa fille adoptive étaient ana-
chroniques dans les annales de ses règnes successifs.

Le silence fut troublé par le vacarme des courtisans et
des nobles.

Si l'empereur avait été moins distrait par ses pensées, il
aurait pu constater, dans les tenues et la décoration même

de la salle, la trace indéniable des siècles qui passent. Tout d'abord, la mode qui poussait autrefois les femmes à teindre leurs cheveux en noir avec de la poudre de kénoab s'était essoufflée. Comme était morte l'habitude qu'avaient les hommes de souligner leurs yeux d'un trait de khôl noir. Le port du pello avait lui aussi été relégué aux oubliettes. À la place de ce court vêtement de coton fermé aux épaules par une agrafe en étain, les nobles portaient dorénavant une *calha,* sorte de cape courte à plis qui ne descendait qu'à mi-corps et se plaçait sur la traditionnelle tunique *vulgarea*.

Les bijoux, entre autres les larges bracelets en argent sculptés introduits par l'impératrice, étaient, eux, toujours de mise si l'on voulait « tenir son rang ».

Une multitude de détails de ce genre auraient pu rassurer Sarcolem : le temps, quoi qu'il en pensât, continuait de s'écouler. Pour preuve, on ne voyait dans la cité presque plus d'esclaves. Suite à l'introduction, dans le code impérial, de plusieurs articles de loi, et aussi grâce à l'influence libérale du Torancisme, les seuls esclaves « officiels » étaient des criminels et des prisonniers de guerre affectés aux gros travaux publics.

La jeune Belina remarqua que son père, une fois de plus, semblait absent. Elle sourit avec indulgence et lui adressa à distance un signe du poignet. Sarcolem contemplait la foule d'un regard vide, mais il réagit presque aussitôt. La mère et la fille, ravies, prirent congé de leur propre cour et se rapprochèrent de « leurs hommes ».

Sarcolem n'en revenait toujours pas. Outre le fait que Miklos était beau, plein d'assurance et doué de surcroît d'un certain charisme, Belina possédait une intelligence déliée et une insatiable curiosité. Ne charmait-elle pas ce groupe de jeunes nobles par sa conversation ? Connaissant sa fille adoptive, Sarcolem n'eut aucun mal à imaginer le sujet de leurs discussions. Ils ne parlaient en effet ni des jeux à venir ni de la nécessité du port de cette nouvelle botte sertie d'émeraudes qui montait haut sur le mollet, mais discouraient plutôt de philosophie et même – ce qui faisait froncer le sourcil de l'empereur – de politique et de religion.

Le chambellan annonça l'arrivée de Vahar Molen, le grand légide de Torance : un homme qui, disait-on, avait la tête si bien posée sur les épaules que nul événement ne pouvait survenir dans l'empire sans qu'il en soit aussitôt averti.

Vahar Molen inclina imperceptiblement la nuque devant l'empereur, signe indubitable que le chef suprême du Torancisme avait des remontrances à faire ou, ce qui était pire aux yeux de l'empereur, des motions à proposer.

Accompagné par sept de ses plus proches conseillers, le pontife se fraya un chemin dans la foule des courtisans qui se faisaient un malin plaisir, ce matin, à ne pas leur céder le passage.

Sarcolem sourit devant cette résistance symbolique face aux exigences toujours plus éhontées du « Seigneur mitré » et de ses prélats.

Les ministres suivaient, vêtus de longues toges blanches liserées d'or afin de mieux se différencier des légides dont les robes étaient rouge vin.

Avant de pénétrer dans la salle d'audience impériale en compagnie de son fils, Sarcolem surprit le regard amusé que lui lança sa femme. Au même instant, plusieurs nobles et prélats firent une moue dégoûtée.

Sarcolem se retint de frapper du pied. Il détestait l'idée qu'après presque vingt ans de vie publique et des centaines de bonnes œuvres, Zaphia soit encore considérée par certains comme la danseuse qui, un soir de fête, avait séduit le jeune empereur.

Une main douce se posa sur son avant-bras.

— Père ?

Belina s'était faufilée entre les gardes du corps. Ses yeux de biche et son visage mutin cachaient mal sa perspicacité et la détermination qu'elle mettait dans chaque chose.

— Eh bien, ma belle, fit l'empereur, tu as abandonné ton parterre de soupirants ?

La jeune fille cligna malicieusement de l'œil. Son parfum à la fois musqué et subtil à base d'huile d'égoyier et de fleurs d'amangoye rivalisait en sensualité avec celui de sa mère.

— Quoi qu'il arrive, ne signez rien, lui souffla-t-elle.

Sarcolem se figea.

— Vahar Molen…, ajouta la princesse.

Le grand chambellan fit reculer la foule. Il plaça ensuite un cordon de soldats autour du grand carré fermé par les impressionnantes colonnes.

Sarcolem réajusta la triple couronne sur son front. Cette petite futée de Belina était-elle au courant de choses qu'il ignorait ? Cette perspective lui donna froid dans le dos.

Tandis que la jeune fille envoyait un signe amical à son frère, le souverain monta les degrés menant à son trône. Sa phalange de scribes habituels prit position en demi-cercle autour du siège impérial. Chacun plaça une nouvelle feuille d'ogrove sur sa plaquette de kénoab, trempa sa plume dans le minuscule gobelet d'encre et ouvrit grand ses oreilles.

— Nous déclarons la séance de ce douzième jour du mois de Lem ouverte ! s'exclama le maître de cérémonie.

À l'énoncé de la date, Sarcolem vit le grand légide froncer le nez d'agacement. Les douze mois de l'année avaient toujours été inspirés par les noms des anciens géants et géantes. Il savait par ses espions que Molen concevait l'ambitieux projet de changer le calendrier du tout au tout pour lui substituer le sien propre – celui du Torancisme – avec, pour chacun des mois de l'année, les prénoms des compagnons de Torance plutôt que ceux des anciennes divinités.

Les paroles de Belina revinrent à l'empereur.

Et si la jeune fille avait raison ?

Redoublant d'attention, il donna aux membres de son conseil le signal du début de la première période des débats, appelés « palabres ».

✱

À l'ordre du jour figuraient les demandes pressantes de différentes corporations d'artisans qui prétendaient payer trop d'impôt. Mais ce qui occupait surtout le devant de la scène politique intérieure, ces temps-ci, étaient les épidémies de peste, l'hiver rigoureux et le lamentable état de délabrement du grand mur érigé autrefois par Sarcolem le Grand.

L'empereur surveillait les échanges entre les différents ministres et les notables. De temps en temps, il lançait une œillade sévère au grand légide. Ni l'un ni l'autre ne se manifestaient encore; ils laissaient toute la place aux *palabrums* : autrement dit à ceux qui étaient chargés d'exposer les affaires courantes.

Ces débats donnaient au peuple l'illusion de pouvoir s'exprimer et celle, plus importante encore, d'influencer un tant soit peu les véritables décisions qui se prendraient, elles, lors du conseil privé de l'empereur, composé uniquement du monarque et de ses principaux ministres.

Lorsqu'on arriva finalement aux affaires religieuses, les légides cessèrent de marmonner entre eux et dressèrent l'oreille.

— Ceux qui se nomment eux-mêmes les « saints » commencent sérieusement à ébranler la foi de nos fidèles, annonça un envoyé du gouverneur d'*Élissandria*.

Vahar Molen demanda très humblement la parole pour répondre à cet « appel de détresse ». Sarcolem tapota l'avant-bras de son fils, assis sur un trône voisin du sien.

« Écoute et apprends ! » lui signifiait ainsi l'empereur.

Miklos se composa une attitude hautaine et prit un air supérieur.

— Mes seigneurs, clama le grand légide, ces saints hommes et ces saintes femmes voyagent certes et prêchent à de vastes foules. Mais, rassurez-vous, notre empereur, qui est aussi le serviteur de notre Divin Messager Torance, a ordonné à ses armées de les pourchasser pour sédition et hérésie.

Sarcolem détestait s'entendre appeler « le serviteur de Torance ». Après tout, c'est lui qui avait autrefois transformé ce culte en une religion ! Et il trouvait humiliant, sinon risible d'être aujourd'hui considéré par ces jeunes légides – car pour lui, ils étaient tous très jeunes ! – comme le subalterne du prince. Étonnante déformation des faits dont il était pourtant le premier responsable !

Sarcolem calma les palabrums d'un geste vif.

— Le prince Miklos a, au péril de sa vie, dit-il, pourchassé et rattrapé Orgénus de Nivène, le plus dangereux d'entre eux.

Mis en valeur, Miklos se leva. Un panier en osier avait été posé près de son fauteuil. Il l'ouvrit, plongea sa main dedans et en retira la tête tranchée du saint.

Sans savoir pourquoi, Sarcolem trouva ce geste déplacé et le faciès triomphant de son fils, ridicule.

L'échange de sourires qui illumina durant quelques instants les faces d'ordinaire sévères des légides déplut également à l'empereur. Ces hommes de pouvoir, plus encore que de religion, étaient dangereux pour lui et pour son empire. Il se demanda même s'il n'avait pas commis une erreur en remplaçant ses anciens lamanes ainsi que l'Ordre de ses cristalomanciens par ce clergé qui resserrait sans cesse autour du trône la poigne de son autorité.

Un légide demanda à Miklos s'il avait récupéré tous les documents en possession d'Orgénus. Sarcolem répondit à la place du prince que plusieurs rouleaux d'ogrove avaient, hélas, été détruits durant l'opération.

Avant même que Vahar Molen puisse s'appesantir sur cette perte « déplorable », le grand chambellan orienta les discussions sur ce qui importait réellement aux yeux de l'empereur.

— Les habitants des provinces touchées par la peste et par l'hiver rigoureux demandent de l'aide !

Les ministres se tournèrent vers les légides.

Sarcolem IX leur ayant donné des terres qu'ils avaient exploitées, les pontifes étaient devenus de grands propriétaires terriens. Aujourd'hui, Sarcolem XII leur demandait de puiser dans leurs réserves d'or et de faire leur part pour venir en aide aux sinistrés.

Le débat, cependant, était toujours le même. Qui de l'État (donc de l'empereur) ou du clergé devait le plus « aider » ?

Sarcolem était en mauvaise posture. Les grands travaux de réfection des routes principales, l'érection de nombreux hospices pour les pauvres ainsi que l'application de lois édictées pour soulager les plus démunis avaient mis le trésor impérial à sec.

De plus, le mur de Sarcolem le Grand nécessitait d'urgentes réparations.

Je suis vulnérable, se disait l'empereur. Autrefois, je leur ai donné les moyens de se construire un empire dans l'empire. Aujourd'hui, le peuple a besoin d'eux.

Par orgueil, il refusa de s'avouer *qu'il* avait besoin de Vahar Molen pour régler cette nouvelle crise.

Le grand légide avait un profil de jaguar. Sous sa mitre, son crâne était aussi luisant qu'un œuf et ses traits n'étaient pas sans rappeler à l'empereur l'énergie qui émanait jadis de Sartran, le grand maître des lamanes de Gorum.

Le grand légide calma le débat.

— Il est de notre devoir, déclara-t-il, de soutenir nos concitoyens, fidèles du Divin Messager, mais aussi tous les autres…

Il laissa sa voix en suspend : une façon pour lui de souligner qu'il existait encore dans l'empire des populations toujours fidèles aux vieilles divinités, mais également – ce qui était plus insupportable ! – fidèles aux dogmes de cette confrérie appelés les Fervents du Feu bleu dont Orgénus de Nivène avait été le chef.

Satisfaits d'entendre que les légides paieraient, les ministres et les palabrums soupirèrent d'aise. Vahar Molen reprit insidieusement :

— Viendra bientôt le moment où nous devrons réunir un grand concile et demander à notre auguste empereur de nous apporter à son tour son soutien.

Sarcolem s'attendait à cette annonce. Pour modifier quelque dogme que ce soit, le grand légide avait en effet de par la loi besoin de l'aval de l'empereur.

Que veut-il changer dans les dogmes fondamentaux du Torancisme ? se demanda Sarcolem tout en assurant Molen de son appui.

Lorsqu'il ressortit du pronaos, l'empereur renvoya ses porteurs et ses gardes. Il avait besoin de réfléchir.

Un bras s'enroula aussitôt autour du sien.

— Belina !

La princesse avait attendu la fin des débats pour rejoindre celui qu'elle considérait comme son véritable père.

Ils quittèrent la partie officielle du palais et gagnèrent, par une galerie basse et ombragée, le petit palais construit au début du présent règne pour abriter la « maison » de l'empereur et celle de sa famille.

On y accédait par une rampe large en pente douce donnant sur une terrasse et sur les fameux jardins suspendus de Goromée.

Sarcolem déclara avec légèreté :

— Ne t'inquiète pas. Je n'ai rien signé, je n'ai rien promis.

Puis, changeant de ton :

— Quelles sont tes craintes, mon enfant ?

— Vahar Molen et ses acolytes, père. Ils veulent apporter une modification majeure dans les dogmes du Torancisme.

— Cela t'inquiète-t-il ?

— Si ces changements affectent l'esprit même du Torancisme, oui !

Sa fille semblait si investie dans ses idées et dans ses théories qu'elle enchantait toujours le souverain.

Belina voulut poursuivre. Mais, à ce moment-là, ils pénétrèrent dans le couloir dit « des Sarcolem », une galerie qui abritait les bustes en pied de chacun des anciens empereurs.

— Tu pâlis ! fit le monarque.

Belina renifla, ce qui contracta son beau visage.

— Vous rendez-vous compte, dit-elle, que vous êtes le seul empereur à n'avoir pas fait emprisonner ses enfants dans cet infect corral des princes !

— Tu sembles porter un jugement sur…

La jeune fille lui coupa la parole.

— C'étaient tous des monstres, des bourreaux, des dictateurs !

Elle continua en dressant une liste exhaustive de leurs crimes et fit à son père la démonstration de son grand savoir historique – enfin, de l'histoire telle que Sarcolem lui-même l'avait fait écrire ! Elle lui donna en outre le nombre exact des enfants de tous ces empereurs, garçons et filles réunis. Le chiffre des princesses qui avaient été adoptées ou bien livrées à la prostitution de luxe au fil des siècles. Le chiffre des princes qui, adoptés pour certains, avaient purement et simplement été éliminés dans l'arène lors des fameux et cruels combats des princes.

— Cent quatre-vingt-sept ? s'étonna Sarcolem en avalant difficilement sa salive.

— Des princes et des princesses tels que Miklos et moi !

Belina se serra contre lui tout en marchant.

— Voilà une des raisons pour lesquelles je vous aime, père ! Vous seul avez eu le courage et l'humanité d'agir autrement.

La jeune fille frissonna en arrivant devant le buste de Sarcolem XI, surnommé « le puant », car en devenant empereur à la suite du traditionnel combat des princes il avait été blessé à l'estomac. Sa blessure, mal refermée, en avait fait un homme torturé par des problèmes intestinaux.

— Tu connais bien la vie de chacun d'entre eux ? hasarda Sarcolem d'une voix mal assurée.

— J'ai étudié les annales, père. Mais je soupçonne que les scribes qui les ont rédigées ont été trop indulgents.

Elle posa un baiser sur sa joue et hâta le pas pour quitter au plus vite ce corridor qui lui donnait la chair de poule.

Sarcolem restait songeur. Avait-il été, lors de ces anciens règnes, un pareil tyran ?

Il songea à Zaphia, son impératrice, et se rasséréna. Elle seule savait comment le détendre et lui donner du plaisir quand il se sentait ainsi déprimé.

En famille

Le kaïbo du prince Miklos glissa contre celui de son père. Le crissement des lames chauffées à blanc par le soleil fit grincer les dents de Sarcolem. Après une nouvelle série de feintes, les deux adversaires se séparèrent, acclamés par les nobles rassemblés sur la terrasse.

Ils étaient rares ceux qui avaient l'honneur d'assister a un combat amical entre l'empereur et son fils !

Le souverain avait quarante ans tout juste, et le prince héritier presque dix-neuf. Sarcolem XII était encore bel homme. Sa chevelure de jais, soigneusement huilée et plaquée sur son crâne, était maintenue par un diadème simple en argent torsadé. Vêtus du traditionnel *sardau* du fantassin impérial, sorte de jupe plissée en coton rêche, les deux combattants tournaient l'un autour de l'autre. Le boitillement de l'empereur, si visible lorsqu'il marchait, était presque imperceptible tant il donnait l'impression de glisser sur le sol.

En songeant à la manière dont Sarcolem avait hérité de cette vieille blessure, les nobles ressentaient un vif malaise. Leur empereur avait dû en effet, pour conquérir son trône, se mesurer à ses frères dans l'arène des princes et les vaincre en combat singulier. Cette tradition avait heureusement été abrogée par Sarcolem. L'Empire de Gorée, pour la première fois, avait à sa tête un empereur généreux et à ses côtés une princesse délicate et charmante, une impératrice charismatique et un prince héritier aussi beau qu'un dieu.

— Attaque du « tigre du désert de Pelos » ! s'écria Sarcolem en esquissant une pointe particulièrement efficace.

Miklos sentit la lame frôler son ventre et émit un sifflement admiratif. Son père, dont il discutait parfois en secret avec ses amis les décisions politiques, était un véritable guerrier.

Quand la transpiration maculait son sardau et tombait dans ses yeux, l'empereur ne lui apparaissait plus aussi glorieux que vêtu de son manteau de cérémonie. Il n'en était pas moins impressionnant, plus peut-être !

Miklos ne pouvait se défendre, cependant, de ressentir aussi une certaine gêne. Il observa son père qui maniait son kaïbo avec autant d'habileté qu'un maître de *srim-naddrah*, et songea qu'enfant, lorsqu'il sautait dans ses bras, il éprouvait déjà à son égard de l'amour, bien sûr, mais tempéré par une sorte de malaise.

La lame de son père lui trancha une mèche sur le front.

— Ne baisse jamais ta garde ! Maintiens ton corps de profil afin que les coups de ton adversaire glissent sur toi !

Sarcolem aimait enseigner l'art de combattre à son fils unique, et il en était le premier étonné !

Décidant qu'en qualité de futur empereur, Miklos méritait de se faire valoir devant ses amis, il commit quelques maladresses. Des jeunes filles gloussaient derrière les garçons. Belina était-elle également présente ou bien en conciliabule avec un des philosophes qu'elle avait fait venir au palais ?

Parfois, Sarcolem avait l'impression qu'il était allé trop vite en besogne. Une seule femme, une famille, plus de corral des princes. Et Miklos qui désirait être officiellement intronisé héritier !

Un coup d'œil à son capitaine des hommes de silex qui le suivait comme son ombre le rassura : il était encore l'empereur et pourrait le rester indéfiniment… s'il en décidait ainsi.

★

Sarcolem aimait tout particulièrement sa cité après le coucher du soleil. En ces moments fragiles, le fracas des embruns causés par les chutes d'eau s'apaisait. Les oiseaux nocturnes remplaçaient dans les frondaisons ceux du jour, les insectes également. Et les parfums suaves de ses quatre-vingt-six différentes variétés d'arbres, de fleurs et de fruits emplissaient l'air iodé.

Le couple impérial déambulait main dans la main entre les massifs de barbousiers et d'hémaflores. Les cris de quelques singes-araignées les accompagnaient. Plus bas, dans les quartiers nobles, le veilleur annonçait la fermeture prochaine des portes.

La lune était à demi voilée par de longs nuages pourpres. L'empereur et son épouse s'arrêtèrent près d'un bassin où s'écoulaient de fins ruisselets argentés.

— Toi, tu es contrarié, lui dit la jeune femme.

Sarcolem n'était en fait que perdu dans ses propres pensées, mais il réalisa en effet que quelque chose l'agaçait.

— Commandant Melek, dit-il en faisant volte-face, vous pouvez nous laisser !

Le jeune homme qui les suivait de trop près échangea un regard discret avec l'impératrice, puis se retira sans bruit.

— Je sens que tu vas mieux à présent, ajouta la souveraine en souriant.

Leur journée n'avait été qu'une succession de visites, de discours et de prise de décisions. Outre l'empire qui les accaparait énormément, leurs deux enfants, si différents l'un de l'autre, étaient à la fois une source de joie et d'inquiétude.

Ils parlèrent de Miklos qui devenait un prince, dans tout ce que ce mot revêtait de noble et de beau, chaque jour un peu plus.

— Mais…, ne put s'empêcher d'ajouter Sarcolem, son côté sombre et introspectif me préoccupe.

— Belina me préoccupe davantage, répondit Zaphia. Elle est trop intelligente. Elle effraie les garçons de son âge. Ses idées très arrêtées en politique, en religion et en philosophie en feront une épouse exigeante…

Elle attendait sans doute un commentaire de son mari, mais Sarcolem n'avait nulle envie de répliquer. Il aimait leur fille comme elle était. De plus, il observait le reflet du visage de sa femme dans l'étang.

Elle lui apparaissait aussi belle que vingt ans plus tôt, lorsqu'il avait posé les yeux sur elle dans les rues sordides de la basse ville. Son côté à la fois vulnérable – cette peur qui vivait secrètement en elle –, mais aussi sa nature rebelle, qu'il avait alors décelée, étaient encore aujourd'hui visibles dans ses yeux sombres ourlés de cils noirs et dans les plis de sa bouche.

Il avait toujours aimé la bouche des femmes et se targuait encore de deviner leur personnalité rien qu'à la manière dont leurs lèvres se fendaient d'un sourire gracieux ou bien se contractaient pour bouder.

Zaphia devinait-elle ses pensées ?

Sans doute, car elle se lova dans ses bras et posa fermement la main de son mari sur son sein.

— Tu penses trop, dit-elle. Le soir venu, tu devrais vider ton esprit et ne plus songer qu'à nous.

Après s'être assurés qu'aucun domestique, cristaloman-cien, religieux, garde du corps ou courtisan ne musardait dans cette partie reculée des jardins, ils s'allongèrent sur un tapis d'herbe. Au-dessus de leurs fronts, les branches d'un égoyier torsadé de lierre tissaient un voile végétal apaisant.

Le crieur public annonça la onzième heure de la nuit. L'impératrice cria aussi, mais plus sourdement que lui.

★

La cité bruissait des voix conjuguées des marchands, des conducteurs de chars et des piétons chassés par les ménagères qui continuaient, au mépris des lois, à jeter leurs déchets sur la chaussée. Sarcolem éclata de rire en songeant qu'elles agis-saient déjà ainsi deux siècles auparavant.

Sortis incognito dans les rues de Goromée avec sa fille, tous deux cheminaient dans le grand marché de la basse ville.

L'empereur acheta une amangoye de bonne taille, et, avec un couteau, il entailla délicatement la peau pour en couper des tranches.

Ce n'était pas la première fois que le souverain faisait une sortie avec sa fille. Chaque fois, ils se faufilaient entre les échoppes et descendaient au port.

Belina ne savait trop pourquoi son père semblait fasciné par tous ces navires et ces hommes de mer qui allaient et venaient, parlaient dix langues et trente dialectes. Toutes les races étaient représentées. Venus de la lointaine île-continent de Lem, des navires déchargeaient des tonnes de pommes de terre à la peau violacée. Des bateaux aux voilures aussi sales que leurs coques déversaient dans des cuves en plomb une huile épaisse et nauséabonde, utilisée pour alimenter les torchères à la place des habituelles bouses de vache, de chèvre ou d'évrok.

Sarcolem aimait se jucher sur une pile de caisses et observer le manège des marins qui amenaient les grandes voiles blanches. Des officiers impériaux notaient scrupuleusement sur leurs tablettes de kénoab le noms des navires, celui de leur capitaine, leur port d'origine ainsi que le détail des marchandises qui se transigeaient dans le port.

Le commerce d'esclaves étant depuis quelques années interdit dans tout l'empire, les propriétaires rembarquaient leur marchandise humaine à contrecœur.

Sarcolem cligna des yeux sous la forte lumière du soleil réverbérée par les murs de chaux vive des grands hangars impériaux, et commenta :

— Ils font mine de les rembarquer, mais je sais qu'ils tenteront de les vendre à nouveau dans le port de *Brombosia* et partout où les fonctionnaires se laisseront graisser la patte.

Belina, dont les idéologies étaient souvent placées au-dessus du bon sens commun, se révolta.

— Alors, il faut envoyer des troupes dans ces ports et obliger les commissaires à appliquer la loi à la lettre !

Sarcolem embrassa sa fille sur les deux joues. Son caractère entier faisait décidément son bonheur.

Après un dernier regard en direction de ces « loups de mer » dont les départs et les éternels retours fleuraient bon le mystère, Sarcolem loua une barque canuléenne.

Quand il maniait ainsi la rame, Sarcolem se sentait à nouveau jeune et beau. Cette sensation était-elle reliée au souvenir de sa première rencontre avec Zaphia et Belina ?

La jeune fille flaira la conversation à venir dès qu'ils embarquèrent. Dans l'espoir de retarder le moment où

Sarcolem se remémorerait fatalement cette époque, Belina fit l'éloge des derniers édifices construits dans la cité. Ici, des immeubles de rapport logeant les pauvres à bas prix. Là, des commerces réservés aux marchands étrangers – ce qui amenait sans cesse de nouvelles devises dans les coffres de l'État.

— Je me souviens…, commença Sarcolem, le regard perdu dans les eaux inondées de soleil. C'était la nuit. Une douce nuit d'été…

Dans ces moments-là, ni l'un ni l'autre ne se préoccupaient plus des insultes des pagayiers qui prétendaient être les maîtres des canaux. Les barques de plus gros tonnage transportant les denrées fraîchement arrivées au port écartaient avec des perches les embarcations plus modestes avec moult insultes au passage. Mais l'empereur pagayait tout de même et Belina, assise sur le banc, posait ses mains à plat sur ses genoux pour l'écouter avec respect.

— Ta mère t'avait cachée dans une conque d'amangoye évidée…

Même si elle avait l'air de ne pas apprécier cet épisode de sa vie, Belina n'interrompait jamais son père, car ces réminiscences amenaient toujours un sourire de contentement sur ses lèvres.

Cet homme, qui l'avait adoptée et hissée au rang de princesse, était bon. C'est la politique, souvent, qui était mauvaise.

Belina connaissait tout de même l'histoire par cœur. Ce soir-là, Sarcolem les avait introduites toutes deux en cachette dans le palais. Puis, à la faveur de la première fête donnée, Zaphia qui était danseuse s'était produite sur scène devant l'empereur et toute sa cour. Sarcolem avait alors feint d'en tomber amoureux – ce qu'il était déjà ! Peu après, l'empereur reconnaissait officiellement la fillette. Une cérémonie officielle devant le grand légide avait par la suite transformé Zaphia en impératrice.

Les heures passant, il fallut songer à retourner au palais. Sarcolem insista pour faire un dernier crochet par le marché pour voir vivre son peuple, entendre le bruissement des conversations, respirer les effluves variés des denrées et celles des marchandises étalées. Il en avait besoin, disait-il, pour prendre le pouls de sa cité.

L'empereur abordait la délicate question des futures épousailles de Belina avec un prince étranger quand ils passèrent devant l'échoppe d'un boucher. L'homme trancha la tête d'un bœuf et recueillit son sang dans une cruche en étain.

Pris inexplicablement de frissons, Sarcolem dut s'asseoir.

— Père ! s'effraya Belina.

Elle ne pouvait soupçonner que son père voyait tourner autour de lui les têtes tranchées de ses anciens ennemis, et plus effrayante encore, celle de Mérinock qui se moquait de lui.

Le concile de Goromée

Les effluves âcres de l'encens de *brénail*, déjà utilisé jadis par les maîtres lamanes, flottaient en lourds rubans sous les voûtes de l'ancien *cristalorium* – le quartier général de l'Ordre des cristalomanciens. Le fait que le concile réuni par Vahar Molen se déroulât dans cette atmosphère empreinte des senteurs et des images du passé laissait l'empereur perplexe.

Devant son trône avaient été placées sept tables de cérémonie. Autour, se tenaient les légides de toutes les provinces de l'empire ainsi que ceux venus des autres royaumes ayant également fait du Torancisme leur religion officielle.

Sarcolem gardait pour la circonstance une neutralité polie. De par la loi édictée alors qu'il « incarnait » Sarcolem VII, l'empereur était en effet un témoin attentif et non un intervenant direct.

Vahar Molen conduisait seul les discussions, donnant à sa convenance à l'un ou à l'autre de ses légides le droit de parole.

La perplexité de Sarcolem cédait sa place à l'ironie, car chaque pontife commençait son homélie par une courte prière.

— Torance, Messager divin, donne-nous la force de surmonter nos faiblesses et nos désirs d'hommes, et fait jaillir de nos bouches des paroles pures et nobles !

Sarcolem savait qu'une des raisons pour lesquelles ce concile avait été réuni était de définir une bonne fois pour toutes si Torance d'Élorîm était un être humain ordinaire ou bien le seul et unique fils du Seigneur du Ciel, que certains légides tenait absolument à appeler *Gaïos* par opposition à Gaïa qui était l'ancienne déesse-mère.

Molen jeta un coup d'œil discret à l'empereur. Tous deux étaient vêtus des manteaux de leur charge : blanc liseré de bleu pour le grand légide, pourpre à longs parements dorés pour l'empereur. La tonsure du Premius accentuait la forme pointue de son crâne et la férocité de ses traits, tandis que la triple couronne de Sarcolem lui conférait une indiscutable aura d'autorité. Autorité sur laquelle Molen comptait pour tempérer l'ardeur de ses légides; autorité qu'il craignait, également, surtout à cause du droit de veto dont disposait le souverain.

Il y avait dans ce regard échangé tout un flot de paroles non dites, mais clairement audibles pour chacun d'eux.

Molen croit me tenir à sa merci à cause de mon urgent besoin d'or, se dit Sarcolem en baissant les yeux le premier.

L'empereur avait lu la liste des points dogmatiques dont le Premius voulait régler le cas durant ce premier concile du Torancisme. Certains d'entre eux touchaient aux fondements mêmes de la nouvelle religion. Sarcolem allait-il s'opposer aux décisions qui ressortiraient de ces harassantes journées de délibérations ?

Le premier point de cette troisième et dernière journée de concile fut annoncé :

L'origine divine ou bien simplement humaine du messager Torance...

Sarcolem attendit avec anxiété les premiers exposés.

Il régnait dans la salle une chaleur étouffante encore aggravée par la lumière du soleil qui traversait les baies aux splendides vitraux. De temps à autre, même si les règles étaient strictes, des domestiques entraient et servaient à boire aux légides : de l'eau ou même des jus et quelques entrées constituées de cuisses de grenouilles et de filets marinés de saumon sauvage agrémentés d'un coulis sucré salé à base de citron et d'huile d'hémaflore.

Des porte-éventails allaient et venaient entre les tables pour rafraîchir les prélats. Certains, trempés de sueur et extrêmement nerveux à cause de l'importance des débats, ne cessaient d'enlever, puis de remettre, leur mitre sur leur tête. Plusieurs trempaient leurs doigts dans des bols d'eau de rose et de jasmin disposés sur les tables au milieu des rouleaux d'ogrove.

Certaines écoles de pensées s'opposaient à la divinité de Torance. Leurs légides se basaient sur des témoignages écrits de la main de disciples ayant connu le Prince Messager qui affirmaient que si Torance parlait tel un dieu lors de ses interventions publiques, il faisait également preuve de certains travers « humains » en privé. Un de ses premiers légides, nommé avant l'arrivée de Torance devant les murs de la cité de Médino, avait écrit que le Divin Messager se disputait parfois avec Shanandra, que tous considéraient à l'époque comme son égale *et* sa compagne officielle.

Molen et d'autres pontifes grimacèrent. Ils détestaient l'idée que Torance ait eu une relation autre que purement spirituelle avec une femme. D'autre part, ces rumeurs de « disputes » étaient également très dérangeantes. Comment Torance pouvait-il en effet servir de modèle aux hommes si on acceptait l'idée qu'il s'était conduit aussi mal que les hommes ordinaires !

Fort heureusement, d'autres légides avancèrent des textes d'origines différentes, dont le fameux « Évangile Premius », authentifié jadis par le grand légide Cerbio Staphen et plusieurs de ses compagnons. Cet Évangile décrivait en effet déjà Torance comme un être sublimé par l'Esprit de Gaïos. Ils parlèrent d'un Torance accomplissant des miracles. Le Prince Messager, disaient-ils, volait dans le ciel. Et, quand il étendait ses bras sur ses ennemis, il pouvait anéantir une armée entière.

Sarcolem s'agitait sur son siège. Ces « interprétations » de la vie et de l'œuvre de Torance le mettaient très mal à l'aise, car c'est lui-même qui les avait autrefois inspirées aux anciens scribes. Devant ces hommes qui n'avaient pas connu Torance, Shanandra et les autres compagnons aussi bien que lui, il brûlait d'envie, aujourd'hui, de se lever et de leur asséner sa « vérité ».

Mais, après toutes ces années écoulées, ses propres souvenirs étaient-ils les bons ? La tête lui tournait. Il buvait des infusions d'eau parfumée à la rose, et inspirait profondément pour garder son calme.

Vint un légide qui lut le récit du sauvetage de Torance par Gaïos lui-même, alors que le Prince Messager était ligoté sur sa roue de pierre.

« Une pluie de grêlons tombait sur la cité. La foule, prise de panique, avait reflué dans les ruelles adjacentes. Seul, je restais dans les gradins. Alors, une blanche lumière est apparue. (La voix du légide était extatique.) Dans ses voiles diaphanes, je vis les contours d'une silhouette à la fois humaine et surnaturelle. Gaïos a pris son fils dans ses bras et l'a emporté avec lui dans le ciel, et il ne resta plus, au-dessus du pathétique échafaud, qu'une pluie fine et dorée qui se dissipa peu après. »

Sarcolem restait sans voix. Autour de lui, des légides reniflaient. Certains avaient les larmes aux yeux. Vahar Molen remercia chaudement le pontife narrateur. L'empereur, lui, se retenait à la fois de rire ou d'exploser de rage.

Car ce supposé témoignage, écrit à l'époque par le maître lamane Pélios Telmen, avait valu à son auteur d'être exécuté.

Et puis, se dit l'empereur, si j'ai bonne mémoire, la phrase « Gaïos a pris son fils dans ses bras » a été modifiée avec le temps. Car il était plutôt question, à l'époque, de la déesse Gaïa qui avait enlevé son fils dans le ciel.

L'évocation du sable doré fit également sourire l'empereur. Lui n'avait jamais douté que c'était en fait le Mage errant qui avait « pris Torance dans ses bras » !

Quant à la supposée divinité du Prince Messager, Sarcolem se rappelait pertinemment que le jeune homme, loin d'être aussi pur et bon, avait surtout voulu s'emparer de son trône !

Forcé de se taire faute d'autres preuves à présenter que sa propre immortalité, Sarcolem dut approuver la décision qui fut prise peu après de déclarer officiellement Torance « fils de Gaïos », le seul dieu de l'univers.

Le dernier point abordé lors du concile était aussi le plus litigieux. Afin que chacun se pénètre bien de son importance, Vahar Molen prit lui-même la parole.

— Mes très chers frères, il est une question essentielle qu'il nous faut débattre, et c'est celle des limites de la vie humaine et de l'immortalité de l'âme…

Sarcolem se raidit.

Il semblait que tous les problèmes sociaux et économiques auxquels il était confronté durant ce présent règne soient liés, de près ou de loin, à cette dangereuse question de « l'immortalité de l'âme ».

— C'est un concept issu des anciennes croyances, rappela Molen. Pour séduire les hommes, les faux dieux inventés par les lamanes avaient, en effet, promis à leurs fidèles qu'ils pourraient vivre et revenir vivre pour des siècles et des siècles, jusqu'à ce qu'ils deviennent meilleurs. Et voyez où cette croyance a conduit leur Église !

Molen rappela que Sarcolem VII avait été obligé de se débarrasser de ces lamanes corrompus ainsi que de leurs puissants adversaires, les cristalomanciens.

Quelques regards furent discrètement adressés à l'empereur, car il était de notoriété publique que Sarcolem lui-même était, encore aujourd'hui, entouré de plusieurs de ces mystiques et qu'il ne répugnait pas, de temps à autre, à « jouer » avec des cristaux.

— Le temps est venu, clama Molen en dévisageant Sarcolem, d'offrir à tous les peuples de cette planète une doctrine claire et pure qui leur vaudra le salut de l'âme, et pour les princes la paix sociale à laquelle ils aspirent pour régner.

Sarcolem accusa le coup.

— Le temps est venu, répéta le grand légide, d'enrichir nos Évangiles d'un certain nombre de Livres qui constitueront désormais un Premius amélioré et sacralisé par nos signatures à tous.

Le regard torve de Molen posé sur lui, l'empereur renonça à opposer son veto à la décision capitale qui fut prise une heure plus tard…

★

Sarcolem se cala dans son fauteuil en face de sa femme et lui sourit. La nuit était relativement douce et la vaste terrasse, parfumée et déserte. Deux minutes plus tôt, l'impératrice était apparue, entourée de trois de ses dames d'atour et par l'antipathique Melek qui lui servait de garde du corps. Sarcolem plaisantait quelquefois au sujet de ce militaire, aussi pâle et maigre que collant qui ne semblait guère en mesure de défendre qui que ce soit.

— Installons nos pièces, lui proposa la douce Zaphia. Ce soir, je suis sûre de te battre.

Ils disposèrent un vieil échiquier de Maï-Taï sur la plaque de marbre ronde et sortirent leurs pions. Sarcolem, par habitude, prit les bleus. Zaphia haussa ses épaules délicates et se contenta des noirs.

— Si c'est moi qui gagne, la défia Sarcolem, cette nuit tu seras à moi *à ma façon* !

La jeune femme feignit d'être effrayée par cette idée, puis sourit.

Des moments de plaisirs se dessinaient à l'horizon. Décidément, ces journées de concile avaient mis son époux en appétit !

Les règles du Maï-Taï lui avaient été enseignées par l'empereur au début de leur mariage. Mais Zaphia avait développé ses propres techniques, ce qui ravissait son époux.

Sarcolem ouvrit la bouche : elle l'arrêta d'un geste.

— Ne me dis pas, une fois encore, que tu aimes jouer avec moi plus encore qu'avec aucun autre, je le sais ! gloussa-t-elle.

En ces moments d'intimité passés loin des regards des courtisans, la flamme de leur amour, qui avait vacillé bien des fois au cours des années sans jamais s'éteindre, se ravivait.

Zaphia aimait ce jeu pour ce qu'il avait de technique, pour ce qu'il demandait de stratégie et d'intelligence, mais aussi de raffinement. Le Maï-Taï était à son avis ni plus ni moins qu'une initiation à la politique, à la diplomatie et à l'art de la guerre. S'il n'en avait tenu qu'à elle, ce jeu aurait été enseigné au plus haut niveau. L'empereur rétorquait qu'il n'en était pas question, car il sortirait alors des écoles trop de généraux et de futurs maîtres du monde.

Afin de lui donner l'occasion de se rendre vraiment utile, Sarcolem demanda à l'officier blond de poser la traditionnelle énigme qui désignerait le joueur autorisé à commencer le premier.

Zaphia donna la bonne réponse et choisit d'engager ses « troupes » sur les cases dorées. Sarcolem n'eut d'autre choix que de lancer les siennes sur les cases noires.

L'impératrice plaisanta :

— Le grand légide va-t-il également te forcer à changer les règles du Maï-Taï pour les refondre à son goût ? Nous pourrions par exemple être obligés d'appeler le sentier doré « le périple de Torance », et le noir « la traverse de Sarcolem Premier » au lieu de les nommer comme d'habitude « le sentier de Gorum » et « le sentier du Morphoss » ?

L'empereur grimaça, car ce rappel assez peu subtil de sa complaisance lors du concile par une femme aussi intelligente et ravissante que Zaphia l'agaçait profondément. L'impératrice s'en aperçut et s'excusa.

— Ta grâce et ta loyauté me rappellent quelqu'un que j'ai connu… autrefois, lui dit-il alors sur un ton rêveur.

Zaphya rit, puis, sans transition, elle lui vola sa première pièce.

Le jeu était déjà bien avancé lorsque leur fille fit brutalement irruption sur la terrasse. Venait-elle relayer son père ou bien sa mère, lassés par cette bataille qui s'étirait plus longuement que prévu ?

Le visage mouillé de larmes de la princesse ne présageait rien de bon. Zaphia prit la jeune fille dans ses bras.

— Ma chérie ! En voilà une entrée spectaculaire !

Belina se dégagea de l'étreinte de l'impératrice et darda ses yeux sombres sur son père.

— Comment avez-vous pu les laisser faire ça ?

Le monarque et son épouse s'entreregardèrent. Mais Sarcolem, qui était sorti la mine basse de la salle du concile, savait très bien de quoi parlait Belina.

La jeune fille frappa du poing sur la plaque de marbre.

— Vous avez laissé les légides supprimer des textes sacrés le dogme de la réincarnation !

Belina fit les cent pas.

— Ce point majeur des enseignements de Torance ne peut pas être mis de côté ! C'est une... (elle chercha le mot le plus laid de son vocabulaire) hérésie !

Sarcolem se leva si brusquement que la table ronde tomba au sol.

— Belina, tu déraisonnes !

S'il ne s'était senti aussi sur la défensive, il aurait sans doute pris la peine, par amour pour elle, de lui faire part de ses raisons.

Des populations entières mouraient de faim dans le nord de l'empire. Les écoles pour les pauvres créées sur le conseil même de la princesse coûtaient énormément d'argent à la couronne. La suppression de l'esclavage dans toutes les couches de la société avait également son prix. De plus, le grand mur de Sarcolem Premier, leur unique protection contre les clans de guerriers qui avaient pris le pouvoir dernièrement dans le royaume de Reddrah, nécessitait de coûteux travaux de réfection.

Les caisses de l'État étaient vides ou presque, ce qui n'était pas le cas de celles de l'Église des légides.

Sans s'apercevoir des mots qui sortaient de sa bouche, Sarcolem lui livra dans le désordre une bonne partie de ses raisons.

— Sache qu'en politique, l'essentiel est de se maintenir au pouvoir. Quitte à toujours choisir entre le moindre mal.

Chaque parole était un coup de massue pour la jeune idéaliste qui rétorqua :

— Faut-il toujours sacrifier une cause pour en sauver une autre ?

Habituée aux discussions orageuses qui opposaient parfois l'empereur à sa fille adoptive, Zaphia restait en retrait. Jamais, elle n'avait émis sa propre opinion. Certains prétendaient qu'elle agissait ainsi par respect pour son époux.

Sarcolem se rassit lourdement. Belina s'agenouilla près de lui et reprit avec moins de verve que de tristesse.

— Mesurez-vous vraiment toutes les conséquences de cette décision sur la spiritualité des hommes de demain, père ?

Les yeux de Sarcolem étaient sombres et indéchiffrables.

Les fidèles du Torancisme encore jeune et fragile allaient prier, oui. Mais croyant en la pluralité des vies, ils ne semblaient pas prendre au sérieux leur engagement à devenir meilleur – et, en premier lieu, à verser leur obole aux légides !

Vahar Molen avait prévenu l'empereur.

« En érigeant un système de croyances par lequel l'homme et la femme du commun s'engagent à se soumettre au Messager Torance ainsi qu'à nos lois, nous créons les bases d'une société disciplinée et homogène. »

Molen avait l'art de la formule et connaissait bien l'âme humaine. Sarcolem était obligé d'admettre qu'au fond ce prélat cupide avait raison !

Après avoir pleuré sur la mort d'un dogme dont l'utilité, d'après elle, était de faire d'un homme le seul maître de sa vie (ce que semblaient craindre les légides), Belina laissa tomber avant de s'en aller :

— Vous allez créer une nouvelle race d'esclaves, père…

Tout n'est qu'illusion, se disait au même instant Sarcolem sans daigner répondre. L'homme finit toujours par jeter de l'ombre dans ce qu'il a créé de plus beau. Il salit sans remords les choses qui viennent de son propre cœur et possède l'art d'emprisonner dans des croyances obscures ou ridicules la vérité qui coule naturellement de son esprit.

Tout d'abord étonné de s'entendre ainsi raisonner, Sarcolem prit conscience que cette voix était en fait celle du Mage errant.

LE JOUR DU SOUVENIR

L a nuit ourlée d'étoiles enveloppait Goromée. Un filet
de voix ou de vent, il n'aurait pu le dire exactement,
réveilla l'empereur. Filtré par les imposantes colonnes,
un rayon de lune éclairait la couche.

Sarcolem contempla sa femme assoupie à ses côtés,
détailla les traits de son visage endormi, le contour de ses
paupières, celui de sa bouche entrouverte. Il écouta son
souffle léger et s'extasia sur l'arrondi de sa poitrine
dénudée.

D'un geste machinal, il chercha la pierre bleue habituel-
lement accrochée à son cou. Ne la trouvant pas, il se rappela
que Zaphia n'aimait pas qu'il la porte lorsqu'ils faisaient
l'amour, car le poids de la gemme la dérangeait. Une douleur
sourde irradiait son bas-ventre. En se levant, Sarcolem
songea qu'il avait pris ce soir trop de poudre de « tigre de
feu », cet aphrodisiaque préparé par son cristalomancien
personnel.

Il chercha du regard les cristalomanciens qui priaient
jadis jour et nuit pour le protéger des tentatives morphiques
du Mage. Mais, là encore, Zaphia n'avait pas supporté

longtemps leur présence. Pour plaire à sa nouvelle femme, Sarcolem avait dû peu à peu se détacher d'eux.

Il songea à ses hommes de silex. Cent trente ans auparavant, le secret de la drogue avait été vendu à d'autres rois par un de ses « matraqueurs » renégats. Plusieurs monarques avaient constitué, avec plus ou moins de succès, leurs propres troupes d'élite. Des guerres uniquement menées avec ces nouvelles recrues avaient anéanti la grande majorité des effectifs. L'utilité des hommes de silex avait ensuite été remise en question et la drogue elle-même semblait à présent beaucoup moins efficace qu'avant.

Le temps avait passé et les choses changé. Lui-même se sentait différent. Était-ce un bien ou un mal ?

Il récupéra la pierre abandonnée sur le dallage près de sa couche et se rassit. Il enveloppa la cheville brune et satinée de l'impératrice dans sa main, remonta doucement le long de sa jambe. Était-ce un effet de son imagination ou Zaphia était-elle moins passionnée, ces derniers temps ? Moins patiente, moins tolérante, aussi !

Il interrompit son geste à la naissance de l'aine chaude et encore humide. Pris soudain d'une folle envie de comprendre pourquoi Zaphia était tombée amoureuse de lui, il posa délicatement sa pierre bleue sur le front de la jeune femme.

Combien de fois avait-il été tenté de placer sa pierre sur le front de chacun des membres de sa famille ? Et combien de fois avait-il reculé devant la peur de savoir ?

Cette nuit encore, il n'eut pas le courage d'aller au bout de son idée. Et, considérant sa pierre avec humeur, il la maudit pour la première fois de sa trop longue vie.

★

Les deux chevaux se tenaient au bord de l'éperon rocheux. Zaphia, qui se demandait pourquoi son mari avait tenu à se rendre incognito aussi loin de Goromée, fit mine d'admirer le paysage.

Une vaste plaine semée de broussailles poussées par les vents se dessinait en contrebas. À bien y regarder, cet endroit ressemblait à une immense cuvette bordée de collines, aux flancs escarpés, en grés rouges et bruns. Le ciel, obscurci par une épaisse couche de nuages, donnait à la plaine d'Hamrock cet aspect lugubre, presque enténébré, qui faisait aujourd'hui encore partie de sa légende.

Ici, se dit Sarcolem. Je me tenais exactement ici...

Devinant l'inquiétude de sa femme, le souverain lui expliqua que Sarcolem le Grand avait ordonné la destruction complète de la forteresse d'Hamrock de cet éperon rocheux.

— C'était il y a quatre cent un ans, fit l'empereur en soupirant.

Il sentit sur leurs talons la présence à la fois rassurante et agaçante de leur escorte.

Il éperonna son étalon.

— Allons-y !

Avec les siècles, l'eau des canaux s'était tarie. Il ne subsistait plus à leur place qu'un lacis de crevasses plantées d'une flore aquatique qui servaient de vivier à des centaines d'espèces d'insectes, de reptiles et de petits carnassiers.

— Ne crains rien, dit Sarcolem en évoquant ce grouillement d'animaux, l'hiver n'est pas tout à fait terminé. Cette saison est la seule où l'homme peut remettre les pieds à Hamrock sans craindre le venin des serpents.

Ce lieu avait en effet la pire des réputations. N'était-ce pas ici que Sarcolem Premier avait autrefois invité les rois des autres pays du continent central avant de les ensevelir sous une grêle de projectiles jusqu'à ce que la forteresse elle-même soit complètement rasée ?

Avec les siècles, des chansons et des légendes étaient nées de ce tragique événement. Ne disait-on pas que la région était désormais impropre à toute culture ? Que chaque année à la date anniversaire de la destruction de la forteresse, la plaine était privée de soleil et qu'il y faisait froid ? Que les âmes des rois, des princes, des nobles, mais aussi celles des centaines de serviteurs anéantis s'étaient réincarnées dans les serpents qui hantaient les marais ?

Sarcolem choisit un plateau sec semé de dalles lézardées : tout ce qui, avec quelques murs rongés par les intempéries, subsistait de la fière citadelle.

Les domestiques amenèrent des chaises.

Inquiète pour la santé mentale de son mari, Zaphia ordonna à ses gardes du corps ainsi qu'à Esculope, le capitaine des hommes de silex, de se retirer.

L'empereur jaugea le jeune Melek, attaché à la personne de l'impératrice. Allait-il faire des difficultés ? Il y a un règne ou deux, il n'aurait pas hésité à faire assassiner ce drôle d'officier. Mais il avait changé. Trop, peut-être ?

Cette question le hantait. Heureusement pour lui, Melek obéit.

Afin de détendre un peu l'atmosphère, Zaphia dit avec légèreté :

— Tu n'aurais jamais pu traîner Belina avec nous : elle déteste Hamrock depuis qu'une manieuse de cristaux lui a révélé qu'elle avait autrefois vécu dans cette forteresse.

L'impératrice pensait que l'information aurait amusé son mari. Sarcolem grommela, puis ouvrit un sécralum en bois dont il tira quelques rouleaux d'ogrove qu'il lut d'une voix profonde.

Le texte parlait de l'importance du premier jour et du dernier jour en toute chose. Ce thème était si proche de celui de la mort que Zaphia frissonna.

Au bout d'une heure, Sarcolem prit dans sa paume la pierre bleue du destin. Il sortit une grosse fiole de cristal de son sac en cuir de barnane, fixa intensément sa femme au fond des yeux.

— M'aimes-tu encore ?

La question prit Zaphia au dépourvu ; ce qui ne l'empêcha pas de l'embrasser avec tendresse.

— M'aimes-tu assez pour me suivre où que j'aille ? renchérit Sarcolem.

— Où que tu ailles ? répéta-t-elle, incrédule.

Sarcolem se leva brusquement.

— Oui. Quitter ce luxe et cette vie.

Zaphia sentit l'angoisse l'envahir. Où voulait-il en venir ?

Cette prose qu'il venait de lui lire, dit-il, était de la main d'Orgénus de Nivène. Ce sage avait également écrit une sorte de mise en garde adressée à l'empereur. Sarcolem lui en livra un extrait :

« *Que ceux qui se croient protégés des Brumes et installés dans leur vie pour des siècles et des siècles les craignent. Car, un jour, à force de vivre éternellement, on apprend à attendre la mort avec autant de passion qu'on en a mis à la haïr et à la repousser.* »

Zaphia devait-elle commenter ou bien se contenter de rester dans les bras de son mari ?

Elle murmura finalement à son oreille un : « oui, je te suivrai. »

— Notre fils fera un bon empereur. Belina saura l'épauler.

— Mon amour, je..., commença l'impératrice en craignant de comprendre.

Puis, s'adressant à la plaine lugubre, à la végétation desséchée et jaunâtre et au froid qui émanait de la terre, Sarcolem s'écria mystérieusement :

— Je suis prêt, désormais !

★

Sarcolem fermait-il les yeux ou bien les avaient-ils toujours grands ouverts ? Lorsqu'il tomba la face dans la boue glacée, il comprit qu'il rêvait.

— Père, levez-vous ! le pressa Belina.

La jeune fille était vêtue d'une tunique de drap brun. La tête recouverte d'une capuche, elle avançait devant lui. Malgré la nuit profonde, il émanait de sa personne une fine lumière dorée.

Les pieds nus de l'empereur s'enfonçaient dans la glaise. Mais le plus effrayant était ces gens qui les observaient en silence et formaient autour d'eux une haie sombre et menaçante.

Au fur et à mesure qu'ils avançaient, la foule s'écartait à contrecœur.

Sarcolem dévisagea un des hommes et s'écria avec effroi :

— Ce sont des squelettes !

— Je crains, père, que ce soient ceux et celles qui ont si longtemps souffert dans le corral des princes...

L'empereur osa une fois encore croiser le regard glauque d'une de ces créatures.

Un flux d'émotions brutes sourdait de leurs âmes.

— Où allons-nous ? demanda-t-il, soudain inquiet, en prenant le bras de Belina.

— Je ne peux hélas vous accompagner plus loin, père.

Sarcolem contempla le paysage vide et noir, et les silhouettes de ces anciens princes et princesses issus de son propre sang.

Belina commençait à disparaitre dans la lumière dorée.

— Non ! s'écria Sarcolem. Ne me laisse pas !

Lorsque toute lueur s'éteignit, les enfants qu'il avait autrefois sacrifiés s'avancèrent.

L'empereur hurla et se réveilla de ce cauchemar affaibli et malade. La rumeur publique annonça aussitôt par les rues de Goromée qu'il était au plus mal…

L'AUBE AVANT LA NUIT

Les pleureuses s'étaient rassemblées sur la terrasse à quelques distances du kénoab blanc des Sarcolem où l'empereur avait tenu à être transporté. Le malaise du souverain avait pris tout le monde par surprise et personne ne savait au juste comment réagir. Aussi, même si les pleureuses n'étaient plus très à la mode, le chambellan en avait fait venir une douzaine, à tout hasard.

Tandis que les membres influents du gouvernement arrivaient sur la terrasse, l'impératrice et le grand chambellan se concertaient dans un coin.

— Majesté, disait le haut fonctionnaire, les ordres de l'empereur sont formels. Même s'il n'y a plus ni corral des princes ni combat à mort, le cérémonial doit être respecté à la lettre.

Zaphia le considéra avec mépris. Sa fille, puis son fils arrivèrent, encore vêtus pour la nuit, décoiffés et hagards. Si Miklos semblait dépassé par les événements, Belina remarqua tout de suite que sa mère était la seule ou presque à être déjà vêtue, peignée et maquillée.

L'aube allait bientôt rosir le firmament. Les branches du kénoab blanc et leurs bourgeons précoces scintillaient de rosée. Installé sous les basses frondaisons, Sarcolem haletait. Trois de ses fidèles cristalomanciens étaient à son chevet.

L'impératrice n'avait pas beaucoup d'estime pour les manieurs de cristaux. Aussi alla-t-elle trouver le groupe de médecins qui hésitaient à s'approcher du souverain et s'enquit :

— Eh bien ?

Le doyen des apothicaires n'osait se prononcer. Les symptômes de l'empereur ressemblaient soit à un enchantement, soit à un empoisonnement.

Ce dernier mot franchit les lèvres de l'homme de science avec beaucoup de difficulté, car une telle révélation pouvait entraîner de terribles conséquences.

Zaphia fronça les sourcils. Sa fille et son fils la rejoignirent.

— Soyez clairs ! fit-elle avec agacement. Quel est l'état de l'empereur ?

Les larmes que versaient les pleureuses lui tapaient sur les nerfs. De plus, un nombre grandissant de courtisans, de nobles, de généraux, d'ambassadeurs étrangers et de légides ne cessaient d'affluer sur la terrasse. Zaphia repéra le pontife Molen en personne qui s'approchait d'eux.

Melek s'interposa, la main sur la garde de son épée; l'impératrice lui fit signe de laisser passer le grand légide.

— Majesté, déclara le Premius de Torance sur un ton attristé, l'événement qui vous frappe, frappe également l'empire et je…

À cet instant, le capitaine Esculope les interrompit.

— L'empereur vous mande à son chevet, Ma Dame.

Zaphia invita ses enfants et le grand légide à la suivre.

Sarcolem était livide. Une fièvre ardente rongeait son corps. Déjà, des ganglions rouges apparaissaient sur son cou, ses bras et au défaut de l'aine.

Zaphia dévisagea sans aménité les trois cristalomanciens qui s'étaient révélés incapables d'enrayer le mal.

Vahar Molen se targuait de quelques rudiments de médecine et diagnostiqua la peste.

À ce mot, tous reculèrent, effrayés.

L'impératrice semblait déconcertée. Que s'était-il passé ? Belina lui souffla qu'ils n'auraient jamais dû se rendre dans la plaine maudite d'Hamrock. À son avis, les âmes des morts avaient jeté un sort à son père qui payait ainsi pour les crimes commis jadis par le premier empereur.

La souveraine estimait l'intelligence de sa fille. Mais elle rejeta d'emblée cette explication trop mystique à son goût.

Sarcolem haletait plus sourdement. Un de ses cristalomancien lui donna un peu d'eau qu'il vomit aussitôt. Molen souleva une de ses paupières avec ses doigts et hocha la tête.

— Il est perdu, déclara-t-il.

Puis, entouré de ses légides, il se mit à prier.

Zaphia restait méfiante. Il se passait quelque chose d'anormal. Mais quoi ? Derrière elle, Miklos paraissait aussi désemparé qu'un jeune adolescent.

Soudain, Sarcolem se redressa. Il considéra chacun des hommes rassemblés autour de lui – la plupart respiraient derrière un morceau de toge plaqué sur le bas du visage en guise de filtre. Il reconnut Miklos, lui tendit la main.

Le prince saisit son poignet avec une évidente répulsion.

— Mon fils, bredouilla Sarcolem, je fais de toi mon légitime héritier.

Ces paroles, prononcées avec suffisamment de force, reçurent l'assentiment de la plupart des hommes réunis.

Tandis que les nobles, les légides et les généraux acclamaient le futur souverain – une première dans les annales de l'empire ! –, Zaphia échangeait un regard angoissé avec son jeune garde du corps. Belina, pour sa part, s'était agenouillée près de son père et avait pris ses mains dans les siennes.

— Tu pleures ? se désola Sarcolem en se forçant à sourire malgré la douleur. Il ne faut pas. Je vous aime, toi, ta mère, ton frère…

Il se tut, demanda encore à boire, vomit de nouveau.

Les pleureuses furent chassées. Les nobles et les généraux s'agenouillèrent autour de Miklos qui brandissait une épée qu'on venait de lui remettre pour la circonstance.

Au pied du kénoab, Vahar Molen récitait au mourant la prière à Torance qui faisait maintenant intégralement partie du cérémonial du retour de l'âme du défunt dans le paradis du Prince Messager. Sarcolem ne put s'empêcher de sourire en entendant les paroles de cette prière qui remplaçait celle du retour vers les anciennes sphères célestes de la déesse.

Les époques avaient beau changer, les prières s'adresser à un dieu plutôt qu'à un autre, les hommes s'arrogeaient toujours le droit de décider de quoi l'au-delà était fait !

— Que le Divin Messager t'accueille bienheureusement dans la lumière de Gaïos, murmurait Vahar Molen.

Bien que fiévreux, Sarcolem imaginait clairement la scène. Lui, face à face avec Torance ! Son rire s'étrangla sous une terrible quinte de toux.

Il serrait toujours les mains de Belina, observait son visage implorant. Où était passée sa femme ? Ses yeux allèrent du grand légide à son fidèle Esculope.

Le capitaine avait-il bien compris ses dernières instructions ? Sarcolem lui avait-il donné suffisamment d'or pour s'attacher sa fidélité ?

Sa main était toujours chaude dans celle de sa fille, quand la mort, brusquement, le cueillit du creux de sa faucille.

Peu après, Esculope remit un rouleau cacheté à la souveraine.

— De la part de l'empereur, murmura-t-il en inclinant la tête.

★

Le cadavre de l'homme était soigneusement enveloppé dans une toile de jute brun. Le capitaine des derniers hommes de silex ordonna que l'on dépose le corps dans la niche creusée à cet effet à même la paroi.

La pièce était située au bout d'un lacis de corridors secrets dont l'empereur lui avait, l'avant-veille seulement, remis les plans. Nu, taillé dans la roche brute, l'endroit ressemblait à un sépulcre et donnait la chair de poule.

Le capitaine Esculope, dont la mentalité avait toujours été celle d'un militaire, ne pouvait pas, encore maintenant, ni se défaire de sa fidélité envers l'empereur, ni la comprendre véritablement. Il était à son service depuis la fin de son adolescence et y était demeuré; d'abord en tant que simple factionnaire, puis comme officier particulier. Sarcolem lui avait enseigné les mots-maîtres qui commandaient aux hommes de silex. La mort de son protecteur et mentor, si soudaine, l'accablait. Pourtant, il était sûr que personne, au palais, ne soupçonnerait jamais ni sa peine ni son désarroi.

Il approcha sa torche du cadavre et contempla le visage carré, les traits bien définis, le front traversé de rides noires. L'homme était âgé d'une quarantaine d'années, sa taille et sa silhouette « feraient sans doute parfaitement l'affaire ». Le capitaine n'était pas certain de comprendre pourquoi il avait dû ratisser les bas-quartiers de la ville et repérer un homme qui ressemblait vaguement à l'empereur décédé. Mais ses ordres étaient clairs : il devait tuer cet inconnu sans qu'il soit possible de conclure à un assassinat, et c'est ce qu'il avait fait.

Dans ce but, Esculope avait dû se déguiser, entrer dans l'échoppe où se trouvait sa future victime, et glisser du poison dans son vin. L'homme était mort peu après sans rien comprendre à son triste sort.

— C'est bien, déclara le capitaine à ses soldats. Maintenant, partons !

Il songeait à la bourse remplie de pièces d'or et au second rouleau d'ogrove que lui avait personnellement donné l'empereur, et qu'il avait ordre de brûler après en avoir pris connaissance.

À présent que Sarcolem était mort, comment obtiendrait-il la seconde bourse également promise par le souverain ? Une autre question lancinante l'effleura : qu'allait-il advenir de lui et de ses mercenaires sans âmes maintenant que l'empereur n'était plus ?

Soudain, un panneau bascula dans le mur. Les quatre hommes de silex levèrent leur glaive, mais furent immobilisés par un ordre bref lancé dans une langue inconnue : le mot maître qui signifiait que l'on devait attendre…

L'inconnu qui se tenait face à Esculope portait une capuche sur la tête et une quiba de soie noire sur le visage.

Rendu fébrile et méfiant, l'officier avança, armé de son glaive, tandis qu'un homme de silex levait sa torche.

La silhouette drapée dans un long manteau sombre tendit alors sa main : elle contenait la seconde bourse remplie de pièces. L'apparition se pencha sur le cadavre.

— Capitaine, je suis fier de toi.

Esculope tressaillit, car cette voix, bien que déformée par le pan de tissu, lui était familière. Un doute terrible l'envahit, suivi d'un accès de joie irrépressible.

L'inconnu sentit qu'il allait parler et l'interrompit :

— Depuis très longtemps déjà, tu sers loyalement ton empereur. Tu as le choix, maintenant, de servir son fils. Enseigne-lui les mots-maîtres qui parlent aux hommes sans âmes.

Le capitaine ne se tenait plus de joie. Ainsi, tout n'était pas terminé ! L'homme cagoulé lui ordonna de se retirer, et il obéit avec ses hommes.

Lorsque le bruit de leur pas eut décru dans les corridors, l'inconnu ôta sa lourde capuche.

Sarcolem était satisfait, car tout, une fois encore, s'était déroulé selon ses plans. Son fidèle Esculope l'avait sans doute reconnu, mais militaire dans l'âme, il n'avait pas osé manifester son soulagement. Un instant, l'empereur songea qu'il aurait pu lui donner l'accolade ou bien lui serrer la main.

L'heure, pourtant, n'était pas encore aux effusions.

Il avait de lui-même décidé d'absorber un poison lent de sa composition qui avait simulé la peste, puis la mort. Son décès constaté par tout le monde, ses cristalomanciens l'avaient transporté, selon le cérémonial prévu, dans les souterrains où il devait traditionnellement rester durant soixante-douze heures.

D'ordinaire, Sarcolem activait, grâce à la pierre du destin, le pouvoir des sangs mêlés de Torance et de Shanandra contenus dans le flacon de cristal, avant d'en avaler quelques gouttes.

Mais pas cette fois-ci.

Espérons que Zaphia a bien compris le sens de mon message, se dit-il en installant, sur le visage du cadavre, un masque en or identique à ceux que portaient chacun des empereurs décédés. Afin que personne ne puisse être tenté d'ôter ce masque avant l'inhumation dans la crypte impériale, Sarcolem utilisa l'habituel acide qui fondait en une seule masse brûlante et le métal du masque et la chair du mort. Par précaution, il répandit aussi un peu du liquide sur l'épaule droite du cadavre, à l'endroit où devait se trouver le « sceau léonique » des Sarcolem.

Tout en dressant un dernier inventaire des affaires qu'il emportait avec lui, l'empereur passa ensuite mentalement en revue les différentes étapes de son propre enterrement.

Tout d'abord, son « corps » serait lavé, préparé et vêtu par ses fidèles cristalomanciens, puis exposé devant la cour et le peuple. Pour finir, on le déposerait dans un impénétrable sépulcre de pierre. On roulerait celui-ci sur des billots de bois jusqu'à la crypte des empereurs située sous la salle où l'on pouvait admirer les statues de tous les monarques. Puis ce dernier illustre inconnu piégé dans une échoppe de Goromée irait rejoindre les onze autres cadavres anonymes qui reposaient en lieu et place des supposés monarques.

Il n'y aura cette fois ni arène ni combat des princes. Miklos sera couronné par le grand légide et Belina sera là pour l'aider à gouverner en attendant qu'il se trouve une épouse.

Malgré sa nervosité, Sarcolem ne pouvait s'empêcher d'être fier de l'ingénieuse stratégie qu'il avait jadis mise en place pour couvrir son « immortalité ». Mais il était temps, désormais, de tourner le dos à ce mode d'existence.

Il souleva les trois sacs qu'il emportait avec lui, et sortit du souterrain en boitillant.

Son départ n'était pas sans risques. En un sens, ce qu'il s'apprêtait à faire ressemblerait véritablement à une mort.

À une sorte de mort inconnue de lui.

Il ne put s'empêcher de sourire. Dehors, l'aube du troisième jour commençait à poindre dans le ciel de Goromée. Il s'imprégna une dernière fois – ou peut-être pas, qui pouvait le dire ? – du bruit continuel des chutes d'eau dans l'isthme; contempla les lambeaux de brumes qui tourbillonnaient autour des toits dorés, des hautes statues et des flèches de bronze; respira l'air iodé de l'océan mélangé aux fragrances subtiles de ses jardins suspendus.

Une odeur qu'il ne retrouverait nulle par ailleurs, il en était certain !

UN NOUVEAU DÉPART

La grange abandonnée s'élevait à l'aplomb des falaises crayeuses situées en bordure de la mer de l'Est. Gagner cet endroit, qu'il avait mentionné dans le message à sa femme, s'était avéré plus difficile qu'il ne l'avait cru. Guère habitué à marcher sur les chemins, Sarcolem avait cheminé de soir et de nuit, et pour éviter de se faire arrêter par des soldats, dormi le jour dans des plis de terrain glacés.

Mais l'épreuve ne déplaisait pas à l'ancien empereur. D'ailleurs, s'il voulait entreprendre les voyages et les découvertes dont il rêvait à présent, il fallait qu'il s'endurcisse. Il tapota le sac en cuir de barnane dans lequel se trouvait la formule d'activation de la pierre du destin ainsi que la fiole en cristal contenant les sangs mêlés.

Parvenu dans la grange branlante, il s'était installé du mieux qu'il avait pu en attendant le moment où sa femme viendrait le rejoindre.

Quatre jours avaient passé, depuis. Mais il fallait bien tout ce temps pour venir à bout des cérémonies d'inhumation et celles devant conduire au couronnement de Miklos.

Longtemps, l'idée de céder le pouvoir à un de ses fils lui avait paru inacceptable, et même révoltante. Cependant, lors de ce dernier règne, il avait en quelque sorte réalisé que toute chose, et à fortiori la plus merveilleuse, devait fatalement et naturellement avoir une fin.

C'est en dressant la liste de ses œuvres, visibles dans toutes les provinces de l'empire, et en contemplant avec sa fille les bâtiments qu'il avait fait ériger au long de ses douze règnes successifs dans la cité de Goromée que son projet, peu à peu, avait mûri.

Cela signifiait-il pour autant qu'il était prêt à abandonner son immortalité ?

Il s'assit sur une botte de paille séchée et se servit un généreux morceau de fromage de chèvre. Il coupa ensuite deux tranches d'un pain noir et dur, et but à sa gourde une lampée d'eau. En fait, il était prêt à bien des choses, mais il ne fallait pas exagérer !

Il avait eu très froid la nuit dernière. Les vents rasaient les falaises séparant l'Empire de Gorée du royaume nordique de Reddrah et s'engouffraient entre les entablements rocheux. Leurs hurlements incessants donnaient l'impression aux voyageurs que des monstres vivaient en ces lieux désolés.

Au matin, une épaisse couche de glace s'était formée sur le toit de la grange. Tendant la tête par une anfractuosité pratiquée dans la paroi, Sarcolem étudia le goutte-à-goutte persistant des stalactites blanchâtres.

Son dos le faisait souffrir. Mais sa joie de voir bientôt apparaître sa femme le confortait dans l'idée que ce matin froid et lumineux n'en serait pas moins le symbole d'un nouveau départ.

Pour faire passer le temps, il prit dans ses mains la cassette de joyaux qu'il avait emportée pour faire face à une vie d'aventures, de voyages et d'apprentissage. Il réalisa soudain qu'il avait longtemps rêvé de voir de ses propres yeux tous les endroits dont il n'avait fait qu'entendre parler par la bouche de ses ambassadeurs. Les plaines fabuleuses de l'île-continent de Lem, par exemple, où vivaient, disait-on, des troupeaux d'*ancéphélatos*, ces ruminants munis de cornes noires et dont les flancs étaient garnis d'une épaisse laine brune. Les sommets des monts Tonnerre, situés dans les îles de Midrika. Les dizaines de cités étrangères, aussi, qu'il souhaitait comparer à celle de Goromée.

Tant de choses…

Il soupira.

À l'heure qu'il est, se dit-il, Zaphia a dû préparer son « exil volontaire »…

Il avait en effet demandé à sa femme de quitter officiellement Goromée dès le couronnement de leur fils. Elle pourrait se rendre avec armes et bagages dans l'un ou l'autre de leurs palais situés aux quatre coins de l'empire.

Parvenue à destination, elle y restera quelques mois. Puis, elle se retirera des affaires pour méditer. À ce moment-là, je l'aurai déjà rejointe, et, ensemble, nous partirons pour une vie véritablement nouvelle.

Zaphia avait grandi et vécu dans la rue jusqu'à l'âge de dix-huit ans. Elle était par la suite devenue impératrice. Mais, il le savait, son âme était restée simple et pure. Elle avait accompli son devoir de souveraine par amour pour lui. Cependant, il savait aussi que le goût de l'aventure ne l'avait jamais quittée. Ils avaient parlé à plusieurs reprises, durant ces vingt années de bonheur, de l'idée folle de partir un jour, incognito, et de découvrir le monde.

Le moment était enfin arrivé.

Un bruit de sabots sur le sol gelé le tira de ses rêveries.

Était-ce elle ?

Il suivit du regard une troupe d'archers qui longeait le chemin. Nul ne s'arrêta. C'était aussi bien, car dans sa lettre il avait demandé à Zaphia de le rejoindre seule pour lui parler de son « plan d'évasion ».

Se pourrait-il qu'elle lui en veuille d'avoir comploté tout cela en secret ?

Zaphia avait toujours apprécié sa créativité, qu'elle n'hésitait pas à qualifier de « Morphique » : surtout lorsqu'ils faisaient l'amour ou qu'ils s'affrontaient au Maï-Taï !

Il caressa machinalement la pierre qu'il portait autour du cou.

Soudain, un hennissement retentit. Il sortit de la grange en courant et se heurta à deux cavaliers vêtus de lourds kaftangs. Leurs visages étaient cachés par des cagoules en lin noir.

Le premier homme semblait avoir du mal à maîtriser son cheval. Il resserra sa prise sur la bride et laissa tomber entre ses dents :

— Ainsi, c'était donc vrai !

Ce disant, il saisit son arc, tira une flèche de son carquois et l'approcha de la torche que lui tenait le second cavalier.

— Que signifie ? s'enquit Sarcolem, méfiant.

L'archer visa le toit de chaume de la grange, puis il abaissa sa mire de quatre doigts.

La flèche enflammée transperça la tête de l'empereur à la hauteur de la joue droite. L'archer alluma une seconde flèche qui atteignit Sarcolem au défaut de la gorge. Une troisième, une quatrième, puis une cinquième flèche pénétrèrent sa poitrine, son aine, et, pour finir, son cœur.

Juste avant de tomber, Sarcolem vit ses deux assassins ôter leurs cagoules. Il reconnut le jeune Melek qui rangeait son arc… ainsi que son propre fils…

★

La grange brûlait. Était-ce les archers aperçus plus tôt qui étaient revenus ? Était-ce uniquement Sarcolem qui, transformé en torche humaine, se débattait et voyait des flammes partout ?

Au bout d'un moment qui lui sembla impossible à quantifier, il se demanda tout de même comment il pouvait continuer à voir, à bouger et à réfléchir. Ne continuait-il pas, pourtant, à crépiter et à s'embraser ?

La douleur des premiers instants s'était vite apaisée. Et s'il avait eu la nette impression de se tordre et de hurler, la sensation d'exister au-delà de ce qui avait été son corps le troublait maintenant plus que la mort. L'identité même de ses assassins était momentanément reléguée au second plan de ses préoccupations.

Autour de lui, il ne subsistait plus rien de la grange à part des tourbillons de fumée, un sol nappé de braises ardentes, un mur de briques noircies par l'incendie. Il leva les yeux et se rendit compte que le ciel virait à l'orangé.

Le soleil se couchait-il ? Le jour avait-il déjà passé ?

Il considéra ce qui constituait toujours pour lui un « corps » et s'étonna de la transparence de ses membres. Ses bras, son torse et ses jambes apparemment nues ressemblaient en effet à du cristal souple et luminescent. Non pas gélatineux au toucher, mais doux, et aussi tiède en fait qu'une peau normale.

Alors que la nuit descendait sur la falaise et que les vents recommençaient à souffler, une pluie fine et dorée se mit à tomber devant lui. Peu après, une silhouette prit forme dans la lumière. Sarcolem cligna des yeux puis, sans grande surprise, car finalement il s'y attendait, il reconnut le Mage errant, appuyé sur son long kaïbo.

Mérinock s'agenouilla, fouilla la couche de cendres et de braises mêlée et dégagea les restes calcinés d'un cadavre.

Puis, il tendit sa main et reprit sur la dépouille la pierre bleue qui palpitait doucement sous les derniers feux du soleil.

Alors seulement il considéra l'être invisible qu'était devenu Sarcolem.

— Rien n'appartient jamais à l'homme pour l'éternité, dit-il. J'espère que tu l'auras compris !

Il n'y avait aucune agressivité dans ces mots. Cette attitude, plus encore que l'apparition du Mage, étonna le nouveau mort. Ne voulant pas trop s'appesantir sur ce que cette bienveillance pouvait avoir de suspecte, Sarcolem prit le temps de s'observer.

Mérinock remuait les cendres avec son kaïbo à la recherche, sans doute, de la fiole de cristal contenant les sangs mêlés. Il n'en continuait pas moins à parler à l'ex-souverain.

— Il s'agit d'un corps, bien sûr ! Comme le précédent, celui-ci est fait de matière, mais d'une nature plus subtile. Ce corps n'est pas nouveau. Il a toujours existé de concert avec l'autre.

Pour simplifier son propos, il indiqua le cadavre noirci dont le crâne contenait toujours la pointe de métal de la première flèche.

— Un corps fait... de lumière ! s'exclama alors Sarcolem.

Il contempla ce qui restait de l'ancienne grange, revit avec une netteté stupéfiante l'arrivée des deux cavaliers ainsi que leur visage...

— Pourquoi ? s'entendit-il demander.

Mérinock rit doucement.

— Que ce soit toi qui le demandes tient du miracle !

Sarcolem était trop angoissé par cette énigme pour se rebiffer. Il acceptait le fait de se retrouver en compagnie du Mage errant. Par contre, l'attitude de Melek, qu'il avait toujours toléré à la cour, et plus encore celle de son fils lui semblaient incompréhensibles.

— Pourquoi ? redemanda-t-il le plus sincèrement du monde.

Soudain, la silhouette de Mérinock s'estompa.

Sarcolem prit peur.

— Restez ! s'exclama-t-il.

La dernière image qu'il emporta du Mage fut celle d'un homme ennuyé de ne pas retrouver la fiole de sang.

★

Ainsi donc, il était mort !

Cette constatation, aussi déprimante soit-elle, ne parvenait cependant pas à diminuer l'excitation que Sarcolem ressentait à l'idée de continuer à voir, à entendre et à réfléchir. Certains écrits d'Orgénus de Nivène à propos du désir de vivre au-delà des limites naturelles de l'existence humaine lui revenaient à la mémoire.

Je suis mort, se répéta-t-il.

Tandis qu'il se pénétrait de cette idée, des formes et des objets apparaissaient autour de lui. Il se retrouva dans un hall planté de hautes colonnes. Le détail d'une mosaïque lui révéla qu'il était de retour dans son palais. Plus exactement, dans la salle du trône.

Des silhouettes bougeaient entre les colonnes. Sarcolem reconnut plusieurs de ses conseillers, quelques gardes, le jeune Melek ainsi que Miklos.

Son fils était assis sur le trône impérial. Malgré l'heure tardive, le palais était en ébullition. Des serviteurs s'agitaient. Chaque issue était gardée par des sentinelles.

Sarcolem vit un empilement de corps. Certains avaient été éventrés, d'autres égorgés.

Sarcolem identifia les trois cristalomanciens qui lui avaient été fidèles jusqu'au bout, ainsi que ses derniers hommes de silex. La tête du capitaine Esculope trônait au sommet de cette macabre pyramide.

La même question, lancinante, revenait aux oreilles de Sarcolem : pourquoi ?

Miklos et Melek discutaient à voix basse. L'ex-empereur s'approcha…

— L'armée est sous notre contrôle, disait Melek. Deux généraux renégats se sont enfuis, mais nous les pourchassons. La plupart des gouverneurs de provinces nous ont déjà envoyé leurs félicitations. Les royaumes de Vorénor et de Lem nous ont fait savoir qu'ils ne rappelleraient pas leurs ambassadeurs. Seul le royaume de Reddrah tarde à reconnaître notre autorité.

— Qu'en est-il du grand légide Molen ? s'informa Miklos.

Ainsi, se dit Sarcolem, il y a eu des opposants au couronnement de mon fils !

Ce qui ne répondait toujours pas à sa question.

Il songea à sa femme et à sa fille, et fut aussitôt transporté dans les appartements de Belina. Une intuition lui apprit que les portes étaient fermées et gardées, et que la princesse était en quelque sorte prisonnière.

Il se rendit dans sa chambre et découvrit sa fille assise seule devant sa psyché.

Dans la plaque de bronze se reflétaient son visage décoiffé, son air hagard. Sarcolem était trop bouleversé par le désarroi de sa fille pour s'apercevoir que ce reflet n'était pas l'exacte réplique du visage de Belina… mais celui d'une autre !

La princesse se mit à sangloter. Sarcolem écarquilla les yeux de son corps de lumière et reconnut Amrina !

Dès lors, d'autres visages se substituèrent à celui de sa jeune amie d'autrefois. Parmi eux, Sarcolem reconnut le roi impubère Atinoë, mort tragiquement dans la forteresse d'Hamrock.

Stupéfait, Sarcolem recula… et passa à travers le corps de sa femme !

Zaphia était entrée dans les appartements de Belina par une porte dérobée.

L'ex-empereur vit la souveraine prendre leur fille dans ses bras.

— Tout va bien, la réconforta-t-elle.

— Tout va bien ! se récria Belina en s'arrachant à l'étreinte de sa mère. Tout va mal, au contraire ! Ne voyez-vous pas, mère, que Melek a manipulé Miklos !

— Melek ne veut que notre bien.

— Mère, s'emporta Belina, pourquoi lui as-tu fait lire le rouleau d'ogrove que t'avais fait remettre mon père ?

Témoin invisible, Sarcolem vit alors le visage de Zaphia se fermer, et, sur la plaque de bronze, une autre femme apparaître à sa place…

En identifiant Ylonée, l'impératrice qui l'avait jadis poignardée, puis Élypsée, sa reine alors qu'il n'était encore que le roi Sarcolem, l'ex-empereur eut l'impression qu'un gouffre s'ouvrait sous ses pieds.

Une force inconnue le happa.

Il hurla. Mais personne ne l'entendit.

★

La nuit était noire et profonde, et il ne subsistait plus dans le palais que le bruit familier des chutes d'eau.

Flottant tel un nuage de pièce en pièce, Sarcolem ne s'appartenait plus. Une brise soufflait sur lui, le poussait de-ci, de-là sans qu'il n'ait aucun contrôle sur sa trajectoire.

Il fut tout d'abord guidé au-dessus d'une couche dans laquelle dormaient deux hommes enlacés. Il y reconnut non seulement Miklos et Melek, mais également, en images superposées, les visages de ceux qu'ils avaient tous deux incarnés par le passé.

Poursuivi par les fantômes d'Astagor et de son jeune fils Odalic, puis par les spectres de Rouviff Dogmo et de celui de Prégorus, l'ex-empereur fut dirigé vers un autre bâtiment.

Le lieu qui abritait l'administration du Torancisme se trouvait dans la ville haute à quelques distances du palais. Sarcolem s'y s'introduisit en passant au travers de la toiture et des énormes poutres. Malgré l'heure tardive, les couloirs fourmillaient de légides et de leurs apprentis. Leurs crânes rasés et leurs toges blanches ou brunes composaient un bal muet et pathétique.

La force qui dirigeait l'ancien empereur l'amena dans une pièce qui ressemblait à une cellule. Sarcolem vit, affalé sur l'unique fauteuil de bois sculpté, la silhouette de Vahar Molen.

À l'extérieur de la pièce, plusieurs légides hésitaient à réveiller le Premius.

— Il a demandé qu'on le laisse dormir encore un peu.

— Mais c'est maintenant qu'il nous faut prendre une décision !

Curieux de voir ce qui allait se produire, Sarcolem se laissa pousser au-dessus du légide. Il ouvrit grand les yeux et contempla le visage de Molen. Il ne fut pas surpris de voir les traits du Premius se disloquer pour se composer aussitôt une autre figure.

En réalisant que Molen avait par le passé incarné d'autres de ses ennemis, Sarcolem se crispa.

— Sartran ! laissa-t-il tomber, estomaqué.

Le Mage errant choisit ce moment pour réapparaître.

— Vois-tu, mon messager, nous faisons tous partie d'une même et grande famille d'âmes. Toi autant que les autres.

L'ex-empereur haussa les épaules. Plus rien, désormais, ne pouvait ni le surprendre ni l'épouvanter. En mettant en scène sa propre mort, il avait voulu continuer à tricher. Et, même s'il avait cette fois résolu d'abandonner le pouvoir à son fils, il n'en demeurait pas moins un rebelle dans cette « famille » dont venait de parler le Mage.

— Tout ceci répond-il à tes nombreuses questions ? lui demanda Mérinock.

Sarcolem restait sans réaction. Tout s'était écroulé. Nulle volonté de vivre ou de se battre ne l'habitait plus.

— Es-tu finalement… prêt ?

L'ex-empereur redressa la tête. Autour de lui, la cellule où sommeillait le grand légide s'emplissait d'une brume sale, grisâtre et opaque.

— Prêt ? se récria Sarcolem sans comprendre.

N'avait-il pas fait de grands progrès depuis sa dernière résurrection ?

— Es-tu prêt à affronter les brumes de Shandarée qui t'attendent, messager ? précisa Mérinock. Elles ont été tissées par tes pensées et par tes actions tout au long de ton interminable règne.

Peu à peu, les brumes enveloppèrent l'ex-souverain.

— Ne me laissez pas ! geignit Sarcolem.

— N'aie crainte. Nous nous retrouverons. Tu reviendras à la vie. Et ce jour-là, tu choisiras peut-être un chemin plus lumineux.

Sarcolem hurla, encore et encore, tandis qu'il se dissolvait dans la brume.

Le Mage errant, lui, songeait à l'avenir et spécialement à Torance et à Shanandra avec qui il convenait désormais de reprendre contact…

Quatrième partie

Le périple secret de Shanandra
An 0-497 Après Torance

Le rouleau d'ogrove du temps est un fleuve indomptable sur lequel les âmes inscrivent leur propre histoire, à tour de rôle et plusieurs fois de suite, dans un long cycle souvent infernal.

Orgénus de Nivène

Les brumes maléfiques

Goromée, deux jours après le supplice du prince Torance, en l'an 586 de l'ancienne chronologie goréenne.

L es veilleurs de rues annoncèrent la sixième heure du matin. Le soleil se levait paisiblement sur les murailles entre les merlons disposés face à la mer de l'Est. Le flot continu des chutes d'eau se jetait, toujours aussi assourdissant, des deux bords de l'isthme. Il semblait vraiment à Shanandra que la cité n'avait pas changée depuis ce petit jour brouillardeux où... elle était morte.

Ce mot était, vu les circonstances, porteur d'impressions aussi étranges que dérangeantes. Elle vit un marchand qui peinait à tirer son attelage à main, et recula. Pas assez vite, car l'homme lui passa au travers du corps.

Morte.

Elle sourit.

Il n'y avait que les vivants pour songer que les morts disparaissaient vraiment. À la vérité, elle sentait plus encore que dans son enveloppe charnelle les effluves familiers de la vie qui montaient des murs, du sol, et s'exhalaient des gens eux-mêmes !

Si son ouïe était plus développée, sa vue bénéficiait également des changements opérés en elle par son passage dans les sphères célestes de la déesse.

Elle essaya de toucher un muret de pierre et sentit sa substance éthérée lui chatouiller le bout des doigts.

Des portes s'ouvraient autour d'elle. Des enfants jaillissaient des maisons. Des hommes embrassaient leur femme. La jeune fille remarqua que le vent vif et iodé – cette senteur si caractéristique de Goromée – soulevait les toges des citadines et rabattait les capuches sur le visage des travailleurs.

Shanandra ne percevait de ce vent qu'une brise légère qui caressait ses longs cheveux.

À l'écoute du moindre écho de vie, elle aurait pu demeurer longtemps sous le charme des gens, des animaux de basse-cour, des chiens, des chats errants et même des végétaux dont les auras magnifiques étincelaient dans le matin satiné. Mais en revenant à Goromée, elle n'avait qu'une idée en tête…

À peine émit-elle le désir de se rendre sur l'esplanade du temple de Gorum que le dédale des rues céda la place à un imposant fronton de pierre.

À sa grande surprise, l'agora ne contenait plus ni estrades de bois, ni échafaud, ni pierres dressées. Les citadins musardaient avec insouciance. Quelques marchands ambulants proposaient des boissons chaudes à base de *kephre*, cette épice venue des lointaines îles de Midrika. Des orateurs publics vêtus de drap blanc haranguaient la foule.

Se pouvait-il qu'elle ait perdu plus de temps qu'elle n'avait cru, dans la Géode sacrée, à parler avec le Mage errant ?

Shanandra chercha des traces du drame qui s'était déroulé en ce lieu, mais dut s'agenouiller, terrassée par un violent étourdissement.

Non seulement entendait-elle ce que les gens se disaient, mais elle percevait aussi le flot chaotique de leurs pensées !

Accroupie sur les dalles de pierre, elle eut l'impression de manquer d'air. Trop de gens, trop d'idées et d'images, trop d'auras mélangées.

Elle plissa les paupières, tenta de se concentrer.

Bientôt, une seconde réalité se substitua à celle de ce banal matin, et la silhouette des estrades se dessina sous une brume légère. Y croyant à peine, Shanandra posa son front contre le bois de l'échafaud.

Puis, encouragée, elle grimpa les marches.

De nouveau se dressaient les pierres rondes sur lesquelles les lamanes avaient attaché Torance, Marcusar et ses brigands.

Au pied de la plus grande d'entre elles, Shanandra trouva un lombric qui se tortillait. Au même instant, elle eut la vision de Torance écartelé sur la pierre, celle de l'esplanade écrasée par une pluie de grêlons, de la foule prise de panique. Elle vit le lombric en train d'étrangler le prince, et Torance lui-même qui hurlait de rage, les yeux exorbités, les joues boursouflées, les veines du front gonflées par la douleur.

— Je vous maudis ! Je vous maudis ! s'écriait-il.

Elle ressentait la froideur et la violence de la pluie de grêle. La voix de Mérinock scandait dans sa tête :

« Ne crois pas que vous avez vécu pour rien. Cette première partie du Grand Œuvre a été accomplie. Votre mission, en vérité, est un succès. »

Elle assista ensuite à « l'envol de l'âme de Torance » et crut qu'elle pourrait ainsi retrouver son bien-aimé.

Mais une brume sombre émanait de la pierre dressée. Ses bouffées diaphanes se tendaient vers Torance toujours inconscient.

— Non ! Hurla Shanandra.

La brume se densifia. Des mains constituées de fumée se rapprochèrent du jeune homme.

— Arrière ! Arrière !

Shanandra pleurait et criait tout à la fois. À la fin, elle implora. Mais les brumes de Shandarée, sans cœur ni état d'âme apparents, désagrégeaient le corps de lumière du prince pour mieux se l'approprier. La jeune fille le sentait se dissoudre inexorablement entre ses doigts.

Les mots de Mérinock lui revinrent une fois encore à la mémoire.

« Torance est mort la rage au cœur… »

Lorsque la brume eut obtenu ce qu'elle voulait, elle se résorba d'elle-même.

Shanandra reprit cependant confiance, car l'enveloppe charnelle de Torance était toujours attachée sur sa pierre !

La pluie de grêle faiblissait. Tous les spectateurs s'étaient enfuis, à l'exception d'un lamane détrempé et extatique.

Un appel d'air passa sur l'échafaud. Le corps de Torance fut soulevé et emporté dans les airs sur un extraordinaire panache de lumière.

Le décor s'assombrit et perdit peu à peu de sa substance. Le petit matin, les citadins insouciants, leur tumulte et l'enchevêtrement de leurs pensées reprirent leurs droits.

Shanandra était dégoûtée par les hommes et les dieux. Étendue sur le sol, elle ferma les yeux et s'abandonna au désespoir.

La supplique du Shrifu

près avoir vécu une longue et intense impression de flotter dans un univers tout en lumière et en douceur, Shanandra se réveilla dans un ancien cauchemar.

Des blocs de grès ocre, des estrades étagées en demi-cercle et des énormes statues de singes s'élevaient autour d'elle. Elle jeta un coup d'œil dans les gradins et se rendit compte qu'une foule hostile l'observait.

Dans l'arène, elle compta huit gladiateurs aux torses bardés de cuirasses, portant jambières et casques étincelants munis de cornes. Pourquoi s'était-elle réveillée dans un pareil endroit ?

Son regard s'arrêta sur un neuvième combattant.

— Torance ! s'écria-t-elle.

— À mort ! À mort le faux prophète ! lui répondit la foule, ivre de vin et de colère.

Deux gladiateurs engagèrent les hostilités contre le prince.

Shanandra surveillait les six autres guerriers qui attendaient de pouvoir à leur tour affronter celui que les spectateurs appelaient avec dédain : « le prédicateur » ou bien « le traître ».

Torance semblait en transe... ce qui ne l'empêchait pas de se battre comme un lion.

La jeune fille songea qu'il risquait de se faire tuer. Puis, elle se rappela qu'elle et lui étaient déjà morts au sens où l'entendaient les hommes du commun.

Elle se faufila entre les combattants.

— Torance ! cria-t-elle. Mais que fais-tu ?

— Les rois crient vengeance ! répliqua-t-il en bloquant un redoutable « piqué du lion du désert ».

Le jeune homme repoussa ensuite les deux guerriers de la pointe de son kaïbo.

— Ils obtiendront vengeance !

Shanandra suivit le regard de son compagnon et vit que plusieurs rois étaient effectivement assis dans des loges couvertes. Elle en compta sept : un pour chacun des royaumes du continent central.

Torance poursuivit :

— Ils m'ont envoyé leurs champions. Si je les bats, les rois abandonneront leur pouvoir. Nous réunirons alors les sept royaumes et nous règnerons à leur place.

Shanandra accusa le coup. Ainsi, même mort, Torance était toujours obsédé par son idée de se faire sacrer roi.

Décidée à le raisonner, elle se plaça derrière lui.

— Mais, Torance, cette arène et ce combat ne sont pas réels !

Les idées lui venaient au fur et à mesure.

— Ils ne sont que la matérialisation de ton obsession ! De tes remords ! De tes regrets ! Tu vis dans tes « brumes de Shandarée ».

Le prince tournoya sur lui-même, trancha la gorge d'un de ses adversaires. L'homme tomba lourdement sur le sable et se dématérialisa aussitôt.

— Vois ! s'écria Shanandra. Ces champions ne sont que des spectres !

Elle désigna les gradins où hurlait la foule, les singes de granite, le ciel couleur de sang.

— Je t'en prie, admets que tout ceci n'est qu'une illusion ! Notre mission est achevée ! Nous pouvons être ensemble, dorénavant !

Elle tendit sa main :

— Reviens-moi !

Torance bloqua une attaque frontale. Puis, usant d'une botte secrète que lui avait autrefois enseignée son maître d'armes, il éventra son deuxième adversaire.

Du sang ruisselait de ses joues. Ses mains étaient crispées sur le manche visqueux de son kaïbo.

Deux autres gladiateurs se présentèrent.

Shanandra se plaça résolument entre eux et le prince.

— Écarte-toi ! la somma le jeune homme.

— Cette arène fait partie de notre vie passée. Ouvre enfin les yeux et regarde au-delà !

Torance dévisageait ses nouveaux adversaires et songeait peut-être que ses yeux étaient déjà parfaitement ouverts. Contournant la jeune fille, il déboîta les deux moitiés de son kaïbo et se rua sur ses adversaires en poussant un cri de guerre.

Shanandra se sentait vide et inutile. Au même moment, elle eut la fugace impression d'exister en plusieurs endroits à la fois. Elle se tenait immobile dans un sarcophage de bromiur. Elle avait aussi la sensation de flotter dans un ciel immense où circulaient d'impressionnants courants d'énergie. Une fraction de seconde, elle eut également la certitude de vivre au cœur d'un temple construit sur le flanc d'une montagne auréolée de lumière.

Elle battit des cils pour vaincre ces illusions et rassembla dans cette arène la totalité de sa conscience.

Je suis là, en cet instant, et Torance se bat contre des chimères issues de ses propres émotions.

Elle planta son regard au fond de ses yeux et gronda :

— Regarde-moi, Torance ! Contemple ton âme ! Tu es beau ! Tu es grand !

Un voile rouge tombait sur les yeux du prince.

— Viens vers moi ! répéta Shanandra.

Puis, tandis que ses deux adversaires s'apprêtaient à le frapper, Torance croisa ses deux lames et les planta brusquement dans le ventre de sa compagne.

Shanandra sentit la froideur du métal et perdit l'équilibre. Au lieu de toucher le sol de l'arène, elle tomba dans un gouffre sans fin.

★

La jeune fille évoluait au milieu de masses d'énergies blanche, rose et dorée. Les yeux clos, la respiration paisible, vêtue d'une longue tunique tissée de lumière, elle se laissait bercer par les courants. En haute altitude, l'air était pur et cristallin. De temps en temps, on voyait son poing se crisper, l'extrémité de ses lèvres s'étirer dans un spasme nerveux. À quelques reprises, ses sourcils s'arquèrent. Sous ses paupières, ses globes oculaires bougeaient rapidement. Leurs mouvements saccadés révélaient de grandes émotions. De nombreux rêves ou cauchemars. Pourtant, Shanandra demeurait immobile.

Elle le resta jusqu'à ce qu'un rayon bleuté l'enveloppe et la tire de son long sommeil.

Elle se réveilla sous les voûtes cristallines de la *Géode sacrée* et retrouva d'instinct le corridor, puis la salle dite de « divination ». La dalle de cristal où s'était jadis tenu Mérinock avant de l'initier au « regard qui tue » brillait doucement.

Elle s'arrêta devant les trois alvéoles de bromiur, mais baissa aussitôt les yeux.

« Toute vérité doit, après notre arrivée dans les sphères célestes de la déesse, être regardée en face », dit une voix dans sa tête.

Shanandra inspecta le dédale des salles et des corridors composant la géode. Elle contempla les niches dans lesquelles étaient entreposés les trésors de la déesse et porta soudain une main à sa gorge en découvrant un homme assis en tailleur, les mains ouvertes sur ses genoux. Il portait une tunique de coton, avait la tête rasée et le visage couvert de cendre.

Elle s'agenouilla près du Shrifu.

— Vous êtes le gardien de la Géode sacrée, n'est-ce pas ! Où sont donc les Servants de Mérinock ?

En guise de réponse, l'être lui demanda de faire face à cette vérité qui était la sienne.

Shanandra avait retardé autant que possible le moment où elle devrait fatalement regarder les alvéoles de bromiur. Mise au pied du mur, elle s'y résolut de mauvaise grâce.

Le choc, même si elle s'y attendait, la cueillit au creux du ventre. Elle esquissa le geste de se tâter l'estomac. Le souvenir d'une affreuse blessure lui revint en mémoire.

— Torance…

Le prince se tenait devant elle, immobile, endormi.

Mort, songea-t-elle. Il n'y a là que son corps de chair. Son âme, elle…

Son propre corps reposait dans l'alvéole voisine.

La troisième silhouette était celle de Mérinock en personne.

Shanandra ouvrit la bouche. Le Shrifu devina sa question et lui répondit par télépathie :

« Le Vénérable est en voyage dans les sphères célestes de la déesse. En attendant, son enveloppe charnelle se régénère. »

La jeune fille soupira.

— Est-ce vous qui m'avez fait venir ? Que me voulez-vous ?

« Le temps passe dans le monde des hommes. Votre œuvre est en péril. Ceux qui croient en vous se débattent dans le doute et la peur. Le Mage errant ne va pas tarder à se réveiller. Il aura besoin de vous. »

Aucune émotion ne passait sur le visage du Shrifu.

Shanandra n'en revenait pas. Ainsi donc, Mérinock se servait du sage pour quémander son l'aide !

— Mérinock me veut, laissa-t-elle tomber, méprisante, alors qu'il nous a abandonnés, Torance et moi !

Elle tourna les talons.

— Je pars, dit-elle à mi-voix. Vous pourrez lui dire de se débrouiller tout seul.

Elle retrouva aisément le chemin jusqu'à l'énorme colonne de lumière par laquelle elle avait déjà quitté la Géode sacrée. Au moment de se laisser happer par les courants ascensionnels, un bouquet de pensées l'atteignit.

Attente, ferveur, frayeur, duplicité…

Une de ces pensées les évoqua, Torance et elle.

Quelque part, se dit-elle, on parle de nous. On écrit nos noms sur des feuilles d'ogrove. On s'occupe de nous.

Perplexe, elle décida de se laisser porter jusqu'à ces inconnus.

Dans son sarcophage de bromiur, Mérinock semblait dormir. Mais le Shrifu savait que rien n'était moins sûr. L'instant d'après, en effet, les sourcils du Mage frémirent et sa bouche s'orna d'un fin sourire moqueur…

LES TUEURS DE VÉRITÉS

L e flux de pensées conduisit la jeune fille devant une lourde porte en bronze que des serviteurs étaient en train de refermer. Les deux battants grincèrent. Shanandra ferma d'instinct les yeux et traversa le métal sans ressentir la moindre douleur.

Une touffeur malsaine baignait la grande salle : mélange d'odeurs corporelles, de miasmes et de parfums capiteux. Peuplée d'hommes aux crânes rasés, assis en tailleurs, elle s'ouvrait pourtant sur une rangée de piliers entre lesquels flottaient des tentures en lin blanc. Shanandra, que ce lieu mettait mal à l'aise, reconnut le motif complexe du dallage.

Je suis de retour dans une des salles du palais royal de Goromée...

Elle songea au roi Sarcolem et le vit effectivement juché sur un trône en or massif au milieu de ce qui ressemblait à une armée de scribes au travail.

Elle marcha parmi eux sans qu'ils remarquent sa présence.

Autour de la salle étaient postés des soldats armés de glaives portant le casque à pennes rouges et noires et la lance goréenne. Des intendants passaient de scribe en scribe, se penchaient par-dessus leurs épaules voûtées pour lire leurs textes. Certains indiquaient une erreur dans une phrase ou dans une idée; d'autres obligeaient carrément le scribe à rayer sa ligne et à en écrire une nouvelle.

Intriguée, Shanandra se plaça derrière un des transcripteurs et lut au fur et à mesure que la main de l'homme traçait les lettres sur le rouleau d'ogrove.

« Épître huit, verset trente-deux : …sur l'origine divine du Prince Messager. »

« Torance d'Élorîm, enfanté par le Divin Gaïos, Père céleste et cosmique, est le fils parfait issu de son esprit. Il a été envoyé dans *les douze royaumes* pour enseigner les peuples et raviver en eux la flamme pure qui vit en chaque homme afin qu'il retrouve la voie du Père et qu'il se soumette à ses lois de Vérité. »

Shanandra dut relire une seconde fois avant de réaliser que ce scribe était en train d'écrire ce qui ressemblait à un livre sacré. Un livre qui parlait de Torance et − elle sourit − qui en faisait le fils unique d'un dieu.

Elle passa à un autre « crâne rasé » qui avait écrit :

« Les compagnons étaient au nombre de six et constituaient, avec le Seigneur Messager, une pyramide parfaite à sept pointes. Shanandra… »

La jeune montagnarde lut ce que ce scribe écrivait sur son rôle, sa personnalité et sa vie au sein de ces « compagnons » du Seigneur Messager.

Au fur et à mesure, ses yeux s'agrandirent, puis s'écarquillèrent d'horreur.

« Shanandra d'Orgk était une jeune aventurière qui, ayant renié les siens et fui sa famille, ses responsabilités et sa mère mourante, gagna à force d'intrigues la confiance et l'amitié du Seigneur Messager. Mais, la nature du Fils étant trop éthérée pour permettre à cette créature vulgaire de le charmer, elle ne fut jamais autre chose qu'une servante des compagnons. Aussi resta-t-elle près du Prince Messager afin d'entendre sa voix et d'obéir à ses préceptes. »

Prise d'étourdissements devant ce qui n'était qu'un ramassis d'âneries, la jeune fille se rapprocha du roi Sarcolem toujours immobile sur son trône. C'était bien le même homme. Puissant, mais maîtrisé. Raffiné en surface et cependant aussi retors, aussi impitoyable qu'un fauve. Quelques détails, toutefois, donnaient à penser qu'il était... différent.

Son œil était toujours aussi charbonneux, son regard aussi intense qu'autrefois. Pourtant, son collier de barbe poivre et sel avait disparu. À la place, on voyait son menton et la fente naturelle qui creusait la chair en cet endroit. N'avait-il pas également l'air plus jeune que dans son souvenir ?

« Le temps passe pour l'homme... »

Telles avaient été la formule du Shrifu. Mais de combien d'années parlait-on au juste ?

Elle capta des mots qui n'étaient pas prononcés à voix haute, mais qui circulaient sur l'éther autour d'elle.

« Ces textes, écrits sous la pression des intendants de Sarcolem, deviendront la vérité qui sera dorénavant enseignée aux peuples. »

Un rire silencieux accompagna ces paroles.

Shanandra vit le monarque sourire doucement et son cœur se serra.

Ainsi, en prenant leur vie et en travestissant le sens de leur œuvre et de leur message, le roi de Gorée avait réellement triomphé d'eux !

Elle repensa au Mage errant qui avait prétendu qu'ils n'avaient pourtant pas vécu et combattu en vain. S'était-il fourvoyé ?

La jeune fille voyait palpiter autour du souverain d'étranges émanations rouge sombre. Elle recula et découvrit que Sarcolem était enveloppé par une sorte de pyramide faite d'énergies en mouvement. Elle tendit sa main et la retira promptement sous l'effet d'une vive brûlure.

Dégoûtée, elle repassa entre les scribes sans avoir envie de lire quoi que ce soit d'autre. Au-dessus des hommes penchés sur leur ouvrage, elle sentait les miasmes qui émanaient d'eux et comprit cette fois qu'il s'agissait non pas d'une odeur au sens vulgaire du terme, mais bel et bien d'une émotion : la peur. Celle de faire un faux pas, celle de désobéir.

En quittant la salle, elle tremblait tant qu'elle se demanda si elle n'allait pas vomir.

De quoi était-elle le plus déçue ? Que des scribes, en songeant à elle, l'aient appelée de leurs pensées ? Ou bien que sa vie, celle de Torance et celle de leurs compagnons – que leur œuvre, même ! – aient été à ce point dénaturés par un roi avide ?

La tête lui tournait de nouveau. D'autres pensées l'assaillirent.

Violence, irrespect, désir de nuire, vengeance…

L'antichambre du palais perdit de sa réalité. Les murs, les dallages, les fresques se disloquèrent et un autre décor se matérialisa sous ses yeux.

★

Des hurlements de gens pourchassés par des hommes armés munis de torches s'élevaient de tous côtés. Shanandra considéra la petite place, les masures de chaux vive, la nuit tiède, mais tourmentée de ce qui ressemblait à un village de province. Des chariots en flamme, des maisons aux toits incendiés, des arbres en train de se consumer composaient ce nouveau paysage.

La jeune fille entendit le piétinement de destriers harnachés. Des ordres fusaient. Des soldats pénétraient dans les maisons et en tiraient des hommes, des femmes et des enfants, et les rassemblaient au centre d'une esplanade.

Quelques notables furent mis à genoux et forcés de courber la nuque. Un lieutenant vint les interroger.

— Où est l'homme appelé Orgénus de Nivène ?

Un des hommes agenouillés cracha au sol. Un autre répondit par des gémissements. Un autre supplia qu'on lui laisse la vie sauve.

L'officier s'approcha de celui qui avait craché, demanda qu'on le tienne solidement et qu'on lui amène une fiole en terre cuite.

— Ceci est de l'huile d'hémaflore brute, dit-il à mi-voix. C'est gluant et gras à souhait.

Il en versa abondamment sur la chevelure noire et crépue du notable tout en échangeant un regard de connivence avec un jeune homme juché sur un destrier.

— Votre Altesse ? fit le lieutenant.

Il attendit l'assentiment du prince emmitouflé dans un manteau de fourrure pourpre, puis il approcha une torche des cheveux huilés.

Le notable hurla.

Le lieutenant ordonna qu'on lui amène les femmes et les enfants. Il répéta sa question, encore et encore. Accusa les villageois d'être tous des fidèles de ce groupe qu'il appelait « Les Fervents du Feu bleu ». Des hérétiques qui refusaient de suivre les dogmes du Torancisme officiel et leur préféraient les élucubrations de cet Orgénus qui écrivait des textes offensants pour Sa Majesté, l'empereur Sarcolem XII.

Shanandra, toujours présente en esprit, sursauta. Empereur ? Sarcolem… XII ?

Lorsque le lieutenant s'accroupit près de trois jeunes enfants, Shanandra s'interposa.

— Regarde-moi ! fit-elle à l'officier. Ton âme est belle ! Accepte ce que tu es au-delà du masque de ton ego d'homme !

Proprement hypnotisé, l'officier se mit à trembler. Ses yeux se révulsèrent. Puis il recula comme frappé d'apoplexie.

Agacé, le prince Miklos donna l'ordre que l'on brûle également les enfants.

Il se produisit alors un événement qui se changerait avec le temps en un miracle, puis en une légende : celle des enfants du village de Miramosé.

Plusieurs femmes croisèrent les mains sur leur poitrine et invoquèrent le nom de la compagne du Seigneur Messager.

— Shanandra ! Shanandra !

Deux soldats approchèrent leurs torches du visage des trois enfants. Mais, à cet instant, le lieutenant lui-même leur donna l'ordre de reculer.

— Ces enfants sont des purs, n'y touchez pas ! s'écria-t-il.

Conscient que son brusque revirement semait la confusion chez ses hommes, il leur expliqua que Shanandra lui était apparue dans un magnifique halo de lumière. Qu'elle lui avait pardonné ses fautes passées. Que l'homme était bon et qu'il n'appartenait qu'à lui de retrouver sa lumière intérieure.

Autant de paroles que les soldats, habitués à la plus sévère des disciplines, n'étaient pas prêts à entendre. Sur ordre du prince, l'un d'eux éventra le lieutenant avec son glaive.

Les villageois, tétanisés, reprirent courage. Au cri de « Torance ! » et de « Shanandra ! », ils s'armèrent de pics et de lances, et chassèrent les soldats.

La jeune fille assista en riant à leur débandade. Puis, le décor se métamorphosa une nouvelle fois autour d'elle.

★

Un portique de pierre construit au centre d'une clairière bordée par des conifères lui rappela son séjour idyllique dans le village des Servants du Mage errant. Il s'agissait du même agrégat : vaste porte magique donnant accès, en des heures et des époques précises, à cet univers parallèle qui était le domaine secret de Mérinock.

Soudain, des cris retentirent.

Poursuivies par des cavaliers, quatre personnes couraient en direction de la porte.

La jeune fille voyait distinctement un vieil homme, deux jeunes gens et un autre vieillard. Ce dernier s'arrêta et fit face, seul, aux destriers lourdement harnachés.

Vite ! Plus vite ! espéra Shanandra en sentant que les trois autres fuyards avaient encore une chance d'atteindre le portique avant leurs poursuivants.

Tout à coup, le premier vieillard s'enfonça dans une congère. Ses deux apprentis, qui couraient devant, ne s'aperçurent de rien. L'homme se retourna et vit son compagnon tomber sous l'assaut des cavaliers et succomber.

Shanandra s'était approchée de lui. Le vieux sage murmurait à présent une prière.

Leurs regards, soudain, se rencontrèrent par-delà le voile mystérieux qui sépare les mondes.

— Shanandra ! s'écria vivement le vieillard à barbe blanche.

Puis, il ferma les yeux et sourit.

Un cavalier le rejoignit. Sa tête fut décollée de son tronc en un unique coup de lame bien ajusté.

La jeune montagnarde avait à peine eu le temps de ressentir à son endroit une familiarité qu'elle s'expliquait mal, lorsqu'elle assista une fois encore à ce que Mérinock appelait « la séparation des corps ».

Durant ce court laps de temps, les deux jeunes apprentis aussi étaient morts. Les soldats reçurent l'ordre de fouiller les fugitifs – en particulier le vieux à barbe blanche.

Alors même que les cavaliers mettaient pied à terre, Shanandra voyait distinctement la forme énergétique du vieillard se dissocier de son corps mutilé. Un instant, la silhouette de lumière – pourvue de sa tête – se stabilisa devant elle.

Qui es-tu, noble vieillard ? se demanda la jeune fille, encore étonnée d'avoir été transportée dans cette clairière située si loin de Goromée.

Les traits du mort se brouillèrent. Apparurent alors ceux d'un homme jeune et chauve aux yeux noisette qui affichait sur son visage un air éternellement sérieux et pensif.

— Cristin ! s'exclama Shanandra.

Elle tendit la main pour retenir son ami et lui parler. Mais la forme ectoplasmique se dissipait déjà dans les sphères célestes de la déesse.

Restée seule avec les soldats, Shanandra se mit à pleurer.

Que s'était-il passé ?

Que se passait-il ?

Une voix s'éleva derrière elle.

— Le temps, Shanandra. Rien que le temps.

Affublé de son épais kaftang de peau et portant ses cheveux huilés retenus sur la nuque par un cordon de cuir, le Vénérable était nonchalamment appuyé sur son kaïbo.

Mi-homme, mi-spectre, surgit d'un autre monde, Mérinock souriait benoîtement. Shanandra remarqua le sécralum qu'il portait en bandoulière.

Le Mage caressa le cylindre de bois peint et répondit comme s'il avait lu sa pensée :

— Tu as bien deviné. Il s'agit effectivement du précieux sécralum de Cristin. Je viens de le récupérer en me faisant passer pour toi aux yeux du disciple.

Les cavaliers hissaient les cadavres sur le dos des mulets. Le prince exigea de regagner Goromée au plus vite.

Ne sachant quoi répondre, Shanandra se mordit les lèvres. Le Mage éclata d'un grand rire clair.

— Je suis heureux de te retrouver, ma messagère !

La montagnarde n'appréciait guère cette formule. Malgré tout, la curiosité l'emportait sur la colère. Elle s'enquit :

— Que... se passe-t-il ?

Mérinock nota l'hésitation dans sa voix.

— Que se passe-t-il ou bien que s'est-il passé ? Qu'arriva-t-il après votre mort ? J'en reviens à dire que le temps passe inexorablement et que les hommes, oublieux de nature, refont hélas toujours les mêmes erreurs.

— Parlons franchement, Mage, dit-elle en vrillant son regard dans le sien. Que voulez-vous de moi ?

Mérinock se détourna. Les cavaliers remontaient à cheval. Le jour se levait et la neige étincelait sous les rayons du soleil.

— Que d'amertume sur ton visage ? fit le Vénérable. Le temps...

— ... passe, je sais. D'après ce que j'ai vu, les Préceptes de vie que nous avons transmis aux peuples ont été transformés en une religion qui persécute ceux qui désobéissent à ses dogmes. Torance a été changé en un dieu, et moi en une courtisane de bas étage. Quoi d'autre ?

— Comme tu viens de le voir, certains de nos amis sont revenus poursuivre le Grand Œuvre.

Elle se rapprocha de lui.

— Que craignez-vous donc, Mage ?

Il soupira, leva ses deux bras. Aussitôt, une brume dorée apparut autour de la jeune fille. Elle y vit les images de villages incendiés, de peuples entiers jetés sur les routes, de chefs qui se proclamaient rois, de fils qui trahissaient leur père.

— Des temps difficiles se profilent à l'horizon, avoua le Vénérable. Il est temps que nous élaborions ensemble la prochaine étape du Grand Œuvre.

Shanandra aurait bien aimé que Mérinock lui rappelle la toute première étape de ce mystérieux Grand Œuvre.

Une fois encore, le Mage entendit sa question muette et y répondit.

— Nous devions amener aux peuples la connaissance des Préceptes de vie, mais aussi purifier les égrégores qui polluaient les strates énergétiques de la Terre. Nous avons brillamment réussi.

— Et maintenant ?

Il ne put s'empêcher de jouer avec son kaïbo.

— Une religion est née. Elle tentera bientôt de convertir par la force tous ceux qui s'opposeront à elle. Parmi ceux-ci, le regroupement d'âmes pures connu sous le nom de Fervents du Feu bleu dont notre ami Orgénus, ou Cristin si tu préfères, était le chef. Notre devoir sera, entre autres, de protéger la véritable connaissance.

Shanandra resta longtemps silencieuse : contemplant la clairière ensoleillée, la porte de pierre, la silhouette immobile des conifères et la cime des montagnes.

— Pas sans Torance, déclara-t-elle finalement.

Mérinock fronça les sourcils.

— Torance, hélas, n'est plus des nôtres, désormais.

— Vous mentez.

— Je t'ai déjà dit qu'il était mort la rage au cœur. Qu'il s'était laissé piéger par l'ego de sa dernière incarnation et qu'il n'avait cessé de sombrer dans une spirale de violence et d'ignorance.

— Je ne vous crois pas.

— Sois raisonnable pour une fois !

Il tendit sa main, mais elle recula.

— Je connais Torance, siffla-t-elle. Je connais son âme.

— L'âme est un cristal composé de nombreuses facettes, Shanandra. Quand l'une d'entre elles brille, les autres attendent ou sommeillent.

— Je veux le revoir.

Mérinock passa sa grosse main sur son visage. La montagnarde, il le savait, était en proie à l'angoisse de l'amour perdu, mais aussi victime d'un puissant sentiment de culpabilité à l'égard du prince.

— Viens, répéta-t-il en prenant sa main d'autorité. Tu l'auras voulu. Je vais te conduire à lui.

LA POUDRE DE CRISTAL

L a neige, aussi molle que de la ouate, tombait sur les sapins noirs et la petite église en pierre. La nuit venait de tomber. Mérinock et Shanandra réapparurent dans la nef sombre au milieu de quelques fidèles qui priaient sans les voir ou même sentir leur présence.

La sobriété de l'endroit contrastait avec les riches fresques, parures et bas-reliefs déployés dans les lieux saints de Goromée. Ici ne vivaient que la roche brute, l'humidité et la lueur sourde de dizaines de chandelles posées dans des niches creusées à même les parois. Nul vitrail ou arche de bronze ou de grès ne s'élevait du sol. Constituée de voûtes en pierre et de madriers en bois noircis par la flamme des bougies, la charpente de l'église ne payait pas de mine.

Pourtant, Shanandra était émerveillée.

— Tu ne t'attendais pas à cela, n'est-ce pas ? s'enquit le Mage en passant entre les bancs.

La jeune fille considérait l'impressionnante pierre plate taillée en rond et la silhouette torturée sculptée dessus. Elle suivit du doigt le tracé d'une épaule, du thorax, d'une aine, d'une jambe.

— Le reconnais-tu ? Remarque l'expression sereine de son visage. L'artiste, dans sa fièvre créatrice, à même restitué le ver de coriabe enroulé autour de sa gorge. Malgré ce détail macabre, Torance est beau et souriant !

Mérinock se moquait-il ?

— Vois le symbole incrusté en médaillon au-dessus de sa tête.

La jeune montagnarde devina la forme grossière d'une main ouverte, doigts écartés, et d'une paume dans laquelle brillait un soleil.

— Ne te rappelle-t-il rien ?

Elle chercha dans sa mémoire, se remémora une nuit aussi froide, humide et enneigée que celle-ci, ainsi qu'un arbre.

— Il s'agit de l'ancien symbole féminin d'Évernia. Ce sigle est désormais le tien.

Après avoir prié en silence, les fidèles s'approchèrent non pas de l'autel où se dressait la pierre du supplice, mais de la statue en bois représentant une fille assise les bras croisés sur ses genoux.

Le tracé au couteau révélait les plis d'une toge, un corps jeune et altier, une poitrine ferme. Le visage n'était pas moins sensuel, doté d'une chevelure ample, de joues larges, d'yeux en amande et d'une bouche aux lèvres pleines.

— Comment te trouves-tu ? railla le Vénérable.

Une femme entre deux âges s'agenouilla devant la statue.

— La tradition veut que le fidèle te contemple au fond des yeux et trouve sa vérité.

Shanandra restait muette d'étonnement. Tout ce cérémonial entourant sa personne et celle du prince avait de quoi surprendre, et même choquer.

— Ce n'est pas... ce que nous voulions, finit-elle par dire.

Mérinock posa une main sur son épaule.

— Cette sacralisation de votre vie et de votre œuvre n'a pas que des mauvais côtés. Il m'a fallu du temps pour le réaliser moi-même. Mais, vois-tu, on gagne parfois à laisser agir l'homme selon son libre arbitre.

La montagnarde fronça les sourcils. Mérinock était-il vraiment sincère ?

— Du moins jusqu'à une certaine limite, ajouta-t-il. Mais regarde ceci !

Un phénomène aussi étrange que surprenant prenait vie autour de la statue.

— Quelle est cette lumière ?

Les angoisses de la femme prenaient forme dans l'espace subtil où évoluaient Mérinock et Shanandra. On y distinguait des images torturées. Un échange s'effectuait alors entre la statue et la fidèle éplorée. Nourrie de lumière, la femme sentait s'apaiser ses appréhensions et ses peurs.

— Au long des années et des milliers de fidèles venus ici pour déverser leurs peines, expliqua le Mage, ils ont, en même temps imbibé la statue de la force de leur amour et de leur dévotion. Ces pierres, tout autour, contiennent des cristaux de bromiur et servent de catalyseur. Les architectes et les bâtisseurs, vois-tu, reçoivent leur inspiration des sphères célestes.

Pour reprendre une terminologie qui lui était chère, Mérinock expliqua que cet endroit agissait tel un *déverseur* de foi, de confiance et d'amour. Cet égrégore ou nuage d'énergie subtile vivifiait quiconque se branchait sur sa fréquence par le biais de la méditation ou de la prière.

Le Mage sourit.

— Voilà ce que la foi en une idole a le pouvoir de tirer des gens.

Shanandra imagina tous les bienfaits que les peuples pouvaient obtenir d'un tel lieu et d'une pareille source d'énergie. Leurs âmes, mais aussi leurs corps pouvaient guérir de maux complexes et mystérieux que ne pouvait encore traiter la médecine officielle.

La jeune fille posa un regard différent sur la demi-douzaine de personnes rassemblées. La femme se releva et alla rejoindre deux jeunes gens : une adolescente aux traits sévères, rebelle à souhait et portant des mèches sur le front, qui était sa fille, et un garçon brun, tout en muscle et d'allure renfrognée – l'ami de celle-ci.

Âgé d'une vingtaine d'années, il semblait le seul à être immunisé contre l'atmosphère de paix qui baignait l'endroit. Shanandra perçut les miasmes de ses inquiétudes.

— Que craint-il ? demanda-t-elle.

Mérinock jetait de fréquents coups d'œil en direction de la lourde porte.

— Pourquoi m'avez-vous conduite ici ? Demanda-t-elle. Quel est le rapport entre cette église et Torance ?

Soudain, le sol se mit à trembler.

— Je ne t'ai pas tout dit, avoua le Mage.

La montagnarde suivit le jeune homme brun qui s'arrêta devant le seuil de la porte. Quelques flocons de neige tombaient sur sa capuche… et passaient, étincelants, à travers le corps de Shanandra.

— Que signifie ? commença-t-elle.

Le jeune brun revint précipitamment vers la femme et sa fille.

— Qu'as-tu vu, Crébur ? s'enquit la jeune fille.

Il saisit le fourreau d'écorce qu'elle tenait sous son bras et en tira une épée.

— Non ! s'interposa la femme. Pas ici.

Crébur se tourna vers les autres fidèles qui se serraient les uns contre les autres.

— Entendez-vous le fracas des sabots ? Imaginez-vous toujours que nos montagnes tiendront à jamais les barbares loin de notre village !

Il repoussa la mère de son amie et se rua à nouveau vers la porte.

— Vous vous trompez ! s'écria-t-il. Nos chefs se terrent. Et tout ce que vous savez faire, c'est prier. Les hommes du village ne sont décidément que des lâches !

L'instant d'après, trois cavaliers armés de haches, de longs glaives, de pics et de torches enflammées pénétrèrent dans l'église.

Crébur trancha net les jarrets d'un des chevaux. Son cavalier s'affaissa dans un épouvantable cliquetis de ferraille. Le garçon se jucha sur lui et l'égorgea.

Le second guerrier stoppa son destrier devant la pierre de Torance et la renversa. Le troisième lança des fioles de terre cuite remplies d'huile sur les murs et sur les fidèles, puis y mit le feu.

Celui qui avait renversé la pierre plate descendit de cheval et s'approcha de la statue de Shanandra.

— Qui sont ces hommes ? se récria la jeune montagnarde.

Penché sur son kaïbo, Mérinock demeurait immobile.

Derrière eux crépitait un début d'incendie; Crébur faisait mordre la poussière à un second cavalier.

— Le royaume de Vorénor où nous nous trouvons est en ce moment plongé en pleine guerre civile, expliqua le Mage. Les serpiants, le bras armé du Torancisme traditionnel officiel, lutte contre ceux et celles qui pratiquent toujours, loin des cités, le culte des Fervents du Feu bleu.

Après de nombreuses années de luttes fratricides, le peuple vorénien aspirait à la paix. Une trêve avait donc été signée entre le grand maître du Feu bleu et le Premius, le grand légide du Torancisme.

Blessé, Crébur planta son glaive dans la gorge de son adversaire.

Mérinock poursuivit :

— Ces cavaliers doivent être des déserteurs de l'armée des serpiants. Affamés, ils cherchent quelque nourriture et des objets de culte en or pour les revendre.

Le dernier cavalier tournait autour de la statue représentant Shanandra et en palpa les flancs : sans doute recherchait-il une cavité dans laquelle les fidèles versaient des pièces d'or ou de bronze en remerciement des miracles accomplis par celle que les Fervents du Feu bleu appelaient la divine compagne de Torance.

Rendu agressif par la mort de ses compagnons et l'absence de toute richesse, le cavalier brandit sa hache au-dessus de la femme et de l'amie de Crébur.

— Virlène ! s'écria celui-ci. Avilia !

Il courut vers elles, mais ne put empêcher l'arme de s'abattre sur la femme qui venait de se jeter entre le tranchant de la hache et sa fille.

Crébur sauta sur le jeune cavalier. Tous deux roulèrent au sol en soulevant une nappe de poussière. Crébur arracha le casque du barbare et tenta de l'étrangler.

Shanandra vit le guerrier et ne put s'empêcher de le trouver beau. Farouche, empli de rage et d'amertume, mais beau.

Les premières poutres s'affaissèrent dans un bruit d'enfer. L'une d'elles assomma la jeune Avilia qui était restée dans la nef près de sa mère inanimée.

Shanandra se plaça entre les deux combattants et tenta de capter leurs regards.

— Allez-vous m'aider ? se révolta-t-elle en considérant Mérinock, toujours nonchalamment appuyé sur son kaïbo.

Tout un pan de mur s'effondra. La statue de bois fut broyée, ainsi que la fille, sa mère agonisante et les deux jeunes fous.

Un silence impressionnant suivit l'écroulement de l'église. Seuls deux chevaux avaient survécu. Des villageois tentaient de les prendre par le mors. Des femmes et des enfants sortaient des maisons alentour. La neige tombait avec autant de mollesse et de délicatesse qu'une heure plus tôt, comme si rien ne s'était produit et que la vie humaine n'avait aucune importance.

— Pourquoi donc m'avez-vous fait venir ? s'entêta Shanandra.

Mérinock montra de sa main les débris fumants.

Tout à coup la montagnarde discerna, entre les banderoles de fumées, les formes diaphanes de plusieurs silhouettes.

— Vois les corps de lumière de ces nouveaux morts ! clama le Vénérable.

Il sortit son poing fermé d'une de ses pochettes de cuir et lança dans leur direction une fine poudre de cristal tirant sur le rose.

— C'est du bromiur moulu, fit-il d'un ton bourru.

La poussière étoilée passa à travers les silhouettes ectoplasmiques. Shanandra distinguait parfaitement les trois guerriers, la mère, sa fille et le jeune Crébur.

— Que cherchez-vous à me... s'indigna la montagnarde.

Elle se tut brusquement.

En retombant, la poudre lui montrait d'autres visages que ceux des morts.

— Astarée ! s'étonna-t-elle en dévisageant la jeune Avilia.

Virlène, la mère, s'arrêta devant elle.

— Cornaline !

Le jeune homme se présenta à son tour.

— Paléas !

Lorsque ce fut au tour du guerrier blond qu'elle avait trouvé si beau, Shanandra déglutit et frissonna d'horreur. Puis, elle se laissa tomber dans les bras du Mage errant.

— Torance, balbutia-t-elle d'une voix étranglée.

Un à un, les nouveaux morts s'en furent chacun dans ses propres brumes.

Mérinock soupira longuement.

— Après ta mort à Goromée, tu as sommeillé pendant plus de deux siècles. Mais tu n'as pas arrêté pour cela de travailler au Grand Œuvre.

Shanandra n'était pas certaine de suivre les explications du Mage. Mérinock s'en aperçut et poursuivit :

— Te rappelles-tu avoir accueilli avec moi les âmes de Lolène et de Gorth ? D'avoir insufflé du courage à nos amis quand ils en avaient le plus besoin ?

Des images fugitives affluèrent à la mémoire de la jeune montagnarde.

— Oui, Shanandra. Tu étais à mes côtés… en rêve ! renchérit le Vénérable.

Il leva sa main pour l'empêcher de l'interrompre.

— Pendant ce temps-là, Torance était prisonnier de ses brumes. Ensuite, il est revenu vivre sur Terre à plusieurs reprises.

Après quelques secondes d'effroi total, Shanandra sembla reprendre ses esprits.

— Deux siècles, avez-vous dit ?

— Le temps est élastique. Pour nous, il passe rapidement. Sur terre, il s'est déjà écoulé quatre cent quatre-vingt-six années.

Ce chiffre donnait le vertige.

— Y a-t-il un moyen de ramener Torance ?

— Oui. Mais il faut que tu m'aides.

Toutes ces émotions avaient épuisé la jeune fille. Il prit son menton dans sa main et lui sourit avec bonté.

— Il est temps, pour toi, de retrouver la vraie vie des sphères de la déesse…

SHANDARÉE

La cité qu'ils voyaient émerger d'un immense banc de nuages floconneux ressemblait à s'y méprendre à Goromée. Shanandra découvrait en effet des ensembles de bâtiments en tous points comparables. Flottant en plein ciel, elle avait l'impression de marcher. Mais cette sensation était peut-être l'effet de son imagination.

Comme cette ville côtière, cet océan paisible et ces énormes montagnes...

À bien y regarder, cependant, les similitudes entre Goromée et la cité céleste de Shandarée s'arrêtaient là. Car, si la montagnarde reconnaissait des palais ou des bâtiments qui s'apparentaient à ceux de la capitale goréenne, elle ne voyait nulle trace de remparts ou d'autres systèmes de défense. Les espaces verts y étaient aussi beaucoup plus nombreux, le tracé des avenues très harmonieux, les ensembles de fontaines et les longues promenades semées de jardins multicolores étourdissants de beauté. La différence se ressentait également dans l'air ambiant, car il n'avait jamais régné à Goromée une lumière aussi douce ni aussi vibrante de joie et de légèreté.

L'oxygène que l'on y respirait était à lui seul un enchantement. Non pas uniquement en termes de pureté, mais aussi au niveau de la subtilité énergétique. À croire qu'en ce lieu, toute une catégorie de pensées et d'émotions négatives ne pouvait simplement pas exister.

Appuyée au bras de Mérinock, Shanandra entama une descente selon une courbe à peine inclinée qui les rapprocha davantage du cœur de la cité. Ils passèrent sous une arche taillée dans un bloc de bromiur, longèrent une voie ouverte entre des bâtiments conçus dans un matériau si beau et si délicat que Shanandra le qualifia de « vivant ».

De temps à autre, elle jetait un regard interrogateur au Mage. Celui-ci hochait la tête et répétait simplement qu'elle « rentrait chez elle ».

Outre une température idéale et une brise agréable qui vous faisait sentir en parfaite harmonie avec vous-même, il régnait à Shandarée un silence aérien qui n'avait rien de lugubre. Et, si les rues paraissaient désertes, la cité elle-même débordait pourtant d'activités.

Comment, se demandait la jeune fille, pouvait-on souscrire à deux idées aussi diamétralement opposées ? Elle se délecta en pensée de la réponse que lui aurait donnée Cristin. Doté d'un esprit analytique très aiguisé, l'érudit aurait sûrement répondu que toute chose pouvait cohabiter avec son contraire dans un même lieu, mais à des degrés, des paliers ou des strates, différents.

Elle rit tout bas.

— N'as-tu pas l'impression de reconnaître cet endroit ? lui demanda Mérinock alors qu'ils volaient au-dessus d'une vaste esplanade plantée de statues.

Shanandra réservait son jugement. Elle sentait battre son cœur, et rit de nouveau en songeant qu'il s'agissait du cœur de son corps de lumière : un concept qu'elle comprenait et qu'elle acceptait sans réserve, mais qui, cependant, lui paraissait trop extraordinaire pour qu'elle s'y sente vraiment à l'aise.

En survolant la statue de la géante artiste Midriko, elle ne put s'empêcher de la frôler de la main. Sa surprise et sa joie augmentèrent en sentant sous ses doigts le doux contact de la matière inconnue dans laquelle la statue avait été coulée.

— Ne sois pas étonnée, Shanandra, lui murmura le Mage. Dans le monde d'en bas nous ne sommes aux yeux des « vivants » que des spectres sans consistance. Dans les « brumes » les lieux que nous visitons ne sont qu'une projection de nos peurs et de nos remords. Mais ici, à Shandarée, nous nous trouvons dans l'antichambre des sphères de lumière de la déesse. Ici, nos corps subtils ont la même consistance que nos enveloppes de chair sur Terre.

Il lui montra les montagnes qui s'élevaient derrière la cité. D'autres statues, gigantesques, gardaient l'entrée d'une profonde vallée.

— Shandarée est bien, tel que le rapportent les légendes, la gardienne d'Évernia. Ceux et celles qui traversent leurs « brumes » et se sentent en harmonie avec la vibration maîtresse de la cité, peuvent faire une halte ici avant de poursuivre leur route vers d'autres sphères.

Toutes ces explications semblaient compliquées à Shanandra. Non qu'elle ne saisisse les propos du Mage. Simplement, elle était trop exaltée pour leur accorder toute son attention. Mérinock le sentit, d'ailleurs, et résolut d'abréger son « tour volant de la cité ».

Ils décrivirent un nouvel arc de cercle et se dirigèrent en périphérie de la cité, en direction du miroitement rosé irisé de cet océan qui avait laissé croire un instant à la jeune fille qu'elle était de retour à Goromée.

— Oh ! s'exclama-t-elle en clignant des yeux.

Mérinock lui tapota l'avant-bras.

— Tu te demandes quelles sont ces lumières qui traversent le ciel dans toutes les directions ?

— Elles ressemblent à des météores, commenta Shanandra.

Le Vénérable se racla la gorge.

— Ce sont les habitants de Shandarée eux-mêmes ! C'est leur façon de se déplacer dans cette sphère. Aujourd'hui, beaucoup sont venus...

Soupçonnant un mystère derrière sa phrase laissée en suspens, Shanandra se fit violence pour ne pas demander plus d'explications.

Au bout de quelques secondes, Mérinock poursuivit :

— Ils savent que tu arrives enfin et veulent te rendre hommage.

La montagnarde le considéra avec perplexité tandis qu'ils descendaient toujours et que, sous eux, scintillait une large bande de sable nappée d'une brume opaline.

— Oui, ils le savent, se contenta de répéter le Mage.

Shanandra haussa les épaules. Si des surprises l'attendaient, pourquoi ne pas se laisser conduire ? Elle observa encore le visage du Vénérable pendant qu'ils amorçaient leur « atterrissage ». Il existait entre eux une connivence, voire une complicité certaine que la jeune fille se forçait en quelque sorte à ne pas reconnaître. Sans doute par orgueil ou par fidélité envers Torance qui demeurait prisonnier dans ces « sphères obscures » dont lui avait parlé Mérinock.

Résolue d'empêcher ses regrets et ses remords de gâcher son arrivée à Shandarée, elle se concentra uniquement sur le moment présent.

Lorsqu'ils touchèrent le sol et que le bruissement lascif du ressac lui rappela ses anciens rêves, elle sut qu'elle rentrait effectivement chez elle.

— Ce sable blanc, cette lumière, cette tendreté de l'air ! fit-elle enchantée.

Elle tendit ses bras, ouvrit ses mains, respira par tous les pores de son nouveau corps. Puis, sans plus attendre, elle se roula dans le sable. Mérinock l'imita et ils restèrent tous deux allongés de longues minutes.

— Je me rappelle mes rêves, gloussa Shanandra. Je venais donc vous retrouver ici ! Nous parlions. Ensuite, je regagnais mon corps de chair et me réveillais !

Le Vénérable se mit à jouer avec son kaïbo.

— Tu n'es pas la seule. Tous mes messagers me visitent durant leurs rêves. Certains s'en souviennent, d'autres pas. D'ailleurs, regarde… Ils sont là !

Des silhouettes lumineuses atterrissaient et marchaient à leur rencontre.

— Ceux dont tu te rappelleras, l'avertit Mérinock, ont vécu à la même époque que toi et ne sont pas, depuis, retournés vivre sur Terre. Les autres revivent en ce moment même sous des identités différentes. Si tu le veux vraiment, tu les reconnaîtras également.

Épidorée et Alimas vinrent spontanément la trouver et l'embrassèrent avec chaleur. Sur la vingtaine de personnes présentes, c'étaient les seuls à ne pas avoir changé. Un homme vigoureux entre deux âges qui affichait déjà un début de calvitie se présenta.

— Je me nomme Estimène, dit-il en prenant les mains de la jeune fille dans les siennes.

Il avait les larmes aux yeux. Peu à peu, son visage se métamorphosa. Il rajeunit, ses iris virèrent au brun clair, ses cils s'allongèrent, son crâne se dégarnit complètement.

— Par les douze Géants ! s'écria Shanandra. Cristin !

Il semblait que la chaleur dispensée par la lumière du jour céruléen s'ajoutait à celle de ces gens, connus ou inconnus, qui pourtant étaient tous des amis de longue date.

Elle remarqua une femme qu'elle ne connaissait pas, mais qui l'intriguait. Les cheveux blonds fadasses, de taille moyenne, ni belle ni laide, il émanait d'elle tant de force, de tranquillité et de tendresse que Shanandra était impatiente de se retrouver en sa présence. Hélas, une autre femme s'approcha.

— Maman ? s'exclama-t-elle, béate.

La princesse Shéribey, morte un soir glacial, alors que la jeune fille n'avait que seize ans, près de cinq cents ans plus tôt, lui tendit les bras.

Respectant l'intimité de sa protégée, Mérinock s'éloigna, et avec lui les autres compagnons.

Le temps était suspendu. La plage immaculée, ce havre qui était en quelque sorte leur lieu de rendez-vous secret, retenait son souffle. Le rivage léché par les vagues langoureuses chantait à leurs pieds. Un peu plus loin, des écharpes de brume dansaient autour des socles des énormes statues représentant les géants d'autrefois.

Mérinock laissa à Shanandra et à Shéribey le temps de savourer leurs retrouvailles. Pourtant, si le temps était assez élastique, il pouvait aussi manquer, car le Mage entendait bien se remettre à l'ouvrage.

Parfois, il scrutait ces éclats de diamants qui allumaient les flancs des montagnes dressées derrière la cité. Au courant des lois en vigueur dans la cité, les compagnons lorgnaient également dans cette direction.

Soudain, l'un de ces éclats se décrocha de la montagne et fondit sur eux.

— Shanandra ! s'écria Mérinock. Le moment est venu pour toi d'être appelée...

Mais la jeune montagnarde n'écoutait pas. Tenant sa mère dans ses bras, elles revisitaient toutes deux leur vie passée.

— Je n'ai pas voulu repartir vivre sur Terre, lui disait Shéribey. Je savais qu'un jour nous nous retrouverions, ici, à Shandarée.

L'éclat grandit dans le ciel, jusqu'à devenir presque aveuglant. Alors, les compagnons reculèrent. Shéribey elle-même s'écarta de sa fille.

— Que… ? s'enquit la montagnarde en tendant sa main.

— Tu es appelée, répéta Mérinock. Nos chemins se séparent ici pour quelque temps.

Enfermée dans une bulle de lumière, Shanandra n'entendit pas les derniers mots du Vénérable. Un souvenir ancien revint à sa mémoire. Elle ne devait pas avoir peur, mais plutôt s'abandonner à ce phénomène qui, dans la cité, était considéré comme un honneur.

Enlevée dans les airs, elle décida de faire confiance en la sagesse infinie de Shandarée…

L'ÊTRE SUPÉRIEUR

La bulle de lumière déposa Shanandra devant un édifice construit à flanc de montagne au centre de jardins soigneusement entretenus. En clignant des paupières à cause de la vive fluorescence dégagée par la construction, la jeune fille attendit que les derniers lambeaux de matière opaline se résorbent dans le néant.

Cet endroit était intimement lié à un passé mystérieux issu de son subconscient. Elle contempla, extasiée, la pyramide de cristal. Fouilla dans sa mémoire si un tel symbole n'avait pas autrefois joué un rôle au long d'une ancienne existence, mais n'en trouva aucun.

Durant son transport jusqu'en ce lieu, une voix douce avait retenti dans sa tête en l'appelant « ma fille » et « ma sœur ».

Elle fit prudemment le tour du temple.

Était-elle étonnée de ne trouver aucune entrée visible ? Elle songea que cette nouvelle mésaventure était peut-être une épreuve ou une plaisanterie que lui faisait le Mage errant. Cependant, sa petite voix intérieure murmurait que sa présence en ces jardins relevait davantage d'un appel mystique venu de très loin.

Les quatre faces de la pyramide étaient composées du cristal le plus pur. À certains endroits, la façade tirait sur le rosé. À d'autres, il en émanait des lueurs fugitives, vertes, rouges et bleues.

Elle posa sa main sur la paroi, sentit la tiédeur du matériau, et frissonna comme si elle caressait le corps d'un jeune amant.

Elle aperçut un homme par-delà le cristal. Était-il prisonnier à l'intérieur ? Elle colla sa joue…

Le visage de Torance apparut soudain à sa hauteur. Son cœur s'emballa dans sa poitrine. Le prince était à un mètre d'elle. Peut-être moins !

Poussant de toutes ses forces sur la paroi, elle s'y enfonça d'un centimètre. La sensation était des plus étonnantes. Comment était-il possible « d'entrer » dans un matériau aussi dur et aussi noble ? Pourtant, son avant-bras se mouvait à présent à l'intérieur. Elle redoubla d'efforts et pénétra entièrement dans la pyramide.

Un instant, elle eut l'impression de tomber dans le vide et retint un cri d'effroi. Tout ceci ressemblait vraiment à un rêve. Et si elle sommeillait toujours en plein ciel ? Et si son arrivée à Shandarée, ses retrouvailles avec sa mère et les compagnons n'avaient été que chimères ?

Elle se força à recouvrer son calme. Écouta, dans son for intérieur, si la voix qui l'avait guidée ne lui parlait pas, encore et encore.

Elle fut soudain entourée par une foule de gens qui déambulaient sans la voir. Certaines de ces personnes passaient à travers les unes des autres, tels des spectres.

Shanandra reconnut des personnages qu'elle avait côtoyés durant sa dernière existence : le roi Elrick, son oncle,

Griwild, sa jeune servante, Astarée avec son postiche de cristalomancien. Gorth et même le roi Sarcolem ! Un peu plus loin, elle reconnut enfin Torance et courut vers lui.

Hélas, au moment de lui prendre les mains, le prince disparut en fumée.

Derrière elle surgirent des statues de singes, une arène, des gradins. Elle entendit le cri des spectateurs et assista à un combat entre une jeune femme et un homme entre deux âges.

Celui-ci avait un bras noué derrière le dos par une sangle de cuir. La femme, brune et enfiévrée, tenait un kaïbo dans ses mains.

C'est moi, se rappela la montagnarde, lorsque j'étais Shébah et que Torance était Mitrinos !

Pourquoi revivait-elle dans cette pyramide des scènes non seulement tirées de sa vie précédente, mais aussi des séquences issues d'un passé encore plus lointain ?

Déjà, dans la Géode sacrée, Mérinock lui avait ainsi jeté son passé à la figure. Elle chercha ce dernier des yeux sans le trouver.

Un peu plus loin, allongés sur une étoffe de couleur, elle vit deux amants enlacés en train de s'embrasser avec fougue. L'homme pénétra la femme; celle-ci cria de douleur et de plaisir. Le désir les dévorait. Shanandra s'approcha : Shébah et Mitrinos s'aimaient.

Une envie folle de Torance la prit alors au creux du ventre. Elle voulait sentir ses mains sur son corps, se languissait de ses caresses, de sa chaleur, de sa force en elle.

La voix, de nouveau, s'éleva, si claire et si précise que la jeune fille en resta un moment pétrifiée de stupeur.

— Mérinock ! accusa-t-elle en faisant volte-face. S'il s'agit encore d'un de vos jeux ridicules, je...

Elle cessa de respirer.

Une haute silhouette la dominait. Autour d'elles, une pénombre apaisante remplaçait les ombres et les illusions.

— Bonjour, Shanandra.

— ...

— Sais-tu qui je suis ?

— ...

— Je suis toi et bien plus encore.

La jeune fille considéra l'Être androgyne : deux mètres de haut, un corps nu semblable à de la lumière coagulée, un visage fin, des traits à peine esquissés, et pourtant une présence et une vitalité extraordinaire. Autour de ce visage mi-homme mi-femme voletait une chevelure sans couleur précise, mais qui cependant semblait les contenir toutes en un flot discontinu d'éclairs et de scintillements.

— Vous êtes... un des douze géants ? Un fils ou une fille de la déesse ? interrogea Shanandra.

L'apparition rit sans se moquer un seul instant.

— Je suis la source et tu es la rivière. Nous ne sommes qu'un.

Shanandra se rappela les explications complexes de Cristin lorsqu'il parlait de la faculté qu'avait Torance d'entendre la voix de son Âme supérieure. Eux-mêmes en avaient, tous deux, parlé. Elle lui demandait : « Entends-tu encore tes voix ? Les comprends-tu ? » Aux dires du Mage errant, le succès de leur entreprise dépendait de cette voix que Torance devait apprendre à déchiffrer.

— Torance devait subir les initiations nécessaires pour que ses sept *chakras* soient proprement réalignés, lui murmura l'apparition sur le ton de la confidence. Et, lorsqu'il a parlé aux peuples, la première fois, dans les ruines d'Orma-Doria, il était en parfaite communion avec la voix de son Âme supérieure.

L'Être poursuivit ainsi :

— Chaque femme, chaque homme incarné sur Terre est en fait une émanation de sa propre Âme supérieure. Cette entité primale envoie dans la matière une parcelle d'elle-même pour apprendre et enseigner, inlassablement, et rapporter dans les hautes sphères le savoir, la douleur, les leçons apprises dans la peine ou bien la joie.

« Ainsi, vois-tu, je suis ton Âme supérieure, Shanandra. Nous sommes sœurs. Une et un d'un tout parfait. Parvenue à un certain degré ou niveau de connaissance, une émanation peut se fondre à sa source. Ta dernière incarnation t'a permis d'accéder à ce niveau. Voilà pourquoi je t'ai appelée. Voilà pourquoi nous sommes face à face. Viens à moi… (Elle lui tendit les bras) et tu ne seras plus jamais seule, triste, en colère ou au désespoir. »

L'Âme supérieure était véritablement bonne, pure, désintéressée, sans malice aucune ni désir de nuire. Shanandra en était intimement persuadée.

Seulement, la perspective de ne plus jamais ressentir les émotions humaines dont parlait l'Âme avait quelque chose d'irrévocable, d'effrayant même. Et puis, être là, alors que Torance se débattait dans les ténèbres lui semblait une terrible injustice.

Sa main, cependant, se leva à l'appel de l'Être et leurs doigts s'effleurèrent. Shanandra en ressentit une vague d'amour, de clarté et de complicité extraordinaire. Au dernier instant, pourtant, elle recula.

L'Âme hocha la tête. En vérité, elle s'attendait à ce genre de réaction.

— Sur le chemin qui mène jusqu'à la Source, dit-elle à Shanandra, tu crois que Torance est ton âme sœur, n'est-ce pas ? Et tu le pleures en ton cœur.

Les épaules de la montagnarde tressaillirent; elle tomba à genoux. Sans plus chercher à l'attirer à elle, l'Âme s'assit à son tour et la consola.

— Je t'attends depuis longtemps, Shanandra. Je te sais impliquée dans une œuvre capitale pour l'évolution de l'âme collective humaine, et je suis très fière de toi.

Elle continua :

— Je ne suis ni un dieu ni une déesse. Je suis toi de toute éternité. Je vis à travers toi, je te conseille, je te soutiens. Je suis ta force, tu es ma fidèle émanation, ma compagne.

Lentement, Shanandra se sépara des bras de son Âme supérieure.

— Ceci est notre temple d'Éternité, poursuivit l'Entité. Chaque être humain possède le sien dans les sphères. Le nôtre est ici, à Shandarée. Sois sans crainte, je sais que tu possèdes un sens aigu du devoir. Tu mèneras tes combats et tu accompliras tes missions. Lorsque tu le voudras, tu pourras revenir te ressourcer en ce lieu. Je serai toujours là pour toi.

L'Âme supérieure se releva. Il n'émanait d'elle qu'amour et tendresse, affection sincère et immense compassion. Shanandra sentit que cette partie d'elle-même était véritablement une sorte de dieu. Ou alors une partie de celui-ci. Et que, quoi qu'elle fasse, quoi qu'elle ait pu faire de répréhensible autrefois et quoi qu'il puisse advenir d'elle dans le futur, cet Être l'aimait et l'aimerait toujours.

En quittant la pyramide, Shanandra n'éprouvait aucun regret, car désormais elle sentait qu'elle porterait en son sein, en tout temps et en tous lieux, la présence réconfortante de son Âme supérieure.

La nuit était tombée sur Shandarée : elle ne s'en étonna pas et marcha sereinement au cœur de ces jardins qui étaient une partie de son Âme. Elle se sentait en intime communion avec eux. Sa pyramide s'élevait, fière et imposante dans le soir. En contrebas s'étendait la cité.

Elle se retourna et vit briller dans les montagnes des dizaines, des centaines, des milliers d'éclats de lumière, et réalisa que chacun était un temple dans lequel vivait l'Âme supérieure d'un homme ou d'une femme.

Celui de son bien-aimé se trouvait-il quelque part dans ces montagnes ?

Torance, même s'il a succombé aux exigences de son ego, est aimé lui aussi !

Cette certitude lui apporta une paix nouvelle.

Elle se retrouva au bord d'un précipice et domina la cité et l'océan. Pour quelque temps, elle avait besoin de demeurer seule, et la nuit était un voile idéal, propice aux promenades solitaires.

Confiante, Shanandra se laissa choir comme une pierre. Elle ne fut guère surprise de tomber au ralenti, telle une déesse venue des hauteurs d'un paradis étrange et merveilleux.

Le bassin clairvoyant de Lem

Lorsque l'on s'y promenait, on se rendait compte que la cité céleste de Shandarée ne ressemblait à aucune autre. Parmi les nombreux bâtiments, il n'y en avait aucun de privé, car ce n'était pas là que vivaient les habitants. Dans les rues, on avait l'impression de marcher non sur des dalles faites de pierre ou de marbre, mais sur du coton ouaté.

Shanandra tendait l'oreille sans entendre les sons si caractéristiques des grandes agglomérations : cris des guetteurs, ahanements des esclaves qui poussaient ou tiraient des chars de marchandises, ferraillement des galvas cloutés des soldats qui arpentaient la chaussée. Nul remugle d'égout ou de détritus n'empuantissait l'air.

À bien y penser, se disait la jeune fille, cette absence de sons et d'odeurs dans un décor par ailleurs si typiquement humain avait quelque chose de grandiose et de beau, mais aussi d'inquiétant.

Le jour commençait à poindre non pas de l'est, comme sur Terre, mais de partout à la fois. Elle inspira profondément sans ressentir ce « vide » qu'elle croyait voir autour d'elle à cause de l'absence d'activités commerciales et sociales.

Le vide n'existe que dans mon imagination, car même les murs (elle posa sa main sur la façade d'un bâtiment) *sont vivants.*

Une voix s'éleva derrière elle et confirma son diagnostic.

— Tu as raison.

La montagnarde reconnut la femme aux longs cheveux blonds fadasses et à la peau tannée par le soleil qu'elle avait déjà brièvement croisée sur la plage immaculée.

— Bonjour, répondit Shanandra, soulagée. Où sont les gens ?

— Je m'appelle Mulgane, fit l'inconnue. Et les gens sont là, tout autour de nous…

La jeune femme fronça les sourcils. Son interlocutrice se moquait-elle ? Quand elle discerna soudain des silhouettes fantomatiques qui allaient et venaient dans la rue.

— Ils se déplacent très vite, par la pensée.

Les « présences » se multipliaient. Mulgane sentit croître la nervosité de la jeune montagnarde et la prit par le coude.

— Ils ont entendu dire que tu étais arrivée et sont venus te rendre hommage.

— Hommage ? répéta Shanandra, perplexe.

Un à un, des hommes et des femmes apparurent. La plupart étaient habillés de simples pellos beiges ou rouges. Certains étaient vêtus avec plus de recherche alors que d'autres portaient des bonnets ou des capuches. Les chevelures de plusieurs d'entre eux étaient retenues par des diadèmes en cristal.

La pluralité des styles de vêtements, mais aussi le nombre de gens rassemblés mettaient la jeune fille mal à l'aise.

Elle entendit son nom prononcé avec révérence. Une femme s'approcha, inclina la tête et baisa sa main. Des hommes la saluèrent avec respect. Une femme plus âgée, mais dont le visage était extraordinairement beau demanda la permission de toucher son épaule. Une autre tomba carrément à genoux, les mains ouvertes serrées l'une contre l'autre devant son visage baigné de larmes.

Mulgane entraîna gentiment Shanandra à l'écart.

— Pourquoi agissent-ils ainsi ? s'enquit la jeune fille.

— Pour dire les choses simplement, ton nom est devenu célèbre.

— Je sais. Les prêtres ont fait de moi une courtisane !

Mulgane hocha la tête.

— Eux le pensent peut-être. Mais ceux qui n'ont pas cru en leurs fables savent que tu étais l'égale de Torance. Que tu possédais le don de Compassion. Que tu as toi aussi apporté les Préceptes de vie aux peuples. Il est normal que ceux-là te vouent admiration et respect.

Shanandra se rappela la statue qui la représentait dans la petite église.

— Tu es pâle, lui dit sa compagne. Veux-tu t'asseoir un moment ? Je connais un endroit fabuleux.

Elles franchirent un porche et s'arrêtèrent devant une vaste perspective meublée de fontaines, de promenades, d'arbres aux frondaisons vert tendre et parfumées. D'autres personnes déambulaient également, mais aucune ne venait plus troubler leur quiétude. Sur la gauche s'ouvraient des colonnades donnant sur l'océan rose et pourpre. À droite scintillaient des parois de cristal sur lesquelles grimpait du lierre.

Elles marchèrent le long d'un sentier bordé de jardins multicolores où s'égaillaient des centaines d'oiseaux invisibles, empruntèrent un ponton qui enjambait un ruisseau et poussèrent jusqu'à un rond-point planté de joncs fleuris que butinaient des abeilles.

— Asseyons-nous quelques instants.

À peine Mulgane avait-elle prononcé ces paroles qu'un banc de pierre apparut. Devant elles reposait un bassin dont l'eau était aussi calme qu'un miroir.

— Je sens que tu as des questions et des préoccupations qui gâchent ton plaisir, fit la femme.

À bien la considérer, Mulgane n'avait pas l'air si âgée. Alors d'où venait à Shanandra cette impression qu'elle avait beaucoup vécu et souffert ?

La femme prit sa main.

— Tu penses encore à Torance ?

— Je n'aurai pas dû l'abandonner quand il se débattait contre ses ennemis intérieurs, regretta la montagnarde.

— Tu as fait ce que tu as pu. Chacun doit porter sa part de responsabilité.

Shanandra contemplait l'eau du bassin sans vraiment la voir.

— Il aurait dû être ici. Nous aurions pu vivre ensemble.

Mulgane sourit. Sa peau jaunâtre devint toute lisse. Ses yeux mauves étincelèrent comme des gemmes.

— Mais tout n'est pas perdu. En fait, si l'on y réfléchit bien, rien n'est jamais perdu. Tout peut recommencer à chaque instant. C'est là le grand prodige de la vie.

La montagnarde dévisagea sa compagne.

— Qui es-tu ? Est-ce que… nous nous connaissons ?

Mulgane trempa un doigt dans l'eau du bassin.

— Cet endroit est dédié au géant Lem, dit « le clairvoyant », répondit-elle. Il possède de merveilleuses propriétés. Regarde…

Shanandra vit dans les ondulations se former l'image d'une femme en train de dormir. Autour d'elle se pelotonnaient… des loups !

— Elle te ressemble, fit-elle.

— C'est moi, déclara Mulgane sans ambages. En vérité, je suis à Shandarée en rêve. Demain matin, je me réveillerai et croirai t'avoir parlé.

— Et ces loups… ?

— … sont mes amis.

La montagnarde hocha la tête.

— Moi aussi je rêvais, autrefois. De cet endroit. Surtout de la plage.

Un visiteur se présenta.

— Mage errant ! s'exclama Shanandra, mi-figue mi-raisin.

— Je constate toute ta joie de me revoir, mon enfant ! plaisanta Mérinock.

Et, en s'adressant cette fois à Mulgane :

— Comment se porte notre jeune messagère mélancolique ?

Il enchaîna en effleurant à son tour la surface du bassin de clairvoyance. Des images de batailles se formèrent. Shanandra vit un homme malade affalé sur son trône.

— Voici le haut roi de Vorénor, expliqua Mérinock. Il est cerné de toutes parts. D'un côté, il est un adepte des Fervents du Feu bleu. Autrement dit, il soutient ceux qui enseignent encore les « Préceptes » tels qu'ils ont été autrefois transmis aux peuples par Torance et toi. De l'autre, il est pressé par ses conseillers d'obéir aux légides de son royaume qui souhaitent le voir renier publiquement ses croyances pour se convertir au Torancisme officiel.

« En ce moment, une guerre civile déchire la Terre de Vorénor. Si le Premius de Goromée l'emporte, nos temples de connaissance seront incendiés, nos élèves assassinés ou réduits en esclavage. »

Shanandra écoutait, mais sans vraiment comprendre. Finalement, elle haussa les épaules.

— Qu'attendez-vous de moi ?

Mulgane et Mérinock se consultèrent du regard. Le Mage s'appuya sur son kaïbo.

— Nos Préceptes de vie ont été détournés. Une religion a été fondée sur vos noms, à Torance et à toi. Une nouvelle lutte de pouvoir divise les hommes. Je souhaite que tu retournes sur Terre, Shanandra, et que tu m'aides à remettre de l'ordre dans tout ça.

La jeune fille sourit.

— Pas sans Torance, je sais ! clama sourdement le Vénérable.

Il plongea encore son index dans l'eau lumineuse.

— Tu veux le voir ? Approche...

Les nouvelles images montraient deux garçonnets, l'un blanc aux cheveux roux, l'autre noir, qui déambulaient pieds nus dans un couloir fait de briques humides. Ils atteignirent une cuisine déserte. Un rayon de lune pénétrant par une lucarne indiquait qu'il faisait nuit. Les deux enfants s'approchèrent d'une marmite en fonte dans laquelle cuisait une soupe brulante.

— Ils ont faim, commenta Mérinock. C'est l'hiver à Goromée, et il fait froid.

Le jeune roux fit le guet. L'autre, plus dégourdi, tint une louche en étain dans sa main et souleva le couvercle de la marmite. Il revint bientôt près de son camarade et lui offrit une grosse louche de soupe.

Soudain, un homme hideux aux doigts ornés de lourdes bagues se dressa. Hurlant au vol, il saisit le guetteur par le revers de sa tunique et le souleva de terre. Le garçon noir lui enfonça le manche de sa louche entre les côtes. En représailles, il reçut un violent coup de poing sur l'arcade sourcilière gauche. Le sang jaillit de la blessure.

À cet instant, le garçon roux hurla aussi et tomba au sol. Shanandra vit qu'il avait les mains plaquées sur son visage et le menton dégoulinant de soupe.

— Il a reçu le bouillon en pleine figure, dit Mulgane.

L'image se troubla.

— L'un de ces deux garçons est Torance, fit le Mage. Neuf années se sont écoulées depuis l'épisode de l'incendie de l'église. L'autre est, disons-le ainsi, une de vos anciennes connaissances…

Shanandra restait sans réaction. Son bien-aimé était donc retourné sur Terre sous une autre identité !

Après une longue minute de silence, elle décida d'accepter la proposition du Vénérable.

— Mais à une condition.

Mérinock leva les yeux au ciel en feignant le désespoir.

— Je retournerai vivre sur Terre, soit, mais je n'y retournerai pas sous mon identité actuelle.

Le Mage ouvrit la bouche pour protester, car cette nouvelle mission nécessitait des talents particuliers que seul le corps physique de Shanandra possédait grâce au sang de la déesse qui coulait dans ses veines. Se réincarner dans une autre enveloppe corporelle le forcerait à modifier ses plans d'avenir.

— Torance l'a bien fait, lui !

— Mais, s'indigna le Mérinock, il est essentiel que…

— C'est ma seule condition, s'entêta la montagnarde.

Elle se rappelait le pouvoir mortel de ses yeux et les souffrances qu'elle avait endurées, enfant, lorsqu'on la forçait à porter un voile.

— De nouvelles prophéties ont déjà été… poursuivit le Mage.

— Vous en récrirez d'autres !

Elle lâcha un « oh ! » de surprise, car Mulgane commençait à disparaître de leur réalité.

— Elle se réveille, laissa tomber Mérinock, toujours aussi contrarié.

— Je la connais, n'est-ce pas ? Nous étions des amies.

Le Mage renifla.

— Nous nous connaissons tous.

Il la prit par les épaules.

— Es-tu bien certaine de vouloir revivre dans un nouveau corps ? Ce sera plus douloureux. Il te faudra tout réapprendre.

— Torance l'a fait.

Elle leva un doigt devant son visage.

— Je veux aussi la certitude de le revoir.

— D'accord, vous vous reverrez.

Il sourit en songeant aux nouvelles prophéties qu'il allait rédiger, puis ajouta :

— Le reste dépendra uniquement de vous.

Ils se serrèrent la main. Ce nouvel engagement avait des allures de pacte spirituel.

— Je le retrouverai et le sauverai de lui-même, promit-elle. À la fin, nous reprendrons ensemble le chemin de Shandarée.

— Qu'il en soit ainsi !

Le Mage errant était malgré tout soulagé, car il s'était attendu à plus de résistance de la part de sa messagère.

La seconde phase du Grand Œuvre allait enfin pouvoir prendre corps dans la matière…

LA DALLE DE DIVINATION

L ire l'avenir, l'étudier, le ressentir, le voir évoluer en fragiles conjonctures n'a jamais été une science exacte. Autant consulter les viscères d'un animal et déclarer ensuite qu'il fera beau ou qu'il pleuvra à verse.

Assis sur la dalle de cristal, à même le sol de la Géode sacrée, le Mage errant était en transe. Non loin de lui se trouvait le Shrifu, gardien des lieux.

Tous deux construisaient dans l'éther subtil un espace purifié dans lequel Mérinock pourrait projeter les perspectives d'avenir qu'il souhaitait voir se réaliser. Il lui faudrait par la suite attendre que les symboles et les signes apparaissent...

Chaque fois qu'il se livrait à cet exercice, il y laissait une bonne partie de son énergie vitale. Hélas, cette fois-ci, à cause notamment de Shanandra et de son entêtement à lui refuser sa confiance, il était obligé de recommencer.

Il songea avec précision à chacun de ses messagers. À ceux qui avaient accepté de participer à une nouvelle ronde d'existences terrestres. À ceux qui ignoraient encore qu'ils figuraient toujours au générique du Grand Œuvre.

Peu à peu, aidé du Shrifu qui dirigeait toute son énergie pour maintenir ouverte la grille énergétique, Mérinock vit surgir des images. Quelques détails, tout d'abord. Des sortes de gros plans dont il devait deviner l'ensemble. Puis, les fameux symboles. Entre autres celui du scorpion jaloux aux doubles dards dressés; celui de la plume qui signifiait qu'une « vérité » serait au cœur de grands litiges entre les hommes. Le Mage mémorisa soigneusement ces deux éléments et se concentra sur la fragile silhouette d'une jeune fille brune aux yeux bleus. Bien que sa chevelure soit longue et frisée, deux lourdes tresses tombaient de part et d'autre de son visage. Elle avait de belles mains blanches et parlait lentement. Mérinock la vit marcher au milieu d'hommes couronnés qui ployaient les genoux devant elle. La jeune fille portait sur les épaules un manteau blanc qui exhalait une lumière douce et vive, et ce détail fit sourire le Vénérable.

L'image se disloqua pour laisser la place à celle d'un chevalier revêtu d'une armure de cristal. Grand et bien bâti, le guerrier brandissait une épée coulée dans le même matériau.

Mérinock savait pertinemment que pour dissocier l'avenir en formation, si malléable et si incertain, de ses propres envies, désirs et chimères, il devait s'en remettre à son Âme supérieure. Si, entre eux et durant certaines périodes, la communication était fluide et harmonieuse, il arrivait également que le contact soit brouillé.

Qu'en était-il en cet instant précis ?

Il inspira longuement.

Recueilli à quelques pas, le Shrifu ne voyait pas le Mage, mais il sentait sa présence. Il redoubla d'effort pour le soutenir dans sa noble tâche.

La fille en blanc sera appelée une cristalomancienne, décida Mérinock. La dernière d'une longue lignée.

En quelques secondes, des événements se mirent en place dans son esprit. Il songea à Shanandra et à son futur rôle. Torance aussi compterait au nombre des acteurs principaux.

Ce chevalier et cette cristalomancienne vivront une grande et belle histoire d'amour. Ils seront les géniteurs d'une nouvelle lignée de rois. Ces rois instaureront une paix durable entre les hommes.

Telles étaient les grandes lignes de sa nouvelle prophétie. Il vit d'autres images, encore, dont certaines l'effrayèrent.

L'avenir est un nid de serpents. Toujours agité, incontrôlable et intimement lié à la Part d'Ombre qui vit en chaque ego humain.

Après un laps de temps impossible à évaluer, le Mage se releva et flotta jusqu'aux alvéoles de bromiur contenant les trois sarcophages et les corps qui reposaient à l'intérieur.

Il salua gravement Torance et Shanandra; s'arrêta un peu plus longuement devant son propre corps. Ces enveloppes charnelles, parfaitement régénérées, attendaient le moment d'être à nouveau rempli par l'âme de leur légitime propriétaire.

Mérinock se rappela une des raisons pour lesquelles il avait tenu à conserver les « réceptacles » de Torance et de Shanandra.

Je voulais les tenir à ma disposition pour les réutiliser…

Il avait cru que ce moment était arrivé. Mais la perte de Torance au profit des forces obscures, puis la désobéissance de Shanandra en avait décidé autrement.

À cause des changements apportés à l'élaboration de son plan, il ne pourrait lui non plus réintégrer son propre corps avant très longtemps. Il devait pourtant à tout prix, cette fois-ci, s'investir « physiquement aux côtés de ses messagers ».

Et ce temps-là, qu'il redoutait par moment, survenait bien trop vite à son goût...

★

La clairière était nappée de brume. Le petit jour allumait subrepticement les hautes frondaisons chargées de neige et faisait miroiter les plaques de glace. Sise au cœur de la forêt, elle était bordée de plusieurs *Seigneurs-Arbres* que l'on appelait aussi des « *Sentinelles* » en langue *brugonde*. Ces arbres aux troncs fendus de haut en bas, noués de grosses racines et enveloppés d'épais rideaux de lierre étaient considérés comme des maîtres par le peuple brugond.

Un homme de cette peuplade se hissait justement sur une fourche du plus vieux des Sentinelles de la forêt. Il devait avoir une quarantaine d'années. Vêtu d'une peau de bête et les bras tatoués d'animaux de légendes, il avait le visage marqué par les soucis. Son visage, aux traits bien dessinés par ailleurs, paraissait sous le coup d'une intense émotion. Malgré ses mains puissantes et son corps musclé, il ressemblait à un enfant au bord des larmes.

Il s'assit sur un nœud d'où partaient deux branches aussi grosses que sa jambe. Une quinzaine de mètres le séparait du sol.

Les grands corbeaux noirs croassaient alentour. Cette heure était la leur : glauque, encore enténébrée, propice aux maléfices dont parlaient les *Hurelles* – les sorcières de son peuple.

Il déglutit. Qu'est-ce qui lui avait pris de quitter son hameau pour se retrouver là, aussi misérable qu'un gamin, sur un de ces arbres dont on racontait qu'ils étaient bien capables de se défendre s'ils jugeaient un homme déplaisant !

Le Brugond, qui s'appelait Brôm, entendait le murmure des branches. Que se racontaient-elles ? Il les imagina en train de parler de sa situation, des événements qui l'avaient conduit au déshonneur, et finalement, à sa décision de renoncer à tout.

Voilà pourquoi il avait quitté la chaleur de sa couche et s'en était remis à la voix qui parlait dans sa tête.

« Fais ce que je te dis et tu auras ce que tu désires. De plus, ton nom sera rétabli dans la mémoire de ton clan. Je m'y engage sur l'honneur. Tu as commis dans ta vie des erreurs qui t'ont conduit au déshonneur et à ce mal qui ronge tes entrailles. Si tu juges ton âme trop faible pour combattre cette maladie, laisse-moi au moins t'aider à trouver la délivrance de l'esprit. » Lentement, Brôm sortit une corde de chanvre de sa besace. Il l'attacha à une grosse branche, en testa la solidité, fit un nœud coulant qu'il se passa autour du cou.

— Est-ce là vraiment ce que tu souhaites ? lui demanda encore la voix. Il existe d'autres voies à explorer que celle-là.

Clignant des paupières, Brôm revécut des images de sa vie. Enfant, sévère et sentencieux, il était toujours prêt à juger et à sermonner les autres. Son père avait, durant un certain temps, commandé leur tribu. Le jour où il avait été forcé de bannir son propre fils, devenu une charge pour la communauté, avait été jour de déshonneur pour leur lignée. Exclu, le jeune Brôm avait erré seul dans les forêts. Mangeant des glands, chassant des petits animaux, grelotant de froid dans des cavernes abandonnées. Il revisita son moment de triomphe, lorsque, rentré dans son hameau, il avait aidé les siens à repousser les assauts d'une tribu voisine. Cet acte courageux avait racheté ses arrogances passées et lui avait valu une épouse : la fille du nouveau chef duquel il n'avait pas tardé, à force de rouerie, à prendre la place. Resté sans enfant, trop rigide dans ses principes, il avait perdu le pouvoir à plusieurs reprises et ne cessait, depuis, de sombrer dans le désespoir et la maladie.

— As-tu pris ta décision ? le somma la voix.

Des larmes au coin des yeux, Brôm se demandait s'il avait vraiment le choix.

— Tu l'as, lui assura son invisible interlocuteur. Si tu refuses, il te faudra recouvrer la santé et ton honneur par toi-même. T'en sens-tu le courage ?

Après quelques secondes de tergiversation, Brôm dut bien admettre que non.

— Tu as été un faible et un orgueilleux. Sache pourtant que parmi les hommes qui te connaissent, il n'en est pas un qui te juge plus sévèrement que toi. Les lois célestes imposent à chacun de surmonter ses fautes selon son propre rythme. Le temps ne compte pas et tu auras de nouveau, dans l'avenir, à faire face à ces problèmes que tu crois insurmontables. Es-tu vraiment certain de ta décision, frère ?

Brôm fit oui de la tête.

— Soit. Si tu renonces aujourd'hui à la vie et que tu acceptes ma proposition, tu auras au moins l'assurance de servir une grande cause.

Brôm, à nouveau, donna son assentiment. Si l'être qui lui parlait pensait réussir là où il avait échoué, il acceptait son offre.

— Alors, tu sais ce qu'il te reste à faire.

— Vais-je avoir mal ? demanda le malade désespéré.

— Je peux t'assurer que non. Nous te soutiendrons dans cette épreuve. Ton acte, en ces conditions exceptionnelles seulement, n'est pas contre nature, mais, à sa manière, une preuve de courage. Ce courage qui t'a toujours fait défaut… jusqu'à présent.

Brôm déglutit à nouveau.

Puis, sans presque l'avoir cherché, il se laissa choir de sa branche.

Il n'y eut ni bris d'os, ni cri, ni râle.

Le corps du guerrier tomba, mais il n'alla pas au bout de la corde, car une force inconnue le retint. Pourtant, la mort arriva, aussi douce que l'avait promis la Voix.

Dans l'éther subtil, plusieurs Êtres de lumière étaient à l'œuvre. Ils accueillirent le guerrier, tranchèrent son cordon d'argent et raccordèrent celui de Mérinock, qui brillait au-delà de toute comparaison possible, à l'enveloppe corporelle.

L'échange des âmes ne prit pas plus de temps qu'un clignement de paupières. Un témoin oculaire du drame n'aurait vu qu'un homme tomber dans le vide et se stabiliser mystérieusement à quatre pieds du sol, les bras écartés, les yeux grands ouverts, un sourire rusé au bord des lèvres.

La corde de chanvre se brisa net. Le nouveau Brôm se reçut sur ses pieds. La transmigration avait parfaitement réussi.

La tête lui tournait tout de même un peu et des élancements douloureux brûlaient ses bras et ses jambes. Autour de lui, il voyait les silhouettes lumineuses des Êtres qui le saluaient et lui souhaitaient bonne chance.

Il faudrait à Mérinock quelques jours, voire une lune entière au moins avant de s'habituer à son nouveau corps et pour entamer le processus d'élimination totale de cette maladie mortelle qui avait tant effrayé l'âme du précédent Brôm. Pour réaliser une telle substitution, il fallait vaincre la sensation de dégoût que l'on éprouvait pour une enveloppe charnelle qui avait appartenu à un autre. Lorsqu'il se fut écoulé cinq jours pleins, Brôm revint vers les siens. Il attendit la nuit et se glissa sans bruit dans sa hutte. Sa femme, Oda, lâcha un cri d'épouvante.

Puis elle écarquilla les yeux.

— Est-ce… toi ?

Mérinock savait que la jeune femme n'avait jamais vraiment aimé son époux.

— Oui, ma chérie.

Il savait aussi qu'Oda avait bien reçu les visions qu'il lui avait envoyées ces derniers jours. Son mari reviendrait vers elle, mais il ne serait plus le même. Tendre, fort, aimant, passionné, honorable, généreux, responsable, altruiste et de nouveau en bonne santé, il serait désormais tout ce qu'elle avait voulu qu'il soit et plus encore !

Mérinock s'approcha d'elle, dénoua ses longs cheveux, embrassa son front, son menton, ses joues, ses lèvres, et l'allongea doucement sur la couche de grains d'orge rouge.

Il posa sa grande main sur son ventre plat et chaud et lui dit :

— Ce soir, nous concevrons un enfant.

Durant l'acte, il faillit lui donner le nom qu'elle portait jadis lorsqu'ils étaient amis. Mais il se retint. Oda était déjà suffisamment bouleversée, et il ne voulait pas gâcher leur plaisir…

Épilogue

Terre de Vorénor, dans un hameau du peuple Brugond, an 497 Après Torance.

Les grives à longs plumages argentés, les airelles rouges et les barnanes polaires pointaient becs et museaux hors de leurs nids et de leurs terriers. Dans l'aube éclatante des levers de soleil printaniers, la terre exhalait ses arômes à base de mucus et de soufre. À quelque distance d'un hameau constitué de huttes recouvertes de peaux de bêtes hurlait une femme en couche.

Brôm surveillait l'état de son épouse. Ayant prévu les événements grâce aux méditations auxquelles il se livrait de jour comme de nuit, le trappeur avait fait venir des tréfonds de la forêt la vieille Hurelle experte dans l'art de « faire descendre une âme sur Terre ».

Malheureusement, un danger s'apprêtait à fondre sur la forêt du peuple brugond. De chaque village arrivaient des courriers porteurs de mauvaises nouvelles. Certains prétendaient qu'une grande armée de soldats aux ordres du Premius de Goromée étaient à leurs portes pour extirper de leur cœur les croyances jugées « hérétiques » par les légides du Torancisme officiel. Ce qui expliquait la terreur des villageois brugonds et le fait que la sorcière tardait à montrer le bout de son nez.

Oda poussa un nouveau cri. Du sang ruissela sur ses cuisses.

Laissé à lui-même, Brôm ne perdait cependant pas la tête. Ignorant l'odeur de chair douceâtre qui planait au-dessus de la couche, il amena la bassine d'eau chaude et les linges qu'il avait préparés durant la nuit.

Leur hutte étant située à l'écart des autres, les femmes brugondes hésitaient à sortir de chez elles pour venir prêter main-forte, à cause, prétendaient-elles, du danger d'invasion.

Sottises ! se disait Brôm. La vérité n'est pas qu'elles craignent de désobéir à leurs époux qui montent la garde autour du village. Elles se bouchent tout simplement les oreilles, car elles nous considèrent comme des pestiférés.

Mais le trappeur se moquait du qu'en-dira-t-on. Brôm l'ancien n'était plus. Il était désormais Mérinock, le Mage errant, le mystique légendaire le plus craint et le plus puissant des anciens Royaumes de la Terre de Gaïa.

Et ce n'était pas une attaque ou une naissance difficile qui pouvaient l'inquiéter.

Il posa sa main sur le front de sa femme, lui donnant ainsi la force et le courage qui lui faisaient défaut. Oda se calma aussitôt.

— N'aie crainte, ma douce, nous ne sommes pas seuls, murmura-t-il à son oreille. Si tu pouvais voir les Êtres de lumière qui nous apportent leur aide en ce moment, tu sourirais et pleurerais de joie tout à la fois.

Pourtant, le bébé se présentait mal.

Le futur père s'installa courageusement entre les cuisses ouvertes et fiévreuses de sa femme, et procéda lui-même à l'accouchement.

Conseillé dans cet art délicat et primordial par les Êtres de lumière, le Vénérable d'Évernia était heureux.

Neuf mois s'étaient écoulés depuis qu'il était venu retrouver Oda après plusieurs jours d'une absence demeurée à jamais un mystère. Neuf mois, durant lesquels il s'était appliqué à son nouveau rôle de modeste trappeur d'un peuple fruste et ignorant.

Il sentit sous ses doigts le crâne chaud et huileux de son bébé.

Une fille...

En un éclair, il vit cette enfant lorsqu'elle aurait douze, quinze, puis vingt ans. De taille moyenne, blonde, rayonnante à tous les égards, elle aurait des yeux bleus remplis d'amour, de gentillesse et de compassion derrière lesquels se tapirait le caractère entier, parfois coupant et entêté de Shanandra.

Lorsqu'il la tint enfin entre ses bras, il contempla le visage fripé et les chairs violacées. Puis il coupa le cordon ombilical et présenta le bébé à sa mère :

— Cette enfant accomplira des miracles. Elle sauvera les Terres de Vorénor et, quand son heure viendra, elle mettra au monde une nouvelle lignée de rois.

Oda crut sans doute que son mari délirait.

À l'extérieur de la hutte, des hurlements d'épouvante s'élevaient. Le fracas d'une chevauchée faisait trembler le sol.

Brôm souleva sa fille à bout de bras.

— Tu t'appelleras Solena : le petit soleil serein.

Puis il ajouta à mi-voix :

— Bon retour sur la Terre des hommes, ma fille.

Livré au pillage, le peuple brugond allait souffrir. Le hameau serait peut-être détruit. Mais le Vénérable savait qu'aucun danger ne menaçait sa hutte.

Confiant le bébé à sa mère, il prit son kaïbo et sortit, car l'heure était à la guerre...

Inòex des personnages et Leurs incarnations précéòentes

Première partie

Abriel : Fils adoptif de Lolène, époux de Cornaline et adepte inconditionnel des deux messagers.

Acrémis : Domestique midonien d'Astarée, parti avec elle pour Goromée.

Alimas : Ancien marchand devenu l'époux de Lolène et le banquier des fidèles des deux messagers.

Anciens géants et géantes de la cosmogonie gaïenne : Atinox, Élissandre, Élorîm, Gorum, Milosis, Orvilé, Ormédon, Reddrah.

Astagor* : Jeune noble et pupille de l'empereur Sarcolem 1ᵉʳ. Il espère le remplacer sur le trône. Ayant auparavant incarné **Arménite Lupia :** Sergent renégat d'Astarée. (Tome 2.)

Astarée : Cristalomancienne royale de Gorée, proche du roi Sarcolem.

Aténor *: Jeune courtisan atinoxien, favori du roi enfant Atinöe.

Atinoë : Jeune roi d'Atinox, invité par Sarcolem, puis sacrifié par lui lors de la prise de la forteresse d'Hamrock.

Balcusor : Roi conservateur et perfide d'Ormedon faisant partie de l'alliance secrète formée par Sarcolem. Monarque invité, puis sacrifié lors de la destruction de la forteresse d'Hamrock.

Cibrimus : Chef de la police secrète de Sarcolem.

Calliope : Reine élorienne assassinée par Clébos le fourbe.

Clébos : Prince prétendant du royaume d'Élorîm, régicide, mis sur le trône par Sarcolem.

Cornaline : Fille préférée d'Elk Sifoun, devenue un membre actif des fidèles de Torance et de Shanandra.

Cristin : Jeune scribe, compagnon de Torance et de Shanandra, décédé à Goromée au cours des émeutes ayant accompagnées le supplice du Prince messager.

Dorimor : Fils ainé du géant roux et ancien esclave Erminophène.

Elk Sifoun : Roi félon ayant pris illégalement le pouvoir dans la cité de Midon.

Élypsée : Troisième épouse de Sarcolem 1er.

Erminophène : Guerrier vorénorien et ancien esclave, devenu un des compagnons des deux messagers.

Gorth : Ancien capitaine, compagnon des deux messagers.

Kimobé : Fils cadet d'Erminophène, médium.

Lolène : Guérisseuse devenue la première grande légide des fidèles de Torance et de Shanandra.

Marcusar : Ou Bragde. Chef des brigands de Goromée, opposé au roi Sarcolem.

Mérinock : Mage errant, treizième Vénérable d'Évernia, concepteur du Grand Œuvre.

Ocrénos : Domestique manchot d'Astarée.

Orvil : Monarque du royaume d'Orvilé.

Paléas : Jeune aventurier, compagnon des deux messagers.

Périmestre* : Officier impérial ami d'Astagor.

Phrisus : Souverain du royaume d'Élissandre.

Pirius : Ancien militaire goréen devenu membre de la confrérie des fidèles de Torance et de Shanandra.

Ramid : Fils ainé d'Elk Sifoun, membre actif des fidèles de Torance et de Shanandra.

Rouviff Dogmo : Grand maître de l'Ordre des cristalomanciens de Gorée.

Sarcolem : Empereur fondateur de la dynastie des Sarcolem et de l'Empire de Gorée.

Sartran de Goromée : Ou seigneur mitré. Politicien rusé et chef des lamanes du dieu Gorum.

Sévrinus Polok : Maître décédé d'Astarée et cristalomancien de grand talent.

Shanandra Falcomier : Jeune princesse d'Orgk, compagne du Prince messager.

Tabina : Fille du roi félon Elk Sifoun.

Torance d'Élorîm : Prince messager, mort sur l'autel des sacrifiés, figure centrale du Torancisme.

Urmen : Chef des servants du Mage errant.

Vérimus : Fils cadet d'Elk Sifoun, fidèle des deux messagers, mais initiateur involontaire de la trahison dite de la « nuit noire ».

Welmaë : Reine du royaume de Milosia.

Ylotte : Détentrice des secrets des Servantes de Wellö-Arrh, cofondatrice, avec Pirius, de la confrérie des Fervents du Feu bleu.

Deuxième partie

Amrina : Jeune Vorénienne, élève du temple d'Éliandros, amie de l'empereur Sarcolem VII. Auparavant **Atinoë** : Roi de la Terre d'Atinox, mort tragiquement dans la forteresse d'Hamrock. (Tome 4.)

Arbaros : Général des armées sous Sarcolem VII.

Cerbio Staphen : Grand légide et premier « Premius » de Torance, sous Sarcolem VII. Auparavant **Vérimus** : Fils cadet du roi félon Elk Sifoun, enfant recueilli par Gorth et Astarée, et élevé dans les Préceptes de vie des deux messagers. (Tome 3 et 4.)

Éaron : Prince fictif ajouté à la liste officielle des princes majeurs. Identité secrète de Sarcolem pour lui permettre de se réapproprier le pouvoir aux alentours de l'an 271 après Torance.

Gaïa : Déesse-mère. Par extension : grande Âme de la Terre.

Gaïos : Pendant masculin de la déesse-mère, inventé par les légides du Torancisme.

Mélos : Jeune militaire attaché au service du temple d'Éliandros. Auparavant **Gorth** : Militaire goréen fidèle à la cause des deux messagers. (Tome 1, 2, 3 et 4.)

Mikalon : Criminel élorien ayant tenté d'assassiner Sarcolem VII. Auparavant **Clébos** : Ancien prince-prétendant, puis roi d'Élorîm, mort lors de la destruction de la forteresse d'Hamrock. (Tome 1, 2 et 4.)

Minomen : Capitaine des hommes de silex de Sarcolem VII.

Odalic : Jeune prince, un des fils de Sarcolem VII et de l'impératrice Ylonée. Auparavant **Astagor** : Jeune noble et pupille de l'empereur Sarcolem 1er et **Arménite Lupia** : Sergent renégat. (Tome 2.)

Philomine : Fille de l'impératrice Ylonée et de Sarcolem VII.

Prégorus* : Cristalomancien, jeune mystique et élève de Sarcolem VII. Auparavant **Rouviff Dogmo** : Grand maître de l'Ordre des cristalomanciens sous Sarcolem 1er. (Tome 3 et 4.)

Rusoé* : Jeune militaire, amant d'Amrina. Auparavant : **Aténor.**

Simiur Soled* : Grand chambellan de Sarcolem VII.

Vimérol* : grand prêtre de Gorum sous Sarcolem VII.

Virna* : Élève de Mérinock au temple d'Éliandros. Auparavant : **Dame Servinia** : Suivante de la reine Calliope. (Tome 2.)

Ylonée* : Impératrice, épouse malheureuse de Sarcolem VII : Auparavant **Élypsée** : Femme de Sarcolem lorsqu'il était roi de Gorée à l'époque des deux messagers. (Tome 1, 2 et 3.)

Autres femmes successives de Sarcolem : **Arounda*, Éphénie*, Mirmilla*, Ophélina*, Limnée *.**

Troisième partie

Belina* : Belle-fille de Sarcolem XII. Auparavant **Amrina**, (tome 4) et **Atinoë.** (Tomes 1, 2 et 3.)

Drapon* : Frère d'Orgénus, responsable de sa sécurité. Auparavant **Pirius** : Ancien militaire, puis compagnon de Torance et de Shanandra, ami de Cristin. (Tomes 1, 2, 3 et 4.)

Esculope*: Capitaine des hommes de silex de Sarcolem XII. Auparavant : **Minomen.**

Melek* : Jeune officier, garde du corps de l'impératrice Zaphia. Auparavant **Prégorus** : Cristalomancien, jeune mystique et élève de Sarcolem VII, (tome 4) et **Rouviff Dogmo** : Grand maître de l'Ordre des cristalomanciens sous Sarcolem Premier. (Tomes 3 et 4.)

Miklos* : Prince impérial, fils de Sarcolem XII et de l'impératrice Zaphia. Auparavant **Odalic,** (tome 4.), **Astagor,** (tome 4.) et **Arménite Lupia.** (Tomes 2 et 3.)

Orgénus* : Grand maître des Fervents du Feu bleu. Auparavant **Cristin d'Algarancia.** (Tomes 1, 2 et 3.)

Pavis *: Jeune disciple d'Orgénus. Auparavant : **Astarée.**

Vahar Molen* : Grand légide, ou Premius, au temps de Sarcolem XII. Auparavant **Sartran.** (Tomes 3 et 4.)

Zaphia* : Impératrice, épouse de Sarcolem XII. Auparavant **Ylonée,** (tome 4.) et **Élypsée.** (Tomes 1, 2 et 3.)

Quatrième partie

Avilia* : Fille de Virlène, adolescente rebelle. Auparavant **Pavis,** (tome 4) et **Astarée.** (Tomes 1, 2, 3 et 4.)

Brôm*: Trappeur du clan des Brugonds, en Terres de Vorénor. Auparavant **Mikalon** (tome 4) et **Clébos** (Tomes 1, 2 et 3.)

Crébur* : Jeune Vorénien défenseur de son village. Auparavant **Paléas.** (Tomes 1, 2, 3 et 4.)

Estimène*: Grand maître des Fervents du Feu bleu. Auparavant **Orgénus de Nivène,** (tome 4.) et **Cristin.** (Tomes 1, 2 et 3.)

Mulgane* : Femme présente en rêve dans la cité céleste de Shandarée aux côtés de Mérinock et de Shanandra. Auparavant **Lolène.** (Tomes 1, 2, 3 et 4.)

Oda *: Épouse brugonde, malaimée de Brôm; mère de Solena. Auparavant : **Calliope,** souveraine du royaume d'Élorîm et amie du Mage errant. (Tome 1 et 2.)

Shéribey : Mère de Shanandra, morte alors que la jeune messagère n'avait que seize ans.

Solena* : Fille d'Oda. Auparavant **Shanandra.** (Tomes 1, 2, 3 et 4.)

Virlène* : Vorénienne, jeune fille morte lors de l'attaque de l'église de son village en l'an 486 Après Torance. Auparavant **Cornaline.** (Tomes 3 et 4.)

* Nouveaux personnages

RÉINCARNATIONS DES PERSONNAGES PRINCIPAUX

Personnages Tome 1, 2, 3	Personnages tome 4			
	1ère partie	2e partie	3e partie	4e partie
Arménite Lupia	→ Astagor	→ Odalic	→ Miklos	
Astarée			→ Pavis	→ Avilia
	Aténor	→ Rusöe		
Atinöe		→ Amrina	→ Belina	
Calliope				→ Oda
Clébos		→ Mikalon		→ Brôm
Cornaline				→ Virlène
Cristin			→ Orgénus	→ Estimène
Élypsée		→ Ylonée	→ Zaphia	
Gorth		→ Mélos	→ Apprenti d'Orgénus	
Lolène				→ Mulgane
Mérinock				→ Brôm*
		Minomen	→ Esculope	
Paléas				→ Crébur
Pirius			→ Drapon	
Rouviff Dogmo		→ Prégorus	→ Melek	
Sartran			→ Vahar Molen	
Servinia		→ Virna		
Shanandra				→ Solena
Torance				→ Guerrier
Vérimus		→ Cerbio Staphen		

* Transmigration

Chronologie des principaux événements

An 0 :
Mort de Torance et de Shanandra.

An 0 :
Réunion des six monarques des royaumes du continent central dans la forteresse d'Hamrock. Puis destruction de celle-ci. L'événement inaugure officiellement l'Empire de Gorée. Ainsi que sa chronologie.

An 02 :
Procès de l'impératrice Élypsée, reconnue coupable de haute trahison envers son époux, et condamnée à mort.

An 04 :
Incursion armée de la reine de Reddrah en Gorée. Tentative avortée de conquête qui se termina dans un bain de sang et la bataille dite de « l'Isthme de Goromée ».

An 05 :
Érection du grand mur dit de Sarcolem 1er au nord de la cité de Goromée. Vaste ouvrage d'environ deux cents kilomètres de long ayant pour but de fermer la frontière septentrionale de l'empire, et, ainsi, de protéger sa capitale.

An 12 :
Fondation, par Erminophène, du temple d'Éliandros en Terres de Vorénor.

An 16 :
Création de la confrérie des Fervents du Feu bleu,
par Ylotte et Pirius.

An 27 :
Morts de Lolène, Alimas, Astarée et de Gorth. Sarcolem
met à jour le complot ourdi contre sa vie par Astagor, son
pupille, qu'il fait exécuter.

An 112 :
Sarcolem III érige le temple des empereurs.

An 160 à 270 :
Peu à peu, les douze géants et géantes de la cosmogonie
gaïenne cèdent leur place au seul Gorum, qui devient ainsi
le dieu principal des populations de l'empire.

An 270 :
Matinée des dupes ou *Cabala Suprime*. Convaincu qu'il doit
abattre les lamanes et les cristalomanciens s'il veut instaurer
un ordre nouveau et unir son peuple pour faire face à la
menace d'une invasion, Sarcolem VII les réunit dans la
salle de son conseil et les fait arrêter sous le faux prétexte de
haute trahison.

An 271 :
Arrestation de l'impératrice Ylonée, convaincue de complot
sur la personne de son époux.

An 271 :
Sarcolem VII fait du « Torancisme » le nouveau pouvoir
spirituel en vigueur dans l'Empire de Gorée. À cette occasion, il ordonne de récrire les récits des vies de Torance,
de Shanandra et des compagnons à des scribes sous ses
ordres. Il force ensuite, sous peine de mort, le nouveau
légide Cerbio Staphen et ses condisciples à approuver ses
documents.

An 272 :

Le jeune et fougueux Sarcolem VIII gracie Ylonée, épouse et meurtrière de son prédécesseur, et l'exile loin de Goromée.

An 390 :

Sarcolem XII abolit l'esclavage dans l'empire.

An 401 :

Mort de l'empereur Sarcolem XII. Soutenu par Melek, Miklos prend le pouvoir et fait enfermer sa mère et sa sœur.

An 496 :

Transmigration de Mérinock dans le corps de Brôm, un guerrier brugond dépressif.

GLOSSAIRE

Amangoye : Fruit sucré à jus rouge cerise en forme de conque très apprécié des Goroméens.

Amangoyier : Arbuste à feuilles vert tendre produisant des amangoyes.

Aménourah : Centre des arts de Goromée. Vaste réseau de scènes et de pistes aménagées à ciel ouvert, l'été, et à l'intérieur, l'hiver. Mais aussi, lieu où se réunissent les fauteurs de troubles et les jeunes en mal de mauvais coups.

Ancéphélatos : Ruminant des hautes plaines de l'île de Lem utilisé par les paysans voréniens comme animal de traie, mais aussi pour sa viande, ses os, sa peau et sa fourrure.

Atinox : Ancien géant, fils de la déesse Gaïa ayant donné son nom au royaume, puis à la province d'Atinox.

Atreiyum : Vestibule de la maison traditionnelle goroméenne.

Baïban : Peuple tribal vivant sur les rives de la mer intérieure d'Élorîm.

Barbousier : Arbre fruitier donnant la barbouse.

Barnane : Petit mammifère des montagnes, apprécié pour sa fourrure.

Barque canuléenne : Barque en forme de canulot.

Bassin clairvoyant de Lem : Construit dans les jardins de la cité céleste de Shandarée, ce bassin magique permet aux âmes de visualiser des actions ayant cours dans le monde des vivants.

Bourmouq : Voile de gaze retenu sur le front par un diadème d'or pur. Accessoire porté par les nobles de Goromée durant l'Empire de Gorée.

Brénail : Encens sacré utilisé lors des transes divinatoires par les lamanes de Gorum.

Brombosia : Ville portuaire de Gorée, théâtre de troubles générés par la présence en ses murs de légides envoyés par les deux messagers.

Bromiur : Matière translucide et rarissime tirant naturellement sur le rose, réputée posséder des vertus magiques.

Brugond : Peuple de chasseurs et de tanneurs vivant dans les forêts de Vorénor.

Brumes de Shandarée : Expression populaire décrivant les ténèbres et les épreuves qui attendent les âmes des morts ayant quitté leur corps physique. Espace mal défini séparant le monde des vivants des sphères célestes de la déesse.

Cabala Suprime : Aussi appelée dans les annales historiques de l'empire : « matinée des dupes ». Jour où Sarcolem VII réunit dans sa salle du trône ses cristalomanciens et ses lamanes pour prononcer la dissolution de leurs ordres respectifs et pour ordonner leur arrestation.

Calha : Courte cape à plis descendant jusqu'à mi-corps. Parure populaire durant l'Empire de Gorée.

Canulot : Amphibien à la chair délicieuse vivant dans les canaux de la ville de Goromée.

Cerbola : Arme de forme circulaire, de jet ou fixée au poignet, utilisée pour les combats rapprochés. Sa lame, dentée, est faite de cuivre ou de bronze.

Chakra : Petite roue d'énergie située sur les corps subtils, particulièrement le long de la colonne vertébrale. Elles captent l'énergie divine pour la faire circuler dans le corps de l'homme, mais aussi en toute chose.

Confrérie des messagers : Organisme créé par les premiers fidèles de Torance, qui prêchent son message et protègent les Préceptes de vie.

Corral des princes : Lieu clos et sévèrement gardé où sont élevés les princes de Gorée.

Cristalomancie : Art occulte générique de divination et de guérison basé sur la lecture ou sur l'usage de certains cristaux. Déclinaison et utilisations (non exhaustives) des différents cristaux de base dans le cadre d'une application militaire : Le lapis-lazuli (bleu) – dit cristal de communication télépathique. Le grenat (rouge) – dit cristal de force ou de pouvoir. Il sert entre autres choses à projeter son énergie mentale sur un adversaire. La tourmaline (vert) – dit cristal de lecture des morts. L'améthyste (mauve) – dit cristal de poursuite. Le carbonèse (noir) – dit cristal d'empoisonnement. La cornaline (jaune ou mordorée) – dit cristal-espion. Le quartz goromite (blanc) – dit cristal de protection.

Cristalomancien : Mystique qui pratique l'art de la cristalomancie, la guérison, la divination et la magie morphique ou Lémoise grâce aux pouvoirs de certains cristaux.

Cristalorium : Lieu où se tiennent, dans le palais royal de Goromée, les débats ordinaires de l'Ordre des cristalomanciens.

Cryptorum : Phrases à saveur liturgique, prophétique, religieuse ou philosophique énoncées en exergue, au début d'un texte ou d'un chant.

Drak : Monnaie ayant cours dans l'Empire de Gorée.

Dvaronia : Royaume méridional faisant partie de la ceinture extérieure.

Égoyier : Arbre de la famille des palmiers dont on tire une huile ainsi qu'un alcool entrant dans la composition de diverses boissons traditionnelles.

Égrégores : Nuages accumulés autour de la Terre, constitués de particules éthériques et, ou, subtiles émanant des pensées des règnes humain et animal.

Éliandros : Célèbre temple-école des Fervents du Feu bleu, sis dans les montagnes de Vorénor et fondé par Erminophène.

Élissandre : Royaume du continent central, héritage de la géante Élissandre.

Élissandria : Capitale de la province d'Élissandre.

Éloria : Capitale du royaume d'Élorîm, lieu de la deuxième initiation de Torance et de Shanandra, temple du *bas*.

Enfants de la déesse dont les noms ont donné naissance aux royaumes du continent central : Élorîm, Milosis, Orvilé, Élissandre, Ormédon, Atinox, Gorum.

Éphron d'or : Volatile de grande envergure – jusqu'à six mètres – au corps de lion, à la tête d'aigle, muni de puissantes mâchoires et d'ailes dorées taillées en triangle. Dans la tradition gaïenne, l'éphron d'or est associé au géant Ormédon qui en possédait deux : Ousthard et Isthard, les éphrons d'or dits, respectivement, du levant et du couchant.

Épisthodome : Partie d'un temple.

Évangile Premius : Écrits rédigés sous Sarcolem VII sur son ordre, qui dénaturent les vrais Préceptes de vie et qui imposent une vision erronée des vies de Torance et de

Shanandra. Ces écrits ont constitué les premiers textes officiels de l'Église naissante du Torancisme.

Évernia : Montagnes dites d'Évernia, chaîne montagneuse qui sépare le continent central en deux parties. Mais aussi, traditionnellement, vallée mystique qui constitue l'entrée principale des royaumes célestes de la déesse. La légende prétend que treize mages y vivent et dirigent de manière occulte les destinées humaines au nom de la déesse.

Évrok : Mastodonte de la famille des mammouths, muni de deux trompes et de solides défenses, vivant dans les montagnes d'Évernia. L'évrok sert souvent d'animal de charge, mais aussi de monture guerrière chez les peuples montagnards.

Fervents du Feu bleu : Ordre secret fondé par Ylotte et Pirius pour conserver intacts la nature des Préceptes de vie ainsi que les véritables récits concernant la vie et l'œuvre des messagers et de leurs compagnons. Par extension, les Fervents du Feu bleu enseignent le *Shrivandra*, la philosophie sacrée de la déesse issue de l'art martial appelé : srim naddrah.

Galva : Sandale à semelle de corde munie de lanières nouées sur les chevilles et les mollets.

Galvassier : Artisan. Fabricant de galvas.

Gauvreroy : Fort construit aux confins de l'Empire de Gorée servant de prison politique à l'empereur.

Géode sacrée : Lieu où est gardé depuis des millénaires le trésor de la déesse, composé d'artéfacts secrets divers, sacramentels, terrifiants...

Gorée (Empire de) : S'étendant aux dimensions du continent central et composé des anciens royaumes; œuvre de

Sarcolem premier créée suite à l'anéantissement de la race des rois survenue dans la forteresse d'Hamrock.

Goromée : Métropole millénaire, capitale de l'empire de Gorée.

Goroméen : Habitant de la cité de Goromée.

Gorum : Ancien géant oublié, fils ainé de la déesse Gaïa.

Grand Œuvre : Plan divin mis au point par la déesse sous la supervision des Vénérables d'Évernia et dont l'exécution a été confiée à Mérinock. Ce plan, divisé en plusieurs étapes et exécuté dans la matière par des messagers choisis, vise à amener l'humanité à un plus haut degré de spiritualité.

Hamrock : Ancienne forteresse de Gorée, rénovée de fond en comble pour servir de cadre à la réunion des rois du continent central. Lieu où Sarcolem anéantit la race des rois afin de créer l'Empire de Gorée.

Hémaflore : Fleur à l'agréable parfum sucré.

Hurelle : Sorcière, mystique et accoucheuse du peuple brugond.

Kaftang : Manteau de peau protégeant du froid et des vents lors des grandes transhumances. Parement de cérémonie de certaines ethnies nomades des déserts de l'est.

Kaïbo : Arme séculaire de ceux qui pratiquent l'art martial du srim-naddrah. Long bâton en bois précieux parfois composé de deux morceaux encastrables, aux pointes recouvertes de cuivre ou d'argent, dont le manche est orné de mandalas, de monogrammes et de symboles gravés.

Kénoab : Arbre sacré. Il en existe sept variétés. Chacune d'elle possède des propriétés thérapeutiques et magiques spécifiques.

Kephre : Épice venue des îles de Midrika, utilisée en cuisine.

Lamane : Prêtre de la religion gaïenne et du culte des géants.

Lamanerie : Temple ou école où l'on forme de futurs lamanes ou bien des guérisseurs.

Légide : Titre donné par Torance aux fidèles ayant reçu du Mage errant la mission de colporter dans tous les royaumes les Préceptes de vie de la déesse.

Lem : Ancien Géant, fils de la déesse Gaïa, ayant donné son nom à l'île-continent de Lem.

Les Douze Royaumes : Nom générique donné aux douze terres formant originellement la sphère de Gaïa. Chacune des terres a été offerte aux fils et aux filles de la déesse, pour que chacun y instaure la paix et les commandements de la mère. *Note* : Les rois et les reines actuelles sont reconnus comme étant les descendants directs de ces géants légendaires.

Magistère : Action, pour les premiers fidèles des deux messagers, de répandre les Préceptes de vie et de parler aux peuples des vies de Torance et de Shanandra.

Maï-Taï : Jeu de société et de stratégie militaire inventé sous l'ancien royaume de Gorée qui se joue à deux avec un échiquier et des pièces cachées les unes dans les autres.

Maître marinier : Manieur de pagaie des canaux de Goromée.

Marâtre : Fonctionnaire, homme ou femme, responsables d'un des « mondes » du corral des princes.

Marque de Sarcolem ou **sceau léonique** : Profil stylisé d'un lion dans un cercle : signe distinctif des princes impériaux de Goromée incrusté dans la chair de leur épaule droite dès leur naissance.

Matraqueur : Lamane au service du roi Sarcolem dont la tâche est d'effectuer le lavage de cerveau des jeunes orphelins ou sans-abri recrutés de force pour servir dans les rangs des hommes de silex.

Médino : Ville marchande et artistique de Gorée.

Mergitardéo : Ville du nord de la Gorée.

Midon : Cité légendaire érigée dans le désert situé au cœur du royaume d'Ormédon.

Midrika : Ensemble d'îles et d'archipels tirant leur nom de Midriko, ancienne géante et fille de la déesse Gaïa.

Mifrosyr royal et mifrosyr frelaté : Dans sa version traditionnelle : cocktail à base d'alcool d'égoyier marié au kir élonien dont le goût est velouté et sucré. Il est servi en apéritif dans un hanap en cristal décoré d'un bouton d'hémaflore blanc. Dans sa version frelatée : boisson appréciée des brigands. Même combinaison, sauf que le mélange a macéré avec des herbes, des racines et de la gomme de bouleau.

Milandre : Fleur goroméenne.

Milos : Capitale de la province impériale de Milosia.

Miracle des enfants de Miramosé : Événement survenu en Gorée, au village de Miramosé, en l'an 401 Après Torance. Des villageoises auraient eu une vision de la Messagère Shanandra qui aurait ainsi sauvé leurs enfants de la brutalité des soldats goréens lancés à la poursuite d'Orgénus de Nivène.

Morph : Autrefois Le Morphoss, treizième fils de la déesse, devenu au fil des siècles un symbole du mal.

Morphique : Mot dérivant du Morphoss, le treizième fils de la déesse, géant exclu et maudit par les siens. Morphique désigne tout ce qui est mal et malsain dans et pour l'homme.

Mur de Sarcolem : Gigantesque ouvrage de pierre et de brique fermant la frontière nord de l'Empire de Gorée et mesurant plus de deux cents kilomètres de long, érigé par Sarcolem 1er dès l'an 05 de l'empire.

Myrmille : Fleur rare utilisée en cuisine et en magie pour ses vertus aphrodisiaques.

Mythologie gaïenne : D'après les textes sacrés, la déesse a eu, du mystérieux Seigneur des hautes sphères du Ciel, douze enfants, appelés les « géants ». Un treizième enfant, mort-né, connu sous le nom du Morphoss, règne en maître sur les terres obscures, les grottes, les souterrains et les grands espaces septentrionaux où le jour ne se lève jamais.

Nivène : Cité marchande indépendante très ancienne, sise sur un plateau des montagnes d'Évernia. Lieu de la première initiation de Torance et de Shanandra, temple de *l'intérieur sacré*.

Ogrove : Sorte de papyrus souple et spongieux tiré de la pulpe végétale de la plante du même nom et utilisé par les scribes.

Ogrove Premium : Feuille d'ogrove originelle sur laquelle Cristin d'Algarancia a autrefois écrit, sous la dictée de la messagère, les vrais Préceptes de vie. Ce rouleau a été remis au roi Sarcolem par Shanandra en personne dans l'espoir déçu que le monarque les intègre à ses lois.

Orgenoie : Volatile à plumes rares de la province impériale d'Orvilé.

Ormédon : Ancien géant, fils de la déesse Gaïa, ayant donné son nom au royaume, puis à la province impériale d'Ormédon.

Ornia : Capitale de l'ancien Royaume d'Orvilé.

Pagayier : Maître marinier des canaux de Goromée.

Palabrums : Personnes affectées aux « palabres »; ou première partie du traditionnel Conseil des ministres.

Palétunier : Arbre à grandes palmes vertes.

Papayier : Arbuste exotique aux branches tenaces qui s'enroulent autour du tronc des autres végétaux pour survivre et dont le fruit est utilisé dans la composition de desserts et de mets goroméens.

Pello : Manteau de laine ou de coton épais, mi-long, aux manches évasées, noué traditionnellement sur le côté droit et tombant en pans sur les cuisses. Vêtement d'hiver utilisé dans les pays traditionnellement chauds ou tempérés.

Pérismet : Ensemble de salles ornées de hautes colonnes, réservées à l'usage des jeunes nobles à l'intérieur d'un gymnase.

Pierre du destin : Ou « larme de la déesse », gemme bleu foncé aux pouvoirs mystérieux, implantée autrefois dans le sternum de Torance, ayant servi de clé pour réactiver chacun des temples visités par les deux messagers. Depuis la mort de Torance et de Shanandra, la pierre sert également de condensateur d'énergie. Elle est utilisée par l'empereur pour vivifier leurs sangs mêlés et pour accomplir le rite de régénération ou d'immortalité. Une autre de ses utilités consiste à la poser sur le front d'une personne pour être en mesure, grâce à un entraînement cristalomantique, de « lire » les vies antérieures.

Porte d'argent : Accès principal au corral des princes.

Poudre dite de « tigre de feu » : Poudre aphrodisiaque à base de myrmille et d'autres ingrédients gardés secrets.

Préceptes de vie : Énoncés remplis de bon sens applicables dans la vie quotidienne et qui permettent à chacun de cheminer sereinement sur le sentier conduisant à sa lumière intérieure.

Pyramide de cristal : Ou temple de l'âme. Lieu où vit l'Âme supérieure d'un être humain.

Quiba : Coiffe traditionnelle couvrant la tête et les épaules, souvent brodée ou cousue de pierres précieuses.

Quimo : Céréale goroméenne dont on tire un remède contre les affections pulmonaires, mais aussi une huile aux propriétés thérapeutiques.

Reddrah (Royaume et mois) : Du nom de l'ancienne géante, Reddrah, fille de la déesse Gaïa, ayant donnée son nom à un royaume ainsi qu'à un des mois du calendrier en vigueur dans l'Empire de Gorée.

Reddrinienne : Femme native du royaume nordique de Reddrah.

Riminoï : Ville du royaume de Gorée visitée par les deux messagers dans leur périple jusqu'à Goromée.

Romanchers : Peuple nomade aux mœurs étranges n'appartenant à aucun royaume, bons musiciens et danseurs, mais réputés voleurs, ombrageux et menteurs.

Romarinier : Plante aromatique poussant dans la campagne goroméenne.

Sabrier : Arme de poing, située entre le stylet et le sabre, dont la lame est à double tranchant.

Sardau : Fantassin impérial. Aussi : jupe masculine plissée en coton rêche.

Sécralum : Cylindre en bois, fermé par un bouchon de liège, souvent peint, artistiquement décoré de savantes enluminures et protégé par un mandala, utilisé pour transporter et pour contenir des rouleaux d'ogrove ou de parchemins.

Secret d'Éternité : Appellation donnée à la fiole des sangs mêlés qui permet à Sarcolem de se régénérer.

Seigneur-Arbre ou **Sentinelle** : Arbre géant aux troncs multiples enveloppés d'un faisceau de lianes, vénéré par le peuple brugond.

Serpents de lumière : Courants d'énergies naturelles invisibles à l'œil nu. D'après les textes relatifs à l'art du srim-naddrah : souffle sur lequel voyage le « sri », l'énergie primale de la déesse.

Serpiants : Hommes d'armes chargés d'escorter et de protéger les légides.

Servant : Homme attaché au service du Mage errant d'Évernia.

Shandarée : Nom de la première cité céleste des royaumes de lumière de la déesse. Traditionnellement, aussi, première cité située dans la vallée subdimentionnelle d'Évernia.

Shrifu : Sage ayant tout abandonné pour vivre en solitaire afin de s'adonner au rite ésotérique et sacré du Goulgolarh.

Sri : Nom traditionnel désignant l'énergie primale de la déesse qui imbibe et entoure toute chose et tout être.

Srim-naddrah : À l'origine, danses sacrées, saccadées et sensuelles, servant à entrer directement en contact avec l'âme de la déesse. Par la suite, ces mouvements ont servi de base à l'élaboration d'un art martial redoutable qui est lui-même à l'origine d'un système complexe de croyances d'ordres philosophiques et religieuses.

Toile de Maestreiya : Immense champ énergétique de purification mis en place autour de la sphère de Gaïa par les deux messagers au terme de leur septième initiation.

Transmigration: Art ou technique permettant à une âme de prendre possession d'un corps qui n'est pas le sien.

Certains Êtres de lumière peuvent, avec le consentement de l'âme-propriétaire, s'incarner provisoirement dans une enveloppe charnelle afin d'accomplir une mission spirituelle.

Tréborêt : Instrument de musique à cordes, ressemblant à une cithare.

Triple couronne : Ou couronne dite « mosaïque ». Couronne portée par l'empereur de Gorée. Sa complexité et sa grande beauté sont les symboles des anciennes diffé-rences et oppositions entre les provinces de l'empire.

Valeroy : Village des environs de Goromée où Lolène et les compagnons se réfugient après la mort de Torance.

Vénérable : Titre donné à chacun des treize mages formant la confrérie des souverains occultes d'Évernia.

Ver de coriabe : Lombric dont on utilise la soie pour les cérémonies d'ordre religieux. Dans le supplice dit « du ver de coriabe de Lem », le supplicié est lentement étranglé par le ver qui s'autocanibalise.

Vorénor : Royaume nordique dont le dieu fondateur est Voreck, le cinquième fils de la déesse.

Vorénorien ou Voréniens : peuple du royaume de Vorénor.

Waari : Monteur d'évroks.

Wellö-arrh : Nom donné au village secret des Servants du Mage errant par Cristin d'Algarancia et qui signifie « contrée cachée ». Devenu **Wellöart** ou simplement **Wellö** avec les siècles.

TABLE DES MATIÈRES

Ce livre a été imprimé sur du papier contenant 100 %
de fibres recyclées postconsommation, certifié Écolo-Logo
et Procédé sans chlore et fabriqué à partir d'énergie biogaz.

c
DAN
v.4